Connie Palmen

Luzifer

Roman

Aus dem Niederländischen von Hanni Ehlers

Diogenes

Titel der 2007 bei
Prometheus, Amsterdam,
erschienenen Originalausgabe: ›Lucifer‹

Umschlagillustration:
Henri Matisse, ›Laurette au turban‹, 1917

National Gallery of Art, Washington,
Chester Dale Collection
Foto: Courtesy of the Board of Trustees,
National Gallery of Art,
Washington

www.diogenes.ch
150/08/52/1
ISBN 978 3 257 06642 5

»But what's confusing you
is just the nature of my game«

Sympathy for the Devil (1968)
THE ROLLING STONES

Inhalt

Erster Akt

Vor vierundzwanzig Jahren las ich einen Satz in der Zeitung. Von diesem Satz handelt das vorliegende Buch, oder besser gesagt, von der Suche nach seiner Bedeutung. Hätte er inmitten anderer Sätze gestanden, in der Besprechung eines Theaterstücks zum Beispiel oder von mir aus auch in einem eingehenderen Artikel über den einen oder anderen Star, hätte er mich nicht vierundzwanzig Jahre lang verfolgt. Dann wäre er gewiss schon beim ersten Lesen durch die Gesellschaft von Sätzen, die seine Bedeutung eingegrenzt und eine andere Deutungen ausschließende Interpretation geliefert hätten, seiner Rätselhaftigkeit beraubt worden. Das war aber nicht der Fall. Er stand als einsamer Satz da. Dennoch war es das Drumherum, das ihn zu dem Mysterium machte, dessentwegen er mich nicht losließ.

Er war in einen schwarzen Rahmen gefasst.

Er stand im Kopf einer Todesanzeige.

Es sind die Lebenden, die den Lebenden einen Tod kundtun. Zu seiner Publikmachung schließen sie sich vorübergehend mit einem Toten in das Zellenquadrat eines Trauerrandes ein. Im Sommer 1981 fiel das schwere Los, den Tod seiner Frau bekanntgeben zu müssen, einem Mann zu, dessen Name seinerzeit in der Welt der Kunst jedermann bekannt war.

Jener schwarz eingerahmte, an einen bereits von Geschichten gefärbten Namen gekettete Satz wurde im Sommer 2005 aus der lange schlummernden Erinnerung geweckt.

Es war Ende Juli, ich ging die Elandsgracht entlang, als mir jemand von einer Caféterrasse auf der anderen Straßenseite aus zurief. Ich sah einige Leute um einen niedrigen Tisch sitzen. Einer von ihnen winkte mich einladend herüber, Albertus Prins, wie ich unschwer erkannte, Musikwissenschaftler, Pianist, Bühnenautor und Dichter, der vor allem in den sechziger und siebziger Jahren des vorigen Jahrhunderts mit seinen kontroversen Theaterstücken von sich reden gemacht hatte. Ungeachtet der Temperaturen an diesem warmen Sommertag hatte er sich ein Cape schwungvoll um die Schultern drapiert und trug wie immer ein faltenschlagendes Samtbarett auf dem Kopf, ganz Zorro, wie es ihm manchmal Kinder auf der Straße nachriefen. Auf seiner schön geformten Hakennase ruhte eine kleine Brille mit dunklen Gläsern; er gab seine Augen nur selten der Öffentlichkeit preis. Keiner nannte ihn beim Vornamen, man sagte einfach Prins zu ihm oder, wenn man von ihm sprach, auch der Prins.

Ich mag eigentlich keine exzentrische Kleidung, weil sie in neun von zehn Fällen nichts anderes ist als der Mummenschanz von Talentlosen, aber dem liebenswürdigen Prins verzieh ich seine Aufmachung ohne weiteres. Mochten die Jahre seines großen Ruhms auch vorbei sein, er hatte mit seinem Werk bewiesen, wie herausragend er war. Seine Kleiderwahl betrachtete ich genauso wie seine anachronistische

Verführungskunst als kleine Charakterschwäche. Ich sah darin den Versuch, an einer vergangenen Zeit festzuhalten, einer Zeit, in der der Künstler mit seiner äußeren Erscheinung und seinem abweichenden Verhalten zu verstehen gab, dass für ihn andere Gesetze galten als für den Rest der Welt.

Wobei die Charakterschwäche für mich nicht in dem Wunsch liegt, Vergangenes zu konservieren, das kann ich schon verstehen. Was ich aber nicht verstehe, ist die Vorstellung, man wäre aufgrund seiner Arbeit, seines Glaubens oder seiner Herkunft anders als andere. Jeder ist anders als andere.

Manche Menschen können mit einem Blick ihre Umgebung in sich aufnehmen, ich kann das nicht. Ich muss erst meine Verlegenheit überwinden und die leichte Aversion gegen unerwartete Begegnungen, bevor ich dem Ruf der Welt Folge leisten und auf sie zugehen kann. Noch mit diesem inneren Widerstand ringend, konnte ich die Straße nur überqueren, indem ich die Augen fest auf den Mann gerichtet hielt, der die Hand gehoben hatte und mich damit lockte und lenkte.

So begab ich mich an diesem 26. Juli 2005 zu der kleinen Gesellschaft hinüber und wusste nicht, dass ich in diesem Moment auf meine Geschichte zusteuerte. Dort, in einem Amsterdamer Straßencafé, begann die Spurensuche, die mich ein Jahr lang völlig in Beschlag nehmen sollte. Es sollte eine Suche werden, die mich an den Abgründen einer turbulenten Beziehung und einer gleichermaßen turbulenten Zeit entlangführte, eine Gralssuche nach der Bedeutung eines einsamen Satzes in einer Todesanzeige und nach dem

Wahnsinn einer Kunst, die sogar Atheisten an die Existenz Gottes glauben lässt: der Musik.

Auf eine Geschichte zusteuern ist missverständlich ausgedrückt, als läge eine Geschichte fix und fertig auf der Straße und bräuchte nur aufgehoben zu werden. So ist es nicht. Geschichten werden gemacht, deshalb sind sie interessant. In allem Gemachten offenbart sich der, der es gemacht hat.

Nachdem ich mich aus der immer etwas übertrieben erotischen Umarmung von Prins befreit hatte, wagte ich meinem Blick Raum zu geben. Noch rot vor Verlegenheit über die zu lange anhaltenden Küsse und die mir ins Ohr geflüsterten Schmeicheleien, begrüßte ich den Rest der Gesellschaft und schüttelte jedem die Hand. Um den Tisch herum saßen Mica van Hoorn, eine ältere Schauspielerin, die ich schon in Stücken von Prins hatte spielen sehen, eine zweite Frau etwa gleichen Alters, Jacoba Malink, Opernsängerin, und zwischen ihnen der bildende Künstler Thomas Burggraaf, Exmann von Jacoba und jetzt mit Mica verheiratet. Galant zog der Prins einen freien Korbsessel für mich heran und wartete, bis ich saß, ehe er selbst wieder Platz nahm.

»Du hast unverschämtes Glück«, sagte er dann, »wir befassen uns nämlich gerade mit Mord und Totschlag.«

»Das sagst du«, entgegnete Thomas.

»Du hast unverschämtes Glück«, wiederholte der Prins gedehnt, während er die Tischrunde mit seiner knochigen Hand in zwei imaginäre Hälften teilte. »Der einen Hälfte dieser illustren Gesellschaft zufolge geht es um Mord. Die Hälfte der anderen Hälfte meint dagegen, dass wir es mit einem tragischen Unfall zu tun haben. Und einer von uns ist fest davon überzeugt, dass es sich um Selbstmord handelt.«

Seltsamerweise wusste ich sofort, auf welches Drama er sich bezog. Oder vielleicht war es auch gar nicht so seltsam, denn obwohl das Ganze schon mehr als zwanzig Jahre zurücklag, hatte die Geschichte in bestimmten Kreisen nie an Nachhall eingebüßt. Überdies konnte ich jeden am Tisch mit ihrer Hauptfigur, dem Komponisten Lucas Loos, in Zusammenhang bringen. Der Prins hatte das Libretto für dessen bekannteste Oper geschrieben, beide Frauen hatten darin eine Rolle gespielt, und Thomas Burggraaf war Loos' fester Bühnenbildner gewesen.

»Unser Engel ist gefallen«, zitierte ich.

»Donnerwetter, dass du das weißt!«, rief der Prins aus.

»Es ist heute auf den Tag genau vierundzwanzig Jahre her«, erklärte Mica mir leise nebenbei, »so kamen wir darauf. Obwohl ich kein solches Datum brauche, denn ich denke jeden Tag daran.«

»Ist doch ein schaudererregender Satz: *Unser Engel ist gefallen*. Weil es so in der Zeitung stand, bin ich nicht die Einzige, die denkt, dass es Selbstmord war«, meldete sich Jacoba Malink zu Wort. Der triumphierende Ton, den sie anschlug, verriet, dass sie mit ihrer Hypothese allein dastand und diese im vorhergehenden Gespräch hatte verteidigen müssen.

»Unglücklich genug war sie«, sagte Thomas Burggraaf einlenkend, »aber sie liebte ihren Sohn viel zu sehr, um Selbstmord zu begehen. Ihr Verhältnis zueinander war außergewöhnlich innig, sie hätte ihn niemals im Stich gelassen.«

»Wenn du getrunken hast, vergisst du, dass es Menschen gibt, die du innig liebst«, seufzte der Prins, als spreche er aus reicher eigener Erfahrung, »und zu dem Zweck betrinkst du dich auch. Für Trinker ist die Liebe eine Last, denn sie lieben zu sehr.«

»Spiel dich doch nicht so auf, Prins«, fuhr Mica van Hoorn ihn in einer leicht altmodisch anmutenden Diktion an. »Als wir davon erfuhren, hat jeder, der die beiden kannte, zumindest für den Bruchteil einer Sekunde an Mord gedacht. Und ich habe die beiden oft erlebt und denke es noch immer. Sie hatten immer und ewig Streit, und das nicht nur ein bisschen, weiß Gott nicht. Herumfliegendes Geschirr, angezündete Briefe und Tagebücher, zerfetzte Kleidung, vergiftete Haustiere, man kann nennen, was man will, sie taten es einander an. Ein normales Gespräch zwischen den beiden war eine Seltenheit, bei ihnen wurde nur gegiftet, gegeifert, gestichelt und gedemütigt, und das vor aller Augen. Im Vergleich dazu verblasst *Wer hat Angst vor Virginia Woolf* zur friedlichen Schäferszene. Sie haben einander mit Worten zerlegt, manchmal virtuos, manchmal schlichtweg vulgär, je nachdem. Und wenn nicht mündlich, dann schriftlich. Immer waren die Treppen im Haus mit Briefchen übersät, in denen sie ihren Streit fortsetzten. Sie wird ihn an dem Abend wohl wieder mal als alte Schwuchtel oder so beschimpft haben, er ist ausgerastet, hat ihr einen Stoß versetzt, und schwupp.«

»Dann ist es kein Mord, sondern ein Unfall«, stellte Thomas gelassen fest.

»Mord und Unfall sind gelegentlich ein und dasselbe, Schatz«, erwiderte Mica.

»Nicht vor Gericht.«

»Hör mal, Thomas, du warst damals als Erster einbezogen, du kannst mir doch nicht weismachen, dass du dieses Szenario von Anfang an ausgeschlossen hast, dass du, als einziger rechtschaffener Amsterdamer, nicht eine Sekunde an Mord gedacht hast«, fuhr Mica fort.

»Eine Sekunde, nicht länger. Als er mich damals in Athen anrief, habe ich zwar kurz die Befürchtung gehabt, sie hätten sich gestritten und sie sei dadurch gestürzt. Aber er erzählte mir am Telefon, was nachts passiert sei, und ich habe nie an der Aufrichtigkeit seiner Geschichte gezweifelt. Wir haben danach kein Wort mehr darüber verloren. Ich habe immer seiner Version geglaubt und nicht den zig bösartigen anderen, die im Umlauf waren.«

»Aber liebster Schatz, die eine Version von Lucas gab es doch gar nicht, denn wenn Lucas überhaupt etwas über jene Nacht rausließ, dann erzählte er dem einen dies und dem anderen jenes. Allein schon, was diesen Amerikaner betrifft, der dabei gewesen sein soll. Mal war von nur einem die Rede, dann wieder sollten es plötzlich zwei Studenten gewesen sein. Und er hat sich auch nie eindeutig dazu geäußert, was denn nun genau passiert ist. Dem einen sagte er, sie sei von einem Felsen gestürzt, und dem anderen, sie habe auf einer Mauer gesessen und sei von ihr runtergefallen. Lucas Loos log wie gedruckt«, beharrte Mica.

»Das sagst du. Aber es besteht ein Unterschied zwischen einem Lügner und einem Phantasten. Lucas war ein Phantast.«

»Mein Gott, worin soll denn da der Unterschied bestehen?«

»Genialität«, sagte Thomas. Er nahm einen Schluck von

seinem kalt gewordenen Kaffee, verzog das Gesicht, sah Mica darauf unbeirrt an und wiederholte das Wort, das die Meinungsverschiedenheit nach seiner Auffassung ein für allemal beilegen konnte: »Genialität.«

»Genialität, dass ich nicht lache!«, höhnte Mica mit hohem Auflachen. »Deshalb ist dieser Mann wohl auch mit allem durchgekommen, weil ihr ihn so genial fandet.«

»Das kann ich nun wirklich nicht leiden«, unterbrach sie Thomas, »wenn du urplötzlich in den Plural übergehst. Auf einmal bin ich ›ihr‹. Was ›ihr‹? Wer ›ihr‹? Falle ich unter eine Kategorie?«

»Ach, Liebling, du weißt ganz genau, was ich meine: du, ihr, das heißt seine Freunde, die Musiker, seine Kollegen, seine Bewunderer, das meine ich mit ›ihr‹. Und nicht nur die Männer, nein, es gab auch genügend Frauen, die vieles von seinem unausstehlichen Gehabe kritiklos geschluckt haben, weil er ja angeblich so brillant war. Sogar seine eigene Frau ist diesem Wahnbild erlegen, und das war ihr Tod. Wenn sie nicht geglaubt hätte, die Frau eines Jahrhundertgenies zu sein, hätte sie sich niemals die ganzen Jahre lang von ihm malträtieren lassen, dann wäre sie längst schreiend davongelaufen.«

»Aber sie hat sich doch gerade über sein Werk lustig gemacht, wann immer sie konnte«, wandte Jacoba ein. »›Lucas' grässlicher Lärm‹ hieß das dann bei ihr. Und wenn sie doch mal irgendein Stück schön fand, handelte es sich garantiert um ein Stilzitat von Beethoven oder Chopin.«

»Mica, ich küsse den Boden, auf dem du gehst, aber von Musik hast du keine Ahnung«, schloss Thomas an Jacoba an.

»Von Ehen mit sogenannt genialen Männern umso mehr«, billigte Jacoba der Schauspielerin zu, wenn auch nicht eindeutig beifällig.

»Du hast doch auch keine allzu hohe Meinung von unserem einheimischen Schönberg, oder?«, wandte sich Mica an Jacoba, eine hübsche List, um den Feind milde zu stimmen und zum Verbündeten zu gewinnen. Jacoba fiel nicht darauf herein. Als dächte sie darüber nach, sagte sie, dass die Stücke von Lucas Loos jedenfalls eine persönliche Klangfarbe hätten und sie manche sehr schön finde, und stellte sich damit auf die Seite ihres Exmannes.

»*Die Brücke* zum Beispiel«, sagte sie, »obwohl ich das nach Claras Beerdigung nie wieder singen konnte.«

»Na gut, mag sein, ihr könnt das Talent und die musikalische Intelligenz von Lucas Loos besser beurteilen als ich«, lenkte Mica ein. »Mozart, Beethoven, Bach, die kann ich noch verdauen, aber Schostakowitsch ist mir schon zu hoch. Lucas hat doch eine völlig neue Musiksprache entwickelt, nicht, Thomas?«

Der Prins erwies sich als feinfühliger Freund und zog Thomas rechtzeitig aus dem Pingpongspiel der Frauen heraus. Wenn Thomas nämlich Jacoba beipflichtete, würde er sich nachher zu Hause auf Vorwürfe von Mica gefasst machen müssen, und der Prins wusste, wie ausdauernd Mica die Loyalität eines Mannes auf die Probe stellen konnte, denn er war selbst jahrelang mit ihr liiert gewesen.

»Meine Damen, meine Damen, wir schweifen ab. Thomas hat eine viel interessantere Frage aufgeworfen, eine Frage, die uns, die wir in einem Beruf tätig sind, in dem sich alles um Verführung dreht, allen sehr am Herzen liegt. Die

Frage ist: Besteht ein Unterschied zwischen einem Lügner und einem Phantasten, und wenn ja, worin besteht er?«

»Genialität«, brummte Thomas.

»Hat Lucas Loos an dem bewussten Sommerabend seine Frau ermordet? Hat die Frau von Lucas Loos an dem bewussten Sommerabend Selbstmord begangen? Hat sich an dem bewussten Sommerabend ein tragischer Unfall ereignet? Was immer auch an dem bewussten Sommerabend passiert sein mag, hat Lucas Loos diesbezüglich gelogen oder phantasiert?«

»Oder die Wahrheit gesagt«, fügte der dickköpfige Künstler hinzu.

»Wieso kommt die am wenigsten interessante Option bloß immer von deiner Seite?«, schmollte Mica.

Obwohl sich der Prins beherrschen musste, um nicht zu lachen, sprang er zum zweiten Mal für seinen Freund in die Bresche. »Mica, Mica, so leidenschaftlich du auch Lug und Trug, Dramatik und Theater liebst, von Menschen, die schauspielern, lügen und betrügen, von theatralischen Toren hältst du nichts. Und weil Thomas in etwa so viel Theatralität besitzt wie eine Amöbe, bist du mit ihm verheiratet.«

»Aber ich liebe das Theater und meinen Beruf. Es ist der schönste Beruf, den es gibt!«

»Sicher, aber wie alle guten Schauspieler hasst du die Schauspielerei auch ein bisschen, und man sieht doch immer wieder, dass sich gute Schauspieler nicht in andere gute Schauspieler verlieben, denn denen trauen sie nicht über den Weg. Sie suchen sich jemanden wie Thomas, jemanden, der nicht lügen kann oder der zumindest den Eindruck erweckt, er sei nicht imstande zu lügen.«

Aus Angst, dass das Gespräch eine andere Richtung einschlagen könnte, mischte ich mich ein und wandte mich an Prins.

»Wenn Jacoba glaubt, dass es Selbstmord war, und Thomas, dass es ein Unfall war, dann bist du also wie Mica der Meinung, dass es Mord war, nicht?«

»Hast du ihn gekannt?«, fragte der Prins.

»Nein«, sagte ich, »nein, ich habe ihn nicht gekannt.«

»Dann muss ich meine Antwort näher erläutern. Ja, ich glaube, dass Lucas Loos seine Frau ermordet hat. Auch wenn ich fest davon überzeugt bin, dass er sie nicht von dem Felsen hinunterstieß, ja, dass er sie mit keinem Finger berührte, glaube ich dennoch, dass er sie ermordet hat, zumal Lucas selbst das auch glaubte. Dafür habe ich meine Gründe, aber auf die werde ich jetzt nicht eingehen. Lucas hat auf seine ureigene, also theatralische Art um Vergebung gebeten, und wer Reue zeigt, trägt Schuld. Im Gegensatz zu dem Eindruck, der vielleicht hier am Tisch geweckt wird, war Lucas ein außerordentlich liebenswürdiger Mensch, warm und angenehm im Umgang. Und er war ein gutaussehender Mann, eine außergewöhnliche Erscheinung.«

»Das stimmt«, sagte Jacoba, »mit seiner Statur, dem breiten Löwenkopf und der blonden Mähne, ja, er war attraktiv.«

»Hm, hielt sich in Grenzen«, sagte Mica.

»Lucas sah aus wie ein wüster Engel; dieses Haupt voll goldblonder Locken, dieses markante Gesicht, dieser strahlende Blick – ein Äußeres, das schon fast zu gut zu einer geborenen Führernatur passt. Wo immer er eintrat, wurde er automatisch zum Mittelpunkt. Er zog die Aufmerksamkeit auf sich, ohne dass er etwas dazu tun musste. Er war viele Jahre lang einer meiner besten Freunde, und dabei war es weiß Gott nicht einfach, mit ihm befreundet zu bleiben. Lucas war exorbitant, sprühend, herzlich und gastfreundlich, er war prinzipiell gut gelaunt, er war engagiert und entgegenkommend, aber er war auch cholerisch, anmaßend und missgünstig. Irgendetwas in seinem Charakter fieberte nach Konflikt, und dieses Fieber sah man in seinen Augen, eine geradezu animalische Gier, eine unbezähmbare Angriffslust.«

Der Prins hatte die volle Aufmerksamkeit von allen am Tisch. Die Frauen nickten heftig, als müssten sie auch die Zuschauer in der letzten Reihe von der Richtigkeit dessen überzeugen, was gerade behauptet worden war, und sogar Thomas bestätigte Prins' Beobachtungen mit einer leichten Kopfbewegung. Ihr war zu entnehmen, wie schwer ihm das fiel, und ich las daran ab, dass er Lucas Loos sehr gemocht haben musste.

»Diese Konfliktversessenheit machte den Umgang mit Lucas freilich nicht nur schwierig, sondern auch spannend. Ich habe sein Haus oft mit dem Gefühl betreten, dass ich mich in die Höhle eines zweiköpfigen Drachen begab, ohne zu wissen, ob ich mit heiler Haut wieder herauskommen würde. Er konnte dich verbrennen mit dem Feuer seines Urteils. Wenn nicht mit Worten, dann mit seinem sengenden Blick. Du hast ihn ja nie kennengelernt, aber er hatte schon sonderbare Augen. Sie lagen tief in fleischigen Gehäusen, und er hatte albinoweiße Wimpern, seltsam, außergewöhnlich, so etwas hatte ich noch nie gesehen und habe ich danach auch nie mehr bei jemandem gesehen. Mit diesen glänzenden, weiß umkränzten Augen sah er dich an, als wollte er alles aus dir heraussaugen, und gleichzeitig war sein Blick verschlossen, auf der Hut davor, was diese Augen ihrerseits preisgeben könnten, wachsam, argwöhnisch, abtastend. In ihnen war eine permanente Spannung. Ich hatte regelmäßig Angst vor dem Flackern in seinem Blick.«

»Ich auch«, sagte Mica.

»Ich nicht«, sagte Thomas.

»Nun war noch etwas Eigenartiges an Lucas, und damit komme ich zum Kern meiner Unterstellung. So wie nahezu alles in seinem Leben von einer herzzerreißenden Zwiespältigkeit gekennzeichnet war, hatte er auch eine ambivalente Haltung zu Dingen, die wir heute etwas rascher als okkulten Unsinn abtun, die aber in den sechziger Jahren eine wahre Hausse erlebten. Séancen, Astrologie, Numerologie, Weissagungen, Kartenlegen, Handlesen, Wahrsagerei, durchbohrte Schädel, die verrücktesten Sachen waren en vogue, Abrakadabra für das höhere, hehre Bewusstsein.«

»O ja, wir wissen alle, was wir sind: Löwe – Aszendent Skorpion«, stimmte Jacoba ihm bei.

»Doppelte Jungfrau«, sagte Mica, »aber nicht wirklich.«

Thomas schwieg.

»Und Thomas ist ein typischer Steinbock«, ergänzte Mica, »deshalb sagt er nichts.«

»Lucas war extrem empfänglich für jede Form von Aberglauben. Er wollte nicht, war es aber. Er kämpfte dagegen an, fiel aber immer wieder um. Er wäre so gern ein rabiater Heide gewesen, ungläubig und rationalistisch bis ins Mark, aber er konnte den Gläubigen in sich nicht ausmerzen. Er kam aus einem strenggläubigen, orthodox-reformierten Milieu –

welcher Splitterpartei, kann ich nicht sagen, das weiß ich bei den Protestanten nie so genau. Nachdem ihm in seiner Jugend nur zwei Alternativen für die Zukunft in Aussicht gestellt wurden, entweder die apokalyptische Verdammnis oder das glorreiche Auserwähltsein, hat Lucas sein ganzes weiteres Leben mit dem Glauben gerungen, oder besser gesagt, mit der Sehnsucht, an das Höhere zu glauben. Und vielleicht war es nicht einmal das, sondern schlicht und einfach die Sehnsucht, sich irgendwo unterzubringen, in einer Gruppe, einer Gemeinschaft. So eine Sehnsucht streift man nicht so leicht ab. All die Männer und Frauen, die sich in den fünfziger, sechziger Jahren unbedingt aus der beklemmenden Umarmung des einen Gottes befreien mussten, suchten sieben Götter an seiner statt. Von Mao Tse Tung bis Che Guevara, von Schönberg bis Strawinsky, von den Beatles bis zu den Rolling Stones, es wurde devoter angebetet als je zuvor. Und diese irrenden, verlorenen Seelen suchten verzweifelt ihr Heil bei Scharlatanen. Zumal Lucas, der religiöser war als alle anderen. Glaub mir, ich weiß, wovon ich rede, denn ich bin mit ihm bei manch einer Séance gewesen, als ich damals eine seiner Opern geschrieben habe. Nach so einer Zusammenkunft war er leichenblass von dem ihm Widerfahrenen, weil er zutiefst überzeugt war, dass sich hinter den oft unverständlichen Botschaften, die er aus dem Jenseits bekommen hatte, eine vielsagende Bedeutung verbarg. Wenige Tage später tat er das Ganze dann mit einem Scherz ab, aber ich habe gesehen, was es bei ihm bewirkt hatte, und das war nicht ohne. Ich könnte mir vorstellen, dass diese Empfänglichkeit für den Aberglauben ihn an dem bewussten Sommerabend auf Abwege gebracht hat. Lucas hegte den kindlichen Glauben, über gewisse Kräfte zu verfügen, und damit hatte er nicht ganz unrecht, er hatte visionäre Momente, auch was das betrifft, habe ich einiges miterlebt. Aber er glaubte, er hätte den bösen Blick und gedankliche Macht über andere. Er hat seinen obsessiven Geist, mit dem er so viel Wunderbares zustande gebracht hat, an jenem Abend zum Bösen eingesetzt. Er hat sie nur angesehen und gedacht: Fall. Und da ist sie gefallen.«

Nach der Darlegung von Prins blieb es auf feierliche Weise still. Thomas hatte das Gesicht abgewendet und blickte unwirsch auf den Verkehr an der Elandsgracht oder tat zumindest so, als ob. Die beiden Frauen hatten die Hand vor den Mund geschlagen, und ihre Blicke waren grübelnd auf Prins' undurchdringliche Brillengläser geheftet.

Ohne dass meine Gesprächspartner es wussten, waren in der vergangenen halben Stunde die Fragen und Mutmaßungen geäußert worden, die mich das kommende Jahr hindurch beschäftigen würden. Ich entsinne mich, dass ich am äußersten Rand meines Stuhls saß, um mir auch ja kein Wort des Gesagten entgehen zu lassen. Auch entsinne ich mich, dass ich die ganze Zeit auf eine mir schon vertraute Art zuhörte, so als liefe in meinem Kopf ein Rekorder mit, der jedes Wort aufzeichnet. Und noch etwas anderes vollzog sich, etwas, was wahrscheinlich Teil des Schriftstellerdaseins ist. Das Gespräch, dessen Zeugin ich an jenem Nachmittag unverhofft sein durfte, wurde zu einem Stoff. Und das, worum es ging, gewann eine andere Dimension.

»Noch einen Kaffee oder was Stärkeres?«, durchbrach ich die Stille.

Man löste sich aus der weihevollen Erstarrung, die eine

schlug die Beine übereinander, die andere nahm die Hand vom Mund, und Thomas wandte den Blick wieder dem Tisch zu. Alle kamen in Bewegung, nur der Prins nicht.

»O ja, gern. Du doch auch, Thomas, oder? Es sind noch Ferien, wir haben Zeit«, sagte Mica. Sie schaute umständlich auf ihre Armbanduhr. »Also fünf wär's ja schon, da darf ich mir einen Weißwein genehmigen.«

»Prima Idee, für mich das Gleiche«, schloss sich Jacoba an.

»Ein Bier dann«, murmelte Thomas.

»Wunderbar, für mich einen Weißwein«, äußerte sich nun auch der Prins, und er setzte sich gerader in seinem Sessel auf. Er klang anders als vorhin, da er seine Geschichte im Brustton der Überzeugung erzählt hatte. In seine Stimme hatte sich etwas Bekümmertes geschlichen, oder vielleicht war es auch Scham oder Schuld.

Ich ging in die schummrige Kneipe hinein und gab die Bestellung auf. Über der Theke hing eine große runde Uhr. Sie zeigte auf fünf *vor drei*.

»Der Prins, Terrasse«, sagte der Mann hinter der Theke professionell. »Ich bring's gleich.«

Der Übergang vom dunklen Kneipeninnern zum hellen Licht draußen tat in den Augen weh. Über den Dächern der Häuser an der Elandsgracht lugte jetzt die Sonne um die Ecke, und erste Strahlen erreichten das Straßencafé. Da ich davon ausgegangen war, in einer Viertelstunde wieder in meiner Wohnung zurück zu sein, hatte ich darauf verzichtet, eine Sonnenbrille aufzusetzen. Das bedauerte ich jetzt. Denn ich wollte noch möglichst lange in der Gesellschaft der Geschichte bleiben.

Ein Roman hat eine merkwürdige Genese. Er beginnt mit einer Idee, aber was ist eine Idee? Nichts Greifbares, eher die Ahnung, etwas zu wissen, als dieses Wissen tatsächlich zu besitzen. Wissen entsteht durch die Herstellung von Zusammenhängen zwischen scheinbar losen Fakten, doch wie kommt man an die einzelnen Elemente? Mit einer Geschichte über Mord oder Selbstmord durfte man mich zwar jederzeit wecken, aber für einen Roman ist der Bericht von einem Mord niemals ausreichend. Überhaupt kommt kein Roman nur mit einer Gegebenheit oder nur mit einer Idee aus.

Wie ich dort so in dem Straßencafé saß, schossen mir die Ideen einzelnen Lemmata gleich durch den Kopf, und deren Beziehung zueinander war etwas, was ein Roman zu entdecken hatte. Die einem Roman eigene Logik sagt dem Schriftsteller, ob er recht oder unrecht hat. Auf jeder Seite. Der Roman erzwingt seine eigene Wahrheit. Ist auch jedes Wort erfunden, so erträgt doch kein Roman die Lüge.

»Auf Clara«, sagte Mica und hob ihr Glas Wein.

»Auf Clara«, fielen die anderen ein.

»Vielen Dank, Darling, das hab ich jetzt wirklich gebraucht«, sagte Mica nach einem tüchtigen Schluck. »Mich packt jedes Mal wieder die Wut, wenn ich an diesen lieben Menschen und all das denke, was in jener Nacht passiert sein könnte. Da war etwas faul, und ich habe Beweise dafür, das weiß Prins sehr wohl. Lucas' Geschichte war faul, alles, was sich anschließend abgespielt hat, war faul, und die Beisetzung taugte auch nichts. Mein Gott, war das ein Zirkus!«

»Könntest du dich bitte ein wenig zügeln?«, sagte Thomas.

»Du warst nicht dabei, Schatz, du kannst also gar nicht mitreden. Ich bekomme heute noch Herzklopfen, wenn ich darüber rede. Es ist vierundzwanzig Jahre her, und es wühlt mich noch genauso auf wie damals. Weißt du noch, Prins, dass ich jede Nacht schreiend aufgewacht bin, nachdem wir den Anruf aus Griechenland bekommen hatten?«

»Na, und ob.«

»Wir wohnten im Jordaan, ich werde das nie vergessen. Du standest im Badezimmer, mit eingeseiftem Gesicht, du wolltest dich gerade rasieren. Ich war im Wohnzimmer, die Fenster waren weit geöffnet. Da läutete das Telefon, Bella, aus Griechenland! Nein, ich muss aufhören, nachher kann ich wieder nicht schlafen. Denn das passiert auch jetzt noch manchmal, nicht, Thomas? Auch noch so viele Jahre danach sehe ich nachts alles vor mir. Dann bin ich im Traum diejenige, die fällt, so dass ich es im Bauch fühle, ja bis hinauf in die Kehle, ein endloser Sturz in die Tiefe, bis ich aufwache, schweißgebadet. ›Fällt Clara wieder?‹, fragt Thomas dann.«

Warum, weiß ich nicht, aber irgendetwas hielt mich davon ab, Mica nach den erwähnten Beweisen zu fragen. Vielleicht lag es an der Reaktion von Prins, den ich zusammenzucken sah, als Mica andeutete, über belastendes Material zu verfügen, von dem auch er wisse. Vielleicht war es ein Vorbote der Scheu, die ich im weiteren Jahr haben sollte. Dort, in dem Straßencafé an der Gracht, hatte das Schreiben begonnen, und deshalb fühlte ich mich bei meiner Neugierde irgendwie hintertrieben. Schreiben ist eine Untergrundaktivität. Menschen erzählen einem Geschichten und wissen nicht, dass man ihre Bemerkungen unterdessen in einer Weise deutet, die sie selbst nie für möglich gehalten hätten. Sie erzählen eine Anekdote als für sich stehende Gegebenheit, doch ein Schriftsteller kennt keine für sich stehenden Gegebenheiten. Der Schriftsteller bringt sämtliche Informationen in einem verborgenen Netzwerk unter, verbindet die Anekdote mit anderen Gegebenheiten und verleiht ihr so eine Bedeutung, auf die keiner vorbereitet war. Um nicht länger unredlich zu sein, wandte ich mich Prins zu und sagte einfach, dass ich einen Roman darüber schreiben wolle.

»Worüber genau?«, fragte der Prins.

»Über Lucas Loos und Claras Sturz«, antwortete ich, »und über die Geschichten, die Claras Tod nach sich gezogen hat.«

»Gute Idee«, rief Mica aus, »wir helfen dir, es gibt Unmengen von Geschichten, du kennst bestimmt nur die Hälfte. Obwohl, ich glaube nicht, dass ich das verkrafte.«

»Warum?«, fragte der Prins weiter, und ich war betroffen über den Argwohn, den meine Äußerung bei ihm geweckt hatte.

»Weiß ich noch nicht«, sagte ich.

»Na, den Anfang hast du ja schon«, erwiderte er, und ich meinte darin leichten Sarkasmus anklingen zu hören, was mich erschreckte. Das Gespräch wandte sich danach dem Wetter zu. Aus Höflichkeit blieb ich noch ein Weilchen sitzen, doch nach einer Viertelstunde war mein Glas leer, und ich verabschiedete mich von der Runde am Tisch.

Noch am selben Tag läutete abends gegen elf bei mir das Telefon. Jeder, der mich kennt, weiß, dass ich ungern angerufen werde, vor allem abends. Da rechne ich höchstens mit Unglücksnachrichten. Es war der Prins.

»Bist du dir sicher, dass du ein Buch über Lucas Loos schreiben willst?«

»Ja.«

»Dann muss ich dir etwas erzählen«, sagte er, »etwas, wovon nur drei Menschen wissen. Heute Nachmittag konnte ich das nicht ansprechen, du wirst später verstehen, warum.«

»Du machst mich neugierig«, sagte ich.

»Du weißt doch, dass Wissen schuldig macht, oder?«

»Und ob ich das weiß«, erwiderte ich entschieden.

»Das dachte ich mir«, sagte der Prins mit hörbarer Erleichterung. »Ich habe stundenlang darüber nachgedacht, ob ich es erzählen soll, und dann kam mir plötzlich der Gedanke, dass du vielleicht genau die Richtige bist, der wir die Geschichte anvertrauen können. Weil du Lucas nie gekannt hast. Und weil du im richtigen Moment am richtigen Ort warst, was einer meiner besten Freunde für ein Zeichen von Talent hält.«

Es blieb einen Augenblick still. Prins' Atmung hörte ich an, dass er unschlüssig war, ob er das Folgende sagen sollte oder nicht.

»Und weil ich krank bin.«

»Oh, das tut mir leid. Doch hoffentlich nichts Schlimmes! Was fehlt dir denn?«

»Von Lucas gelernt: Langweile andere nie mit Geschichten über Krankheiten, Leiden oder sonstige körperliche Beschwerden. Ich bin krank, Punkt. Genug davon. Was ich zu erzählen habe, kann ich dir nicht am Telefon sagen.«

»Kein Problem, dann verabreden wir uns irgendwo.«

»Morgen, in dem Straßencafé, aber ein wenig zeitiger. Sagen wir gegen elf. Um zwei Uhr muss ich weg, Arzttermin. Ich sitze an dem Tisch am Windschutz. Ein bisschen abseits, da hört uns niemand, da können wir ungestört reden.«

»Bist du einverstanden, wenn ich Notizen mache?«

»Soviel du willst, ich habe nichts dagegen.«

Erneut blieb es einige Sekunden lang still.

»Kennst du Rafael Delaporte?«, fragte der Prins.

»Nur dem Namen nach und aus Erzählungen, ich bin ihm nie persönlich begegnet.«

»Bubi de Vos?«

»Desgleichen.«

»Umso besser. Na gut, es muss alles einmal erzählt werden. Bis morgen.«

Am nächsten Tag saß ich schon eine Viertelstunde vor der verabredeten Zeit in dem Straßencafé und wartete auf Prins. Um fünf vor elf kam er die Gracht entlang, und ich sah auf einmal, dass sich die Müdigkeit von Jahren in seinen Gang geschlichen hatte. Ich winkte, und er winkte zurück. Er hatte kaum Platz genommen, als ihm der Wirt schon, ohne zu fragen, einen Espresso hinstellte. Bevor sich Prins höflich bedankte, schaute er erst nach, ob auch meine Tasse noch gefüllt war.

In den darauffolgenden Stunden saßen wir dort und sprachen über Lucas Loos und Clara Wevers. Der Prins erzählte von dem Drama, das sich vor vierundzwanzig Jahren auf der Insel Skyros abgespielt hatte, von der Flut der sich breitmachenden Gerüchte, den Verdächtigungen, dem Schock, den Zweifeln. Er erzählte von Lucas' Freunden, vom sogenannten »Tisch« im Künstlerklub »Der Kreis« und von den Konflikten, die dazu geführt hatten, dass Lucas nicht mehr mit am »Tisch« sitzen konnte. Er erzählte von Lucas' Musik, von ihrer Zusammenarbeit, den Gesprächen, die sie im Rahmen der Entstehung von *Der Irrgarten*, *Der Auftrag*, *Der Entfesselungskünstler* und *Das Tribunal* geführt hatten. Hin und wieder stellte ich eine Frage. Manchmal beantwortete er sie gleich, manchmal vertröstete er mich auf später.

»Gestern Abend habe ich meine Freunde angerufen«, sagte er mir. »Sie wollten es sich noch überlegen, ob wir dir unsere Geschichte anvertrauen sollten. Heute Morgen haben sie mich beide zurückgerufen, und du hast Glück. Sie fragten dasselbe, was ich dich gefragt habe. ›Hat sie Lucas gekannt?‹ – ›Nein‹, habe ich gesagt, und das hat auch für sie den Ausschlag gegeben. Ich habe einen Termin für dich. Es ist ein Tag, an dem wir alle drei können. Bubi ist noch im Ausland, es geht also erst am fünften August. Schreib dir das mal in dein Notizbuch.«

Die Aussicht auf diese Verabredung schien Prins plötzlich zu erschöpfen. Da er immer auflebte, wenn er über das Libretti-Schreiben sprechen konnte, fragte ich ihn nach den Séancen, die er am Tag zuvor erwähnt hatte.

»Das war für *Der Entfesselungskünstler*, eine Oper über den faszinierenden Volkshelden Harry Houdini«, begann er. »Die Idee dazu hatte Lucas. Wenn du ihn gekannt hättest, wüsstest du, wie vielsagend es war, dass seine Wahl auf diesen Entfesselungskünstler fiel. Lucas Loos *war* Houdini.

Nicht einmal in der Musikgeschichte findet sich jemand, dessen Persönlichkeit so sprechend mit der von Lucas Loos übereinstimmt wie Harry Houdini, es sei denn Wagner. Weißt du etwas über Houdini?«

»Nicht mehr als jeder andere«, antwortete ich. »Dass er ein Künstler war, der sich auf der Bühne Fesseln anlegen ließ, aus denen er sich dann eigenhändig befreite.«

»Damit ist alles gesagt«, erwiderte der Prins, »besser könnte ich Lucas nicht beschreiben. Das Verwunderliche bei der Arbeit an dem Libretto war, dass Lucas ausschließlich das heroische Abwerfen der Ketten im Auge hatte. Er schien nicht zu durchschauen, dass sich Houdini ja, um sich spektakulär aus seinem Gefängnis befreien zu können, zuvor freiwillig hineinbegeben und sich hatte einsperren lassen. Ich weiß gar nicht, ob ich selbst das damals so deutlich sah oder ob ich das jetzt nur hineininterpretiere. Ich war damals überaus empfänglich für Lucas' mitreißende Kraft, für sein Feuer und seinen Enthusiasmus, und somit geriet ich auch in den Sog seiner blinden Flecken.«

»Wann war das?«

»Mitte der siebziger Jahre.«

»Und diese Séancen?«

»Auch hier musst du mir die retrospektive Interpretation verzeihen. Nach Claras Tod habe ich angefangen, vieles anders zu verstehen. Wie Lucas prangerte Houdini bei anderen an, worunter er bei sich selbst am meisten litt. Houdini war ein Illusionist, der den Illusionismus angriff und den Glauben daran entlarven wollte. In jungen Jahren war er geradezu versessen darauf, die Geister der Toten anzurufen, doch im Laufe seines Lebens wurde er dann zum rabiaten

Kämpfer gegen das, woran er einst so leidenschaftlich geglaubt hatte. Der einstige Spiritist provozierte alle Spiritisten der Welt, klagte sie an, brachte sie sogar vor Gericht. Er zwang sie auf die Knie und forderte ein öffentliches Geständnis von ihnen: Sie sollten eingestehen, dass ihre Séancen Trick seien, dass ihre Kunst nichts mehr als Lug und Trug sei. Was ich dir gestern über Lucas erzählt habe, wie sehr er sich auch weiterhin nach einem wahren Glauben sehnte, genauso sehnte sich Houdini danach, unrecht zu haben – ein Widerspruch in sich, beim einen wie beim anderen.«

Der Prins schob seinen Stuhl näher zu mir heran und setzte seine Erzählung fort.

»Ohne zu wissen, dass ich einige Jahre später eine vergleichbare Affäre aus nächster Nähe miterleben werde, studiere ich für *Der Entfesselungskünstler* die berüchtigte Freundschaft zwischen dem Autor Sir Arthur Conan Doyle und Harry Houdini. Der Verfasser von Sherlock Holmes ist überzeugter Spiritist, und Houdini gerät in den Bann des Autors. Zwischen den beiden Männern entsteht eine innige Freundschaft, und sie schreiben einander zahllose Briefe. Houdini geriert sich darin als der Skeptiker, der im Grunde seines Herzens nichts lieber möchte als glauben. Bei jeder Séance durchschaut er den Trick, bei jeder Magie den Betrug, und dennoch sehnt er sich nach einer spirituellen Erfahrung, die er nicht durchschaut, worin er also zu Recht eine höhere Macht vermuten kann. Er sucht ein wahrhaftes Medium, jemanden, der wirklich Kontakt zum Totenreich hat, und vertraut dabei auf den bekannten Autor. Dann stirbt Houdinis Mutter. Er leidet höllisch unter ihrem Tod und möchte unbedingt Kontakt zu ihrem Geist. Die Frau Doyles ist ein Medium und behauptet, Houdinis Mutter anrufen zu können. Sie halten eine Séance ab, Houdinis Mutter spricht über Frau Doyle, aber die Ungereimtheiten in ihrer Erzählung lassen Houdini endgültig von seinem Glauben abfallen. Und damit von seiner Freundschaft. Seine Mutter war ungarische Jüdin und hatte das Englische nie gut beherrscht, und nun stand sie ihm aus dem Totenreich in der ihr fremden Sprache fließend Rede und Antwort. Das fand er, zu Recht, unglaubwürdig. Von da an entspinnt sich zwischen den einstigen Freunden ein unerquicklicher Streit, der vor allem in der Presse ausgetragen wird. Sie überziehen einander mit Artikeln, und vor allem Houdini nutzt Interviews dazu, Sir Arthur Conan Doyle Beleidigungen an den Kopf zu werfen.«

Der Prins musste kurz zu Atem kommen und leerte in einem Zug sein Tässchen Espresso.

»Auf welche Affäre in deinem Umfeld hast du vorhin angespielt?«, fragte ich, die Gelegenheit nutzend.

»Den Konflikt zwischen Aaron Keller und Lucas Loos«, antwortete der Prins. »Aber darüber wirst du später mehr hören.«

»Gut«, sagte ich, »ich fasse mich in Geduld.«

»Fein, dann können wir mit unserer Geschichte fortfahren. Lucas hatte die gleiche doppelsinnige Haltung zu Magie wie Houdini. Er wollte sich bezaubern lassen und doch ein Ungläubiger sein. Für *Der Entfesselungskünstler* erörterten wir eine Séanceszene, und damit wir diese sowohl musikalisch als auch literarisch gut ausgestalten konnten, besuchten wir den okkulten ›Kreis der Verbundenen‹. Lucas war früher schon einmal dort gewesen, in den sechziger Jahren, ich zum ersten Mal.

Vor Beginn der Séance stellt Lucas mich vor, und wir unterhalten uns ein wenig mit dem Meistermedium und den anderen Teilnehmern. Lucas erzählt, dass wir an einer Oper über Houdini arbeiten.

›Aha, unser Held‹, sagt darauf das Medium, ›der schwarze Teufel. So sprach schon mein Vater von ihm. Er hat in den zwanziger Jahren an den berühmten Halloween-Séancen teilgenommen. Kennen Sie die Geschichte von Houdinis tragischem Tod?‹, fragt er mich. Die kannte ich zwar, aber gern hörte ich sie mir noch einmal aus seinem Munde an.

›Eine Darbietung bei Houdinis Auftritten bestand darin, dass er einige starke junge Männer auf die Bühne rief und sich von ihnen in den Magen boxen ließ, so hart sie konnten. In der Pause vor dem Auftritt, der sein letzter sein sollte, ruhte sich Houdini auf der Liege in seiner Garderobe aus. Zwei jungen Männern gelang es, sich Zugang zu Houdini zu verschaffen, und sie fragten ihn, ob sie ihm auch mal in den Magen boxen dürften. Houdini willigte ein, doch bevor er sich aufrichten und seine Muskeln anspannen konnte, stürzten sich die unwissenden jungen Männer auf ihn und rammten ihm mit voller Wucht die Fäuste in den Magen. Vor Schmerzen gekrümmt schleppte sich Houdini danach auf die Bühne, musste aber zum ersten Mal in seinem Leben einen Auftritt abbrechen. Er wurde eiligst ins Krankenhaus gebracht. Sein wohl schon vorher entzündeter Blinddarm war unter den Schlägen der jungen Männer geplatzt. Houdini starb wenige Tage später, an Halloween. Kurz bevor er für immer die Augen schloss, versprach er seiner Frau, alles daranzusetzen, sie aus dem Jenseits zu erreichen. Sie vereinbarten einen Kode, an dem sie würde erkennen können, ob es tatsächlich Houdini war, der zu ihr sprach. Daher die Halloween-Séancen. Viele Jahre lang haben Spiritisten überall auf der Welt am einunddreißigsten Oktober, dem Todestag Houdinis, Séancen organisiert, um seinen Geist anzurufen und sein Versprechen wahr zu machen.‹«

»Und?«, fragte ich Prins.

»Es ist nie geglückt. Houdini schwieg wie ein Grab. Aber das hat seiner Popularität in Spiritistenkreisen keinen Abbruch getan. Menschen glauben eben auf Biegen oder Brechen.«

»Und dann?«

»Nun, das Vorstellungsgespräch wird abgeschlossen, und die Séance beginnt, das heißt das, was in solchen Kreisen automatisches Schreiben genannt wird. Lucas und ich sitzen nebeneinander am Tisch, die Zeigefingerspitzen an einem Holzbrett, auf dem das Alphabet, die Zahlen von 0 bis 9 und Begriffe wie Vater, Mutter, Frau, Mann stehen. Räucherstäbchen, Kerzen, alles trägt dazu bei, eine Atmosphäre von Mysterium und Heiligkeit zu kreieren. Das Medium murmelt eine Art Gebet und ruft die Geister an. Da beginnt sich der Stift in der Mitte des Brettes zu bewegen. Ein komisches Gefühl, wenn etwas so ganz ohne Zutun geschieht. Der Stift zeigt an, dass Lucas der Erste ist, der eine Botschaft erhält. Das Schreiben geht quälend langsam, und nur die knisternde Spannung im Raum verhindert, dass mir langweilig wird. Die Botschaft ist an ›meinen Schüler Lucas Loos‹ gerichtet. Das Medium fragt, wer spricht. Es folgt ein fremder Name, den ich nie gehört habe. Auf weitere Nachfrage hin nennt er sich Wortführer des Meisters und behauptet, der Klavierlehrer Richard Wagners gewesen zu sein. Das ist seltsam. Lucas legt nämlich, wie fast alle damals, eine modische Aversion gegen Wagner an den Tag. Beethoven, Chopin ja, aber Wagner ist der Letzte, mit dem er assoziiert werden will. Dann werden mit derselben schaurigen Langsamkeit einige unverständliche Sätze übermittelt. Ich verfolge die ganze Zeit gespannt die Bewegungen dieses Stifts. Weil es so lange dauert, werfe ich einen verstohlenen Seitenblick auf Lucas. Und der Schreck fährt mir in alle Glieder. Lucas ist leichenblass. Das blonde Haar klebt ihm an der Stirn, und er beißt sich auf die Unterlippe. Spätnachts kehren wir nach Hause zurück. Lucas ist schweigsam. Als ich ihn frage, was das denn zu bedeuten habe, dass Wagner ihn seinen Schüler nenne, schaut er wie ertappt und zuckt die Achseln. Am nächsten Tag hängt er in aller Frühe an der Strippe. ›Jetzt versteh ich es‹, sagt er. ›Es war der Meister, es war mein Vater, der da gesprochen hat.‹ Lucas' Vater war Bäckermeister in Utrecht. Lucas und seine Geschwister haben ihn nie Vater genannt, sondern immer nur Meister.

Erst später, als meine Freunde und ich nach Claras Tod zusammenkamen und wir plötzlich größere Übereinstimmungen zwischen Lucas Loos und Richard Wagner entdeckten, habe ich die Bedeutung dieser Séance anders zu interpretieren gelernt. Der Persönlichkeitskult, die Suche nach einem eigenen Opernhaus, Kunst als Religion und so weiter. Unter den Artikeln von Lucas fanden wir einen Beitrag mit dem Titel ›Kind und Meister‹, an den ich mich überhaupt nicht mehr erinnerte. Ich las dessen ersten Absatz als Selbstporträt von Lucas und musste zu meinem Erschrecken nach wenigen Absätzen feststellen, dass es um Wagner ging. Lucas beschrieb Wagner als ein von sich trunkenes

Kind, das gut Noten und Worte schreiben konnte. Dieser Satz kommt mir jetzt automatisch in den Sinn, wenn ich an Lucas denke. Und ich denke oft an ihn.«

Seit ich vor vierundzwanzig Jahren jenen Satz in der Zeitung gesehen hatte, hatte ich zahllose Menschen darauf angesprochen, Freunde und Bekannte, von denen ich wusste oder vermutete, dass sie mir etwas über den Komponisten und seine Frau erzählen könnten. Immer folgten darauf Geschichten über schreckliche Streitereien, über die allgemeine Bestürzung, die Claras Tod ausgelöst hatte, und darüber, dass Lucas Loos nach Claras Sturz nie wieder der Alte geworden sei. Wenn ich fragte, warum sich Lucas für ebenjenen Satz in der Todesanzeige entschieden habe, zuckten die meisten die Achseln. Er dichte, wurde dann gesagt, oder dass Lucas eine Vorliebe für Pathos habe. Der Prins reagierte anders. Er sah mich ruhig an und sagte, dass er mir jetzt noch nicht alles erzählen könne.

»Wenn er dazu aufgelegt ist, wird mein Freund Raffi dir die Geschichte vom gefallenen Engel erzählen«, sagte er.

Ich fragte ihn, ob er in Lucas' letzter Lebensphase noch Kontakt zu ihm gehabt habe.

»Kaum«, sagte der Prins. »1999 hörte ich über einen gemeinsamen Bekannten, dass Lucas mit geplatztem Blinddarm im Krankenhaus lag. Da habe ich ihn dort besucht. Sofern ein Löwe überhaupt zerbrechlich sein kann, lag ein zerbrechlicher Löwe in dem weißen Bett, inmitten von tropfenden Plastiksäcken und Schläuchen mit roter Flüssigkeit, man kennt das ja. Aber so krank er auch war, er ereiferte sich gleich über allerlei politische Fragen und ulkte, dass er kurz befürchtet habe, er würde in Houdinis letzte Fußstapfen treten. An der Pinnwand über seinem Bett prangte eine Ansichtskarte mit einem Porträt Beethovens. Ich musste an die Geschichte denken, die Lucas mir immer wieder mal aus seiner Kindheit erzählt hatte. Wie er als kleiner Junge einmal krank im Bett lag und der Arzt, der kam, die ganzen Komponistenfotos über seinem Bett bemerkte. Das erstaunte den Arzt sehr, und er sagte, dass über das Bett eines Jungen doch Filmstars gehörten. ›Beethoven, Mozart, Chopin und Tschaikowsky waren meine Pin-ups‹, sagte Lucas dann. Nach dem Besuch im Krankenhaus habe ich ihn nie mehr wiedergesehen. Als er starb, war ich in Frankreich.«

Das Glockenspiel vom Westertoren erinnerte die Stadt an das Verstreichen der Zeit. Es war Viertel vor zwei, und der Prins erhob sich. Er zog das Cape um seine Schultern und schob sich die dunkle Sonnenbrille auf die Nase.

»Wir haben zu dritt verblüffende Entdeckungen gemacht«, sagte er. »Du wirst dich wundern.«

»Warum habt ihr denn nicht selbst etwas über diese Entdeckungen geschrieben?«, fragte ich.

»Freundschaft«, antwortete der Prins müde. »Loyalität, weil man eben keinen Rufmord begehen möchte, aus derlei Gründen. Anfang August wirst du es besser verstehen. Keiner von uns dreien könnte einen Roman schreiben, das Talent besitzen wir nicht, und nur Fiktion wird ihm gerecht. Rufmord ist etwas für Biographen und Journalisten, Autoren, die vorgeben, die historische Wahrheit zu kennen. Das halten wir für unlauter. Wir hatten im vorigen Jahrhundert alle an diesem Krieg zu knabbern, und danach bekamen wir einen strengen Lehrmeister in Sartre. – Jetzt muss ich gehen.«

Ich erhob mich und umarmte ihn inniger, als ich es am Tag davor getan hatte. Durch den Stoff seines Capes hindurch fühlte ich, wie mager er geworden war. Sein Rücken schien nur noch aus zwei flügelartigen Schulterblättern zu bestehen. Mir kam der Gedanke, dass ich den Tod umarmte, und bei aller Aufgekratztheit und freudigen Erwartung durchfuhr mich ein flammender Stich uralter Betrübnis.

Zweiter Akt

I

Im Sommer 1981 hat der Komponist Lucas Loos ein Haus auf einer Ägäis-Insel gemietet, um mit seiner Frau Clara und ihrem zehnjährigen Sohn Quint sechs Wochen dort zu verbringen. Claras Busenfreundin, die Schauspielerin Bella Basten, und ihr Sohn Levi, der genauso alt wie Quint und dessen bester Freund ist, sind mit dabei. Bella lebt schon seit einigen Jahren von ihrem Mann getrennt und zieht ihren Sohn allein auf.

Das große, weißgetünchte Haus ist in Etagen an einen Felshang gebaut. Bella und die beiden Jungen bewohnen Zimmer im Erdgeschoss, Lucas und Clara wohnen im Stockwerk darüber, wo sich außer dem Schlafzimmer auch das Wohnzimmer und die Küche befinden. An Wohnzimmer und Küche grenzt eine weitläufige überdachte Terrasse, von wo aus man auf die Felsen, den Strand und das Meer blickt.

Die Hauswirte, ein älteres griechisches Ehepaar, beziehen in den Sommermonaten ein Zimmer im Erdgeschoss, neben den beiden Räumen, die Bella und die Jungen belegt haben. Sie machen täglich die Zimmer sauber und wechseln die Handtücher und einmal in der Woche die Bettwäsche. Morgens, wenn alle noch schlafen, stellen sie frisches Brot auf den Terrassentisch.

Von dort, wo die Jungen schlafen, führt an der Seite des

Hauses eine ewig lange Steintreppe zum Strand und zum Meer hinunter. Sie nennen sie untereinander die Strandtreppe. Und zwischen Bellas Zimmer und dem Zimmer der Hauswirte führt eine Treppe nach oben. Die nennen sie die Himmelstreppe.

Die Terrasse ist der Versammlungsort. Hier treffen sie sich zum Frühstück und zum Abendessen, und hier wird bis tief in die Nacht getrunken und geredet. Die Terrasse ist zu zwei Seiten von einer Brüstung, einer vierzig Zentimeter starken und einen Meter hohen weißen Steinmauer, umgeben. Diese trägt die Pfeiler, auf denen die Überdachung ruht. Von der Seite der Mauer aus, die zur Himmelstreppe führt, kann man auf den Berghang klettern und sich durch das stachlige Gestrüpp einen Weg zur Strandtreppe bahnen. Die andere, rechtwinklig dazu verlaufende Mauerseite schirmt die Terrasse von einem vierzig Meter tiefen, steilen felsigen Abgrund ab. Dicke, saftige Kaktusblätter gaukeln trügerisch einen dichten gelbgrünen Teppich in Fortsetzung der tragenden Mauer vor. Clara und Bella haben die Kinder dringend ermahnt: Sie dürfen auf keinen Fall auf die Mauer klettern, darauf sitzen oder herumlaufen, geschweige denn auf den Kaktusblättern.

Am Abend des 25. Juli 1981, eines Samstags, kehren Bella und die Jungen sowie Lucas und Clara getrennt von einem Besuch in einem nahe gelegenen Haus zurück. Ein Freundespaar aus Amsterdam hat einen halben Kilometer weiter, in dem hoch oben gelegenen Städtchen Chora, ein Haus gemietet, und dort waren sie alle zum Abendessen eingeladen. Für Lucas, Clara und Bella ist dieser Samstag unerfreulich verlaufen, es war ein Tag voller Streitereien und Spannungen, im Laufe des Abends aber erreicht die Stimmung einen Tiefpunkt. Aus dem Essen wird nichts. Die Männer geraten schon beim ersten Ouzo in eine heftige Diskussion über die Stationierung von Marschflugkörpern, Reagan, Kuba, den Bau eines Musikzentrums in Amsterdam und das künstlerische Klima in den Niederlanden. Bella und Clara versuchen sich miteinander zu unterhalten, ohne sich gegenseitig Vorwürfe zu machen, was ihnen nicht gelingt. Nach dem Ouzo geht der mitgebrachte Weißwein herum, und keiner von ihnen behält unterdessen das Feuer im Auge, auf dem das Fleisch gegrillt werden soll. Als schließlich die Jungen vor Hunger unleidlich werden und die Frauen sich widerwillig von ihrem Hader losreißen, um Fleisch auf den Grill zu legen, ist das Feuer ausgegangen. Der Hunger der Kinder wird auf die Schnelle mit Brot, Schafskäse und Fleischtomaten gestillt. Die Erwachsenen kämpfen mit weiterem Alkohol und Joints gegen die Verkaterung über das in die Binsen gegangene Essen an. Keiner kann sich der gereizten Stimmung entziehen, die plötzlich spürbar ist. Beschwipst vom Wein und der Wärme und noch unmutig über das Gespräch mit Bella, wirft Clara Lucas vor, dass er sich nicht um sein Kind kümmere und immer alles an ihr hängenbleibe. Die Gastgeber sind diese Art von Streit gewohnt, äußern sich aber lieber nicht dazu, weil sie wegen des vernachlässigten Feuers ein schlechtes Gewissen haben. Lucas würde gern die Diskussion fortsetzen, um recht zu bekommen, und ist irritiert, weil er wegen eines läppischen Essens daran gehindert wird. Dass er Clara vermittelt, es gebe wichtigere Dinge auf der Welt als Essen, macht diese noch wütender. Normalerweise bekommt sie bei dem ewigen Konflikt mit Lucas über die Frage, was im Leben wichtig ist und was nicht, Zustimmung von Bella, diesmal aber nicht. Bella stimmt Clara gerade in gar nichts zu.

Bella ist an diesem 25. Juli im Laufe des Vormittags aus der Hafenstadt Linaria zurückgekehrt, wohin sie geflüchtet war, um von ihrer Freundin weg zu sein. Sie sind in diesem Sommerurlaub von Anfang an wegen jeder Kleinigkeit aneinandergeraten und haben sich ständig übereinander geärgert. Das Schreien und Schimpfen zwischen ihnen mehr als leid, hatte Bella am Mittwochvormittag die Koffer gepackt, ihren Sohn an der Hand genommen und war den steilen Weg zum Ort hinaufgegangen, um von dort aus den Bus zum Hafen zu nehmen. Nach drei Tagen Absonderung war ihre Wut zwar noch nicht ganz verraucht, aber da Levi seinen Freund vermisste, sprang sie über ihren Schatten und kehrte nach Skyros zurück. Clara und sie hatten sich umarmt, es war eine Stunde lang gutgegangen, dann hatten sie sich erneut angekeift.

Abends hat Bella rasch genug. Ohne abzuwarten, ob Clara sie auf dem stockfinsteren Weg hinunter begleiten wird, ruft sie die Jungen, nimmt ihre Tasche, verabschiedet sich mit einem beiläufigen Kuss von den Gastgebern und verschwindet, Clara und Lucas ignorierend, in der Dunkelheit. Sie leuchtet sich mit einer Taschenlampe. Zurück im Ferienhaus, bringt sie die Jungen zu Bett, holt sich eine Flasche Wein aus der Küche und zieht sich in ihr Zimmer im Erdgeschoss zurück. Es ist schon nach elf. Sie möchte an diesem Abend niemanden mehr sehen. Sie weiß nicht, dass sie Clara nie wiedersehen wird.

Mit Clara im Haus seiner Freunde zurückgeblieben, gelingt es Lucas nicht, die Diskussion wieder anzukurbeln. Deshalb langweilt er sich, wird ungeduldig, sieht an Claras Augen, dass sie immer betrunkener wird, und erhebt sich. Clara macht zwar nicht gleich Anstalten mitzugehen, aber als er darauf drängt und sie mit sanftem Nachdruck unter dem Arm fasst, lässt sie sich gefügig mitnehmen. Auf dem Rückweg zum Ferienhaus gelingt ihnen, was sie sich beide vorgenommen hatten und schon den ganzen Urlaub nach Möglichkeit versuchen: Sie behalten ihre Vorwürfe gegen den anderen für sich und streiten nicht.

Kurz vor Mitternacht treffen sie beim Ferienhaus ein. Clara macht als Erste zwei Männer im Dunkeln aus, die zur Terrasse hinaufschauen und unschlüssig zu sein scheinen, was sie tun sollen. Brüsk löst sich Lucas von Clara, die verblüfft und verärgert zurückbleibt, und beschleunigt seine Schritte, um die Männer willkommen zu heißen. Es sind die beiden jungen amerikanischen Studenten, die sie nachmittags am Strand kennengelernt haben. Lucas ist mit ihnen ins Gespräch gekommen und hat stundenlang bei einem der beiden auf dem Handtuch gesessen. Gegen Claras Willen hat er die jungen Männer eingeladen, abends auf ein Glas zu ihnen zu kommen, entweder in ihr Ferienhaus oder in das seiner Freunde.

Ohne Clara noch zu beachten, geht Lucas mit den beiden jungen Männern die Himmelstreppe hinauf, bietet ihnen auf der Terrasse einen Korbsessel an und holt ihnen etwas zu trinken. Wofür Lucas kein Auge hatte, das fällt Clara sofort auf, als sie mit Mühe oben angelangt ist: Bella ist nicht auf der Terrasse. Von dem Gefühl übermannt, dass sich an diesem Tag alles gegen sie verschworen hat, packt sie der

Mutwille, und sie tut, was sie immer tut, wenn sich Lucas, völlig im Bann seiner leidenschaftlichen Anbetung, wieder mal zum täppischen Schwachkopf macht: Sie flirtet mit dem Mann, auf den er ein Auge geworfen hat. Mit dem scharfen Blick der Eifersucht sieht sie sofort, welchem der beiden jungen Männer seine verliebte Bewunderung gilt. So graziös es ihr in ihrem angetrunkenen Zustand möglich ist, geht sie zu ihm hin, schmiegt sich auf seinen Schoß, schlingt die schmalen, gebräunten Arme um seinen Hals und wirft Lucas einen ebenso herausfordernden wie vernichtenden Blick zu.

An ihr vorbeisehend, als ließe die Provokation ihn kalt, versucht Lucas den Faden des Gesprächs wiederaufzunehmen, das er nachmittags am Strand mit ebendiesem jungen Mann geführt hat. Dieser ist Anfang zwanzig und studiert an der Universität Berkeley Literaturwissenschaft und Philosophie. Lucas hat ihm erzählt, dass er Komponist sei und gerade an einer Oper über Sokrates und Tschaikowsky arbeite. Er habe in den vergangenen Monaten alles von und über Platon gelesen, was er finden konnte, zum Beispiel das *Symposion* mit den »Lobreden auf den Eros« und den Ausführungen über die drei Geschlechter, vor allem aber die Schilderung vom Tod des Sokrates.

Lucas ist nicht nur begeistert von dem dramatischen Gegenstand, den er aufgetan hat, sondern auch frappiert von einem dieser merkwürdigen Zufälle, die sich wie ein roter Faden durch sein Leben ziehen. Der Student aus Amerika heißt Bob, und es ist ein Bob, der in seiner Oper eine zentrale Rolle spielt. Dass er hier, an einem nahezu verlassenen Strand, auf der griechischen Insel, auf der Achilleus als

Mädchen verkleidet wandelte und Theseus vom König von Skyros von den Felsen gestoßen wurde, einen jungen Mann trifft, der den gleichen Namen trägt wie eine Figur in seiner Oper, besitzt für Lucas den holden Glanz der Vorsehung.

Im weiteren Gespräch hat er Bob auch ausführlich von den Nachforschungen Alexandra Orlowas erzählt. Auf dem Tisch in seinem Zimmer liegt eine Mappe mit Fotokopien jüngst dazu erschienener Artikel. Die in die USA ausgereiste russische Musikwissenschaftlerin arbeitet an einem Buch, mit dem sie ein ganz neues Licht auf den mysteriösen Tod Peter Iljitsch Tschaikowskys wirft. In Biographien und Monographien über Tschaikowsky wird widersprüchlich dargestellt, wie der große Komponist ums Leben kam. Seinerzeit, im letzten Jahrzehnt des neunzehnten Jahrhunderts, wurde Sankt Petersburg wie schon öfter in der Geschichte der Stadt von einer Cholera-Epidemie heimgesucht. So lautet die offizielle Version, dass Tschaikowsky als einer von vielen dem verheerenden Bazillus zum Opfer gefallen sei. Da und dort wird dagegen zart angedeutet, dass er depressiv gewesen sei und Selbstmord begangen habe. Wegen der quälenden Widersprüche und Heimlichkeiten in seinem Leben soll Tschaikowsky absichtlich ein Glas mit choleraverseuchtem Wasser getrunken haben und wenige Tage darauf unter fürchterlichen Schmerzen gestorben sein. Es wird auch behauptet, Tschaikowsky sei mit der Wahl dieses Todes seiner Mutter nachgefolgt. Sie war unter ebenso unklaren Umständen bei einer früheren Cholera-Epidemie ums Leben gekommen, hatte zu Niedergeschlagenheit geneigt und soll Selbstmord begangen haben, indem sie von dem zerstörerischen Wasser trank. So weit die Überlieferung, aber Alexandra Orlowa hat gute Gründe, beide Versionen der Todesursache Tschaikowskys anzuzweifeln. Immerhin befand sich der dreiundfünfzigjährige Komponist auf dem Höhepunkt seines Ruhms und hatte gerade erst die Uraufführung seiner Sechsten Symphonie erlebt, eines Werkes, in das er seine ganze Seele gelegt hatte. Und da ist noch etwas anderes. Orlowa hat Ende der dreißiger Jahre, als sie als Archivarin im Tschaikowsky-Museum in Klin tätig war, einen Brief von Tschaikowskys Leibarzt an dessen Bruder gesehen. In diesem Brief gibt der Arzt dem Bruder genaue Instruktionen, wie er den Eindruck erwecken soll, dass Tschaikowsky an der Cholera gestorben sei, welches die Merkmale des Leidens sind und wie er diese der Presse beschreiben kann. Da Orlowa das Land und vor allem die Praktiken der Staatsmacht gut kennt, mutmaßt sie aufgrund dessen, dass Tschaikowsky ermordet wurde. Doch so eifrig sie sich auch auf die Suche nach dem Brief macht, den sie einst in Klin zu sehen bekommen hat, er ist unauffindbar. Im Museum haben die Nazis gehaust, die das Gebäude zu Beginn des Zweiten Weltkriegs besetzt hatten. Es heißt zwar, die Sammlung habe in Sicherheit gebracht werden können, aber der Brief von Tschaikowskys Arzt bleibt dennoch unauffindbar.

Lucas weiß das aus eigener Erfahrung, denn er ist selbst vor einigen Monaten in Russland gewesen, um nach dem Brief zu suchen. Wo immer er auch vorsprach, überall stieß er auf eine von oben gelenkte Begriffsstutzigkeit, und der Brief blieb hinter verschlossenen Türen.

Orlowa gibt nicht auf. Um zu verifizieren, ob sie mit ihrer Vermutung, dass es Mord war, richtig oder falsch liegt, rekonstruiert sie die letzten Tage Tschaikowskys bis ins Detail. Zu jedem Tag zwischen seiner Anwesenheit bei der Uraufführung seiner Sechsten Symphonie und seinem ungeklärten Tod findet sie unzählige Daten in Archiven, Briefen, Tagebuchnotizen, Romanen und Biographien, doch zum Vor- und Nachmittag eines Tages fehlt jeder Hinweis. Die verschwundene Zeit ist der 31. Oktober 1893.

Für Lucas ein ominöses Datum, aber davon wird er Bob später erzählen.

Wie eine Detektivin versucht Orlowa, diesen vertuschten Tag vom Staub der Zeit zu befreien und zu vervollständigen. Dabei stößt sie auf eine zuvor nie aufgetauchte Zeugin. Diese hat auf ihrem Sterbebett einen grausigen Bericht von dem in den Archiven fehlenden Tag abgegeben. Es ist der schreckliche Tag, an dem Tschaikowsky in Sankt Petersburg vor ein geheimes Tribunal geladen wird. Die Sterbende weiß von diesem mysteriösen Ehrengericht, weil ihr Mann zu jener Zeit oberster Richter war und zu dessen Ankläger ernannt wurde. Das Ehrengericht ist aus Freunden Tschaikowskys zusammengesetzt, acht ehemaligen Kommilitonen, die mit ihm die Juristenschule besucht haben und jetzt alle hohe Beamtenposten in Russland bekleiden. Das Scherbengericht findet in der Wohnung des obersten Richters statt und nimmt mehr als einen halben Tag in Anspruch. Während der ganzen Zeit sitzt die Frau des Anklägers mit ihrem Strickzeug im Nebenraum. Nach gut fünf Stunden stürmt ein bleicher, verwirrter Tschaikowsky durch dieses Zimmer hinaus und stolpert um ein Haar über den Stuhl, auf dem sie sitzt. Sie erinnert sich so gut daran, weil Tschaikowsky sie keines Blickes würdigt und es auch versäumt, sich für sein unziemliches Ungestüm zu entschuldigen, wo sie ihn doch eigentlich als äußerst höflichen Menschen kennt. Sie weiß zu erzählen, dass der Anstoß zu dem Tribunal von der Zarin kam. In Sankt Petersburg waren damals Gerüchte laut geworden, dass der Komponist ein Verhältnis mit ihrem Neffen hätte. Als der Zarin das zu Ohren kam, ergriff sie blinde Wut. Der Klatsch über ihren Neffen besudelte ihren guten Ruf und Namen und Ehre ihrer Familie. Sie wollte den Mann, der ihrer Meinung nach für das infame Gerücht persönlich verantwortlich war, weil er mit seiner perversen Lebensweise für derlei Gerede gesorgt hatte, unbarmherzig strafen. Der Zar stimmte ihrem Vorhaben, wegen seiner homosexuellen Aktivitäten mit Tschaikowsky ins Gericht zu gehen, wider Willen und in der Annahme zu, dass es sich lediglich um eine Zurechtweisung handeln würde.

Homosexualität galt im neunzehnten Jahrhundert als Verbrechen. Darauf standen der Verlust der bürgerlichen Rechte und die Verbannung nach Sibirien. Weil das Ehrengericht fürchtet, dass ein Makel auf den Schild ihrer aller Schule und den Namen des Rechts fallen könnte, fordert es aber einen höheren Tribut für die Abweichung, als der Zar zu ahnen wagte: Das Tribunal verurteilt Tschaikowsky zum Selbstmord durch Trinken eines Giftbechers. Aus Angst vor Tumulten unter dem Volk soll das Urteil streng geheim gehalten werden. Daher gibt das Gericht dem berühmtesten und beliebtesten Komponisten Russlands die Gelegenheit, selbst Hand an sich zu legen.

An dem aus den Annalen verschwundenen Tag, dem letzten Tag im Oktober, kehrt Tschaikowsky gebrochen nach Hause zurück, lässt sich von einem Mitglied des Tribunals, seinem Verleger, wohlgemerkt, das Gift verabreichen und stirbt fünf Tage später einen grauenhaften Tod. An seinem Sterbebett stehen zwei Männer: sein ebenfalls homosexueller Bruder und Vertrauter Modest und der junge Mann, dem wirklich sein Herz gehört, sein Neffe und seine große Liebe, Wladimir Dawydow, Sohn seiner Schwester Alexandra. Wladimir wird von allen Bob genannt. Ihm hat Peter Iljitsch die Symphonie gewidmet, die seine letzte gewesen sein wird, die Symphonie, mit der er dem russischen Publikum weniger als eine Woche vor seinem Tod seine Seele offenbart hat: die *Symphonie Pathétique*. Und es ist etwas Merkwürdiges und Rätselhaftes an dieser *Pathétique*. Tschaikowsky hat offenbar geahnt, dass sie sein letztes Werk sein würde. Sie endet mit einem Lamento, einem desolaten Klagelied.

Peter Iljitsch Tschaikowsky nennt sie ein Requiem.

Peter Iljitsch Tschaikowsky hat seinen Tod vorhergesehen.

Peter Iljitsch Tschaikowsky hat sein eigenes Requiem geschrieben.

In seinem Überschwang ist sich Lucas Loos nicht bewusst, dass er sich das, was über Orlowas Nachforschungen berichtet wurde, ganz nach eigenem Belieben zurechtbiegt. Er legt den Todestag Tschaikowskys immer auf den 5. statt auf den 6. November 1893. Er macht eine Frau, die Zarin, zur Hauptschuldigen, während es in Wirklichkeit irgendein Fürst war, der mit einem Brief an Zar Alexander den Anstoß zur Verurteilung des Komponisten gab. Nicht der Neffe der Zarin, sondern der Neffe jenes Fürsten sollte vor den Gerüchten geschützt werden. Die Zeugin, die Frau des obersten Richters Jakobi, war zwar steinalt, lag aber keineswegs im Sterben, als sie das Geheimnis enthüllte, das sie von ihrem Mann gehört hatte. Sie vertraute dieses, um es nicht mit ins Grab nehmen zu müssen, auch nicht Alexandra Orlowa persönlich an, sondern dem Sohn von Freunden. Dieser war es dann, der die Autorin davon in Kenntnis setzte, sie erfuhr es also aus dritter Hand. Lucas macht Tschaikowskys Freund und Verleger zum Henker, der ihm das Gift verabreicht. Auch das entspricht nicht Orlowas Darstellung, aber Lucas ärgert sich schon seit Jahren schwarz über seinen eigenen Verleger, und Lucas pflegt sich zu rächen, am liebsten mit dem, was er zu Papier bringt. Was er alles tun müsse, um diesen Verleger zu einer schönen Ausgabe seiner Partituren zu bewegen! In den Niederlanden werde einem Komponisten das Leben wirklich schwergemacht! Bei Tschaikowskys Beisetzung hätten Tausende von Menschen die Straßen gesäumt, um ihm die letzte Ehre zu erweisen, aber in den Niederlanden werde einem nicht einmal eine erste Ehre erwiesen. Dort wisse keiner die Schönheit der neuen Musik zu schätzen, nicht einmal sein Verleger. Ein wenig mehr Begeisterung, Engagement und Vorliebe für seine Stücke, und er hätte längst im Ausland einen Fuß in der Tür. Er wisse, was er wert sei. Er wisse, dass er der neuen Musik eine unverwechselbare persönliche Klangfarbe gegeben habe, und er sei kurz davor, einen Ausweg aus der Harmoniekrise des zwanzigsten Jahrhunderts zu finden. Aber dieser Verleger tue nichts und kapiere nichts.

Lucas hat Bob die Geschichte von Tschaikowskys Tod so erzählt, wie er sie sich gerade als Stoff für eine Oper zurechtbiegt. Die historische Wirklichkeit tut für ihn genauso wenig zur Sache wie die exakte Wiedergabe der Version Orlowas. Eine Oper bedarf der Spannung und Dramatik, und die Kunst kann nur insofern der Wahrheit dienen, als sie verführt, amüsiert, fasziniert. Um die Verführung, nicht um historische Fakten ist es ihm auch am Strand von Skyros gegangen, wo sein Publikum aus einem anziehenden, andächtig lauschenden amerikanischen Studenten bestand.

Lucas Loos weiß um die Wirkung seiner Leidenschaftlichkeit. Er sieht, dass der amerikanische Student an seinen Lippen hängt und er mit seiner Erzählung Eindruck auf ihn macht. Abgesehen vom Komponieren tut Lucas nichts lieber als dies, reden, polemisieren, diskutieren, jemanden an seinem Wissen teilhaben lassen, am liebsten einen schönen, begabten Jüngling, über die Bücher sprechen, die er liest, die Ideen, die ihm dabei kommen. Die Verführungskraft der Worte ist so viel sichtbarer und direkter als die der Musik, dass er nach der ewigen Fortdauer dieses Glücks lechzt. Für Lucas ist die Welt an diesem Samstagnachmittag im Juli 1981 auf einen Quadratmeter an einem griechischen Strand zusammengeschrumpft. Er sieht sich dort sitzen, als blickte er aus der Vogelperspektive auf die Erde hinunter, eingerahmt von einem azurblauen Himmelszelt, einem weißen Strand, einem weinroten Meer. Bilder aus Viscontis Film *Der Tod in Venedig* blitzen in ihm auf. Dirk Bogarde als der Komponist Gustav von Aschenbach am Strand des Lidos in Venedig, aschfahl, vom Fieber der Cholera und der verzehrenden, verbotenen Verliebtheit in einen polnischen Knaben gezeichnet. Gustav von Aschenbach ringt mit seinem Gewissen, weil er den Knaben bei sich behalten möchte und ihm deswegen verschweigt, dass in Venedig eine Cholera-Epidemie ausgebrochen ist. Lucas hat nie geschwiegen, über nichts. Wie in einer Filmkulisse sitzt er hier, im Land der Musik und der Liebe, mit einem schönen Jüngling an seiner Seite. Die heftige Begierde, die er in diesen Stunden für den jungen Mann empfindet, ist vorerst noch reine Sehnsucht. Er lässt ihn an seinem Wissen teilhaben, doziert, bekränzt ihn mit Erzählungen von einer Passion für die Musik und einer mühsamen Existenz. Und er bemerkt dabei nicht, dass er seit Stunden praktisch allein redet. Er bemerkt auch nicht, dass Clara wiederholt versucht, auf sich aufmerksam zu machen, indem sie mit immer schrillerer Stimme die Lautstärke ihres Gesprächs mit Bella hochschraubt.

Um Bob von der verdeckten Bedeutung der *Symphonie Pathétique* zu erzählen, von der autobiographischen Geschichte, die sich hinter den Noten dieses Schwanengesangs verbirgt, beugt Lucas sich noch ein wenig näher zu Bob. Er will ihm gerade erklären, auf welch raffinierte Weise Komponisten mit ihrem angeborenen Zahlenfetischismus geheime Botschaften in ihrem Werk verstecken, als Clara neben ihm auftaucht. Sie hat ihren Sohn an der Hand, der ihn unter seinem hellblonden Pony hervor aus rotverbranntem Gesicht anstrahlt, glücklich, seinem Vater wieder nahe zu sein. Clara sieht Lucas mit dem Blick eines angeschossenen Rehs an, verletzt, verwundert und verstört, ein Blick, dem er sich in den vergangenen sechzehn Jahren schon Tausende Male ausgesetzt wusste. Und genau wie bei den Tausenden Malen zuvor rufen ihre traurigen, bösen Augen eine Mischung aus Mitleid, Schuldgefühl und Wut in ihm hervor. Es fällt ihm schwer, sich aus seiner durch einen glücklichen Zufall zustande gekommenen Idylle herauszureißen und an die Wirklichkeit zu erinnern, für die er sich entschieden hat: sein Leben mit einer Frau und einem Kind. Der rasenden Wut, die in ihm aufsteigt, macht er dadurch Luft, dass er bewusst gegen die Abmachung mit Clara verstößt. Sie wollten sich in diesem Sommer näherkommen und mehr Zeit miteinander verbringen. Deshalb hatte er versprochen, keine fremden Knaben mit ins Haus zu bringen, wann es ihm gerade passt, sondern das vorher mit ihr abzusprechen. Jetzt lädt er Bob und seinen Freund vor Claras Nase ein, abends auf ein Glas zu ihm zu kommen. Er betont dabei jedes einzelne Wort.

Clara hat den Kopf an Bobs Schulter gelegt und drückt hin und wieder einen Kuss auf seinen Hals, direkt unterhalb seines Ohrläppchens. Von der Verführungskraft seiner Erzählung überzeugt, erinnert Lucas den jungen Amerikaner an ihr Gespräch vom Nachmittag. Um auch den Freund mit einzubeziehen, erklärt er ihm noch einmal kurz, dass er dabei sei, eine Oper über die Morde an Sokrates und Tschaikowsky zu schreiben, erzählt von den Entdeckungen Alexandra Orlowas und fragt, ob er, wie Bob, Platons *Symposion* kenne, mit der wunderbaren Rede des Komödiendichters Aristophanes über den Ursprung des Eros. Worin die drei Geschlechter beschrieben seien, die Doppelmenschen, miteinander verbundene Männer-Männer, Frauen-Frauen und Männer-Frauen, die von den Göttern geteilt wurden. Und dass die jeweiligen Urgeschlechter von der Sonne, der Erde und dem Mond abstammten.

Halb schlafend hat Clara seinen Ausführungen gelauscht, springt darauf mit überraschender Geschmeidigkeit von Bobs Schoß, breitet die Arme aus und ruft laut in die stille Nacht hinein, ja, danach sei ihr jetzt, Sex!

Ohne sie auf ihr Missverständnis hinzuweisen, fährt Lucas mit seiner Erzählung fort, führt aus, dass die Urgeschlechter in dieser aneinandergeschmiedeten Form unbesiegbar gewesen seien und insofern eine Bedrohung für die Götter dargestellt hätten. Die Urgeschlechter seien die ersten Himmelsstürmer in der Geschichte der Menschheit gewesen, denn mächtiger als mit einem anderen in Liebe vereint könne ein Mensch nicht sein, sagt er feierlich. Er sieht dabei nicht Clara an. Er sieht Bob an und hält seinen Blick auf ihn gerichtet, als er mit seiner Erzählung fortfährt.

Um die Macht des Menschen zu brechen, hätten die Götter die drei Geschlechter geteilt, sie grausam auseinandergehackt. Seither sei eine Hälfte verzweifelt auf der Suche nach der anderen, um wieder eins zu werden, stark sein zu können. Seit seiner Teilung sei der Mensch zerrissen, und zerrissene Menschen seien kraftlos und manipulierbar, marschierten eins, zwei, drei stramm in Reih und Glied hinter einem Irren mit großer Klappe her.

Mitten in Lucas' Darlegung, wie er die Urgeschlechter in seiner Oper aufzuführen gedenkt, nämlich als ein riesiges Rad aus nackten Menschenleibern, Rücken an Rücken zusammengebunden, zwischen Himmel und Erde schwebend, schlägt Clara vor, gemeinsam im Meer schwimmen zu gehen. Nackt, wie immer. Es ist eine warme Nacht, das Mondlicht streicht über die Wasseroberfläche. Die von Natur aus prüden Amerikaner sehen sich unschlüssig an. Nackt baden, das sieht den Niederländern ähnlich. Ihnen dagegen wäre nicht einmal in Badehose wohl dabei, mit dem unkonventionellen Paar im Meer zu schwimmen. Zudem kommt ihnen irgendetwas zwischen den beiden komisch vor, ohne dass sie so direkt sagen könnten, was. Sie sind fasziniert von dem Mann mit seinen enthusiastischen, erhitzten Erzählungen, aber er schüchtert sie auch ein. Die schöne Frau ist unübersehbar betrunken, aber von diesem Zustand geht ein so verzweifeltes Lechzen nach dem Mann aus, dass es die jungen Männer beklemmt. Bob rettet sie aus der unangenehmen Situation und entzieht sich einer Antwort auf Claras Vorschlag, indem er Lucas fragt, ob er das Libretto für seine Oper selbst schreiben wolle.

Stolz, dass Bob sich für ihn entscheidet, und glücklich, dass er noch ein wenig länger in der Welt seiner Ideen verweilen darf, erzählt Lucas, dass er zusammen mit einem befreundeten Autor und Theatermacher an dem Libretto arbeite. Sein Name werde ihnen als Amerikanern nichts sagen, doch in den Niederlanden sei er berühmt. Er habe einst mit einer modernen Bearbeitung der Verteidigungsrede des Sokrates zu einem dramatischen Monolog die Theaterwelt auf den Kopf gestellt, ein fabelhaftes Stück, das habe damals in allen Zeitungen gestanden. Sein Freund kenne seine antiken Pappenheimer, und sie korrespondierten jede Woche ausführlich über die mögliche Anlage und inhaltliche Ausgestaltung des Librettos. Da er nicht warten könne, bis der Text für die Oper fertig sei – er wisse, dass so etwas Jahre dauern könne –, habe er schon einmal mit der Partitur begonnen. Und da er hier auf Skyros ohne Klavier auskommen müsse, komponiere er summend und singend. Das gehe dank der rühmenswerten Ingeniosität des menschlichen Gehirns ganz gut. Seit er eine neurobiologische Untersuchung darüber gelesen habe, wie Musik im Gehirn zustande komme, nehme er Gesangsstunden. Das Gehirn bestehe ja aus einer linken und einer rechten Hälfte, damit verrate er ihnen wahrscheinlich nichts Neues. Vereinfacht ausgedrückt, wohnten in der linken Gehirnhälfte die Wörter und in der rechten die Töne. Das seien Sprachen – oder, besser gesagt, Fähigkeiten, Sprache zu erzeugen –, aber unterschiedliche Sprachen. Nur wer singe, bringe die beiden Sprachen, die Wörter und die Töne, zusammen. Singen sei ein Mittel, die beiden Gehirnhälften harmonisch miteinander zusammenarbeiten zu lassen, und je mehr er sich darin übe, desto besser gelinge ihm das Komponieren. Das Stück, an dem er gerade arbeite, sei um musikalische Zitate aus der *Pathétique* von Tschaikowsky herumgewoben. Davon habe er Bob nachmittags schon erzählt. Nach seiner derzeitigen Fassung werde er die Oper mit einem Klagelied über den Tod eines Geliebten eröffnen, der auf dem Requiem basiere, mit dem Tschaikowskys Symphonie ende.

Clara sitzt schon seit einer Weile auf dem Teil der Brüstung, der die Terrasse vom Abgrund trennt. Mit dem Rücken an einen der strahlend weißen Pfeiler gelehnt, trinkt und raucht sie. Ab und an streicht sie beiläufig mit der Hand über die samtweiche Oberfläche eines Kaktusblatts. Lucas' Erzählungen über Tschaikowsky und Sokrates und die Theorie von den beiden Gehirnhälften hat sie sich schon unendlich oft anhören müssen. Sie fühlt sich ausgeschlossen und möchte wieder Mitwirkende sein. Sie habe kürzlich ein Buch über die Klagelieder bei den Griechen gelesen, wirft sie mit ihrer rauen, immer etwas zu lauten Stimme ein, und nach dem seien solche gesungenen Wehklagen früher vor allem Frauen vorbehalten gewesen. Die beiden Amerikaner wenden sich darauf ihr zu. Auch Lucas sieht sie an, legt aber den Finger an die Lippen. Obgleich er damit wahrscheinlich bloß andeuten möchte, dass sie leiser sprechen solle, um Bella und die Kinder nicht zu wecken, macht diese Gebärde sie in ihrer Betrunkenheit rasend. Als ob sie nichts wüsste, als ob sie ein Nichts wäre, als ob sie nicht mit einer glücklichen Kombination von äußerlicher Schönheit und interessanten Erzählungen in der Lage wäre, Männer zu verführen! Während er redet und redet, soll sie wohl brav den Mund halten, was? Mit vom Alkohol etwas unwilliger Zunge, die sich zumal mit dem Englischen schwertut, wird Clara noch ein bisschen lauter, als sie fortfährt, dass die Autorin die griechische Literatur durchforstet und aufsehenerregende Entdeckungen gemacht habe. Diese jammernden Frauen seien für die Griechen nämlich lebensgefährlich gewesen. Denn in ihren Klageliedern für die Toten hätten sie bitterlich und aufrüttelnd den Verlust ihrer Lieben beweint. Dass die Frauen den Tod als Feind des Lebens betrachteten, hätten die Herren nicht gebrauchen können. Der Tod sollte verherrlicht werden, gelobt und gepriesen bis in alle Ewigkeit, damit die Männer klaglos bereit waren, ihr Leben für das Volk zu opfern. Das sei der große Unterschied zwischen Männern und Frauen, ihre Haltung zum Tod. Frauen verlören Väter, Männer, Brüder, Söhne, und darüber weinten sie und klagten lauthals die Götter an. Sie erlitten einen persönlichen Verlust. Männer aber nicht, Männern brächte der Tod einen Zugewinn, Status, Ehre, Ruhm, Anerkennung. Männer priesen den Tod, weil er ihre Freunde und Brüder zu Helden mache, und stachelten sich gegenseitig an. Männer stürben für ein höheres Ziel, für den Glauben, einen Führer, ein Land, die Menschheit oder zumindest den Teil der Menschheit, dem sie selbst angehörten. Frauen stifteten Leben, gebärten unter Schmerzen und seien danach bereit, ihr Leben für ihre

Kinder hinzugeben, nicht aber für Status und Ehre. Die Männer nähmen das Leben entgegen, gäben es aber mit derselben Leichtigkeit wieder her. Und wofür? Für einen Orden, wenn sie mit weggeschossenem Bein aus Vietnam zurückkehrten? Oder, wenn sie überhaupt nicht mehr zurückkehrten, für einen mickrigen Standardbrief vom Präsidenten, in dem es heiße, sie hätten tapfer ihr Leben auf dem Schlachtfeld gelassen und er sei den Eltern dankbar für ihre Bereitschaft, ihren Sohn für das Vaterland in den Tod zu schicken?

Lucas weiß, dass das ein Kräftemessen ist. Er weiß, dass Clara genau wie er Eindruck auf die jungen Männer machen will. Er nimmt an, dass sie etwas zu dick aufgetragen und sich einen Teil der Geschichte aus den Fingern gesogen hat, und sagt, dass ihm die Analyse der Autorin nicht sonderlich glaubwürdig erscheine. Er könne aus der griechischen Literatur mühelos zehn Klagelieder von Männern nennen, die sehr wohl eines persönlichen Verlusts wegen trauerten und denen es völlig schnuppe sei, ob ihr teurer Freund mit seinem Tod zum Helden wurde. Und auch die bildlichen Darstellungen von Achilleus und Patroklos – ganz Kummer und Schmerz. Ihm scheine, dass es sich bei ihrem Büchlein um so ein typisch feministisches Pamphlet handle, in dem wieder mal das Klischee bedient werde, dass das männliche Geschlecht gefühllos und egoistisch sei und nur Ruhm und Ehre nachjage und ausschließlich das weibliche Geschlecht eine zärtliche, einfühlsame Seele besitze.

Wütend über diesen Seitenhieb, macht Clara eine Vierteldrehung, damit sie Lucas direkt in die Augen sehen kann, und entgegnet schnippisch, dass sie ja wohl die Letzte sei, der man irgendein Klischee über Männer und Frauen unterstellen dürfe. Sie lebe schließlich schon seit sechzehn Jahren mit einem Mann zusammen, der ganz offensichtlich mehr für Männer als für Frauen übrig habe, ja, der überhaupt nur Männer liebe. Und sie habe ihm in der Hinsicht nie Steine in den Weg gelegt. Vor den Augen der Welt könne er tausendmal der heterosexuellste Homosexuelle sein, der auf der gesamten Erdkugel herumlaufe, sie wisse es besser. Aber wie auch immer, sie sei jedenfalls keine Klischeefrau, die mit einem Klischeemann verheiratet sei und eine Klischee-Ehe führe.

Um sie in ihrer wachsenden Empörung zu bremsen und weil sie recht hat, tut Lucas so, als zitiere er Sokrates, und spricht sie als Diotima an: *Oh my dear Diotima, there again you teach me a lesson of love,* sagt er.

Es sind die letzten Worte, die er je an Clara richten wird.

Es ist zu diesem Zeitpunkt Viertel nach eins in der Nacht von Samstag auf Sonntag, den 26. Juli 1981.

Clara ist zur Versöhnung bereit, zumal sie für nichts lieber Anerkennung erntet als dafür, dass sie Lucas Lektionen in der Liebe erteilt. Sie verzichtet darauf, sich noch weiter über die Klagelieder der Frauen auszulassen, und schlägt erneut vor, schwimmen zu gehen. Von der Brüstung aus hat sie einen herrlichen Blick auf die kabbelnden Wellen, die das Mondlicht widerspiegeln. Die Nacht ist lau, das Meer ist ruhig, die Luft durchzogen von würzigen Düften.

Will you share this dream with me?, fragt sie, während sie mit einer ausholenden Armbewegung die Weite der schönen Szenerie anzeigt.

Es sind die letzten Worte, die Lucas aus ihrem Mund hören wird.

2

Am frühen Morgen des 26. Juli 1981, ungefähr fünf Stunden nach der Katastrophe, geht Lucas Bella wecken. Es ist gegen sechs. Die noch von den Bergen verdeckte Sonne kündigt sich mit ersten Strahlen an, die sie über das Wasser des Meeres vorausschickt. Im abgedunkelten Schlafzimmer rüttelt Lucas an Bellas entblößter Schulter und flüstert ihren Namen. Infolge des Alkohols am Vorabend dauert es eine Weile, bis sie wach wird und ihn schläfrig ansieht. Er sagt, dass Clara von den Felsen gestürzt sei, dass Clara tot sei. Von der Terrasse, sagt er, in den Abgrund gefallen. Er sagt, er werde Quint jetzt sagen, dass seine Mutter tot sei, wenn er auch nicht wisse, wie. Bella blickt ihm entgeistert nach, als er durch die Zwischentür ins Zimmer der Jungen hinübergeht. Er lässt die Tür angelehnt. Von ihrem Bett aus hört Bella einen schauerlichen Schrei aus dem Munde des Jungen und danach das unterdrückte Wimmern von Vater und Sohn. Sie geht hinüber, um sich um ihren eigenen Sohn zu kümmern. Sie steht unter Schock, bringt keinen Laut über die Lippen. Levi sitzt kerzengerade in seinem Bett, während sich neben ihm Vater und Sohn weinend umklammern, und betrachtet die Szene verschreckt, mit weit aufgerissenen Augen. Bella tritt an sein Bett, nimmt ihn mit seinem schlafwarmen Leib schweigend auf den Arm und trägt ihn zur Terrasse hinauf. Oben angekommen, sucht sie mit dem Blick jeden Quadratmeter der Terrasse ab, ob sich Clara nicht vielleicht irgendwo versteckt hält. Dann späht sie angestrengt auf die Mauer, als könnte die Steinfläche noch etwas von dem Drama verraten, das sich hier abgespielt hat. Doch die Mauer bleibt stumm, und Clara ebenso. Bella widersteht der Versuchung, sich über die Brüstung zu beugen, um nachzusehen, ob Clara noch am Fuße des Abgrunds liegt. Sie bekommt plötzlich Angst und nimmt ihren Sohn noch fester in die Arme, als könnte er davonfliegen, hinunter in die Tiefe, Clara hinterher. Sie setzt sich, hält Levi auf ihrem Schoß, streicht ihm über das Haar, das sich steif anfühlt von Wind und Salz, und weiß nicht, was sie denken soll. Sie wartet auf Lucas, der soll ihr erzählen, was sie denken soll.

Aus demselben elterlichen Instinkt heraus trägt auch Lucas seinen Sohn zur Terrasse hinauf. Er setzt sich mit dem noch leise schluchzenden Jungen im Arm, drückt ihn an seine Brust und streicht ihm mit ausholenden Bewegungen über den ganzen Rücken.

»Sie hat noch die Augen aufgeschlagen und mich angelächelt. Dann ist sie gestorben«, sagt er leise. Er starrt blicklos vor sich hin und wiederholt den Satz, als müsse er ihn sich auf der Zunge zergehen lassen. *Sie hat noch die Augen aufgeschlagen und mich angelächelt.*

Der Satz lässt Bella panisch werden, denn er rührt einen übermächtigen Kummer in ihr auf, einen Kummer, den ihr Körper nicht bewältigen kann. Sie versucht ihn hinunterzuschlucken, als handelte es sich um einen hinderlichen Kloß im Hals, weil sie Angst hat, sich gehenzulassen und Levi mit dem Zucken ihres Brustkastens erneut zu beunruhigen. Sie will Wein, sie will trinken, aber sie bleibt sitzen und wiegt ihren Sohn. Mit dem Blick versucht sie Lucas eine Frage zu signalisieren, die einzige Frage, die sie jetzt beschäftigt: Wo ist Clara? Aber Lucas sieht und hört nichts. Er ist vom Nachhall seiner eigenen Worte gefangen: Sie hat noch die Augen aufgeschlagen und mich angelächelt.

So sitzen sie bei Tagesanbruch unter einem Himmel, an dem gerade die Sterne verblasst sind, und sagen nichts. Das Meer schwappt sachte an die Felsen, und sowohl der Vater als auch die Mutter horchen auf die Atmung ihrer Söhne und warten darauf, dass sie wieder ruhig und gleichmäßig wird. Bella steht als Erste auf, um den wieder eingeschlafenen Levi ins Bett zurückzubringen. Sie drückt die Nase an seine nach Ozon riechende Wange, als sie die Treppe ins Erdgeschoss hinuntergeht, und registriert, dass Lucas ihr folgt. Als sie Levi mit dem dünnen weißen Laken zudeckt, hört sie, wie Lucas erneut in Tränen ausbricht, als er Quint vorsichtig auf seine Matratze bettet und das Laken über ihn zieht. Sie geht zu ihm und legt ihm die Hand auf den Rücken.

Als an diesem 26. Juli die ersten Sonnenstrahlen das Haus erreichen, macht Bella in der Küche Kaffee. Auf der Terrasse sitzt Lucas kerzengerade in einem Sessel und starrt vor sich hin. In der rechten Hand hält er eine lange Zigarettenspitze mit einer Mentholzigarette, an der er unaufhörlich zieht. Bella weiß immer noch nicht, was passiert ist. Sie stellt Lucas eine Tasse Kaffee hin und setzt sich neben ihn, stumm. Sowie Laute hervorgebracht werden, sowie einer spricht, wird es wirklich wahr sein, das weiß sie. Solange die

Stille anhält, scheint alles noch ein Alptraum zu sein, und in diesem Fall ist die nebelhafte Beklemmung des Traums der schrecklichen Wirklichkeit vorzuziehen.

»Da«, sagt Lucas. Er zeigt nicht hin, blickt aber auf die Stelle der Brüstung, wo er Clara zum letzten Mal gesehen hat. »Die beiden von gestern Nachmittag waren da, die amerikanischen Studenten. Clara wollte schwimmen gehen. Im einen Moment saß sie noch da, im nächsten nicht mehr.«

»Wie?«

»Ihr ist die Zigarette runtergefallen, glaube ich. Sie wollte sie aufheben.«

»Und?«

»Sie ist gefallen. Hintenüber.«

»Wie kann denn das sein?«

»Sie wollte die Zigarette aufheben, denke ich.«

Bella hatte erwartet, dass mit der Aufhebung der Stille der Schmerz aus seiner dumpfen Betäubung geweckt würde, doch das geschieht nicht. Sie erhebt sich und geht zur Mauer. Sie weiß genau, wo sich Clara immer hinsetzte, wenn die Kinder zu Bett waren. Mit Forscherblick starrt sie auf diese Stelle, streicht mit der Hand über die Steine, den Pfeiler, beugt sich vor und schaut über die Mauer hinweg in den Abgrund. Es ist noch zu schattig, um bis ganz nach unten sehen zu können, doch den schmalen Streifen Erde zwischen Mauer und Abgrund kann sie erkennen. Dort liegt nichts.

»Hier liegt aber keine Zigarette«, sagt sie zu laut und zu streng.

Lucas reagiert nicht.

»Hat sie geschrien? Hat sie noch etwas gerufen?«

»Nichts. Sie hat keinen Laut von sich gegeben. Gar nichts.«

»Das ist komisch. Zumal für jemanden wie Clara. Wenn man fällt, schreit man doch!? Jeder schreit, wenn er fällt.«

»Vollkommene Stille, allumfassende Stille, stiller ist es nie gewesen.«

»Das kann nicht sein.«

»So war es aber. Wie in einem Stummfilm.«

Bella holt tief Luft, nimmt Anlauf für die Frage, die sie am längsten hinausgeschoben hat.

»Wo ist Clara?«, fragt sie, und ungewollt schleicht sich dabei etwas Kindliches in ihre Stimme. Wider besseres Wissen hofft sie, dass Lucas sagen werde, sie ruhe sich von dem tiefen Sturz aus, unten am Strand, auf einem weichen, sauberen Handtuch, graziös, wie nur Clara ihren Körper ausstrecken kann. Dass sie dort mit ein paar geprellten Rippen liege, wenn es sein muss auch einem gebrochenen Bein, einer Gehirnerschütterung, Verletzungen, die man sich bei einem Sturz leicht zuzieht. Es würde ihr auch nichts ausmachen, wenn er sagte, sie liege im Krankenhaus, obwohl sie nicht weiß, ob es auf dieser gottvergessenen Insel überhaupt ein Krankenhaus gibt. Sie möchte nichts lieber hören, als dass sie gleich anschließend zu Clara kann, mit einer eiskalten Wassermelone und einer Flasche Campari, denn dafür ist Clara immer zu haben.

»Oben, in der Ambulanz. Sie wird später nach Linaria gebracht.«

»Ins Krankenhaus?«

»Leichenhalle«, sagt er.

Erschrocken hebt er den Kopf, als Bellas Kehle ein raues Brüllen entweicht. Er sieht sie mit fragendem Blick an, als wolle er wissen, was er denn Falsches gesagt habe.

3

Das Einzige, woran Bella denken kann, ist, dass sie nicht hätte hier sein sollen. Das ist ein Versehen. Ihre Anwesenheit bei diesem Drama ist ein schreckliches Versehen. Den Kaffee lässt sie unangerührt. Sie hat sich eine Flasche Retsina aus der Küche geholt und schenkt sich jetzt das zweite Glas ein. Sie möchte abtauchen, nichts fühlen, nichts denken, sich einfach nur betrinken und wieder schlafen gehen.

Clara hatte nicht gewollt, dass sie mitkam. Clara war, Gott, wie lange schon, seit zwanzig Jahren, nein, nicht ganz, seit achtzehn Jahren ihre beste Freundin. Sie waren einander ähnlich. Das rief jeder in ihrem Freundeskreis, wenn er sie zusammen sah, aber auch sie selbst fanden das. Deshalb hatten sie schon bei ihrer ersten Begegnung Freundschaft geschlossen. Als sie Clara kennenlernte, irgendwann Anfang der sechziger Jahre, war ihr nicht, als sähe, sondern als hörte sie sich selbst in ihr. Diese zu laute, verrauchte Stimme, diese unbeherrschten, aggressiven Bemerkungen, dieses geräuschvolle, heisere Lachen, dieses aufgedrehte, emotionsgeladene Reden und Schimpfen, das Aufbrausende, die permanente Empörung bei allem, was sie sagte, die rüde Ausdrucksweise und das Gefluche, ach, konnte sie meisterhaft fluchen! Und alles, was Clara sagte, hätte auch aus ihrem eigenen Mund kommen können, schien ihr. Clara war ihre Zwillingsseele. So empfand sie es, und so empfand es auch Clara. Sie wollten beide auf den Boden zurück, das war's, immer geerdet sein. Diese endlosen abgehobenen Gespräche, diese abstrakten Diskussionen über Politik und Musik und die Welt verbessern und weiß der Himmel was beendeten sie nach einer Weile rigoros mit dem Ausruf, dass es doch um etwas ganz anderes gehe. Um das Hier und Jetzt. Um das, was man um sich herum sehe und anfassen könne. Um Essen und Trinken, Liebe, Kinder, Freunde, Spaß.

»He, hallo!«, konnten sie dann gleichzeitig schreien und schlugen dabei mit der flachen Hand auf den Tisch. »Hierauf kommt es an!«

Sie hört es jetzt, in ihrem Kopf, Claras laute, raue Stimme, vermischt mit ihrer eigenen, unisono. Und dann laut darüber lachen, immer zu laut, das wussten sie ganz genau, aber es geschah von ganz allein. Schreien und auf den Tisch hauen, um die Männer runterzuholen, runter von ihren hochgeschraubten Idealen und Träumen, von dem Gelaber über Sozialismus, Kommunismus, Kapitalismus, zurück auf den Boden. Mann, haben sie mit ihren lauten Stimmen schon Leute aus Restaurants vertrieben, Verkäufer an den Rand der Verzweiflung gebracht, Passanten zum abrupten Stehenbleiben veranlasst, und dann diese verstörten Blicke, so kleinlich und zimperlich, dass sie auch darüber wieder lachen mussten, am liebsten den braven, schockierten Bürgern schallend ins Gesicht. Und wie sie Leute in der Kneipe beleidigt haben, Leute, die sie kannten, und Leute, die sie noch nie im Leben gesehen hatten, wie sie die beim geringsten Anlass laut und nach Herzenslust runtergeputzt haben. Weil sie an der Theke hingen wie nasse Säcke, weil sie Schuhe mit Kreppsohlen trugen, weil sie die falsche Partei wählten, die falsche Zeitung lasen, Hawaiihemden anhatten oder einfach, weil ihnen ihre Visage nicht gefiel. Gemeinsam waren sie ohrenbetäubend und gefährlich, ein aggressives, böses Gespann. Sie hatten ein derbes Mundwerk, waren schroffer als jeder x-beliebige Bauarbeiter, und sie genossen das. »Nehmt euch in Acht, da kommen die Lästerschwestern«, rief der Prins immer, wenn sie zusammen im »Kreis« aufkreuzten.

Es kann nicht sein, dass Clara nicht geschrien hat, das ist unmöglich. Clara schrie immer, bei allem, gegen alles an. An dieser Stille ist etwas faul. Der Gedanke kommt ihr, ohne dass sie es will. Sie spült ihn mit einem Schluck hinunter.

Plötzlich fällt ihr ein, worüber sie sich nachmittags am Strand unterhalten haben. Ihr wird schlecht von der Erinnerung, oder auch vom Alkohol so früh am Morgen, das weiß sie nicht genau. Um die Übelkeit abzuschütteln, möchte sie laut werden, reden, damit sie nicht mit dem Bild und den Worten allein sein muss, doch Lucas sitzt regungslos in seinem Sessel und schaut auf die hinter den Bergen hervorkommende Sonne. Er ist in eine undurchdringliche Wolke des Schweigens gehüllt, und sie kennt ihn lange genug, um zu wissen, dass sie die jetzt nicht mit ihrer Stimme zerreißen sollte. Sie mag Lucas sehr, aber er ist ein Hitzkopf. Sie ist nicht scharf darauf, angeraunzt oder mit diesem flimmernden Blick bedacht zu werden, mit dem er sein Gegenüber versengen kann.

Wie an allen anderen Tagen zuvor waren sie gegen drei Uhr nachmittags an den Strand hinuntergegangen. Sich der Zeit zu erinnern vermittelt Bella ein unwirkliches Gefühl. Gegen drei Uhr nachmittags, wie lange ist das her? Das Nachrechnen will ihr nicht gelingen, es ändert nichts, es fühlt sich an, als wäre es gerade eben erst gewesen. Sie sieht Clara vor sich, wie sie gerade eben noch neben ihr gesessen hat. Ihr kräftiges und doch engelsgleiches Gesicht, von der Sonne gebräunt, die Wangen und die hohe Stirn glänzend von der fetten Creme. Mit der auf den Kopf hochgeschobenen Sonnenbrille hält sie das halblange rotbraune Haar im Zaum. Bella findet, dass Clara immer noch eine der schönsten Frauen Amsterdams ist, und wird es nie leid, dieses Gesicht anzuschauen. Clara ist wer. Wenn Clara am Strand entlangläuft, bleiben die Männer stehen und drehen sich nach ihr um. Clara ist groß, sie geht mit geradem Rücken, auf hohen Absätzen, Kinn erhoben, Brust raus, ein Wiegen à la Sophia Loren in den Hüften, die sich schon lange nicht mehr dazu eignen. Bella selbst dagegen geht wie ein Mann, auf flachen Schuhen, in Jeans, mit ungekämmten Haaren, und wenn Clara nicht so gut auf sie achtgeben würde, knallte sie glatt gegen jeden Laternenpfahl. Ihr ist solche nach außen getragene Sinnlichkeit und Eleganz fremd. Nur auf der Bühne geht sie heute anders. Das hat sie von ihrem Autor gelernt.

Sie hatte jahrelang eine große Liebe, ein Schriftsteller, Dichter, Theatermacher, Regisseur, Maler und was nicht noch alles. Ein Teufelskünstler, alles konnte er, sie himmelte ihn an und fand das herrlich, aber auch schrecklich, blöde Anhimmelei. Sie verzeiht sie sich, weil er um einiges älter war als sie, rund vierzehn Jahre, und sie noch völlig unerfahren. Daher auch seine erdrückende Überlegenheit. Als er sie zum ersten Mal auf der Bühne gesehen hatte, sagte er, sie gehe langweilig und unansehnlich, wie jemand, der einfach nur von A nach B müsse. Ob sie denn nicht wisse, dass Gehen auch zur Schauspielerei gehöre und etwas ausdrücken könne? Er verordnete ihr Bewegungsunterricht, drückte ihr ein Bündel Geld in die Hand und basta. Autoritär, dominant. Unter Protest, denn ein Mäuschen war sie nicht, hatte sie ihm gehorcht, aber insgeheim bebte sie vor Wonne über sein entschiedenes Eingreifen.

»Ich gehe, wie ich gehe!«, hatte sie mit einem letzten Rest von Gegenwehr zu dem Autor gesagt. »Das ist Ausdruck meines Charakters, so etwas sollte man nicht verändern.«

»Nonsense«, hatte er entgegnet. »Du bist Schauspielerin. Du darfst dich nicht von deinem Charakter anketten lassen. Was hat man schon von Charakter, diesem missverstandenen, überbewerteten Gut? Charakter zu besitzen schränkt bloß ein. Du musst charakterlos sein, fließend wie Wasser in einem mäandernden, kühlen Bach. Wie der Teufel musst du sein, jede gewünschte Gestalt annehmen können, dich fortwährend verkleiden, ungreifbar werden. Draußen auf der Straße kannst du von mir aus grobschlächtig neben mir herschlurfen wie ein Bauer aus dem hintersten Voerstreek, Hauptsache, du kannst auf der Bühne gehen wie eine Königin von Saba. Wenn du du selbst sein willst, solltest du dir einen anderen Beruf suchen.«

So war er, so ist er, ein tyrannischer Herrscher, ein sanfter, lieber Diktator. Ja, sie hat ihn tierisch geliebt. Tut es noch. Obwohl, nein, es hat sich schon etwas geändert, weiß Gott, durch das Buch, diesen Roman, den er geschrieben hat. Verdammt, was für ein Heuchler, was für ein ordinärer Dieb. Alles, was sie gesagt hat, hat er sich gemerkt, jeden Satz hat sie wiedergefunden, jeden Vorwurf, Fluch, Seufzer und jede Bettszene. Da wird sie plötzlich als frigide Zicke zur Schau gestellt, als Friseuse noch dazu, was fällt diesem Blödmann eigentlich ein, so ein Schuft!

»Ich schreibe einen Bestseller«, hatte er gesagt, und daraus war dieses Buch geworden. Nun, es wurde ein Bestseller, und ganz Amsterdam ergötzte sich daran. Stand sogar noch fett auf dem Umschlag, dass es um ihre Beziehung ging, das verkaufte sich besser, das wusste er verdammt gut. »Spielt in den frühen siebziger Jahren in Amsterdam«, stand da, und dass er damals »mit Bella Basten liiert war, von der das Buch teilweise inspiriert ist«. Teilweise, da lachten ja die Hühner! Kein einziger Satz von dem, was drinstand, war nicht wörtlich von ihr gesagt worden. Was glaubte der Mann eigentlich? Dass er aus der Schauspielerin nur eine beschränkte Friseuse und aus dem Sohn eine Tochter zu machen und sich selbst als Versicherungsmakler zu verkleiden brauchte, und es wäre ein Roman, und niemand könnte ihn belangen? Und wenn es nur das gewesen wäre, hätte sie es ja vielleicht noch geschluckt. Aber was das Fass zum Überlaufen brachte, war das letzte Kapitel, in dem sie an Krebs starb. Das hat sie erst so richtig rasend gemacht, das ging zu weit. Nicht, weil sie in dem Buch starb, das ließ sie kalt. Sie war auf der Bühne schon häufiger gestorben und immer wieder aufgestanden. Nein, was unerträglich weh tat: Das letzte Kapitel war von Anfang bis Ende die Geschichte vom Tod ihrer Mutter. Wort für Wort hatte er sie zu Papier gebracht, genauso, wie sie sie ihm erzählt hatte, schluchzend, im Bett an ihn geschmiegt, voller Vertrauen. So etwas Intimes geklaut, Satz für Satz. Sie hat versucht, ihn vor Gericht zu zerren, wegen Rufschädigung, aber es war so, wie er es sich gedacht hatte: Keiner konnte ihm etwas anhaben. Nicht der Schauspieler, die gute Seele, die ja nur bestmöglich umsetzen möchte, was ihm ein Regisseur aufträgt, nein, der Schriftsteller ist gefährlich. Der Schriftsteller, der seinen eigenen Namen auf den Umschlag setzen lässt, der angeblich immer dieselbe Person ist, der niemandem Rechenschaft schuldig ist, der verkleidet sich. Der Schriftsteller ist der Teufel, der jede beliebige Gestalt annimmt und dadurch ungreifbar wird. Auch für das Gesetz, denn ihren Prozess konnte sie sich aus dem Kopf schlagen. Sie kriegte ihn nicht zu fassen. Otto Griffioen, ein befreundeter Jurist, den sie um Rat gefragt hatte, sagte ihr, dass ihre Chancen gleich null wären. Und warum? Weil es sich um Fiktion handelte. Mochte auch ganz Amsterdam wissen, dass es um sie ging, mochte auch ihr Name im Klappentext stehen, es war und blieb Fiktion. »Teilweise inspiriert« – das rettete ihn, das war sein Freibrief dafür, unter dem Deckmäntelchen der Literatur die Wahrheit zu schreiben. Seither wird ihr speiübel, wenn sie auch nur das Wort hört, Fiktion. Eine Rechtfertigung für das Böse. Von Schauspielern wird immer behauptet, sie seien solche geübten Lügner, aber was ist mit Schriftstellern? Er log in allem und am laufenden Band, mit satanischer Freude. Wenn er eine Tasse Kaffee vor sich hatte und man fragte ihn, was er trank, sagte er Tee, es war ihm unmöglich, Kaffee zu sagen, weil Kaffee die Wahrheit war. Was war Tee in dem Fall? Fiktion? Und war das dann Kunst, aus Kaffee Tee zu machen? Zum Totlachen andererseits. Er wurde fuchsteufelswild, wenn sie ihn einen Lügner nannte, damit konnte sie ihn zur Weißglut bringen. Fabulieren, nannte er selbst es, und dass sie als darstellende Künstlerin nichts davon verstehe. Fabulieren sei das, was wahre Künstler auszeichne. Schauspieler und Schauspielerinnen seien bloß armselige Marionetten, genauso wie Orchestermusiker. Die schöpferischen Künstler aber zögen die Fäden.

»Dank meiner reinen Erdichtungen verdienst du dir dein Brot«, konnte er mit genüsslichem Schmunzeln sagen. »Wenn wir nicht wären und unser Leben der grausamen Muse der Erfindungsgabe widmeten, könnten die Theater ihre Tore schließen, die Zeitungen ihre Journaille in die Wüste schicken und die Verleger ihre Prachtbunker anzünden. Und sogar Gott würde sich tödlich langweilen, denn er wäre seinen einzigen und amüsantesten Widerpart los.«

Sie sieht ihn sofort vor sich, nervös an seiner Zigarette ziehend, ein selbstgefälliger Pascha, der seine Selbstgefälligkeit zugleich ironisiert. Alle waren von ihm hingerissen, bezaubert von seinem gewaltigen Charme, und deshalb verziehen sie ihm alles. Sie auch.

Sie trinkt einen Schluck. Es ist schön, sich über ihre Liebesgeschichte mit dem Autor aufzuregen, sie genießt ihre Wut. Alles besser, als an das andere zu denken. Was hatte der Prins damals noch zu Clara und ihr gesagt, als sie sich wieder einmal wegen irgendetwas ankeiften?

»Eure Wut verrät eure Schwäche. Böse werden ist das beste Mittel, um sich nicht gedemütigt, klein und bekümmert zu fühlen.«

Ob das stimmte? Dann müssen sie außerordentlich gedemütigt, klein und bekümmert gewesen sein, denn sie waren dauernd böse, Clara und sie, in einem fort. Bella Basta nennt er sie. Der liebe, kluge Prins. Sie wollte, sie wäre zu Hause, in Amsterdam, bei ihren Freunden, bei Prins. Ob er es schon weiß? Ob sie es in Amsterdam schon wissen?

DAS BUCH sagten sie immer nur, wenn sie darüber sprachen. Den Titel brachten sie nicht über die Lippen. Clara und Lucas kamen auch darin vor, unter anderen Namen natürlich, sie hat vergessen, welchen. Lucas hat er mit giftigem Federstrich gezeichnet, unbarmherzig. Seine Egozentrik, seine Großsprecherei. Wie er permanent allein redet und dann von einer Revolution tönt, von der der Rest der Niederlande noch gar nichts ahnt. Und dass er den Autor schon zehnmal aus dem Haus geworfen hätte, wenn er nicht ein Freund Claras wäre. Fand Lucas nicht witzig, welche Figur da aus ihm gemacht worden war, und er verstand es auch nicht. Er bewunderte den Autor, hielt ihn für einen der größten Dichter aller Zeiten, verherrlichte ihn regelrecht. Er hatte mit dem Autor zusammen sogar eine Oper geschrieben, mit ihm und noch einigen Genies. Und dann wird ihm in diesem Buch eine solche Abfuhr erteilt.

Dass der Autor die Ähnlichkeit zwischen Clara und ihr erkannt hatte, dass sie Zwillingsseelen waren, war Lucas vielleicht auch nicht so angenehm. Clara gefiel das durchaus, und sie hielt es auch für eine Ehre, wenn über einen geschrieben wurde.

»Ein ganzer Roman über dich, von Anfang bis Ende. Sag mir nicht, dass dich das unberührt lässt. Das ist doch eine Ehre, oder?«

»Von wegen Ehre, hör bloß auf!«, hatte Bella entgegnet. »Er hat mich einfach benutzt. Für eine Rolle ausgesucht zu werden, das ist eine Ehre. Sich eine Figur bis ins Innerste zu eigen machen und sie dann so gut wie möglich zu spielen, ja, das ist eine Kunst, da bringst du dich ein, da gebrauchst du dein Talent, aber das hier ist ohne mein Zutun geschehen. Er hat etwas aus mir gemacht, nicht ich, das ist der Unterschied. Es ist sein Kunststück, nicht meines.«

»Du hast ihn doch dazu inspiriert, das ist auch etwas wert. Der Prins sagt, DAS BUCH sei ein ausgewalzter Liebesbrief, der zärtlichste böse Liebesbrief der niederländischen Literatur.«

»Den hätte ich lieber im Kuvert und ordentlich von der Post zugestellt zu Hause auf die Matte bekommen. Dann hätte ich vielleicht an seine Liebe geglaubt, aber so nicht.«

Ihr Widerspruch war nicht ganz aufrichtig gewesen. Sie fühlte sich sehr wohl durch seinen Roman geehrt. Er hatte sie scharf gezeichnet, musste sie also aufmerksam studiert haben. Und Aufmerksamkeit war Liebe, das war ihr inzwischen aufgegangen. Wenn sich der stürmische Sex gelegt hatte, das ganze schwitzige, klebrige Rumgemache, war es das, was man übrig behielt, dass man angeschaut und gesehen wurde. Und man konnte sagen, was man wollte, diese Friseuse war sie, wie sie leibte und lebte. Sie hatte ihn in den Jahren, in denen sie liiert waren, oft genug an einem Roman arbeiten sehen, sie wusste, welche Hingabe und Disziplin das Schreiben erforderte. Und diesmal hatte die Hingabe ihr gegolten, die vielen Stunden der einsamen Absonderung, in denen er kiloweise Schokolade verdrückte. Ganze Tafeln Côte d'Or, Vollmilch-Nuss, sie hatte sie oft genug für ihn gekauft und schweigend neben ihn hingelegt. Die Seiten, die er allmählich mit seiner prächtigen, kleinen Handschrift füllte, hatte er mit ihr gefüllt.

»Ich würde mich darüber freuen«, hatte Clara gesagt. »Das ist jedenfalls besser, als wenn dir einer ein Klavierstück widmet, das er *Cherem* nennt.«

»Ja, wie kann man nur!«, hatte Bella geprustet. Es war eigentlich zu schlimm, um wahr zu sein, aber sie hatten immer wieder Tränen darüber gelacht, auch so viele Jahre danach noch. Hatte Lucas, dieser Irre, seiner Frau doch tatsächlich eine Komposition namens *Cherem* gewidmet, zum Totlachen. Sie hatten im Wörterbuch nachschlagen müssen, was das hieß, Clara und sie. Clara anfangs noch stolzgeschwellt über die Widmung in der Partitur: *Für Clara Wevers.* Lucas hatte gesagt, es stamme aus dem Alten Testament und sei Hebräisch für Anathema. Da sie Cherem nicht finden konnten, schlugen sie also unter Anathema nach. So etwas wie »Hauptthema«, hatten sie beide erwartet, die Muse, die Inspirationsquelle des Künstlers, das Thema, um das seine Arbeit kreist, wofür er sie macht. Doch stattdessen landeten sie mit dem Fremdwort vor den Toren der Hölle. »Verfluchung, Verwünschung, das Verfluchte«. Da waren die beiden kaum vier Jahre zusammen, das musste man sich mal vorstellen, und er verfluchte sie, so jedenfalls empfand Clara es. Wer nicht?

»Na, damit hast du dein Fett weg«, hatte Bella, um einen Scherz bemüht, zu ihr gesagt, doch dann hatte sie Clara angeschaut und gesehen, dass diese mit kreidebleichem Gesicht, angsterfüllten, tränennassen Augen und bebenden Lippen auf die Eintragung im Wörterbuch blickte.

»Er hat mich mit einem Fluch belegt«, sagte sie. »Er kann das, er hat diese Macht.«

»Ich bitte dich, Clara, du glaubst doch wohl nicht an solchen Humbug. Du kennst Lucas doch, der hat nicht eine Sekunde darüber nachgedacht. Der hat sich gesagt: Na, es wird Zeit, dass ich mal ein Stück meiner Freundin widme, egal welches, das nächste eben. Und das war dieses.«

»So ist es gerade nicht. Lucas macht nichts einfach so. Das ist Absicht und wohlüberlegt. Das ist eine Verwünschung.«

Bella konnte es ihr nicht ausreden. Clara bestand darauf, dass sie an jenem Abend zum Essen blieb, und dadurch wurde sie Zeugin des Krachs, der sich an der Bedeutung des Wortes entzündete. Dank einiger Gläser Wein war von der ängstlichen, angeschlagenen Clara nicht mehr viel übrig, als Lucas die drei Treppen von seinem Dachgeschoss herunterkam und sie ihn sogleich mit ihrem Ärger überfiel.

»Was fällt dir eigentlich ein, mir ein Stück zu widmen, das so heißt?«, fuhr Clara ihn wütend an. »Bist du denn von allen guten Geistern verlassen? Das ist eine Verwünschung, das liest jeder heraus. Für Clara Wevers, für die Frau, die ich aus tiefstem Herzen verfluche und vernichten will. Das steht da also, du Arsch, und Gott und die Welt können es lesen.«

»Du spinnst und hast von nichts eine Ahnung«, schoss Lucas sofort zurück. »Die Welt dreht sich nicht nur um dich. Du kannst dir gar nicht vorstellen, wie ein kreatives Werk zustande kommt, was im Kopf eines Menschen umgeht, der etwas schafft, das es zuvor nicht gegeben hat. Du hast wirklich nicht den blassesten Schimmer von Schöpfungsprozessen, egal welcher Art. Für dich beschränkt sich die Welt auf Kleiderschrank, Schminkköfferchen und den Spiegel, in den du schaust, um zu sehen, wie andere dich sehen und bewundern werden, sowie du den Fuß vor die Tür setzt. Und den Fuß setzt du nur vor die Tür, um dir einen neuen Mascarastift, eine neue Handtasche oder einen neuen Rock zu kaufen. Tut mir leid, aber meine Welt ist nun mal etwas größer als ein nach Parfüm und Puder riechendes Boudoir.«

»Ja, deine Welt ist so groß, dass du sie gar nicht siehst. Du spazierst mit so hocherhobenem Haupt herum, dass du über einen armen Junkie, der am Boden liegt, stolperst. Nun, ich sehe diesen Junkie und helfe ihm auf, gebe ihm Suppe zu essen und ein Bett zum Schlafen. Du fühlst dich über die Realität erhaben, weil du dich in hehren Gedanken ergehst, und das gleich über die ganze Schöpfung. Je größer, desto besser. Aber was tust du denn schon, außer den lieben langen Tag allein in *meiner* Dachkammer zu hocken und an ein paar Noten zu basteln, um ein Stück daraus zu machen, das du *Cherem* taufst und dann mir widmest? Was hat es denn zu bedeuten, das beides zusammen, für Clara Wevers plus Cherem?«

»Es ist dir bei der sorgfältigen Anbringung deines Lidstrichs vielleicht entgangen, aber die Niederlande entwickeln sich allmählich zum Polizeistaat, die Welt brennt, und wer dagegen aufbegehrt, über den wird der Bannfluch ausgesprochen. Darum geht es, um das, woran die Welt in diesem grauenvollen Blutjahrhundert krankt. Das Rührstück, das deiner beschränkten Vorstellung nach meine Liebe ausgedrückt hätte, unter Garantie mit vielen weinerlichen Geigen und sämtlichen nervtötenden Klischees der Romantik, ist zu einer verbotenen Sprache geworden. Siehe da, der zweite Bannfluch: Die Verbannung der Melodie in der Musik. Und was ich mache, ist Sprache, Sprache, wie es sie nie gab, Sprache, um die eine Welt fleht, und für mich ist die Welt in der Tat größer und umfasst mehr als nur dich und mich.«

»Alles nur leere Reden. Damit weiß ich immer noch nicht, warum du mir ein Stück widmest, das *Cherem* heißt. Ich komme in deiner Geschichte nicht vor. Die Niederlande, ja. Die Welt, ja. Die Krise der Musik im zwanzigsten Jahrhundert, ja. Überhaupt das ganze zwanzigste Jahrhundert, ja. Aber ich?«

»Du hörst nicht zu, keiner hört zu. Du hörst nur, was dir gerade passt. Alles dreht sich für dich um dieses Wort, den Titel, darum, was die kleinbürgerliche Allgemeinheit denken könnte, wenn sie den Namen des Stücks mit deinem Namen verbindet. Dass Cherem mit einem C anfängt, siehst du nicht. Dass es das C, das E und, wenn man es wie wir ausspricht, das G enthält und somit für das aus der Musik verbannte C-Dur steht, weißt du nicht. Dass das Stück von meiner Liebe handelt, hörst du nicht. Und du hörst es nicht, weil du nicht das Geringste davon verstehst, weil du eine Konsonanz nicht von einer Dissonanz unterscheiden kannst, weil du nicht begreifst, wie sie in dem Stück miteinander ringen und sich schließlich doch annähern. Um zusammen sein zu können. Das sind du und ich, wenn du es denn unbedingt als verlogenes Süßholzgeraspel präsentiert haben möchtest, weil du nur die Sprache von Groschenromanen verstehst: Eine Konsonanz und eine Dissonanz, die unmöglich zusammen sein können und dennoch im Ringen miteinander zusammenfinden und eins werden.«

Und wie so oft sah Bella es geschehen. Lucas brauchte

nur sich und Clara in einem Atemzug zu nennen, und Claras Wut verrauchte. Du und ich, zusammen, das war eine Sprache, die sie verstand und aus seinem Munde am liebsten hörte.

»Und du und ich«, sagte sie nun mit ungewohnt sanfter Stimme, »sind auch verflucht.« Und sie ging zu ihm und schlang die Arme um seinen Hals.

»So ist es, mein Engel«, erwiderte Lucas.

Von ihrem Platz am Tisch aus konnte Bella sein Gesicht sehen, und es fröstelte sie bei seinem flammenden Blick und dem grimmigen Zug um seinen Mund.

Bella erinnert sich, dass sie in DEM BUCH einen Satz über Clara gelesen hat, sie bekommt ihn jetzt nicht mehr zusammen, der ihr naheging, weil er so sehr zutraf. Eigentlich ist es ein verdammt gutes Buch, davon ganz abgesehen. Er durchschaut seine Pappenheimer eben auf den ersten Blick. Vor allem Frauen, von Frauen versteht er viel. Unheimlich, aber auch schön, durchschaut zu werden, im Grunde ihres Herzens möchte sie nichts lieber als das. Wie war noch dieser Satz? Er steht in einem Kapitel über Clara und sie, dass sie sich so ähnlich sind. Da schreibt er etwas über Leiden oder so, dass Clara und sie gern leiden und sich leicht um den Finger wickeln lassen, beide. Ja, so etwas in der Art war es, nur verbrämter ausgedrückt. Da macht sich bemerkbar, dass er aus dem Süden ist, er spricht anders als Holländer, anders als alle anderen. Barocker, in wie mit Girlanden umwundenen Worten, Sprachspielereien, sie konnte gar nicht genug davon bekommen, ihm zuzuhören. Vor allem wenn er Gedichte vorlas, da war sie oft zu Tränen gerührt. Zumal wenn er das Gedicht eigens für sie geschrieben hatte. *Du bemühst dich wie blöde – so öde?*, fällt ihr ein. Bezog sich auf Sex. Sagte er im Bett zu ihr. Mit Sex war danach nicht mehr viel, so sehr musste sie darüber lachen. Tja, und so eine Bemerkung fand sie später garantiert in einem Prosatext oder einem Gedicht wieder. Der Satz hatte funktioniert, also wurde er benutzt. *Du machst dich*, noch so einer, über den sie sich gekugelt hatte. Bah, dass ihr jetzt ausgerechnet die abscheulichen Abschiedsgedichte einfallen müssen, verdammt. Aber die hat sie noch frisch in Erinnerung, diese Klagelieder in vierzig oder sogar fünfzig kurzen Gedichten. Allesamt über sie, allesamt über Sex, genau wie DAS BUCH. Sie war nicht gut darin, hat es gehasst, dieses blöde Rumgemache, dieses Gefummel, dieses schwitzige Gestoße und Geackere, bah.

Alles, was sie im Bett gelernt hat, hat sie von ihm gelernt. Er war der beste Liebhaber, den sie je hatte. Dass es so sein konnte, hätte sie nie für möglich gehalten. Durch ihn ist sie auf den Geschmack gekommen. Er hatte Geduld mit ihr. Es ging um sie, um ihre Lust. Ihre Lust war seine Lust, aber die musste er vor ihr verbergen. Denn wenn sie wusste, dass er etwas von ihr erwartete, ging es nicht mehr, dann war ihr, als müsse sie etwas leisten, und dann machte es keinen Spaß mehr. Dann empfand sie nichts mehr. Außer Ärger. Am größten war die Lust, wenn er sie nahm, während sie schon halb schlief.

Jetzt weiß sie es wieder. Die Lust hat sie darauf gebracht, deshalb kommt ihr der Satz plötzlich wieder. Und wie immer, wenn sie Worte wiederfindet, die in ihrem Kopf verlorengegangen waren, ist ihr für einen Moment zum Jubeln zumute. *Durch die Mangel gedreht zu werden war ihre schönste Lust*. Das ist er, der steht in DEM BUCH. Das schreibt er über Clara. Und damit auch über sie. Und es stimmt. So ist es. Clara und sie fahren auf Männer ab, die sie durch die Mangel drehen. Und was jetzt? Sie können nicht mehr gemeinsam in der Gegenwart sein. Clara hat keine Gegenwart mehr. Clara ist gefallen, sie fällt. Sie fällt noch weiter.

Das Band, das sie die ganze Zeit um ihren Hals spürt, zieht sich enger zusammen, unweigerlich kommen ihr die Tränen, und ein Schauer tiefer Sehnsucht nach dem Autor durchrieselt sie. Sie würde ihn jetzt gern anrufen, mit ihm reden, sich von ihm trösten lassen. Mit niemandem kann sie so klatschen wie mit ihm, über alles und jeden. Mein Gott, wird das ein Schock für ihn sein, das mit Clara. Er war vernarrt in sie.

Bella trinkt ein paar Schlucke hintereinander. Weg damit. Diesen anderen Satz suchen, los, weiter. Wo war sie stehengeblieben? Sie sitzen am Strand, vor so unvorstellbar kurzer Zeit, wenigen Stunden erst, jede auf ihrem Handtuch. Sie haben die Stelle aufgesucht, wo Lucas für die Jungen mit Steinchen eine Uhr im Sand gemacht hat. Vier größere weiße Steine geben die Viertelstunden an und kleine, dunkle Kiesel je fünf Minuten. In der Mitte der Uhr steckt ein Stock im Sand. Anhand des Schattens, den der Stock je nach Sonnenstand auf den Kreis wirft, können sie die Zeit ablesen. Lucas ist ein Bastler. Wenn er nicht arbeitet, macht er irgendetwas Nettes mit den Jungen, Sandburgen bauen, Schlammschlachten mit nassem Strandsand, im Schlauchboot raus aufs Meer. Unter den Jungen erkennt man ihn kaum als den Erwachsenen. Sie merkt Clara an, dass sie ihn in solchen Momenten, wenn er etwas für Quint tut, besonders liebt. Jetzt aber kümmert er sich nicht um Quint und Levi. Er sitzt ein Stück weiter weg und flirtet wie verrückt mit einem bronzebraunen Knaben.

Sie entsinnt sich nicht, worüber sie im Einzelnen mit Clara geredet hat, nur, dass der Ton mürrisch war und der nächste Streit in der Luft hing. Sie weiß, woher die Irritationen der letzten Wochen gerührt haben, ist aber zu stolz, es einzugestehen. Jeden Sommer sind sie zusammen in Urlaub gefahren, verdammt, seit achtzehn Jahren. Wer sonst noch mitkam, wechselte von Mal zu Mal, manchmal sind sie mit mehr als zehn Leuten und einem Haufen Kindern verreist, aber sie bilden den Kern. Nicht Clara und Lucas, sondern Clara und Bella. Lucas war manchmal dabei und manchmal nicht. Doch in diesem Jahr ist von Anfang an alles anders gewesen, eigenartig, unnormal.

Lucas habe etwas arrangiert, hatte Clara ihr gesagt, aber sie wisse immer noch nicht, was und wann sie in Urlaub fahren würden. Bella war egal, in welches Land sie reisten. Selbst wenn sie sie mit einem alten Zelt in die heimische Veluwe verfrachtet hätten, wäre es ihr recht gewesen, sie war mit allem einverstanden. Die Sommerpause des Theaterensembles, dem sie angehört, dauerte zwei Monate. Und da sie bei ihrer Reiseplanung an die Schulferien von Levi und Quint gebunden waren, machte sie sich hinsichtlich des Zeitraums ihrer Reise keine Gedanken. Sie würde es dann schon erfahren, kein Problem.

Doch diesmal geschah etwas Eigenartiges. Es war schon Ende Juni, als Clara eines Tages bei ihr hereingestürmt kam und sagte, dass sie dieses Jahr mit Lucas und Quint allein Urlaub machen werde, in Griechenland. Keiner dürfe mit. Sie wollten eine Weile zu dritt sein, sehen, ob es dann bessergehe zwischen Lucas und ihr. Sie seien ja nie unter sich. Immer seien andere um sie herum, die Mitbewohner im Haus, das gehe so nicht mehr. Bella sieht Clara noch vor sich, wie sie dastand und rigoros zu sein versuchte. Passte nicht zu ihr, diese lächerliche Rigorosität. Also wirklich, sie kannte sie doch durch und durch. Clara war immer für andere da, war großzügig, auf sie konnte man sich verlassen.

»Was ist denn das für ein lächerlicher Einfall!«, hatte sie ausgerufen.

»Gar nicht, wir wollen einfach mal für uns sein«, wiederholte Clara, »ohne dass andere dabei sind. Das muss doch möglich sein! Nächstes Jahr fahren wir wieder zusammen, oder wir fahren im Herbst mit den Kindern irgendwohin, nach Frankreich oder so. Aber nicht jetzt. Du kannst nicht mitkommen.«

»Das hättest du mir ruhig ein bisschen früher sagen können. Wo soll ich denn jetzt mit Levi hin? Wir haben nichts reserviert, und jetzt ist alles ausgebucht. Wir sind doch immer zusammen gefahren, verdammt!«

»Lucas und ich wollen es noch einmal versuchen. So wie jetzt ist es doch nicht mehr auszuhalten!«

»Es ist schon seit sechzehn Jahren nicht auszuhalten. Als wenn ein Urlaub da etwas ändern könnte, lächerlich!«

»Und wir versuchen es trotzdem, Schluss, aus. Außerdem will ich weniger trinken, und wenn du dabei bist, gelingt mir das nicht. Wenn ich dich sehe, muss ich trinken. Und damit Ende der Diskussion.«

Darauf verschwand sie, wie sie gekommen war, wie ein Wirbelwind. Bella packt auch jetzt wieder die Wut, wenn sie daran zurückdenkt. Aber das ist doch irre, wütend auf eine Tote zu sein. Um sich abzulenken, blickt sie auf Lucas' goldblonde Locken, die im Nacken festgeklebt sind. Wie sehr er schwitzt. Es ist noch nicht warm genug, um derartig zu schwitzen. Angstschweiß, durchfährt es sie, das ist Angstschweiß. Dieser Gedanke beklemmt sie, sie weiß nicht, warum. Sie zwingt sich, den Blick von seinem Nacken abzuwenden. Sie muss mit der Erinnerung fortfahren. Zu dem Satz gelangen, der ihr entfallen ist, den sie nicht mehr zu fassen bekommt.

Clara sitzt auf ihrem Handtuch, mit so geradem Rücken, dass man eine Latte daran anlegen könnte. Mit Daumen und Zeigefinger der rechten Hand kneift sie in ihren herausstehenden Beckenknochen. Misst, wie dick die Fettschicht ist. Clara ist in den letzten Jahren spindeldürr geworden, weil sie nichts mehr isst. Kocht für Lucas, Quint und die ganze Blase üppige Mahle und kaut selbst auf einer wässrigen Brechbohne herum. Und trotzdem den ganzen Tag mit diesen langen, schmalen Fingern prüfen, ob sie noch ein Gramm Fett auf den Hüften hat, nicht mehr normal. Dann sagt sie etwas, was Bella jetzt so marternd im Kopf herumschwirrt, ohne Worte. Es ist wichtig, Bella ist sich sicher, dass sie es Lucas erzählen muss. Sie kann nur auf diesen Satz kommen, wenn sie sich schrittweise in die Vergangenheit vorarbeitet, wenn sie sich alles wiederholt, was vorher gesagt wurde. So macht sie es auch, wenn sie Texte fürs Theater lernt. Da weiß man hundertprozentig, dass man einen Satz vollkommen vergessen hat. Es muss ihn geben, aber man kommt ums Verrecken nicht drauf. Die einzige Methode, sich diesen Satz wieder zu vergegenwärtigen, besteht darin, zu dem Teil des

Textes zurückzukehren, den man Wort für Wort auswendig kennt. Und wenn diese Stelle drei Seiten vor dem bewussten Satz liegt, oder zehn, egal. Indem man all diese Seiten im Geiste runterbetet, monoton, ohne jede Dramatik, stößt man von selbst auf den verlorengegangenen Satz. Sie hat keine Ahnung, wie das funktioniert, aber es funktioniert. Durch den Rhythmus wahrscheinlich. Wenn ein Satz fehlt, ist der Rhythmus gestört, und deshalb klingt der bewusste Satz ganz von selbst an, wenn man an die Stelle gelangt, wo er wie ein unverzichtbarer Paukenschlag zu stehen hat.

Nach jenem Gespräch war sie Clara aus dem Weg gegangen, hatte sie weder angerufen noch bei ihr vorbeigeschaut, was sie sonst täglich machte. Sie hatte sich ausgeschlossen und verraten gefühlt, und darüber hatte sie geweint und noch häufiger aus tiefster Seele geflucht. Sie durfte nicht mit, das war zu schlimm, um wahr zu sein. Wie in der Turnstunde, wenn keiner einen in seiner Mannschaft haben wollte. In all den Jahren, die sie sich kannten, war es nie vorgekommen, dass sie einander nicht täglich sahen oder sprachen. Jetzt hatte sie auf stumm geschaltet. Damit Clara zu spüren bekam, was sie ihr antat.

»Wir fahren dieses Jahr nicht in Ferien«, hatte sie Levi an den Kopf geworfen, und als er maulte, hatte sie ihre Wut an ihm abreagiert. Widerlich. Das war Claras Schuld, die mit ihrem blöden Plan. Einander näherkommen, zum Totlachen! Wie wollte sie das denn anstellen? Hand in Hand den Sonnenuntergang betrachten, Sirtaki miteinander tanzen, zu zweit Mensch-ärgere-dich-nicht spielen, sich tief in die Augen schauen, während man sich gegenübersitzt und in seinem Schafskäse stochert? Wenn man sich dauernd stritt, wie Clara und Lucas es taten, dann brauchte man diesen Streit ganz einfach. Dann war die Sprache des Krieges die Sprache der Liebe, genau wie in *Wer hat Angst vor Virginia Woolf*. Sie kennt die Rolle der Martha auswendig, sie weiß, dass man sie mit Liebe spielen muss, mit einer boshaften, aggressiven Liebe. Für sie ein Leichtes, denn so hat ihre Liebe zu anderen ihr ganzes Leben lang ausgesehen: böse, unwirsch, aggressiv. Keine Ahnung übrigens, woher diese Bosheit kommt, aber sie ist nun mal da.

Kaum eine Woche, nachdem sie ihr eröffnet hatte, dass sie nicht mitdürfe, hatte Clara bei ihr in der Küche gestanden und gesagt, dass das Quatsch gewesen sei, selbstverständlich komme sie mit, wie immer. Sie hatten um elf Uhr vormittags den Campari hervorgeholt und einige Gläser darauf getrunken. So kommt es, dass sie jetzt hier sitzt. Und Clara liegt irgendwo unter einem Tuch, unbegreiflicherweise tot. Aber da ist noch etwas Schreckliches, etwas, was das Ganze noch schlimmer macht, und das ist in diesem Satz gespeichert, der nicht hervorkommen will.

Sie sitzen auf ihrem Handtuch, am Strand. Bella kann es nicht lassen, Clara daran zu erinnern, dass sie mit ihrem dummen Plan beinahe verhindert hätte, dass sie hier jetzt so gemütlich und vertraut sitzen. »Lucas quatscht jetzt schon seit Stunden mit diesem Knaben. Da hättest du ganz allein rumgehockt, hättest niemanden gehabt, mit dem du reden kannst.«

»Wenn du nicht da wärst, hätte Lucas Rücksicht darauf genommen. Jetzt braucht er das nicht, weil du da bist.«

»Lucas hat noch nie auch nur eine Sekunde Rücksicht auf dich genommen, ob ich nun da bin oder nicht, das weißt du ganz genau. Er sieht das einfach nicht. Der Mann trägt doch Scheuklappen. Wenn du Kummer hast, sieht er es nicht, wenn du glücklich bist, sieht er es nicht, er sieht rein gar nichts. Alles musst du ihm erklären. Du musst sagen: ›Ich bin traurig‹, erst dann wendet er dir seine Aufmerksamkeit zu, und dann musst du ihm noch so ungefähr erklären, was das ist, traurig sein, denn von sich aus kapiert er das nicht.«

»Aber dafür ist er dann auch dankbar.«

»Na, das ist doch wohl das mindeste! ›Ach, so ist das, wenn man traurig ist, gut zu wissen.‹ Aber gleich beim nächsten Mal erkennt er es wieder nicht, und du musst es ihm aufs Neue erklären, als könnte er sich solche normalen Dinge nicht merken.«

»Wenn es nicht besser wird, trenne ich mich von ihm.«

»Das verkündest du auch schon seit Jahren und tust es doch nicht.«

»Wenn Quint die Grundschule hinter sich hat. Dann ist er ein bisschen älter, dann versteht er das besser.«

»Quint kapiert mit seinen zehn Jahren mehr, als Lucas je begriffen hat und begreifen wird. Quint ist tausendmal erwachsener als er. Der sieht alles und versteht alles, von dem hast du mehr als von Lucas.«

»Du vergisst eines, Bella.«

»Nein, vergesse ich nicht. Du liebst ihn, und er liebt dich, auf seine Art, aber na ja. Also wirklich, ich bin doch nicht blind.«

Bella spürt, dass sie dem Satz jetzt ganz nahe ist, und das macht sie nervös und angespannt. Sie trinkt noch einen Schluck, repetiert das Gespräch aber weiter. Clara sagt etwas über Sicherheit, dass Lucas für Quint Sicherheit bedeute und für sie selbst auch, trotz allem. Und da weiß sie es wieder. Mit Widerwillen entsinnt sie sich des folgenden Passus.

»Bist du eigentlich versichert?«, hat sie Clara gefragt.

Sie weiß genau, warum sie das gefragt hat. Die Versicherungen für den Urlaub schloss immer sie ab, ungebeten, für die ganze Mannschaft, für Levi und sie genauso wie für Clara, Lucas und Quint. Clara bezahlte schon so viel, die Miete für das Ferienhaus, ohne ihr etwas dafür zu berechnen. Deshalb machte sie das immer, ohne etwas zu sagen. Aber diesmal hat sie nur sich und Levi versichert. Weil sie erst so spät erfahren hat, dass sie doch mitfahren würde. Weil sie davon ausgegangen ist, dass Lucas sich ausnahmsweise um die Versicherung gekümmert hat. Weil sie Clara immer noch böse war. Hoffentlich nicht deswegen, bitte.

Nein, natürlich nicht, denn dann passiert einem ja gerade was.

Claras Worte hallen unter ihrer Schädeldecke wider. *Nein, natürlich nicht, denn dann passiert einem ja gerade was.* Die Flasche ist fast leer. Ihr ist übel, und sie möchte wieder ins Bett.

Lucas steht der Angstschweiß bis in den Nacken, das ist eigenartig.

Clara hat nicht geschrien, das stimmt vorn und hinten nicht.

Clara hat sich und Quint und Lucas nicht versichert, das stimmt nur halb.

Eigentlich ist sie die Chaotin, was Formalitäten betrifft. Wie oft hat bei ihr nicht der Gerichtsvollzieher angeklopft, weil sie allergisch ist gegen bürokratisch anmutende blaue

Kuverts und sie ungeöffnet in den Papierkorb wirft. Dann wurde wieder mal ihr Wohnboot mit allem, was dazugehörte, gepfändet, und dann war es Clara, die ihr aus der Klemme half. Die pilgerte zum Finanzamt, stand brav Schlange, füllte endlos Formulare aus, regelte alles und rettete sie vor dem Untergang. So etwas tat sie für sie, aus Freundschaft, während sie in ihre eigenen Angelegenheiten nie Ordnung brachte und alles schleifen ließ. Bei ihr am Oudezijds Voorburgwal wurde man auch regelmäßig vorstellig. Da duckte sich Clara dann unter den Tisch und machte nicht auf. Sie erkannte den Mann vom Finanzamt schon von weitem, denn er trug immer einen Hut. Aber einmal hatte sie ihn nicht durchs Fenster kommen sehen und die Tür geöffnet, und da hatte sie auf seine Frage, ob sie Frau Wevers sei, stahlhart geantwortet, dass sie die Schwester von Frau Wevers sei und sich die andere Frau Wevers gerade in Afrika aufhalte. Als es dem Mann mit Hut dann doch eines Tages gelungen war, über die Türschwelle zu gelangen und mit Lucas und Clara über ihre Steuerschuld zu sprechen, entpuppte er sich als ein ganz reizender Mensch. Beim Gehen sagte er zu Clara: »Sie sind viel netter als Ihre Schwester.« Clara wickelte mit ihrem Liebreiz jeden um den Finger, das ist wahr. Und Clara hat sie mehr als nur einmal aus den Fängen der Gerichtsvollzieher gerettet. Nichts war ihr zu viel. Clara war immer für sie da, Tag und Nacht, so war diese Freundschaft. Andersherum natürlich auch. Mochten sie sich auch gerade noch maßlos übereinander aufgeregt haben, so dass sie sich am liebsten gewürgt hätten, im nächsten Moment gingen sie wieder füreinander durchs Feuer.

Lucas murmelt in sich hinein. Das hasst sie, wenn jemand vor sich hin murmelt, undeutlich, nicht zu verstehen, als wäre er allein auf der Welt.

»Was brabbelst du da alles?«, zerreißt ihre Stimme die beschauliche Morgenstille.

An der Bewegung, die durch seinen Körper fährt, sieht sie, dass er erschrickt.

»Entschuldige«, sagt sie etwas sanfter, »aber was hast du gesagt?«

»Ich sagte nichts, ich sang.«

»Gottogott, Lucas, wie kannst du nur!«

»*Nun will die Sonn' so hell aufgeh'n*. Mahler. *Kindertotenlieder*. Schrieb er, fünf Jahre bevor seine Tochter starb. Vorahnungen. Alle Komponisten leiden darunter.«

»Hattest du die denn?«

»Ich glaube schon. Ja, vom Tag unserer Abreise an, nein, sogar schon lange davor, ich hatte die ganze Zeit schreckliche Vorahnungen.«

»Gottogott, das ist ja gruselig.«

Sie ist verwirrt, weiß nicht mehr, was sie Lucas sagen wollte, warum sie ihn unbedingt aus seiner Lethargie wecken musste. Das hatte auch etwas mit Vorahnungen zu tun, aber eher umgekehrt. Eher mit fehlenden Vorahnungen, bei Clara, was sie komischerweise doch wiederum mit Vorahnungen verbindet.

»Mir ist gerade was ganz Schlimmes eingefallen«, sagt sie. »Ich glaube, ihr seid nicht versichert. Wenn du keine Versicherung abgeschlossen hast, habt ihr keine. Clara hat nichts geregelt, und ich auch nicht, zumindest nicht für euch, nur für Levi und mich.«

»Das ist meine geringste Sorge«, sagt Lucas, ohne zu wissen, dass ihm das in Kürze sehr wohl Sorgen bereiten wird.

Eine großmütige Antwort von Lucas, findet sie, und ihr Gegrübel kommt ihr plötzlich unangebracht vor. Er hat recht, was kümmert sie diese alberne Versicherung. Ärgerlich über sich, weil sie angesichts des abscheulichen Dramas an etwas Profanes gedacht hat, vergisst sie, dass es ihr gar nicht ums Geld ging. Es ging um Claras unheilschwangere Bemerkung. *Gerade dann passiert dir was.* Aber das wagt sie Lucas nicht zu sagen, obwohl sie nicht weiß, woher plötzlich diese Zurückhaltung kommt.

4

Gegen zehn Uhr morgens an diesem Sonntag, dem 26. Juli 1981, füllt sich die Terrasse allmählich mit Menschen. Zuerst kommen zwei Polizisten die Himmelstreppe herauf. In gebrochenem Englisch stellen sie Lucas Fragen. Die Befragung geht mit lebhaften Gebärden einher, Bella schaut zu wie bei einer Pantomime. Sie kann kaum etwas von dem hören, was gesagt wird. Es ist, als schwimme sie unter Wasser, als funktionierten ihre Ohren nicht. Sie fangen nur ein Rauschen auf und können keine Worte herausfiltern. Bella gibt auf Levi und Quint acht. Mit blassen Gesichtern sitzen die Jungen nebeneinander auf dem Boden, so weit wie möglich von der Mauer entfernt, einen Arm um die Schultern des anderen gelegt. Stumm und gespannt beobachten sie das immer regere Geschehen auf der Terrasse. Bella hat ihnen einen Teller mit in Stücke geschnittener gekühlter Wassermelone hingestellt und streicht ihnen immer mal wieder über die gebräunten mageren Rücken. Als sie sieht, wie Lucas zu der Stelle der Mauer geht, wo Clara noch vor wenigen Stunden lebend gesessen hat, hockt sie sich vor die beiden Jungen, um ihnen so den Anblick des dargestellten Dramas zu ersparen. Aus den Augenwinkeln sieht sie, wie Lucas auf der Mauer Platz nimmt und vormacht, wie Clara sich zum Abgrund hinuntergebeugt und nach einer Zigarette gelangt hat, die auf den Streifen Erde zwischen der Mauer und der unermesslichen Tiefe gefallen war. Als Lucas sich zu weit vornüberlehnt und seine Beine plötzlich in die Luft ragen, schnellt einer der Polizisten zu ihm hin und fasst ihn reflexartig beim Fußgelenk.

»He, Mister«, ruft er besorgt aus.

Während er mit der einen Hand Lucas' Fußgelenk umklammert, legt er die andere auf seinen Rücken, um seinen Körper auszubalancieren. Das Gesicht des noch jungen Polizisten ist vor Schreck verzerrt. Als Bella Lucas' Gesicht erkennen kann, sieht sie, dass es schweißüberströmt, aber gänzlich ausdruckslos ist. Es lässt sie schaudern, und sie wendet sich von der Szene ab, um zu schauen, ob die Jungen etwas bemerkt haben. Levi blickt erwartungsvoll zur Himmelstreppe. Henri und Henk, die Freunde, bei denen sie am vorigen Abend eingeladen waren, stehen mit bedrückter Miene auf der obersten Stufe und warten höflich ab, bis Lucas mit seiner Rekonstruktion des Dramas fertig ist. Henri rinnen Tränen über die Wangen. Er sieht zum ersten Mal, wie es sich abgespielt haben muss, Clara, die dort saß, Clara, die fiel. Henk schaut seinen weinenden Freund an, legt ihm die Hand in den Nacken und weist ihn mit einem Blick darauf hin, dass Levi und Quint am Boden sitzen. Henri reißt sich zusammen, geht zu Quint, hockt sich hin und umarmt den ernst blickenden Jungen. Der schlingt die Arme um Henri und klopft ihm sachte auf den Rücken. Diese Geste rührt Bella so sehr, dass ihr ein lautes Aufheulen entfährt. Sie schlägt die Hand vor den Mund und wirft Henri einen entschuldigenden Blick zu. Dann nimmt sie Levi in den einen Arm, legt den anderen um Henris Mitte, und so kauern sie dort zu viert und halten einander fest. Dadurch sehen sie nicht, dass die beiden amerikanischen Studenten gekommen sind. Erst als Bella sich aus ihrem Körperknäuel löst, erkennt sie die jungen Männer, mit denen sich Lucas gestern am Strand unterhalten hat. Sie geht zu ihnen hinüber und umarmt einen nach dem anderen. Das gibt ihr die Illusion, noch etwas von Clara an sich zu drücken.

Lucas steht mit den Polizisten an der Brüstung und winkt Bob. Bob geht zu Lucas hinüber und klopft ihm linkisch auf den Oberarm. Den Polizisten nickt er höflich zu, worauf ihn der eine etwas fragt. Bella sieht, wie der Amerikaner die Schultern hochzieht und dann offenbar vormacht, wie er in dem Moment, als Clara fiel, gerade das Gesicht abgewendet hatte. Er zieht ein weiteres Mal die Schultern hoch und reckt ohnmächtig die Hände in die Höhe. Leer, scheint er sagen zu wollen, ich stehe mit leeren Händen hier, ich weiß es nicht.

Zwischen Lucas' schweren goldblonden Augenbrauen erscheint eine tiefe Furche. Was Bella noch nicht, er aber schon weiß, ist, dass der andere Amerikaner auch nichts gesehen haben kann, weil er zur Toilette gegangen war.

Bella sieht, wie der junge Polizist Lucas beim Unterarm fasst und ihm zu verdeutlichen versucht, dass er den Platz einnehmen soll, an dem er in der Nacht saß oder stand. Lucas tritt einen Schritt zurück, schaut zu Boden, als befände sich dort eine Markierung, die seine exakte Position angeben kann, und stellt sich dann anderthalb Meter von der Brüstung entfernt hin. Der Polizist schaut prüfend zu Bob. Der nickt, ja, da ungefähr hat Lucas gestanden. Darauf fasst der Polizist auch ihn beim Unterarm und fordert ihn mit sanftem Nachdruck auf, seine Position von der vergangenen Nacht einzunehmen. Bob geht zu einem der Korbsessel hinüber und setzt sich, halb von der Stelle auf der Mauer abgewandt, wo Clara gesessen hat. Der Polizist geht zu dem anderen Amerikaner, der aber zu verhindern weiß, dass er ebenfalls beim Arm genommen wird. Ehe der Polizist ihn anfassen kann, zeigt er zur Küchentür, um anzudeuten, dass er sich im Haus befand, als es geschah. Die Hände in die Seite gestemmt, studiert der Polizist den Schauplatz. Er blickt angestrengt und reibt sich über das unrasierte Kinn. Zu viele Krimis gesehen, geht es Bella durch den Sinn. Der Polizist geht unschlüssig um die beiden Männer herum, tritt an die Brüstung und zeigt auf die Stelle, an der Clara Lucas zufolge gesessen hat. Er möchte, dass Lucas noch einmal bestätigt, dass es tatsächlich auf dieser Höhe war. Lucas nickt. Er ist irritiert, von seinem Gesicht ist wachsender Unmut abzulesen. Der Polizist schaut ihn kritisch an, und schockartig wird Bella bewusst, was dieser hinterfragende Blick zu bedeuten hat. Von dort, wo Lucas jetzt steht, hätte er mit Leichtigkeit genau so handeln können, wie es der Polizist vor wenigen Minuten getan hat. Er hätte nach Claras Fußgelenk greifen können, um ihren Sturz in den Abgrund zu verhindern.

Gegen halb elf Uhr morgens an diesem Sonntag, dem 26. Juli, ist die Temperatur auf der Terrasse auf fast 33°C angestiegen. Bella hat alle mit Kaffee versorgt und den Jungen ein Glas kalte Limonade gebracht. Man zögert irgendetwas hinaus, aber sie weiß nicht, was. Die Polizisten lehnen an der Brüstung und sagen von Zeit zu Zeit etwas auf Griechisch zueinander. Bella versteht kein Griechisch. Die Polizisten sind die Einzigen, die sich in die Nähe der Brüstung begeben, alle anderen halten sich so weit wie möglich von ihr fern. Mit einer Gebärde, die auf der Bühne nur in Burlesken erlaubt ist, geben die Polizisten zu verstehen, dass sie nun für den nächsten Schritt der Ermittlungen bereit sind: Sie schlagen sich geräuschvoll mit den Händen auf die Schenkel, bevor sie sich von der Mauer lösen. Dann postieren sie sich auf der obersten Stufe der Himmelstreppe, um anzudeuten, dass sie zu der Stelle hinunterwollen, wo Clara nach dem Sturz aufgeschlagen ist. Sie blicken fragend in die Runde, wer an dem Ort, an dem ihr Leben endete, als Zeuge dienen könnte. Lucas zeigt auf die amerikanischen Studenten und richtet den Finger dann auf Henri und Henk. Bella versteht gar nichts mehr.

»Wart ihr denn auch dabei?«, fragt sie das Freundespaar schrill und mit unverhohlener Missgunst.

»Nein, nein. Bob hat heute Nacht bei uns geklingelt. Da war es schon passiert«, bringt Henri mit Müh und Not hervor.

»Wir haben bei der Ambulanz in unserer Straße eine Trage geholt«, fährt Henk fort, weil er sieht, dass sein Freund kaum sprechen kann. »Die stehen dort draußen unter einer Überdachung, für Notfälle, wenn jemand in den Bergen stürzt. Und dann sind wir zu eurem Strand gelaufen, zu den Felsen.« Er holt tief Luft. »Wir haben sie zusammen nach oben getragen«, piepst er, bevor auch ihm die Stimme versagt.

»Ogottogott«, ist alles, was Bella herausbringt. Das Bild von ihrer Freundin auf der Trage bekümmert sie so sehr, dass sie nicht weiterfragt. Sie fragt Lucas nicht, warum er sie nicht geweckt hat, denn sie kann sich die Antwort ohnehin denken. Angst, die Kinder wachzumachen. Und sie fragt auch nicht, wie Clara ausgesehen hat. Sie möchte Clara in ihrer ganzen Schönheit in Erinnerung behalten.

Deshalb wird Bella erst mehr als zwanzig Jahre später, an ihrem sechzigsten Geburtstag, als sie wieder einmal alle alten Freunde um sich geschart hat, zu hören bekommen, was sie nie wissen wollte. Wie immer, wenn sie beieinander sind, kommen sie automatisch auf Clara und Lucas zu sprechen.

»Was mag einem durch den Kopf gehen, in diesen paar Sekunden zwischen Himmel und Erde? Das habe ich mich so oft gefragt«, sagt Henk.

Bella nickt, das hat sie sich auch schon tausendmal vorzustellen versucht, die Gedanken Claras, während sie fiel.

»Dass im Bruchteil einer Sekunde das ganze Leben an einem vorüberzieht, glaube ich nicht«, sagt sie, »das ist viel zu kurz. Was hätte man von einem Leben gehabt, für das der Bruchteil einer Sekunde ausreichte? Nein, das ist Unsinn. Meiner Meinung nach hat man gerade genug Zeit, um an sein Kind zu denken. Würde ich auch tun, an Levi denken. Ich glaube, das war das Einzige, was Clara durch den Kopf ging: mein Kind. Der blonde Schlaks da«, sagt sie und dreht sich zu Quint um, »dem galt ihr letzter Gedanke, da bin ich mir sicher.«

»Schau ihn dir an, die lange Latte«, sagt Henk nicht ohne Stolz. »Und damals war er so ein Krümel, nicht, Henri? Ein kleiner blonder Krümel. Er sagte immer, sie sei weggeflogen, das fand ich so lieb. Als sei sie nach oben und nicht nach unten gefallen.«

»Ja, er war damals schon ein Vogelnarr, klein, wie er war, der Schatz«, fügt Bella zärtlich hinzu. »Überallhin schleppte er sein Fernglas mit, das er von Clara und Lucas zum Geburtstag bekommen hatte. Er konnte das Ding kaum tragen, aber das Fernglas musste überall mit hin. Vögel beobachten. Und er erkannte alle Vögel an ihrem Gesang.«

»Zum Glück war sie auf der Stelle tot«, sagt Henri.

Bella weiß es und weiß es nicht. Es stand ausdrücklich im Trauerbrief, den Satz hat sie sogleich vor Augen. *Sie stürzte von einem Felsen und war auf der Stelle tot.* Irgendwie hat sie immer glauben wollen, dass die Wahrheit etwas zwischen Lucas und ihr sei, etwas Intimes, und die Fiktion für die anderen bestimmt sei. Denn dieser Satz im Trauerbrief war Fiktion. Sie war doch nicht von einem Felsen gestürzt! Sie war von einer stinknormalen Mauer gefallen, einer doofen Brüstung, einer dummen Terrasse. Aber das war zu vulgär, so konnte man das ja nicht in einen Trauerbrief schreiben: *Sie fiel von einer Mauer und war auf der Stelle tot.* Theseus stürzte von einem Felsen, also stürzte Clara von einem Felsen. Diesen Theseus hatte Lucas an den Haaren herbeigezogen und die Geschichte mit dem ganzen Beiwerk der griechischen Götter und Helden weitergegeben.

»Wieso auf der Stelle tot?«, fragt sie Henri jetzt.

»Sie war völlig zerschmettert«, antwortet Henri und scheut sich fast, es zu sagen.

»Auch ihr Kopf?«

»Gerade der.«

Ob es am Alkohol liegt oder an der Wahrheit, weiß Bella

nicht, aber ihr kommen die Tränen, als sie eine Verbindung zwischen den beiden Wörtern herstellt: Kopf und zerschmettert. Wie muss sie sich das vorstellen? Das passt doch nicht zu Claras Kopf, dass er zerschmettert ist! Sie möchte sie unversehrt in Erinnerung behalten, einen unversehrten, prachtvollen, schlanken Leib auf einer Trage, mit dem schönsten Kopf Amsterdams.

Henri fühlt sich dafür verantwortlich, dass seine Freundin plötzlich so aufgewühlt ist, und er legt den Arm um sie.

»Lucas sagte, dass sie noch etwas gesagt hat«, schluchzt sie, während sie sich mit dem Ärmel wie wild die Tränen von den Wangen wischt. »Und ich habe es immer geglaubt, verdammt.«

»Das hat er bestimmt gesagt, um dich und Quint zu trösten«, sagt Henri gutmütig.

Es ist zu spät, Lucas zu fragen, warum er gesagt hat, was er gesagt hat. Lucas ist schon zwei Jahre tot. *Sie hat noch die Augen aufgeschlagen und mich angelächelt.*

»Diese ewige Fiktion macht mich noch wahnsinnig«, ruft Bella laut und heftig. Dann hebt sie das Glas und stößt mit ihren Freunden auf die traurige Erinnerung an den Tod ihrer Zwillingsseele Clara an.

5

Nachdem die Polizisten gegangen sind und die Studenten auf Lucas' Drängen hin am Meer Kühlung gesucht haben, bleiben Lucas, Bella, Henri, Henk und die Kinder verwaist auf der Terrasse zurück. Erst jetzt, da die Rekonstruktion von Claras Sturz erledigt ist und die Zeugenaussagen gemacht worden sind, hat das Drama sein wahres Ausmaß bekommen. Das Nachspielen, das Platznehmen auf der warmen Steinmauer, wo Clara im einen Moment noch lebend und redend gesessen hatte, um im nächsten stumm in den Tod zu entschwinden, das Hinuntergehen zu der Stelle, wo sie aufgeschlagen war, haben Lucas und Bella das unwirkliche Gefühl vermittelt, dass noch etwas am Verlauf des Geschehens zu ändern wäre. Als böte eine Rekonstruktion ihnen die Möglichkeit, der Geschichte eine andere Wendung zu geben. Jetzt, da diese Illusion dahin ist, fühlen sie sich einer unentrinnbaren Leere ausgeliefert. Es ist eine Wirklichkeit, die danach schreit, anerkannt zu werden, und das heißt, dass sie gehalten sind, die Hinterbliebenen über Claras Tod zu informieren.

Als einen der Ersten wird Lucas Thomas Burggraaf anrufen. Vor zwei Tagen hat eine stenografierte Notiz von der Hauswirtin auf dem Frühstückstisch gelegen. Mit Mühe entzifferte Lucas daraus, dass Thomas angerufen hatte. Er werde am Sonntag, dem 26. Juli, um 13.00 Uhr in Athen landen, am Flughafen einen Wagen mieten und sich in einem Hotel in der Stadt einquartieren. Er wolle zwei Tage in Athen bleiben und dann am 28. Juli die Insel ansteuern. Die Telefonnummer seines Hotels hatte Frau Barbajannis ebenfalls notiert. Thomas ist Lucas' rettender Anker. Etwas aus der vertrauten Welt, in der noch alles heil und ganz war, ist nahe und kann ihm helfen, den Graben in seiner Gegenwart zu überbrücken. Damit sie sonst niemanden vergessen, stellen Lucas und Bella eine Liste mit den Namen und Telefonnummern der Leute zusammen, die die schreckliche Nachricht unbedingt noch am gleichen Tag erfahren müssen. Claras Stiefmutter? Nein, die hat sie gehasst. Aber ihre jüngere Schwester Eline, doch deren Nummer hat keiner, die wohnt irgendwo in Südafrika. Bleiben die Freunde, aber wer zuerst? Claras bester Freund, der schon seit Jahr und Tag bei ihnen im Haus wohnt. Mit äußerster Präzision zeichnet Lucas um die Namen derer, die er persönlich anrufen wird, einen Strahlenkranz mit anderen Namen. Die Angehörigen und Freunde, die er aus Griechenland anruft, werden in den Niederlanden einige andere Leute anrufen müssen. Da die Hauswirte das Vierfache für eine Gebühreneinheit berechnen, beschließen sie, zur Telefonzelle im Ort zu gehen. Sie suchen zusammen, was sie an Drachmen in Münzen dahaben, und machen sich mit Blei in den Gliedern und vom Alkohol träge gewordenen Beinen an den steilen Aufstieg zu dem Platz, wo im spärlichen Schatten eines alten Olivenbaums die einzige Telefonzelle des Ortes steht.

Es ist drei Uhr nachmittags an diesem fatalen Sonntag, als Lucas die Tür des Glashäuschens öffnet und vor der ihm entgegenschlagenden Hitze zurückprallt. Die Temperatur in der Telefonzelle liegt bei über 40°C.

»Diese Zelle ist die Hölle«, sagt er zu niemandem im Besonderen.

»Aber es muss sein«, ermuntert ihn Henri.

»Wie soll ich es bloß sagen?«, fragt Lucas, während er verzweifelt auf die oberste Telefonnummer blickt.

»Eine gute Art, jemandem so etwas zu sagen, gibt es nicht«, sagt Bella entschieden. »Wäre es dir lieber, wenn ich anrufe?«

Lucas schüttelt den Kopf.

»Frag ihn am besten erst, ob jemand bei ihm ist. Nein, sag, er soll sich kurz hinsetzen. So macht man das immer bei Unglücksfällen. Dann weiß er gleich, dass ihn etwas Schlimmes erwartet.«

Lucas hört nicht mehr zu. Die blonden Haare kleben ihm an der Stirn, so dass sein stark zurückweichender Haaransatz sichtbar wird. Mit dem Blatt Papier, auf dem seine Diagramme stehen, fächelt er sich etwas Kühlung zu, bevor er die Zelle betritt. Kaum dass die Tür hinter ihm zugefallen ist, stößt er sie wieder auf und beugt sich nach draußen.

»Ob er Quint sprechen möchte?«

»Ach wo. Was sollte er Quint denn sagen? Den lass lieber, er ist jetzt gerade ein bisschen abgelenkt.«

Lucas lässt die schwere Zellentür hinter sich zufallen, als dürfte er nie mehr heraus, und wählt die erste Nummer. Bella blickt auf seine sich bewegenden Lippen, bis er den Oberkörper vorbeugt, den Arm um den Apparat legt und den Kopf auf seinen Unterarm bettet. Als sie sieht, wie er die Hand vor den Mund schlägt und seine Schultern zu zucken beginnen, muss auch sie weinen.

»Erst wenn ich andere weinen sehe, kann ich selbst weinen, komisch, nicht?«, sagt sie zu Henri, der ihr tröstend die Hand auf den nackten Oberschenkel legt. »Mein Gott, da kommt eines Nachmittags ein Anruf, und man teilt dir mit, dass deine Freundin oder dein Vater oder dein Kind tot ist. Daran darf man doch gar nicht denken.«

»Woran man nicht denken darf, daran denkt man gerade am meisten«, sagt Henri.

Sie nickt und drückt seine Hand. Solche Wahrheiten beruhigen sie. Levi ist vor ihrem geistigen Auge schon eine Million Mal unter die Straßenbahn gekommen, und seit diesem Morgen sieht sie dauernd vor sich, wie er von der Mauer fällt. Ihr letztes Schreckbild sind zwei mollige Jungenbeine, die hilflos in die Luft ragen, ehe sein Körper im Abgrund verschwindet. Um den Film in ihrem Kopf zu stoppen, studiert sie andächtig ihre Liste. Im Gegensatz zu Lucas' feiner, eleganter Handschrift ist die ihre, genau wie die Claras, rund und ausufernd, und sie hat mit viel Druck auf das weiche Papier geschrieben. Auf Lucas' Zettel war keine einzige Streichung, sie hat alle Nummern gleich zweimal durchgestrichen, neu geschrieben und mit einer Reihe von Ausrufezeichen versehen. Nach langem Abwägen ist der Autor an die erste Stelle gerückt. Die Nummer ihres Exmanns dagegen hat sie endgültig durchgestrichen, und bei den drei Nummern guter Freundinnen Claras steht ein Fragezeichen. Ihre Namen kommen nämlich auch in Lucas' Strahlenkränzen vor. Er hat gesagt, dass er sehen werde, wie viele Gespräche er sich zumuten könne. Sie wird übernehmen, wenn er es nicht schafft, alle Freunde persönlich zu informieren.

Als Lucas nach einer halben Stunde aus der Zelle tritt,

wankt er und ist kreidebleich. Keine Faser seines dünnen Sommerhemds ist trocken geblieben. Henri eilt ihm zu Hilfe und bietet ihm seinen Arm an, um ihn zu der Bank unter dem Olivenbaum zu geleiten. Der kleine Ort wirkt wie ausgestorben. Henri erwägt, dass ein Café in der Nähe offen haben könnte, und er lässt Lucas und Bella allein zurück, um mit Henk zusammen ein paar Flaschen Wasser zu besorgen.

»Es ist schrecklich«, seufzt Lucas, »ein großer, höllischer Schrecken.«

Bella scheut sich, ihn etwas zu fragen. Lucas atmet schwer, und sie sorgt sich plötzlich um sein Herz. Sie legt die Hand auf seinen schweißnassen Rücken und versucht ihn zu streicheln, was bei dem nassen Stoff nur schwer geht.

»Allseits Unglauben«, sagt er. »Wen wundert's? Ich kann es selbst kaum glauben, und ich war dabei. ›Wo ist sie?‹, haben alle gefragt. ›Wo ist sie?‹ Die liebste Frage der Welt, wenn man nach Hause kommt und das das Erste ist, was man wissen möchte: Wo ist sie? Und jetzt ist es plötzlich die grausamste Frage, die man mir stellen kann. ›Im Himmel‹, wollte ich sagen, aber das glaubt nur Quint. Weggeflogen, denkt Quint. Gott, erbarme dich unser.«

»Was hast du denn gesagt?«

»Ich habe gesagt, wie es ist: tot, aufgebahrt, Leichenhalle. Thomas steigt gleich ins Auto und kommt her. Die Amsterdamer wollten sofort nach Griechenland fliegen. Ich habe ihnen davon abgeraten. ›Wann kommt sie denn nach Hause?‹, haben sie gefragt, ach, mein Gott.«

Jedes Wort kostet ihn Mühe, als bekomme er beim Aussprechen nicht genügend Luft und fehle es ihm an Kraft, Laute hervorzubringen.

»Sch, trink erst mal was«, sagt Bella, als sie Henri und Henk auf den Platz zurückkommen sieht, die Arme voll Wasserflaschen und in einer Plastiktragetasche, durch die es rot hindurchschimmert, eine Wassermelone. Bevor Lucas sich eine kalte Flasche in den Nacken legt und eine zweite öffnet, um sie mit kräftigen Schlucken zu leeren, reicht er Bella seine Liste.

»Was durchgestrichen ist, ist erledigt«, sagt er zwischen zwei Schlucken. »Es sind nicht mehr viele Münzen da, für ein Gespräch nur, und das kurz. Sie liegen in der Zelle.«

»Hast du deine Familie angerufen?«

»Nein«, sagt Lucas, »das mache ich morgen oder so.«

»Aber sie müssen aus Amerika anreisen.«

»Na schön, dann später«, sagt er, »vom Polizeirevier aus.«

Drei Strahlenkränze sind durchgestrichen. In deren Mitte stehen die Namen der Freunde von Clara und Lucas. Nur der Strahlenkranz um den Namen der besten Freundin von Clara und ihr, Mica, ist noch übrig. Das wundert sie nicht. Lucas und Mica mögen sich zwar gern, aber wie Clara gibt Mica ihm immer Kontra. Bella fragt Henri, ob er im Café Münzgeld herausbekommen hat, aber dem ist nicht so. Noch ein Gespräch, und das kurz. Sie wird sich zwischen dem Autor und Mica entscheiden müssen.

Dritter Akt

1

Am Sonntag, dem 26. Juli 1981, zerreißt zwischen 14.00 Uhr und 14.30 Uhr Ortszeit da und dort in den Niederlanden das Läuten des Telefons die friedliche Stille des Sommernachmittags. Über weit mehr Linien, als Lucas sie in seinen Strahlendiagrammen verzeichnen konnte, verbreitet sich im Laufe des Nachmittags und Abends die Nachricht in Amsterdam. Die Geschichte vom tödlichen Sturz Clara Wevers' geht von Mund zu Mund. Jeder, der an diesem warmen Tag nicht ausgeflogen ist und telefonisch erreicht wird, versucht seinerseits auf dem gleichen Weg andere zu erreichen. Was immer auch sie alle an diesem sonnigen Tag zu Hause festgehalten haben mag, es verliert die Macht der Notwendigkeit, sowie sie die traurige Nachricht vernommen haben. Mahlzeiten bleiben unzubereitet, Briefe ungeschrieben, Konzertproben werden abgesagt, Bücher zugeschlagen, Schauspieler legen ihr Textheft beiseite, Schriftsteller lassen ihre Figuren verwaist auf dem Papier zurück. Wer von Claras Sturz hört, den hält es nicht mehr lange in der stillen Abgeschiedenheit seiner Wohnung. Das Wissen um den Tod ist ein Wissen, das mit anderen geteilt werden muss. Es ist zu schwer, als dass man es allein tragen könnte, und zu sensationell, um es zu verschweigen. So, wie sich ein Schauspieler auf die Wirkung bestimmter Passagen auf das Publikum freut, freuen sich die Lebenden auf den Eindruck, den eine unerwartete Todesnachricht auf einen noch Unwissenden machen wird. Das ist nicht schlimm, das ist menschlich. Jemand, der sich nicht an so einer Neuigkeit weiden möchte und aus Pietät schweigt, macht sich zum Außenseiter. Nur die nächsten Angehörigen des Toten würden gerne schweigen, um mit ihrem Lieben auch im Tod innig allein zu sein, jeder andere möchte den Tod mitteilen, am liebsten als Erster. Er möchte die Bestürzung hervorrufen, die er selbst empfunden hat, als ihn die Todesbotschaft erreichte. Er möchte die Tiefe des Schauderns und der Erschütterung ausloten, um immer wieder darein einzutauchen. So oft und so lange wie möglich möchte er diesen freien Fall wiederholen. Deshalb reisen schlechte Nachrichten schnell. Das hat nichts damit zu tun, dass man sich am Leiden weidet, sondern was lockt, ist die Gemeinschaft des Schauderns, in ihr wollen sich alle zusammenfinden. Und in dieser Gemeinschaft ist der ehrfurchtgebietende Tod König, und vor diesem einsamen Herrscher verneigt man sich demütig.

Binnen weniger Stunden spricht sich die Geschichte vom Tod Claras über ein Wirrwarr von Beziehungen herum. Noch bevor es Abend und die Geschichte aus dritter, vierter oder fünfter Hand weitererzählt worden ist, gehen die aberwitzigsten Gerüchte in der Stadt um.

Clara und Lucas hätten eine Bergwanderung gemacht, Clara auf hohen Absätzen, typisch für sie, eitel, immer mit ihrem Aussehen beschäftigt, in Chanel zum Supermarkt. Sie habe das Gleichgewicht verloren und sei in eine Schlucht gestürzt. Lucas Loos sei selbst hinuntergeklettert, habe sie auf seinem Rücken nach oben getragen, beziehungsweise das, was von ihr übrig gewesen sei. Nur Haut und Knochen, heißt es.

Clara und Lucas hätten einen nächtlichen Spaziergang gemacht, auf einem Felspfad. Beide ziemlich blau. Da sei sie gestürzt, in eine tiefe Schlucht. Dort liege sie jetzt noch, es sei erst vor wenigen Stunden passiert. Man wisse nicht, wie man sie von dort heraufbekommen solle.

Clara habe Lucas damit herausgefordert, dass sie sich aufreizend langsam immer weiter auf den Rand eines Abgrunds zubewegt habe. Er sollte sie zurückhalten. Man kenne die Spielchen von Clara und Lucas ja, die hätten einander ewig provoziert, das habe ja einmal schiefgehen müssen. Er habe sie nicht zurückgehalten. Sie sei weitergegangen, ohne ein Wort zu sagen, ohne einen Schrei auszustoßen.

Clara habe mit Quint gespielt und zu dem Jungen gesagt, dass Mama fliegen könne. Sei natürlich blau gewesen, wann sei Clara je nüchtern gewesen! Sie habe Anlauf genommen, die Arme ausgebreitet und sei einfach von einem hohen Felsen ins Meer hinuntergesprungen. Sie sei auf einem spitz herausragenden Stein gelandet. Schrecklich, nicht, für das Kind?

Sogar die echten Freunde von Clara und Lucas, die der Erzählung aus erster Hand näher sind, wissen nicht genau, wie es sich abgespielt hat. Am Telefon löchern sie sich gegenseitig mit Fragen.

»Stimmt das?«

»Weißt du, was passiert ist?«

»Hast du mit Lucas gesprochen?«

»Wann ist es passiert?«

»Wie hat sich Lucas angehört?«

»Hatten sie Streit?«

»Hat er ihr einen Schubs gegeben?«

»Ist sie gesprungen?«

»War sie betrunken?«

Sie wissen es nicht. Nachdem sie möglichst viele Freunde und Bekannte angerufen haben, treiben Bestürzung und Kummer sie aus dem Haus. Sie treffen sich in den Straßencafés der Stadt, und einer von ihnen fährt nach IJmuiden, um die Strandgänger zu informieren. Wo immer sie sich auch treffen, die Erschütterung ist groß, die Bekümmerung immens, und die Fragen drängen. Alle sind sie auf der Suche nach der Quelle der Geschichte, nach demjenigen, dem Lucas persönlich von Claras Sturz berichtet hat. Sie wollen die Wahrheit wissen. Sie wollen nicht zu den oberflächlichen Bekannten gehören, die Klatsch verbreiten, sie wollen zu der Elite gehören, die weiß, wie es sich wirklich zugetragen hat. Schon bald wird verabredet, dass sich die Freunde abends im Künstlerklub »Der Kreis« treffen werden.

2

Um Viertel nach zwei am Nachmittag des 26. Juli 1981 läutet das Telefon im Flur eines Hauses am Oudezijds Voorburgwal. Es ist ein großes Haus mitten im Rotlichtviertel Amsterdams. Lucas nennt es sein Haus, obwohl Clara die Eigentümerin ist. Ihr Vater, ein Bauunternehmer, hat es ihr gekauft, als sich nach ihrer Weltenbummelei abzeichnete, dass sie nicht in ihre Geburtsstadt Rotterdam zurückkehren, sondern sich definitiv in Amsterdam niederlassen würde, und hat es ihren Wünschen entsprechend umbauen lassen. Wobei es Clara nur darauf ankam, dass Platz für möglichst viele Bewohner und die Küche so groß sein würde, dass mindestens dreißig Leute darin essen und feiern könnten. Der damals sechzigjährige Paul Wevers kannte seine älteste Tochter gut genug, um zu wissen, dass sie ihr Haus vom Keller bis zum Dachboden jedem öffnen würde, der ein Fleckchen für sich benötigte. Und dass sie notfalls eine Besenkammer beziehen würde, wenn er nicht genügend Raum schüfe. So ließ er einen Trakt zwischen Vorder- und Hinterhaus einbauen, so dass ein großes geschlossenes Ganzes daraus wurde. Als er Clara den Schlüssel übergab, legte er ihr ans Herz, das Erdgeschoss für sich zu nehmen und zu behalten.

Das Telefon hängt im Flur des ersten Stocks, der vom

Vorderhaus ins Hinterhaus führt. Wie das Vorderhaus hat das Hinterhaus zwei Wohnetagen. Darüber hinaus wurden, nachdem Lucas 1965 mit Clara zusammenzog, die Dachkammern von Vorder- und Hinterhaus zusammengelegt, so dass unter den Schrägen ein großer Raum entstand, wo Lucas seinen Flügel unterbringen und ungestört arbeiten konnte. Im Hinterhaus ist jede der beiden Etagen mit Bad, WC und Küche ausgestattet, damit sie als separate Wohnungen dienen können. Die eine Wohnung ist wechselnd belegt, mal von diesem, mal von jenem. Im Jahr von Claras Tod wohnt dort seit drei Jahren die Pädagogin Puck Baal. Das andere Stockwerk bewohnt schon seit zwölf Jahren Claras ältester und bester Freund, Robin Hofman. Puck verbringt diesen Sonntagnachmittag unter einem Baum im Vondelpark und wird erst in einigen Stunden von Claras Tod erfahren.

Robin Hofman liegt in seinem Wohnzimmer auf einer Chaiselongue und liest *Mephisto*, den Roman von Klaus Mann. Bei Robin ist es von der Stimmung abhängig, ob er telefonieren mag oder nicht, und an diesem Tag mag er nicht. Er lässt das Telefon läuten und hofft, dass Puck durch die Flure läuft und abnimmt, obwohl sie einen eigenen Anschluss hat. Als er dann doch widerwillig sein Buch zuschlägt und sich aus seiner halb liegenden Position erhebt, verstummt das Telefon. Ungehalten beschließt er, sich einen Tee zu kochen, bevor er es sich wieder bequem macht. Da läutet das Telefon erneut. Die rasche Aufeinanderfolge des schrillen Läutens hat etwas Zwingendes, das ihn alarmiert. Das Gefühl entspannter Ruhe ist auf einen Schlag dahin, und an seine Stelle tritt unvermittelt Besorgnis. Er denkt als Erstes an Quint.

Ihm wird doch wohl nichts zugestoßen sein? Aber während er die Tür zum Flur öffnet und auf das Telefon zugeht, beruhigt er sich, was das betrifft. Quint ist in Griechenland, auf einer verträumten Insel, bei Clara und Lucas, sie kommen erst in drei Wochen zurück, sind also zurzeit nicht unterwegs, und was kann einem Jungen dann schon passieren. Er haucht ein kaum hörbares »Ja« in die Muschel. Dann lauscht er der leicht keuchenden Stimme von Lucas mit einer kühlen Gelassenheit, über die er sich noch Jahre danach nur wundern kann. Er fragt nicht nach dem Wie und Warum. Er lässt Lucas reden und weinen. Mit einem leisen Murmeln gibt er ab und an zu verstehen, dass er noch am Apparat ist, weiter nichts. Neben dem Telefon hängt ein Block, auf dem die Hausbewohner Mitteilungen füreinander notieren. Darauf schreibt er sorgfältig die Namen, die Lucas am anderen Ende der Leitung aufzählt. Zweimal bittet er Lucas mit einem kurzen »Wer?«, einen Namen zu wiederholen, weil er ihn nicht verstanden hat. Sowie Lucas geendet hat, erkundigt er sich nach Quint. Lucas beruhigt ihn, sagt, dass Quint mit Levi spiele. Er müsse jetzt auflegen, da er nicht so viele Münzen habe. Robin wünscht ihm alles Gute und bittet ihn, Quint in seinem Namen einen Kuss zu geben. Nachdem er den Hörer aufgelegt hat, kann er nur an der zittrigen Handschrift, mit der er die Namen zu Papier gebracht hat, ablesen, dass er gerade eine furchtbare Nachricht erhalten hat.

Mit einer Gehetztheit, die ihm sonst fremd ist, arbeitet es plötzlich in seinem Gehirn. Er hat eine Aufgabe, die er schnellstmöglich ausführen muss, auf jeden Fall bevor Lucas aus Griechenland zurückkehrt. Claras letzten Willen zu befolgen ist das Einzige, was er noch für sie tun kann. Von einer unvermittelten Mattigkeit befallen, sinkt er auf den Stuhl neben dem Telefon nieder. Er fühlt nichts, ist nur unbeschreiblich müde. Als betrachtete er sich durch eines anderen Brille, kommt er zu dem Schluss, dass unvorstellbar ist, was ihm widerfährt. Zum zweiten Mal in seinem Leben erhält er telefonisch die Nachricht vom tödlichen Sturz einer geliebten Frau.

Das erste Mal war Mitte der fünfziger Jahre, fünfundzwanzig war er da und wohnte seit vier Jahren in Paris. Dort hat er auch Clara Wevers zum ersten Mal gesehen, auf der Place du Tertre, wo sie mit Freunden tanzte und Kapriolen schlug, um Geld zu verdienen und sich die Zeit zu vertreiben. Sie ist eine überwältigende Schönheit, mysteriös, wollüstig, umwerfend. Er kann den Blick nicht von ihr wenden. Ihre Schönheit stellt ihn vor Rätsel, er weiß nicht, wo er sie ansiedeln soll. Später erzählt sie ihm, dass ihre Mutter Ungarin war. Sie ist mit fünfundvierzig gestorben, Clara war damals fünfzehn. Das wird es sein, denkt er, Zigeunerblut, doch als sie ihm mehr von sich erzählt, erfährt er, dass die Mutter einem katholischen Adelsgeschlecht entstammte. Bei einem ihrer wenigen Besuche in den Niederlanden stellt Clara ihn ihrem Vater vor, und da sieht er, dass ihre Schönheit eine Kombination aus dem Aussehen von zwei Menschen sein muss, die beide außergewöhnlich attraktiv waren. Ihr Vater ist das Ebenbild von Cary Grant. Doch das ist alles später. Zunächst einmal steht er wie angenagelt auf der Place du Tertre und schaut drei wirbelnden Niederländern zu, zwei jungen Typen und ihr. Die Typen kennt er, die waren in den Niederlanden schon bekannt, als er in IJmuiden seine Koffer packte und nach Paris zog. Nach ihrem Auftritt geht er zu ihnen und stellt sich vor. Sie gehen zusammen was trinken und sind von da an unzertrennlich. Einer von den beiden jungen Männern wird seine erste Liebe.

Danach sind die Lieben in seinem Leben gekommen und gegangen. Clara und er aber sind von jenem ersten Moment an, da er sie auf der Place du Tertre angesprochen hat, unzertrennlich geblieben. Sie wurde seine Freundin fürs Leben. Mit den Männern hat er geschlafen, mit Clara hat er gelebt. Und mit Clara führte er endlose Gespräche. Hin und wieder hat er auch mit ihr geschlafen, weil er sie liebte und das nun mal so läuft. Aber ihr Körper war für ihn eher einer, den er schmücken und verschönern wollte und nicht lieben. Für Clara war Sex wie eine Pflichtübung, sie hatte keinen Spaß daran. So viel Geist und Phantasie sie an den Tag legte, wenn man mit ihr über die Champs-Elysées bummelte, so passiv und humorlos war sie im Bett. Nur wenn sie ein gehöriges Quantum Alkohol intus hatte, konnte sie ihren Widerwillen gegen einen Männerkörper überspielen, anders ging es nicht.

»Warum machst du es so oft, wenn so wenig für dich dran ist?«, hat er sie eines Morgens gefragt.

»Das ist wie essen und trinken, es gehört dazu«, hat sie geantwortet.

Er hatte das schon bei den Frauen, mit denen er arbeitete, bemerkt. Als geborenes Sonntagskind war er gleich bei seiner Ankunft in Paris bei Chanel untergekommen und machte sich bald einen Namen als Make-up-Artist. In den ersten Monaten wurde er noch für die zweitklassigen Blätter eingesetzt, musste Frauen für Fotosessions billiger Zeitschriften und Filme schminken, aber schon nach einem Jahr bekam er die besseren Jobs. Doch ob in den unteren oder den höheren Gefilden, es war immer das Gleiche, je lasziver der Gang, je schmeichelnder das Gerede, desto größer die Aversion gegen Männer und Sex. Je offener der Ausschnitt, desto geschlossener der Schritt, klingt ein bisschen ordinär, aber so lautet das geflügelte Wort in der Welt des Make-ups. Frauen mit hochgeschlossenen Kragen, ungeschminkten Gesichtern und flachen, bequemen Schuhen an den Füßen, das sind die Frauen, die Männer und Sex lieben. Die reden nicht über Sex, die haben ihn. Sie sind meist in festen Händen, bekommen zu gegebenem Zeitpunkt Kinder von dem Mann und tun sich nicht schwer damit, Beruf und Glamour ade zu sagen. Doch die Frauen, denen insgeheim vor Männern graust, sind die reinsten Männervernascher. Karnivoren nennen sie sie untereinander, Fleischfresser, Raubtiere. In Kriegsbemalung tun sie so, als gäben sie sich einem Mann hin, und dabei fressen sie ihn auf. Zuerst verstricken sie ihn in ihre Netze, und danach ziehen sie ihm das Fell über die Ohren, sowohl emotional als auch finanziell. Je mehr sie herausschlagen, desto zufriedener sind sie mit ihrer Beute. Schuldgefühle? Von wegen, sie haben ja hart genug dafür gearbeitet, finden sie. Sie mussten sich Gewalt antun, als sie mit diesem Mann geschlafen haben, und das Opfer wollen sie belohnt sehen.

Er selbst ist für die Frauen harmlos, er gehört sozusagen dem dritten Geschlecht an, läuft außer Konkurrenz. Ihm erzählen sie alles, ihm können sie mehr anvertrauen als ihren Freundinnen. Für Vamps sind alle anderen Frauen Rivalinnen und eine Bedrohung, gute Freundinnen haben sie selten, und wenn doch, liegen sie sich ständig mit ihnen in den Haaren. Echte Karnivoren trauen anderen Frauen nicht über den Weg, denn sie gehen davon aus, dass alle Frauen so sind wie sie selbst. Aber sowie sie es sich bei ihm im Sessel bequem gemacht haben, das schöne Haupt ans Stützkissen zurückgelehnt, eingehüllt in die herrlichsten Düfte von Cremes, Lotionen, Lack und Puder, lassen sie das Verführungstheater sein. Im selben Moment, da sich die Tür schließt, streifen sie sich, schwupp, die Pumps von den malträtierten Füßen, weicht die Spannung aus dem verkrampften Kinn, fallen die schelmisch gekräuselten Mundwinkel herunter, und dann kommen die Erzählungen. Immer über Männer, selten etwas Gutes. Herrlich ist das. Er hat eine Schwäche für die Raubtiere. Je boshafter der Tratsch, desto größer sein Genuss.

Im Laufe der Jahre ist er bei den größten Meistern in die Lehre gegangen und hat gelernt, so viel wie möglich selbst zu machen. Neben dem Make-up, das an erster Stelle steht, auch das Frisieren, Pediküre, Maniküre, Massage. Bei Chanel arbeitete er in seiner Freizeit in der Herstellung mit; er kennt die Ingredienzien von Lotionen, feuchtigkeitsspendenden Cremes, Foundations, Parfüms. Er weiß, dass man Abfall zu Gold machen kann. Eine Haut liest er wie ein Buch, an der Farbe der Nägel erkennt er, was jemand zu viel oder zu wenig isst. Er braucht nur mit der Hand durch das Haar einer Frau zu fahren, um zu wissen, wie sie sich an diesem Tag fühlt. Eisprung, Menses, Nervosität vor einer Fotosession, er sieht das, fühlt das, riecht das an Haut und Haaren.

Männer sind sein Leben lang spannend für ihn geblieben, aber Frauen bergen für ihn keine Geheimnisse. Bei den niederen Göttinnen, mit denen er zu Beginn seiner Karriere arbeitete, den Modellen, die sein kleines Studio mit antrainierter Selbstsicherheit betraten, sah er auf den ersten Blick, wem sie ähneln wollten. Tür auf, und da kam wieder so eine platinblonde Lana Turner, eine kulleräugige Judy Garland, eine Joan Crawford mit Regenbogenbrauen auf ihn zu. Alles, was an den Stars echt war, war bei den Mauerblümchen Imitat. Sie hatten sich mit einer billigen Spülung eigenhändig die Haare dunkel getönt, um Lauren Bacall zu gleichen. Oder sich am Rot von Rita Hayworth versucht und kamen mit einer Farbe wie von schrumpligen Möhren daher. Womöglich hatten sie zudem noch ihr dünnes, glattes Haar mit einer zu heißen Lockenschere zerstört, weil sie auch die natürliche Wellung der Hayworth wollten. Frauen mit glattem Haar wollen Locken, Frauen mit üppigen Locken wollen glattes Haar, ein weiteres Gesetz. Am liebsten hätte er bei all diesen bedauernswerten Vogelscheuchen die eigene Schönheit hervorgezaubert, das war seine Spezialität, aber für die Mädchen, die es in der harten Welt des Glamours nie weit bringen würden, war Nachahmung die einzige Einkommensquelle. Zeitschriften- und Filmagenturen suchten eine Rita Hayworth, eine Marilyn Monroe, eine Grace Kelly, und die Frauen waren bereit, Rita, Marilyn oder Grace zu sein. Sie stellten sich nicht einmal mehr mit ihrem eigenen Namen vor. Es hieß: »Bonjour, je suis Marilyn.« Tja, dann wusste er schon, in welchem Fach seines Koffers er den Lippenstift und das Rouge suchen musste. Mochte der natürliche Teint des Gesichts, das nicht die entfernteste Ähnlichkeit mit dem des jeweiligen Stars besaß, auch nach dem Orangeton des Zinnoberrots schreien, Marilyn war rosa, und somit wurde es Rosa. Erst einige Jahre später, als er in Cannes arbeiten durfte und zum ersten Mal großen Stars begegnete, erkannte er, worin der eigentliche Unterschied zwischen echt und nachgeahmt liegt. Das Echte gibt den Ton an, das ist es. Das Echte ähnelt nichts anderem. Nicht, dass das die armen Geschöpfe glücklicher machte. Auch mit all ihrer Echtheit gehen sie oft unter. Denn was die Frauen verzehrt, ist etwas, was sie schon in sich haben, bevor sie sich nach der Welt des Scheins zu sehnen beginnen.

Clara war echt. Keinem Mann stand nicht der Mund offen, wenn er Clara zum ersten Mal sah. So schrecklich schön, dass sie einem den Atem nahm. Schlafzimmerblick, olivbrauner Teint, gerade Nase, perfekte, wie gemeißelte Gesichtskonturen, groß, üppig, eine Figur wie eine Göttin. Animalisch schön, gefährlich schön. Und wenn Clara zu sprechen begann, drehten die Männer vollends durch. Diese rauchige Stimme, das Raue und dennoch Liebenswürdige ihres Klangs. Aber irgendetwas war mit ihr, das sah man auch auf den ersten Blick – das gewisse Etwas, das alle echten Stars in seiner Welt miteinander gemein haben. Es ist Kummer, ein Schmerz, der einem ins Herz schneidet, der ihre Anziehungskraft aber zugleich verzehnfacht. Männer, die auf Frauen wie Clara abfahren, sind sich dessen selbst wahrscheinlich nicht bewusst, aber sie fahren auf ebendas ab, was sie nicht verstehen können. Sie fahren auf diese Wunde ab, dieses Leiden, das durch die Schönheit hindurchschimmert, so erfindungsreich, witzig oder hysterisch die Frauen es auch überspielen. Und sie überspielen es alle. Er hat diese Verbindung – ein verborgenes Leiden und das verzweifelte Bemühen, sich unter der Last dieses Leidens herauszumanövrieren – als fatal erfahren. Es ist eine Verbindung, die die Frauen letztlich zugrunde richtet, und vor diesem Untergang glauben die Männer sie bewahren zu können. Das ist die Liebe von Mann zu Frau. So funktioniert sie. Tja, aber das Drama ist natürlich, dass solche Männer selbst tief in ihrer Seele angeschlagen sind und deshalb auf ein anderes unglückliches Wesen abfahren. Vorzugsweise eine Alkoholikerin, aber schon eine mit Talent. Bildschön, aber bedauernswert. Talentvoll, aber unsicher. Strahlend, aber unglücklich. Sie fahren auf die Marilyn Monroes ab, und jede Frau in der Welt des Glamours hat etwas von Marilyn Monroe. Solange sich diese Männer damit befassen können, eine Frau zu retten, brauchen sie sich nicht in die abgründige Leere in sich selbst zu vertiefen. Die dürfen sie dann vergessen. Männer wie er, vom Zwischengeschlecht sozusagen, sind frei von megalomanen, machistischen Rettungsphantasien und haben daher eine bessere Beziehung zu diesen gequälten Engeln. Denn ein Mann, der alles tut, um eine Frau vor dem Absturz zu behüten, wird automatisch arrogant. Er verleugnet seine eigene Schwäche, plustert sich zum Herrn und Erlöser auf und stellt sich damit über seine Frau. Seine Retterrolle vermittelt ihm eine falsche Vorstellung von Macht und Liebe. Er will, dass sich die Frau auf ihn stützt und zu ihm aufschaut, damit sein eigenes, wackliges Selbstvertrauen gestützt wird.

»Alles tue ich für dich, damit du nicht leidest«, strahlen sie aus und verstehen gar nichts mehr, wenn ihr armer Schatz eines Tages die hübsch lackierten Krallen zeigt und sich aus der erstickenden Umarmung freikratzen will.

Man darf einer Frau nicht ihr Leiden nehmen, es ist oft das Einzige, worin sie groß sein kann.

Mitte der fünfziger Jahre in Paris also klingelt in der Rue de Rennes, wo er ein winziges Zimmer bewohnt, eines Tages der Briefträger und überreicht ihm ein Telegramm. *Ruf an. Sofort. Vater.* Er ruft aus einer Bar an der Ecke an. Sein Vater erzählt ihm, dass seine Zwillingsschwester vom Balkon gefallen sei. Tot. Sie hatte einen Schönheitssalon in Rom und lebte mit ihrem Mann in einem Apartmenthaus am Stadtrand. Neunter Stock. Nach Aussage seines Schwagers ist sie schlafgewandelt, im Schlaf über das Balkongeländer geklettert und hinuntergestürzt. Sie war Schlafwandlerin, das stimmt, schon als Kind. Aber damals bremste sie intuitiv vor jeder Tiefe ab und schlief am Rande des Abgrunds weiter. Morgens fanden seine Eltern sie oft zusammengerollt auf der obersten Treppenstufe, fest schlafend. Erst bei ihrer Beerdigung in Italien erfährt er von ihrem Mann, dass sie auf die spitz aufragenden Pfosten eines Zauns gefallen ist. Auch da hatte er sich nicht gefragt, ob das der Wahrheit entsprach, hatte nichts empfunden, nichts gedacht, keine Träne vergossen. Das Einzige, woran er denken musste, war ein seltsamer Vorfall am Abend zuvor.

Ein Bekannter hatte in seiner geräumigen Wohnung im Quartier Latin ein Fest gegeben. Auch Clara und die anderen zwei waren da. Irgendwann nach Mitternacht sah er plötzlich schemenhaft eine Frau vor sich auf dem Boden liegen, reglos, als hätte man sie achtlos dort hingeworfen. Niemand anderer sah sie. Die Gäste redeten und tranken, einer tanzte für sich allein. Um die Frau zu beschützen, streckte er die Arme aus und schob die Leute, die ihrem Körper zu nahe kamen, weg, damit sie nicht auf sie traten. Gut eine Stunde stand er da und schaute nach ihr. Dann war sein Glas leer, und er wollte in die Küche, um sich noch etwas einzugießen. Er hob die Beine hoch, um vorsichtig über die Frau hinwegzusteigen. »Robin ist besoffen«, hörte er seine Freunde sagen. Die Einzige, die ihm glaubte, war Clara, die seiner Schwester ähnelte, rein äußerlich, nicht vom Charakter.

»Wer ist die Frau?«, fragte sie.

»Keine Ahnung, eine Frau, ein bisschen so wie du. Sie ist gefallen.«

»Oje. Können wir ihr helfen?«

»Nein, wir können nichts mehr für sie tun.«

Auch jetzt, da er im kühlen Flur neben dem Telefon sitzt, macht ihn die Erinnerung nicht traurig. Tote sind nicht weg, er trägt sie bei sich. Diese Gewissheit beruhigt ihn. Er fühlt sich gefasst und stark genug, das Bild von einer lächelnden Clara am Steuer ihres Honda zuzulassen. Das Bild ist drei Wochen alt und seit wenigen Minuten das letzte Bild, das er von ihr hat. Die Zeit hat ihm einen Nackenschlag versetzt und den Film gestoppt, es werden keine neuen Bilder mehr hinzukommen.

Er steht vor dem Haus am Oudezijds Voorburgwal, um Clara, Lucas und Quint zu verabschieden. Bevor sie mit dem vollgepackten Auto zum Flughafen Schiphol fahren, um dort die Maschine nach Athen zu nehmen, stellt Lucas einige Taschen im Kofferraum um, weil er den Deckel nicht ins Schloss bekommt. Typisch Clara, das Auto mehrere Wochen lang am Flughafen stehenzulassen. Es kümmert sie nicht, was das kostet. Mag es auch hinten und vorne nicht reichen, der Mensch liebt nun mal die Bequemlichkeit.

Mit Wehmut blickt er auf die drei. Er ist bekümmert, voller unausgesprochener Geheimnisse. Dabei ist es gar nicht so sehr das Gespräch, das er am Abend zuvor mit Clara geführt hat, was ihn bedrückt, sondern das, was er sich vorgenommen hat. Während er Claras charmantes Lächeln erwidert, kommt er sich wie ein Verräter vor. Sie weiß nicht, welchen Entschluss er in der Nacht gefasst hat.

Wenn du wiederkommst, bin ich weg, lieber Schatz, denkt er. Dadurch gräbt sich das Lächeln um Claras Mund tiefer in seine Seele ein als sonst. Er kennt dieses Lächeln Claras. Sie überspielt ihren Kummer mit Rock-'n'-Roll-Bravour. Er nennt das für sich ihr achselzuckendes Lächeln, ein Lächeln, mit dem sie sagt, dass sie es wieder einmal mit diesem Mann versucht. Dass sie dort auf Skyros das Beste daraus machen wird und sich, wer weiß, zwischen Lucas und ihr alles einrenkt und sie endlich zusammen glücklich werden. Es ist auch das Lächeln, mit dem sie sich für ihre Weinkrämpfe am gestrigen Abend entschuldigt, das Lächeln, mit dem sie ihm sagt, dass er keinen Gedanken mehr daran verschwenden soll, dass sie ihre Flennerei schon meilenweit hinter sich gelassen hat und nicht möchte, dass er länger darüber brütet als sie. Robin brütet nie über die Ursachen für ihre Weinkrämpfe, die kennt er zur Genüge. Er ist sie nur leid, er kann sie nicht mehr ertragen. Seit er zu den beiden ins Haus gezogen ist, sind seine Tage von Claras bitterem Kummer durchtränkt. Und in der vergangenen Nacht ist ihm klargeworden, dass er sie zu sehr liebt, um noch länger mit ansehen zu können, wie sie verfällt. Wenn eine seiner Katzen derart leiden würde, hätte er sie längst einschläfern lassen. Aber sie ist keine Katze, sie ist seine älteste und liebste Freundin. Er kann ihr nicht helfen, sie wird zugrunde gehen, und ihm bleibt nichts anderes übrig, als sich ihrem Leid zu entziehen. Den Blick, den sie ihm durch das heruntergekurbelte Seitenfenster ihres Wagens zuwirft, möchte er nicht mehr tagtäglich sehen.

»Du kennst mich doch«, sagt der, »du weißt, wie ich bin.«

Ja, er weiß, wie sie ist. Sie ist ein nerviger, lieber, verschwendungssüchtiger Engel, sie ist die Liebe seines Lebens. Er kann sie stundenlang ansehen, tut nichts lieber, als an ihr herumzumachen, sie toll zu schminken, ihrem glänzenden Haar mit einer selbstgemachten Hennaspülung eine neue Tönung zu geben, Kleider für sie auszuwählen, Schuhe anzuprobieren. Chanel, Prada, es kann nicht teuer und schön genug sein. Früher bezahlte Papa, jetzt stürzt sie sich schon seit Jahren in Schulden. Von Papa konnte sie alles haben, außer dem natürlich, was sie wirklich wollte, Liebe, Aufmerksamkeit. Die alte Geschichte, seine eigene Geschichte, er weiß, wie das ist, ihm braucht man nichts zu erzählen.

Vater Marineoffizier, militaristisch streng. Gedrillt wurde er, nur ja nicht aus der Reihe tanzen, und dann mit zehn zum Psychiater, weil er anders war als andere Kinder. Es kam diesen Leuten nicht in den Sinn, selbst mit einem zu reden. Endlos umgezogen, von Hafenstadt zu Hafenstadt, und überall dasselbe Lied: Robin kann sich nicht einfügen, Robin ist anders, Robin ist aufsässig, Robin ist unlenkbar. An die Wände seines Zimmers pinnte er ausgeschnittene Fotos von berühmten Schauspielerinnen, Ava Gardner, Kim Novak, Katharine Hepburn, Greta Garbo, Bette Davis, Marlene Dietrich. Die von Cary Grant, Clark Gable, James Dean, Rock Hudson, Marlon Brando und Montgomery Clift versteckte er in einem Buch. Er war jung, ein Kind noch, aber eines wusste er ganz genau: Er wollte zu den Pin-ups gehören. Er würde irgendwann weggehen aus der Welt von Rot- und Rosenkohl, von Uniformen und Pfarrern, von Fisch- und Tang-, Öl- und Motorengerüchen. Er würde in der Welt der Stars leben, der Welt von Glanz und Glamour, betörenden Düften, aufwendig zurechtgemachten Frauen in Abendkleidern und eleganten, soignierten Männern im Smoking. Und das ist ihm auch gelungen. Sein Vater behielt ihn unter der Fuchtel, bis er einundzwanzig war, von da an konnte er tun und lassen, was er wollte. Am Morgen seines Geburtstags packte er seine Koffer, sagte der Familie ade und fuhr geradewegs nach Paris. Ohne sich noch ein einziges Mal umzuschauen. Bei Tischgesprächen am Oudezijds wird gelegentlich die Frage aufgeworfen, ob man es ein zweites Mal ganz genauso machen würde, wenn man sein Leben noch einmal leben könnte. Und da sagen dann sogar Schlappschwänze mit dem armseligsten Dasein vollmundig ja. Verrückt.

»Andere Eltern gern«, sagt er, wenn man ihn fragt.

Er erhebt sich und schaut auf den obersten der Namen, die er auf dem Block notiert hat. Er nimmt sich vor, die Gespräche kurz zu halten und danach das auszuführen, was ihm zu tun aufgetragen wurde. Da er Clara durch und durch kennt, nimmt er jedes Wort ernst, das sie am Abend vor ihrer Abreise nach Griechenland herausgeschluchzt hat. So, wie Claras Blick und ihr Lächeln von der einen auf die andere Sekunde zu den Schlussbildern eines Films eingefroren sind, ist alles, worum ihn Clara am Abend vor ihrer Abreise gebeten hat, zu ihrem letzten Willen geworden. Der Gedanke, dass sie ihren Tod vorausgeahnt hat, ist ihm nicht unheimlich. Natürlich hatte sie eine Vorahnung, so war Clara. Was ihn aber verwundert und enttäuscht, ist, dass er ihren Tod nicht gesehen hat, in der vergangenen Nacht oder am heutigen Morgen. Er nimmt sich seinen ungestörten Schlaf übel. Er verspürt einen wachsenden Unmut über die vergangenen Stunden, die unverdiente Ruhe, in der er sich an diesem Sonntagvormittag gesuhlt hat. Nichts von ihrem Tod geahnt zu haben bedeutet für ihn, dass er sie im Stich gelassen hat. Sie fiel und war vollkommen verlassen, ohne dass seine Gedanken hier in Amsterdam bei ihr waren, ohne dass er sie im Fallen begleitete und auf dem Weg nach unten fest im Arm hielt.

Nur zu, Liebes, fall ruhig, ich halte dich – das möchte er nachts gedacht haben. Sie hätte dort drüben seine Umarmung gespürt, so einen Draht hatten sie zueinander.

Ein heftiges Mitleid mit Clara verursacht ihm Stiche in der Brust. Sogar eine Katze hält man im Arm, wenn man ihr die Spritze geben lässt. Doch was er am meisten von allem geliebt hat, war im Sterben mutterseelenallein.

Fünfzehn Jahre nach der Nachricht vom Tod Claras muss eine von Robins Katzen eingeschläfert werden, weil sie zu krank ist, um sich noch auf den Beinen halten zu können. Er lässt den Tierarzt zu sich ins Haus kommen und nimmt Coco auf den Schoß. Er streichelt den warmen Leib, der voller Tumore ist, und schaut dem Tier in die Augen. Die Katze blickt treuherzig zu ihm auf, ihres sich verweigernden Körpers und des Lebens müde, doch ohne Ahnung vom nahenden Tod. Er schaut in diese hellgrünen Katzenaugen, bis sie brechen und der Leib in seinen Armen nicht mehr bebt und rasselt. Danach bricht er zum ersten Mal in seinem Leben in hemmungsloses Weinen aus. Er weint tagelang, ohne dass der Schmerz dadurch nachließe. Er denkt, es sei wegen des armen Tiers, das wehrlos und abhängig war und dem er den Tod zufügen musste. Er weiß nicht, dass er endlich die Tränen laufen lässt, die festsaßen, als seine Schwester und Clara fielen.

Robin mag seinen Kummer nicht, er will ihn schnellstmöglich los sein. Er will handeln. Erneut von einem Gefühl der Dringlichkeit angetrieben, nimmt er den Hörer von der Gabel und wählt die Telefonnummer, die zum obersten Namen auf seiner Liste gehört. Er kennt sie auswendig.

Seine Hast schleicht sich unweigerlich in seine Stimme, so dass er bei jedem, den er in der nächsten halben Stunde anruft, den Eindruck hinterlässt, er sei ungehalten. Sie fragen ihn zu viel.

»Mehr weiß ich nicht«, hört er sich immer wieder sagen. »Lucas war durcheinander und zerfahren. Von einem Felsen, sagte er zuerst, und danach hieß es, von der Terrasse. Ich weiß auch keine Einzelheiten. Ich weiß nur, dass sie gefallen und tot ist.«

»Aber wo ist sie denn?«

»Jetzt? Weiß ich nicht. Sie wird nach Athen gebracht, das ist das Einzige, was ich weiß.«

»Betrunken?«

»ICH – WEISS – ES – NICHT.«

»Streit?«

»Hör zu, ich weiß es nicht. Sie ist gefallen, das ist alles, was ich weiß. Sie ist heute Nacht gefallen, und sie ist tot. Jetzt leg ich auf, ich muss noch andere anrufen.«

»Soll ich zu dir kommen?«

»Nein, bitte nicht. Entschuldige, das ist nett von dir, aber ich möchte gern allein sein. Könntest du das auch den anderen sagen, dass sie bitte nicht zum Oudezijds kommen sollen? Es ist niemand zu Hause.«

Weil ihm die Frage immer wieder gestellt wird, keimt bei ihm allmählich das Schreckbild von Freundesscharen auf, die an der Haustür klingeln und hereindrängen, in Claras Haus, in dem noch ihr Duft hängt und alles ihre letzte Hand verrät. Eine schmutzige Tasse auf der Spüle, ein Tuch über einer Stuhllehne, eine offene Flasche Campari auf dem Küchentisch. Natürlich wollen sie das, sich hier versammeln, beieinander sein, den mitgebrachten Wein aufmachen, das Marihuana herumgehen lassen, betrunken und stoned werden, gemeinsam weinen und lachen und dann auf dem Küchenfußboden einschlafen, wie so oft. Aber er will niemanden sehen und niemanden sprechen. Er wird das Telefon läuten lassen und die Tür nicht öffnen, wenn geklingelt wird. Und wenn die Königin vor dem Haus stünde, er hat anderes zu tun.

Du musst sie allesamt verbrennen, das ist der Satz, der ihm durch den Kopf spukt. *Wenn mir je etwas passieren sollte, musst du sie allesamt verbrennen.*

Er erhebt sich und geht ins Erdgeschoss hinunter. Dort öffnet er die Tür zu Claras Zimmer, schließt sie hinter sich und schaut, ob ein Schlüssel im Schloss steckt. Kein Schlüssel, schade. Es ist ein geräumiges Zimmer mit Blick auf den Oudezijds Voorburgwal. Das Kreischen von Möwen dringt von draußen herein, und er hört, wie der Papagei, der im Zwischentrakt in einem von der Decke herabhängenden Käfig hockt, auf die schrillen Töne antwortet. Seufzend nimmt er die Unbedarftheit des bunten Vogels hin, den Glück und Unglück der Menschen im Haus unberührt lassen. Das Telefon läutet in einem fort, und jedes Mal schreit der Vogel.

»Der Schlüssel liegt im Schächtelchen mit den Ohrringen von meiner Mutter, und das steht im Schmuckkasten von Papa«, hört er sie sagen. Er weiß genau, wo ihre Sachen stehen, und findet den Schlüssel ohne die geringste Mühe. Über das drei Meter breite Sofa ist ein weit fallender, bordeauxroter Foulard drapiert. Er ist aus einem raffinierten Gewebe mit glänzenden und matten Fäden; sie haben ihn zusammen auf einem Markt in Paris ausgesucht. Im Laufe der Jahre hat sie immer mehr Kissen gekauft, das Sofa ist damit übersät, und sie liegen auch auf dem Boden, vor dem offenen Kamin. Er nimmt die Kissen vom Sofa, um den Foulard zurückschlagen und zwei Schubladen unterhalb der Sitzfläche freilegen zu können. Mit dem Schlüssel aus dem Ohrringschächtelchen öffnet er die Vorhängeschlösser davor und nimmt sie aus den Ösen.

»Wenn du die Finger in die Ösen hakst, kannst du die Schubladen ganz leicht herausziehen. Darin sind die neuesten, ich weiß nicht, ab welchem Jahr. Der Rest liegt im Keller.«

In den dreißig Jahren, die er sie kennt, hat er sie zwar täglich in diese Hefte schreiben sehen, aber dennoch erschrickt er über deren immense Menge. Kreuz und quer durcheinander, als hätten sie nach ihrer Benutzung keine Funktion mehr gehabt, liegen die dicken Hefte in den beiden tiefen Schubladen, manche unter dem Gewicht auf ihnen gelandeter anderer Hefte zur Hälfte geknickt. Unwillkürlich schlägt er die Hand vor den Mund.

»Ach, Claartje, Liebes«, sagt er, ohne die Stimme zu dämpfen, »welche Not, welche Not.«

Schon der Anblick des Schubladeninhalts – und da weiß er noch nicht, dass er im Keller weitere sechzehn Müllsäcke voller Hefte finden wird – sagt ihm, dass er das alles unmöglich auf einmal verbrennen kann. Er kann höchstens einen Anfang machen. Neben dem Kamin stehen ein hoher Korb mit Holzscheiten und eine Apfelsinenkiste mit Reisig. Kundig macht er ein Nest aus Reisig, legt einige größere Scheite so darauf, dass genügend Luft herankommt, und greift zu der Schachtel Streichhölzer auf dem Kaminsims.

3

Rafael Delaporte ist am Vormittag des 26. Juli 1981 mit der 8.45-Uhr-Maschine von Nizza nach Schiphol zurückgekehrt. Er hat seinen Urlaub um fünf Tage verkürzt, weil eine Freundin Selbstmord begangen und ihr Mann ihn gebeten hat, bei ihrer Beisetzung am kommenden Mittwoch einige Worte zu sprechen. Rafael will ihn später aufsuchen, um ihm und den Kindern zu kondolieren, und den Abend und den folgenden Tag dazu nutzen, seine Ansprache zu schreiben. Gegen zwölf Uhr mittags steht er vor seinem Haus in Amsterdam-Zuid und schließt mit schwerem Herzen die Eingangstür auf. Als er sie aufdrücken will, verspürt er einen Widerstand. Im Flur hat sich die Post aufgetürmt, er muss Kraft aufwenden, um den Berg wegzuschieben. Er sieht Parallelen zwischen sich und dieser Tür. Sie soll sich öffnen, will aber nicht. Was sie hindert, sind Nachrichten, auf die er keine Lust hat, die Zeitungen, die Neuigkeiten und mit Sicherheit auch Ates Trauerbrief. Zu viel Gegenwart. Reisen hat für ihn den Vorteil, dass man sich der Aktualität entzieht, wegfliegt von der Banalität des Alltäglichen, der Arbeit, des Telefons, der Rechnungen, der Menschen. An einem anderen Ort auf der Erde gelandet, ist man außer Reichweite der Tentakel des Ungeheuers vulgäre Zeit. Alle Sorgen, die man hatte, bevor die Boeing den Luftraum durchschneidet, fallen von einem ab. Steuern zahlen, Freunde besuchen, Familienangehörige anrufen, doch mal einen Artikel über diesen und jenen schreiben – die üblichen Verantwortungen verlieren ihren Sog. Deshalb reist er viel und oft. Und zum Glück kann er unter dem Deckmantel seiner Arbeit auch regelmäßig fort. Ein Interview mit Leonard Bernstein in New York, zur Uraufführung einer Oper von Claude Vivier nach Montreal. Oder die kleineren Sachen, über ein Festival in Abigail berichten, jedes Frühjahr nach Cannes, Retrospektive im MOMA in New York. Er macht das gern und oft, und die Zeitungen und Zeitschriften bezahlen ihn mittlerweile üppig. Er gehört zu den wenigen Journalisten, deren Artikel auch von ausländischen Blättern angekauft werden. Gerühmt werden vor allem seine Porträts von Musikern und Komponisten. Mit einer Charakteristik von Lenny Bernstein hat er vor fünfzehn Jahren seinen Ton gesetzt, seither heißt der Chefredakteur jede seiner Initiativen gut.

Seine Spezialität ist das sogenannte intime Künstlerporträt. Intimes Porträt, ziemlich paradox für einen Mann, der nicht zu beschreiben wüsste, was das ist, Intimität. Unermüdlich wird ihr nachgejagt, alle Frauen, die er kennt, lechzen danach, doch was genau sie suchen, ist ihm ein Rätsel. Das Tiefeninterview, auf dessen Grundlage ein persönliches Porträt entsteht, ist für ihn keine Frage von Intimität, sondern von Recherche, Wissen und Vertrauensbildung aufgrund dieses Wissens. Man kann nur gute Fragen stellen, wenn man viel weiß. Er geht wie ein Detektiv vor, vertieft sich auf der Suche nach einer Spur, einem scheinbar losen Faden, der die Fakten auf eine Weise miteinander verbindet, wie sie kein anderer je zuvor entdeckt hat und wie sie selbst den

Untersuchten überrascht, in Leben und Werk einer Person. Und er kann ein Werk lesen, wie er es nennt. Ob es sich um eine Partitur, ein Gemälde, einen Roman oder irgendeine im Papierkorb gelandete Notiz handelt, er liest es als Zeugnis. Man gebe ihm einen Text, und er präsentiert dessen Urheber. Das ist für ihn das Spannende und Interessante an seinem Beruf, das Werk und die Person zusammenzubringen. Er weiß nicht, was das für ein Talent ist, aber er braucht nur ein Erzeugnis vor Augen zu haben, und er kann sich ein Bild von dessen Schöpfer machen.

Vielleicht ist es seine sowohl mathematische wie kunsthistorische Ausbildung. Sich für die Kunst zu entscheiden war zu seiner Zeit eine Heldentat, so darf man das ruhig sehen. Wer mathematisch begabt war, entschied sich selbstverständlich für einen naturwissenschaftlichen Studiengang. Darüber wurde gar nicht erst diskutiert. Dass das Herz vielleicht für all das schlug, was die Geisteswissenschaften zu bieten hatten, Philologie, Philosophie, Psychologie, Soziologie, Geschichte, blieb unberücksichtigt. Mathematik stand über allem, und wenn man eine Veranlagung dafür hatte, bestimmte das die Zukunft. Er hatte die Talentlüge ein paar Jahre lang durchgehalten, dann aber von einem Tag auf den anderen das Studienfach gewechselt. Ohne seine Eltern zu informieren, ohne mit irgendwem darüber zu reden. Kunstgeschichte, das Fach für Weichlinge. Ihm war das egal, er fühlte sich hier zu Hause.

Letztlich haben ihm die paar Semester Mathematik doch noch etwas gebracht. Er versteht Komponisten besser als jeden anderen schöpferischen Künstler. Musik ist hörbare Mathematik. Komponisten sind allesamt Zähler, Zahlenverrückte, hieroglyphische Geister. Sie sind besessen von der Musik, sehnen sich aber oft nach einer Sprache, in der sie besser verstanden werden als in der wortlosen Geheimsprache von Noten, Takten und Versetzungszeichen. Sie sind durch ihr Talent zur Abstraktion verdammt. Und in dieser Sprache suchen sie nach neuen Wegen der Mitteilung, kryptischen Botschaften, die er zu lesen versucht. Seiner Ansicht nach – und er ist sich bewusst, dass er da viel von seiner eigenen Seele hineinlegt – sind Musiker in eine Zelle aus Zahlen eingesperrte Poeten. Die Schöpfung von Musik ist eine wahnsinnige Schöpfung. Nirgendwo sonst ist ihm ein solches Ausmaß an Wildheit, Wahnsinn, Raserei und Selbstdestruktion begegnet wie unter den Tondichtern. Und was sie auch gemeinsam haben, ist die unheimliche Gabe, die Zukunft vorhersagen zu können. Er kennt nicht nur eines, sondern gleich mehrere Beispiele dafür, dass Komponisten ihren eigenen und den Tod anderer weit im Voraus schmetternd angekündigt haben. Dabei muss er immer an Arnold Schönberg denken, der sein Leben lang krankhafte Angst vor Freitag dem Dreizehnten hat und prompt an einem Freitag dem Dreizehnten stirbt.

Er holt bei den Künstlern, die er befragt, viel heraus, aber er hat ihnen auch etwas zu bieten. Man kann es Einblick nennen, ein Licht in der Finsternis. Dass er den verbindenden Faden zwischen Leben und Werk aufzeigt und die nötige Vorstellungskraft mitbringt, um sich in die Persönlichkeit des Kunstschaffenden versetzen zu können, ist das Geschenk, das er zu geben hat, an den Künstler und an seine Leser. Er sieht sich als Vermittler zwischen dem Kunstschaffenden und dem Rest der Welt. Er kann die Tür einen Spaltbreit öffnen und jedem einen kleinen Blick auf den Himmel oder die Hölle ermöglichen, in der Werke kreiert werden. Und wie er selbst hungert die Welt offenbar nach Wissen über das Schöpfen, über diese wundersame Transformation von Angst und Schmerz in etwas, was Menschen bezaubert, ein Werk von Schönheit.

Im Laufe der Jahre ist er vom Journalisten mehr und mehr zum Biographen geworden. Er nimmt es sich immer wieder übel, dass er nicht den Mut hat, der Zeitung endgültig ade zu sagen und sich zurückzuziehen, um ein Buch zu schreiben. Die Biographie von Bernstein zum Beispiel oder ein Buch über den rätselhaften, noch weithin unbekannten Claude Vivier, mit dem er ihn den Niederlanden vorstellen könnte. Wunderbare, geheimnisumwobene Doppelleben, voller Dramatik, Leidenschaft, Kampfgeist und Genie. Aber er traut sich nicht. Er fürchtet, dass er kein Talent für die Einsamkeit des Schreibens hat. Ihm ist es angenehm, bei einer Zeitung zu sein, Kollegen zu haben, jemanden anrufen zu können, um zu sagen, dass er wieder zu Hause ist, und dann zu hören, dass dieser Jemand sich darüber freut. Und er braucht die Deadline, den festen Abgabetermin. Ohne den ist er verloren, untätig, bringt er nichts zustande. Er hat genügend Schriftsteller unter seinen Freunden, um zu wissen, dass dies die wesentlichen Unterschiede zwischen ihm und einem Autor sind: das fehlende Talent für die Einsamkeit und die Notwendigkeit des festen Abgabetermins. Echten Schriftstellern graut es vor aufgezwungener Gesellschaft und diesem gähnenden Abgrund in der Zeit, der Journalisten oft nötigt, am Rande der Uhr zu laufen, weil ein Artikel zum Beispiel vor sieben Uhr morgens in der Zeitungsredaktion sein muss. Puck, Hochschullehrerin in Pädagogik und einzige Frau, die an ihrem »Tisch« im »Kreis« Platz nehmen darf, hat eines Abends in die Runde geblickt und gesagt, dass Deadline für sie ein gutes Wort sei, um die Böcke von den Schafen zu trennen.

»Zweitklassige Künstler brauchen es, gebraucht zu werden«, dröhnte sie mit ihrer tiefen Stimme. »Sie wollen um etwas gebeten werden, einen Auftrag bekommen, einem Chef gehorchen, und es muss eine Linie gezogen werden, auf deren Überschreitung eine Rüge, die Entlassung, der Tod steht und so weiter. Das ist der Unterschied. Echte Künstler brauchen es nicht, gebraucht zu werden.«

Die Freunde vom »Tisch« haben sich darauf angesehen, und jeder von ihnen weiß seither genau, wer sich zu den zweitklassigen Künstlern zählen darf.

Drinnen schlägt ihm die muffige Wärme eines Hauses entgegen, das eine Zeitlang unbewohnt gewesen ist. Das beklemmt ihn. Er lässt die Eingangstür offen und stellt einen Stuhl und einen Beistelltisch nach draußen vors Haus. Bevor er dort seine Post durchgeht, ruft er den Chefredakteur der Zeitung an, um Bescheid zu sagen, dass er früher aus Frankreich zurückgekommen ist und morgen an der Redaktionssitzung teilnehmen kann. Der Chefredakteur ist hocherfreut. Sie könnten ihn gut brauchen, sagt er, denn die Sauregurkenzeit sei noch nie so zäh und langweilig gewesen. Es gingen Gerüchte, dass Claude Vivier wieder in der Stadt sei. Man habe ihn in einem Kellerlokal, einer zwielichtigen Lederbar irgendwo im Rotlichtviertel, gesehen. Vielleicht könne er schon mal ausfindig machen, wo er abgestiegen sei, und Kontakt zu ihm aufnehmen.

Puck hat recht: Gebraucht zu werden muntert Rafael auf, und mit schon etwas leichterem Herzen nimmt er in der prallen Sonne Platz und greift zu einem ersten Bündel Post, um die kleinen Briefkuverts herauszusuchen. Große Umschläge sind prinzipiell uninteressant. Sie enthalten Ausdrucke von Telexnachrichten und Kopien von Artikeln über Kunst aus *Herald Tribune*, *New York Times*, *Frankfurter Allgemeine Zeitung* und *Le Monde*. Alles Drucksachen. Die Seele der Post steckt in den handgeschriebenen Briefen und Ansichtskarten aus den Teilen Europas, in die seine Freunde in den Sommermonaten ausgeschwärmt sind. Die Niederlande reisen gern und gierig. Schon bald liegt ein Stapel bunter Abbildungen von weiten Panoramen, pittoresken Gassen, Madonnen, Kirchen, Meeren und Sonnenaufgängen auf seinem Schoß. Ohne der Vorderseite nennenswerte Aufmerksamkeit zu widmen, dreht er die Karten um, liest den Namen des Absenders und schaut sich den Umfang des Textes an. Die kurzen Grüße würdigt er als Geste des Absenders, doch auf die bis in den letzten Winkel vollgeschriebenen Rückseiten der häufig gezähnten Fotos freut er sich. In der Beschränkung zeigt sich erst der Meister, das weiß er wie kein anderer. Und er hat Freunde, die diese Kunst so gut beherrschen, dass er sich bei der Lektüre seiner Urlaubspost nicht selten vor Lachen ausschüttet, stolz und beglückt, sich von Freunden umringt zu wissen, die pointiert und witzig sein können. Aber mehr noch als die Ansichtskarten locken ihn die von Hand an ihn adressierten Kuverts, in denen die Briefe mit ihrem noch verborgenen Inhalt stecken. Sieben zählt er auf die Schnelle. Von den zweien, die oben auf dem Stapel lagen und demnach als Letzte zugestellt worden sein müssen, erkennt er die Handschriften sofort. Sie lösen eine angenehme Spannung in ihm aus, die bewahrt er sich bis zum Schluss. Unter den anderen fünf stößt er auf den Brief, den er schon erwartet hatte. Er steckt in dem Kuvert mit dem schwarzen Rand. Aus Respekt vor der Toten und weil er sein brennendes Schuldgefühl wiederbeleben möchte, öffnet er dieses Kuvert als Erstes.

Auf dem zweimal gefalteten Blatt aus kostbarem, geschöpftem Papier steht es, wie es ist: *Ate Anna wurde das Leben zu viel.* Edel, so ohne Umschweife die Wahrheit zu schreiben. Hat sich bestimmt Sal ausgedacht. Der Grund dafür, dass Ate das Leben zu viel wurde, ist zwar alles andere als edel, aber ein wahrer Satz macht vieles gut. Und man kann Sal schwerlich die ganze Schuld in die Schuhe schieben. Scheidungen sind doch an der Tagesordnung. In Rafaels Freundeskreis ist jede erste Ehe gescheitert, auch seine eigene. Einige sind nun schon bei der dritten angelangt, er selbst hat es kein zweites Mal gewagt. Beziehungen ja, und hin und wieder bleibt eine Freundin länger, doch er bindet sich nicht. Hat er seiner ersten Frau zufolge auch nie getan.

»Du bist mit deiner Arbeit verheiratet«, sagte sie.

Unbegreiflich, dass Frauen die Arbeit als Rivalin sehen, gegen die sie den Kürzeren ziehen. Ein Mann und seine Arbeit sind unzertrennlich, alle Männer, die er kennt, *sind* ihre Arbeit, so einfach ist das. Die Arbeit ist nicht nur etwas, was sie tun, sondern sie ist die Essenz ihrer Persönlichkeit. Frauen gehen das Leben offenbar auf anderem Wege an, Männer tun es mittels ihrer Arbeit. Sie können sich auch gar nicht vorstellen, wie Frauen sie lieben sollten, wenn sie nicht auch in den Beruf verliebt wären, den sie repräsentieren.

Er grinst, weil ihm ein Witz einfällt und er dabei sofort an den Freund denken muss, mit dem er sich immer Witze erzählt. Er sieht vor sich, wie der Prins sich schon im Vorhinein kringelt, wenn er an die Wirkung denkt, die der Witz, den er zu erzählen gedenkt, auf seine Umgebung haben dürfte. Schon mindestens eine halbe Minute vor der Pointe kann er sich vor Lachen kaum noch halten und muss nach Luft schnappen, um überhaupt zu Ende erzählen zu können. Das verbindet sie. Wo immer in der Welt er sich auch befindet, er braucht nur an Prins zu denken, und ihm fallen urkomische Situationen ein.

Der Prins und er sind für ihre Lachanfälle und ihr Arsenal an Anekdoten und Witzen bekannt. Sie wissen inzwischen, wie lange man damit weitermachen kann, ohne die Zuhörer zu ermüden. Bei Witzen nicht sehr lange. Und bei Lucas Loos lassen sie das Witzereißen lieber gleich bleiben. Der hat einmal einen Tobsuchtsanfall bekommen und wetterte über himmelschreiende Oberflächlichkeit, unseligen Zeitvertreib, schamlose Bedienung von Klischees über Rassen, Religionen, Geschlechter, fehlte noch, dass er den Klassenkampf und den Holocaust angeführt hätte, na, jedenfalls wollte er ihnen die Freundschaft aufkündigen, wenn er auch nur eine Sekunde länger Zeuge solcher unmoralischen Flachheiten sein müsse. Lucas hatte keinen Sinn für Witze oder auch Gespräche über das Wetter, gutes Essen, neue Restaurants, wie sie eben gelegentlich aufkommen. Sie waren ihm ein Greuel. Er vereitelte die Unterhaltung dann, indem er laut die Frage ausrief, ob es vielleicht auch noch mal um etwas gehen könne. Und damit meinte er dann die Weltrevolution, die Marschflugkörper, die niederländische Politik, den Bau des Opernhauses in Amsterdam. Rafael hatte ihn schon des Öfteren dadurch ins Lager der Gläubigen hinüberzuziehen versucht, dass er ihm erklärte, Witze seien genauso wie Kritik, Klatsch, Anekdoten, Spott und Ironie das, was Zeitalter, Gruppen und Gesellschaften zusammenschmiede. Sie seien Ausdruck von Verbundenheit und Liebe, von Zusammengehörigkeit, Solidarität und Gemeinsinn, hatte er gesagt, weil Lucas nur zu überzeugen war, wenn man terminologisch dick auftrug. Doch es hatte nichts gefruchtet. Keine Witze reißen wurde zu einem der vielen Gebote, die man in Lucas' Gegenwart zu beherzigen hatte, wenn man sich seine Freundschaft nicht verscherzen wollte.

Einmal war Lucas auch fuchsteufelswild geworden, als er ihm gegenüber über Kopfschmerzen klagte und sagte, dass er morgens mit 38,2 Grad Fieber wach geworden sei. Aufgebracht herrschte Lucas ihn an, dass ihm jedes Gespräch, in dem Zahlen vorkämen, die nichts mit Musik zu tun hätten, Würgreiz verursache vor Widerwillen und Langeweile. Und zunehmend zornig zählte er auf: puh, schon 28 Grad am Vormittag, Blumenkohl für nur 49 Cent, wieder 100 Riesen verdient, gut 1,50 Meter lang, der Fisch, 3 Kilo abgenommen, 250 Gulden Rente, Größe 36. Widerliches Geschwätz, hatte er ausgerufen, und dass er nichts mit Leuten zu tun haben wolle, die ihre Zeit mit derart oberflächlichem Gefasel vertäten. Typisch Lucas, sehnte sich danach, zu einer Gruppe zu gehören, und betrieb dann gewollt oder ungewollt seine eigene Exkommunikation. Es war fast unmöglich, keinen Streit mit Lucas zu bekommen. Auch derzeit herrscht wieder Unfrieden zwischen ihnen, und Rafael ist gespannt, ob der Brief auf ihren Konflikt eingehen wird.

Mit Clara liegt Lucas im Clinch, seit er die beiden kennt. Er fragt sich überhaupt immer wieder, wie eine Frau es mit einem Mann aushält, selbst wenn er diesen Mann zu seinen Freunden zählt. Wie Clara es mit Lucas aushält. Und Ate es so lange mit Sal aushielt.

Jahrelang hat Ate gute Miene dazu gemacht, dass sich der Mann an ihrer Seite unverhohlen mit anderen Frauen schmückte, immer jüngeren, in immer schnellerem Wechsel. Mit der ihr eigenen Großzügigkeit hat sie sogar noch Verständnis für ihn aufgebracht und ihn verteidigt, nie hat er sie ein böses Wort über diesen Mann sagen hören, der sie in demütigender Weise betrog und in der Öffentlichkeit schließlich völlig negierte. Großzügigkeit muss er sich merken, das ist ein Begriff, den er in seiner Trauerrede verwenden kann. Ate war großzügig, in jeder Hinsicht. Und er ist es nicht gewesen. Er war zwar kurz versucht, hat sie aber bewusst nicht eingeladen, ihn nach Frankreich zu begleiten. Warum eigentlich nicht? Hätte er nicht sehen müssen, dass sie sich mit dem Vorsatz trug, sich einundzwanzig Tage später über einem Treppenschacht aufzuhängen? Hat er ihr so wenig Beachtung geschenkt?

Nach der definitiven Trennung von Sal ist Ate vom Land nach Amsterdam umgezogen. Sie haben kurz etwas miteinander. Ate tut ihm leid, sie ist eine unheimlich sympathische Frau, und sie trägt ihren Kummer mit so viel Würde, dass es ihn rührt. Außerdem lehrt sie ihn etwas, was er mit Sicherheit sein Leben lang als grundlegenden Gedanken mit sich herumtragen wird.

Es ist eines Morgens beim Frühstück. Sie haben die Nacht zusammen in Ates neuer Wohnung an der Gracht verbracht und sitzen sich am Tisch gegenüber. Kaffee, Brot, gekochtes Ei. Sie erzählt im Plauderton vom vergangenen Tag, von Dingen, die sie für die neue Wohnung gekauft hat. Mitten in einem Satz bricht sie ab, und ihre Augen füllen sich mit Tränen.

»Was ist denn, Ate?«

»Darauf kam es mir an«, sagt sie, »das ist es, was ich am meisten vermisse.«

Sie erzählt, dass sie Sal tagsüber nie zu sehen bekam und nachts immer allein schlief, dass er aber mit ausgesprochener Treue abends um halb sieben nach Hause kam, um mit ihr zu essen. Sie konnte die Uhr danach stellen. Und jeden Tag deckte sie den Tisch mit Damast, stellte Kristallgläser neben die Teller, dekantierte den Wein, kochte Gerichte, von denen sie wusste, dass er sie gern aß. Um Punkt halb sieben kam er herein und setzte sich ihr gegenüber, und dann berichtete sie vom Tag. Einerlei, was gewesen war. Etwa wie sie nachmittags mit dem Auto zum Fleischer fährt und vor einer Ampel halten muss. Sie schaut zur Seite, ohne Grund, wie man das eben macht, beiläufig. Im Auto, das neben ihr vor der Ampel steht, sitzt eine Frau am Steuer. Sie hat das Haar kunstvoll hochgesteckt, mit einer von Brillanten glitzernden Spange. Unweigerlich starrt sie die Frau an, unhöflich vielleicht, aber das Glitzern der Spange fasziniert sie ungeheuer. Sie muss dabei an einen Ausdruck von Prins denken: eine Dame wie eine angekleidete Haarspange. Als habe die Frau ihre Gedanken erraten, dreht sie abrupt den Kopf und schaut ihr direkt ins Gesicht. Sie erschrickt zu Tode, denn der Blick ist voller Hass. Sie ist sich sicher, dass sie dieser Frau noch nie in ihrem Leben begegnet ist, und doch sieht sie, dass dieser geballte Hass gegen sie persönlich gerichtet ist. Die Ampel springt auf Grün, und die Frau braust mit ihrem Wagen davon. Sie selbst ist ganz starr vor Schreck und braucht mehrere Sekunden, um sich davon zu erholen. Erst als ein Wagen hinter ihr hupt, reißt sie sich zusammen und fährt weiter.

»Solche Geschichten«, sagt sie müde, »über alles und nichts. Und dann sitze ich eines Tages am gedeckten Tisch und warte auf ihn. Ich spüre die Angespanntheit in der Magengrube und wage nicht, auf die Uhr zu schauen. Als ich schließlich doch meinen ganzen Mut zusammennehme und nachsehe, ist es zehn nach halb sieben. Da weiß ich, dass es vorbei ist, endgültig.«

»Und jetzt kannst du nicht mehr jeden Tag deine Geschichte loswerden.«

»Anfangs habe ich geglaubt, dass es das wäre. Aber es ist viel schlimmer. Seit ich Sal nicht mehr von meinem Tag erzählen kann, erlebe ich nichts mehr.«

Er erinnert sich, wie ihm bei dieser Erkenntnis schwindelte. Ereignisse finden dank ihrer Erzählbarkeit statt. Die Erzählung folgt nicht auf die Tatsachen, sondern schafft die Tatsachen. Er nennt das seither das Ate-Denkbild.

An jenem Morgen hat er sich nach dem Frühstück von ihr verabschiedet und eine Weile nichts von sich hören lassen. Viel um die Ohren, Reisen, Arbeit, Kinder. Bis vor drei Wochen eine Karte kam, mit der sie ihn zu einem Umtrunk einlud. Er erinnert sich, dass er sich darüber gefreut hat, nicht weil er Lust darauf hatte, sondern weil er dachte, dass man nur ein Fest gibt, wenn es einem gutgeht. Jetzt weiß er, dass das eine falsche Annahme ist, vor drei Wochen nicht.

Er gönnte Ate die Wiederauferstehung nach der Scheidung, und überdies befreite ihn ihre wiedergewonnene Stärke von Verantwortung und Sorge. Er muss in seinem Terminkalender nachschauen, an welchem Tag die Einladung war, und das genaue Datum notieren, für die Ansprache.

Ihr Fest war gut besucht. Sie freute sich, ihn zu sehen, und machte auch keinen Hehl daraus. Er verbarg, dass ihn ihr Aussehen erschreckte. Sie hatte stark abgenommen, und eine aufgesetzte Fröhlichkeit verzerrte ihr Gesicht. Jede der Gesten, die sie machte, jeder Satz, den sie sagte, verriet eine Niedergeschlagenheit, die nur noch deutlicher hervortrat, je mehr sie versuchte, sie zu überspielen. Es zerriss ihm zwar vor Mitleid das Herz, doch zugleich wollte er sich von der Quelle dieses Mitleids fernhalten. Er würde in einigen Tagen verreisen, Urlaub machen, mit den Kindern. Den brauchte er, den hatte er sich verdient. Ohne nachzudenken, hatte er ihr erzählt, dass er ein Haus in der Provence gemietet habe, um dort anderthalb Wochen mit den Kindern zu verbringen, bevor ihre Mutter sie mit dem Auto abholen und mit ihnen nach Spanien fahren würde.

»Hach, wenn ich doch mitkönnte«, seufzte sie darauf.

Vor seinem Haus sitzend, die Benachrichtigung von ihrem Tod auf dem Schoß, versucht er diesen Satz wieder so in sich anklingen zu lassen, wie sie ihn gesagt hat. War das eine verbrämte Bitte gewesen, sie mitzunehmen, oder hatte sie damit nur kommentiert, dass das nicht ging? Hatte sie gemeint, dass sie gern die Möglichkeit gehabt hätte mitzufahren, aber Verpflichtungen es ihr unmöglich machten, oder sollte es ein Wink mit dem Zaunpfahl sein? Er hat es am Abend ihres Festes in der Schwebe gelassen. Er hat nicht gefragt, was sie damit meinte. Das war feige, darin besteht seine Schuld. Eine fremde Sünde nannten die Jesuiten das im Internat, eine Sünde, die nicht in dem besteht, was man getan hat, sondern in dem, was man zu tun unterlassen hat. Von allen Sünden ist ihm die fremde Sünde am vertrautesten. Männer, die feste Abgabetermine brauchen, sind Männer, die sich nur rühren, wenn man sie unter Druck setzt. Ohne Deadline ist er aufgeschmissen. Am liebsten hätte er Deadlines in der Liebe, in der Vaterschaft, in Freundschaften, in allem. Dann hätte er weniger fremde Sünden auf dem Kerbholz. Druck braucht er, Androhung von Strafe, denkt er. Kommt bestimmt durchs Internat.

Es geht auf zwei Uhr mittags zu. Die Idee, sich Kaffee oder Tee zu machen oder eine Flasche Bier aus dem Kühlschrank zu holen, kommt ihm nicht. Auch dafür bräuchte er eine Deadline. Wenn ihn niemand darauf hinweist, vergisst er, dass er Hunger oder Durst hat.

Jede Ansichtskarte und jeden Brief genießend, die er liest, arbeitet er sich durch den Stapel Post hindurch, bis nur noch die beiden Kuverts bleiben, die er sich bewusst bis zum Schluss aufbewahrt hat. Sie haben beide die gleiche Briefmarke, *Hellas*, und sind beide abgestempelt mit *19 VII 1981 Skyros*. Das eine Kuvert trägt die Handschrift von Clara Wevers und das andere die von Lucas Loos. Komisch, dass er zwei gesonderte Briefe von ihnen bekommt. Warum nicht beide zusammen in einem Kuvert? Dann würden sich womöglich noch die Briefe streiten, geht es ihm durch den Sinn, und er muss lächeln. Behalten, später Prins erzählen.

Den Brief, der eine leichte Erregung in ihm auslöst, den Brief von Clara, legt er zunächst zur Seite. Seit etwa zwei

Jahren haben sie hin und wieder was miteinander, er kann nicht recht sagen, was. Sie tut ihm leid, sie bringt ihn zum Lachen, und er findet sie ausgesprochen schön. Aber wenn er sie gelegentlich nach einem durchzechten Abend im »Kreis« mit zu sich nach Hause nimmt, tut er es eher, weil er um sie besorgt ist und sie in seine Obhut nehmen möchte. Sie ist dann ohnehin meistens stockbetrunken, mit Sex ist also nicht mehr viel, deswegen macht er es nicht. Er lässt sie schlafen. Noch vor Tagesanbruch hört er dann im Halbschlaf, wie sie, erstaunlich gut erholt von den enormen Mengen Alkohol, leise aus seinem Bett schlüpft und sich anzieht. Sie will zu Hause sein, bevor ihr Sohn wach wird, hat sie mal gesagt. Für Quint tut sie alles, außer behutsamer mit sich selbst umzugehen.

Rafael zwängt den Zeigefinger unter die Verschlusslasche des Kuverts mit Lucas' Handschrift und reißt es auf. Es sind zwei einseitig beschriebene DIN-A4-Seiten darin. Die regelmäßige, nach rechts geneigte Handschrift von Lucas ist ihm vertraut. Lucas schreibt auf unliniertem Papier, und das mit bewundernswerter Gleichmäßigkeit. Einseitig, geradlinig, denkt Rafael und speichert diese Ideen für sein Porträt von Lucas Loos.

Skyros, 17. Juli 1981

Lieber Raffi,

heute Nacht hatte ich eine Erscheinung, anders kann ich es nicht nennen, und sie hatte mit dir zu tun. Halb war es ein Traum, obwohl es mir so vorkam, als wäre ich hellwach. Nennen wir es also einen traumähnlichen Einfall. Weil du so sehr mit diesem Claude Vivier befasst bist, möchte ich dir die Bilder nicht vorenthalten, so gespenstisch und makaber sie vielleicht auch sein mögen.

Ich sah uns im Totenreich, und es war urgemütlich dort. Man durfte rauchen und trinken, ohne dass sich irgendwer darüber beschwerte. Du warst da, Claude, der Prins, Aaron und der Bub. Jungs unter sich. Wir unterhielten uns, über Musik, Kunst, Politik, das Leben – Gespräche, wie wir sie oft am »Tisch« haben. Dann geschieht etwas Seltsames. Claude springt unvermittelt aus seinem Sessel auf und geht mit wutverzerrtem Gesicht auf dich los, ohne dass es irgendeinen Anlass dafür gäbe. Er stürzt sich auf dich, umklammert mit beiden Händen deinen Hals und würgt dich. Wir, die anderen, schauen wie gelähmt zu, bis ich zur Besinnung komme und ihn von dir wegreiße.

Das Sonderbare an dem Einfall war, dass ich Claude nicht rufen hörte: »Ich bringe dich um!«, was man ja unter den gegebenen Umständen erwarten würde. Sondern er rief: »Tuez-moi, tuez-moi!«, Töten Sie mich! Ein wütendes Flehen war es, zu dir. Sollte das die Funktion sein, die du, als Biograph, für Claude hast? Zuerst vernichten, um wieder zum Leben zu bringen, oder etwas in der Art?

Clara findet, dass ich diese schrecklichen Bilder für mich behalten und dich in deinem trauten Amsterdam nicht mit meinen apokalyptischen Visionen behelligen soll. Aber ich kenne dich ja, du liebst es, derlei Rätsel zu lösen.

Wir genießen hier. Die Damen haben es gut, die Jungen auch. Ich habe die Artikel über und von Orlowa im Koffer mitgenommen. Die Ideen für die Oper schwellen an, ich würde gern häufiger mit dir darüber reden. Der Prins und ich haben uns jetzt für den Arbeitstitel Das Tribunal *entschieden, wobei wir unter anderem an das niederländische Tribunal 1944 gedacht haben, als die hohen Herren untereinander ausmachten, wer im Krieg auf der falschen Seite gestanden hatte und wer nicht. Wie immer habe ich, zur Entspannung, Marsman und Achterberg bei mir. Obwohl ich etliche Gedichte auswendig kenne, kommen sie mir doch wieder wie neu und unbekannt vor, vor allem Marsman in* Porta Nigra. *Ich weiß, dass du diesen Band besonders liebst. Groß und mitreißend will ich leben! Wir tun unser Bestes. Vor allem* An den Tod *las ich, als hätte ich es noch nie vor Augen gehabt. Es ist eines dieser vier kurzen Gedichte, du kennst es bestimmt.*

Tod,
nimm mich mit
ich hab hier ausgedient
ich will auf den Felsen in Fetzen gehn
und zerschellen in offener See …
nimm mich mit,
Tod.

Das hämmert staccato in meinem Kopf herum, ich weiß nicht, wieso. Rundherum Felsen hier, ob es das ist? Erklär du's mir mal, wenn wir uns im August wiedersehen. Du hast mich schon immer eher und besser verstanden, als ich mich selbst verstehe. Mein eigener Tod ist das Letzte, was mich beschäftigt, ich sprühe vor Leben und lechze nach noch mehr Leben. Ich hab noch nicht genug gebummelt und gefaulenzt, gesoffen, gedonnert und getanzt.

Berauscht von Hellas' flirrender Hitze und sekundiert vom schönen Achilleus und unglücklichen Theseus, wünsche ich dir alles Gute.

Bis in vier Wochen
Dein Lucas

Mit einem Lächeln legt Rafael den Brief zur Seite. Lucas kann nicht anders, als überwältigt, berauscht, ergriffen oder fassungslos zu sein. Das liest er auch an Lucas' Partituren ab, in denen er den Leerraum auf den Notenlinien unbedingt mit originellen Ausführungskommandos auffüllen muss, die das Heer der Musiker anspornen sollen. *Durchdrehend. Zwangsjackenreif. Strudelnd. Mit Pathos empfunden* und *pathetisch bis hin zur Phrenesie. Wütend. Nervös. Überspannt. Mit Gewalt. Wie ein Nervenkranker. Delirium. Aufdringlich. Rasend. Quengelnd. Die beiden lautesten Knalle der Musikgeschichte!* Rafael hat die Vortragsanweisungen in *Kreisel* mit der Lupe aufgespürt und aufgelistet. Er benutzt ein Vergrößerungsglas, weil Lucas seine Partituren mit eleganter, aber winziger Handschrift schreibt, und er möchte alles lesen können, bis hin zu den Punkten.

Wenn Lucas sich an die gebräuchlichen italienischen Bezeichnungen hält, ist *appassionato e con molto sentimento* der am häufigsten wiederkehrende Auftrag. So sieht Lucas sich selbst, als *molto appassionato*. Wäre auch ein guter Titel für sein Porträt von Lucas gewesen, *Molto Appassionato*, oder einfach *Appassionata*, mit einer Reverenz an Beethoven, Lucas' großen Helden. Es wird ein Werkbuch, mit dem er dem Entstehungsprozess der neuen Oper Schritt für Schritt folgt. Er hat schon einige Gespräche mit Lucas auf Band, hört sich regelmäßig sein Werk an und studiert die Partituren und Libretti von Lucas' bisherigen Opern.

In dem Brief erwähnt Lucas den Streit, den sie vor seiner Abreise nach Griechenland hatten, mit keinem Wort. Auch das ist typisch für ihn. Lucas' Traumbild von Claude Vivier, der ihm die Hände um den Hals legt, beklemmt Rafael, doch das will er jetzt nicht an sich heranlassen. Darüber denkt er später nach. Er will sich zwar um keinen Preis seine Nüchternheit nehmen lassen, aber Lucas hat ihn schon zu oft mit seinen Vorahnungen und Intuitionen verblüfft, als dass er sie lakonisch als Hirngespinste eines leicht hysterischen, pompösen Geistes abtun könnte. Auch wenn er das ist. An dieser Heimkehr ist ihm zu viel Tod. Er schüttelt es von sich ab. Erst einmal den Brief von Clara lesen und dann an der Rede für Ate arbeiten.

Weil er noch nie einen Brief von Clara und einen von Lucas gleichzeitig bekommen und gelesen hat, fällt ihm erst jetzt der grundlegende Unterschied in ihrer Handschrift auf. Dafür hat er Antennen. Wenn er einen Artikel über einen Künstler schreibt, möchte er dessen Handschrift sehen, und wenn er dafür in ein Museum im hintersten Winkel der Ukraine muss, ohne diesen Eindruck würde ihm etwas fehlen. Lucas' nach rechts geneigte, feine Handschrift findet in Claras stark nach links geneigter, runder Schrift das genaue Gegenstück. Für die Auslegung der Schreibrichtung benutzt Rafael immer das gleiche Bild, stark vereinfacht, aber immer zutreffend. Lucas geht mit dem Wind, Clara stemmt sich gegen den Wind an. Die mit gerader Handschrift bereiten ihm die größten Schwierigkeiten, die bekommt er nicht so leicht in den Griff. Zum Glück setzt Clara normale Punkte auf das i und macht keine kindischen Kringel oder Herzchen daraus, wie er es schon einmal in einem Brief von einer Frau gesehen hat. Eine grässliche Mode. Ob Kringel oder Herzchen, er ist allergisch dagegen, da hat er gleich genug von der Verfasserin. Desgleichen bei sogenannt eigenwilliger Rechtschreibung. Die ganze gesuchte Originalität, das krampfhafte Bemühen, sich vom Normalen abzuheben, indem man einer abscheulichen Mode nacheifert und damit so ist wie die anderen, die sich vom Normalen abheben. Alternative Rechtschreibung, verspielte Interpunktion – Geißeln für die Seele der Sprache. Nichts ist schöner als ein einfacher Punkt.

Wohl alarmiert durch Ates Selbstmord, sieht er sich Claras Handschrift genauer an als je zuvor. Zu seinem Schrecken bemerkt er, dass er sich in den vergangenen Jahren von ihrer Schrift hat täuschen lassen: Deren gutmütige, mädchenhafte Rundlichkeit ist Schein. Er schaut noch näher hin. Dort, wo man Brückenbögen erwarten würde, macht sie im Grunde tiefe Gräben. Die Hügelrücken des n und m und h werden bei ihr zum ausgehöhlten u. Hat er das bis jetzt übersehen? Nachher gleich mal ihre anderen Briefe daneben legen, denkt er. Nicht vergessen.

Rafael wird es vergessen. Nicht, weil er so gut wie alles vergisst, was er nicht sofort macht, sondern weil seine unmittelbare Zukunft anders aussieht, als er es in diesem Moment ahnen kann. In drei Tagen wird ihm sein Vorhaben wieder einfallen, und dann wird er mit an Panik grenzender Hast nach den Briefen suchen, die Clara und Lucas ihm in der Vergangenheit geschickt haben.

Clara hat zwei Briefbögen beidseitig beschrieben. Die Vorderseite der Bögen im Quartformat ist mit vorgedruckten Linien versehen, die Rückseite ist unliniert. Mit Unterstützung der von der Vorderseite durchschimmernden Linien hat sie auch auf der Rückseite die Regelmäßigkeit aufrechterhalten können. Ohne diese Stütze hätten ihre Sätze eine Tendenz nach unten gehabt, da ist er sich sicher. Sie hat zwischen den Zeilen und am Rand fast keinen Raum freigelassen. Er kennt sie als großzügig, ja sogar verschwenderisch, daraus lässt sich also keine Erklärung für den Geiz mit dem Weiß ableiten. Das Bedürfnis, sich auszudrücken, denkt er, so viel wie möglich auf dem Papier loszuwerden, das muss es sein. Sie hat ihm mal erzählt, dass sie täglich Tagebuch schreibt, und das schon seit sie fünfzehn war.

»Mindestens hundert Tagebücher voll«, sagte sie.

»Darf ich mal darin lesen?«

»O Gott, bloß nicht, ich schäme mich zu Tode für das ganze Elend. Sie sind nur für mich selbst, die darf keiner lesen.«

»Auch Lucas nicht?«

»Gerade der nicht.«

Claras Brief ist einen Tag später datiert als der von Lucas. *Skyros, 18. Juli 1981.* Es ist ein Plauderbrief, wie er ihn auch von anderen Frauen kennt. Keine Rede von Achterberg, Marsman, Orlowa oder dem Tribunal von 1944, sondern ein Tagesablauf. Dennoch macht er sich gewohnheitsgemäß auf die Suche nach versteckten Botschaften, Andeutungen, etwas über sich und sie oder, wenn es sein muss, auch über Lucas und sie. Da er sie beim ersten Lesen nicht findet – und vielleicht auch weil es der letzte Brief ist, den er liest, und er sich gleich an die Arbeit machen will, in die Rituale des Alltäglichen eintauchen muss –, lässt seine Aufmerksamkeit aber bald nach.

Clara beginnt chronologisch, mit der Beschreibung der spektakulären Ankunft auf der Insel Skyros. Als sich ihr Schiff nach stundenlanger Überfahrt von Athen dem Hafen genähert habe, sei ihnen zur Begrüßung *Also sprach Zarathustra* von Richard Strauß aus den Lautsprechern entgegengeschallt. Irgendwie unheilverkündend. Lucas habe es ein teutonisches Willkommen auf den Sporaden genannt. Sie fährt fort mit der Beschreibung ihrer Umgebung, den kleinen Zimmern, dem Blick aufs Meer und eine Bucht in der Ferne. Und dass das Dorf, in dem sie später den Brief einwerfen werde, ganz oben auf dem Berg liege. Eigentlich sei es eine Stadt. Eine Stadt, die Dorf heiße, um genau zu sein, denn Chora sei griechisch für Dorf. Es sei ein zehnminütiger steiler Aufstieg dorthin, aber das nehme sie gern für ihn in Kauf. Sie schreibt von der Hauswirtin, Maria Barbajannis, und dass sie sie und ihren Mann Barbamama und Barbapapa getauft hätten, vom Frühstück, bei dem die Eier zu ihrer Verärgerung nie so seien, wie sie sie gerne hätte: weichgekocht. Weich oder hart, wie solle man das der Frau klarmachen, wenn man kein Wort Griechisch spreche? Sie schreibt, die Jungen puzzelten, und fügt in Klammern hinzu: Wie schreibt man das? Das rührt Rafael. Sie schildert die Atmosphäre in dem weißen Dorf mit den schmalen Gassen, den schwarzgekleideten Frauen und ihren erstaunlich schönen Söhnen. Im Zentrum sei ein Platz mit einem Standbild von Robert (sic!) Brooke. Sie erwähnt, dass Lux – wie sie Lucas nennt – am Tag zuvor frühmorgens auf der Terrasse einen Brief an ihn geschrieben habe. Als sie gefragt habe, ob sie ihn lesen dürfe, sei das Kuvert aber schon zugeklebt gewesen. Er habe einen unheimlichen Traum gehabt, den er ihm hoffentlich erspart habe. Na ja, sie werde dann schon von ihm hören, was Lucas ihm mitzuteilen hatte. Er singe immer noch falsch, aber ansonsten laufe es ganz gut zwischen ihnen, meistens jedenfalls (hihi). Sie erkundigt sich, wie es ihm in der Provence ergangen sei, wie es den Kindern gehe, ob er sich gut erholt habe und ob sie in seinem Porträt von Lucas auch vorkommen werde. Und wie er das deichseln wolle (hihi). Nur bei zwei Sätzen stutzt er kurz. Dem, in dem sie beschreibt, dass Quint Anstoß an dem Standbild des nackten Dichters auf dem Platz genommen habe, und dem, in dem sie sagt, dass ihr zum ersten Mal in ihrem Leben beim Blick in einen tiefen Abgrund furchtbar schwindlig geworden sei.

Er faltet den Brief zusammen und will ihn gerade ins Kuvert zurückschieben, als im Wohnzimmer das Telefon läutet. Er springt auf, eilt ins Haus und schaut auf seine Armbanduhr. Journalistenangewohnheit. Es ist zehn vor halb drei nachmittags. Außer seinem Chefredakteur und seinen Kindern weiß niemand, dass er wieder zu Hause ist, daher überrascht ihn der Anruf. Er vermutet, dass es eines seiner drei Kinder ist.

»Du bist zu Hause, ich wusste es.«

»Lucas!«, ruft Rafael verdutzt in die Muschel. »Ich habe gerade deinen Brief gelesen, vor nicht mal fünf Minuten. Du wolltest doch erst im August zurückkommen, oder?«

»Ich bin noch auf Skyros«, sagt Lucas mit einer Kurzatmigkeit, die Rafael tief beunruhigt, »und es ist etwas Schreckliches passiert.«

4

Von dem Mann, den alle nur »der Bub« nennen, würde man erwarten, dass er immer und überall der Kleinste im Bunde ist, doch das Gegenteil ist der Fall. Herman de Vos ist baumlang und spindeldürr. Im Gegensatz zu den meisten Spitznamen ist es nämlich kein Name, den andere ihm gegeben haben, weil er so treffend wäre, sondern er hat sich als Kind selbst so getauft. Er hatte eine deutsche Mutter, die ihn kategorisch *der Bub* nannte, wenn sie von ihm sprach. Und als er laufen gelernt hatte und man ihm auf den Zahn fühlte, ob er denn auch schon sagen könne, wie er heiße, brabbelte er, er sei der Bub. Seine Eltern beließen es dabei. Offiziell trägt er den Namen seines Vaters, mit einem tadellosen jr. dahinter, doch der kommt nur in seinem Ausweis vor. Er selbst ist bei Bub und Bubi geblieben. Seine scharfsinnige Freundin hat einmal zu ihm gesagt, dass sein Vater ja auch schön blöd gewesen wäre, wenn er nicht mit der Stellung einverstanden gewesen wäre, die er als Sohn mit der Selbsttaufe unbewusst eingenommen habe. »So blieb dein Vater Herr und Mann, und du bist das ewige Kind.«

Mit seiner Namensgebung scheint Bubi sein Schicksal vorweggenommen zu haben, er ist der ewige Junge. Im Spiel vom absoluten Alter, das seine Freunde und er sich früher ausgedacht hatten, hat er auf die Frage: Wie alt bist du für immer? »Zwölf« geantwortet. Keine schlechte Zahl für jemanden, der selbst einem Kind die Zwölftonreihe erklären kann. Mit einer Begeisterung, die ansteckend auf seine Umgebung wirkt, kostet Bubi alles aus, was sich ihm bietet, sei es im Bereich von Musik, Literatur oder bildender Kunst, sei es, was Gesellschaft, Essen und Trinken angeht. Bubi frohlockt über die Geschenke des Lebens und nimmt sie gerne an. So ist er schon immer gewesen. Der Kern seiner Persönlichkeit ist vielleicht gar nicht mal so angelegt, der ist melancholischer und schwermütiger, als manch einer vermuten würde, aber so möchte er damit und mit anderen umgehen. Sowie er in Gesellschaft ist, flammt in ihm das Begehren auf, anderen seine Liebe und das, was er sich erworben hat, zuteil werden zu lassen. Wenn er allein ist, genügt es ihm, sich vorzustellen, dass er seine Begeisterung in absehbarer Zeit mit zahllosen Freunden teilen wird. Der genannten Freundin zufolge, die seinen Vater so treffsicher mit seinem Spitznamen festnagelte, hat er seine mitreißende Art einer schweren Kindheit zu verdanken.

Seine Eltern waren schon im reiferen Alter, als sie ihn und seine beiden Brüder bekamen. Warum sie sich so verspätet noch für Kinder entschieden, weiß keiner. Sie scheinen sich eher den Zwängen von Natur und Umfeld unterworfen zu haben, als dass es sie selbst nach etwas Kleinem im Haus verlangt hätte. Dass seine Mutter Pädagogin war und sein Vater Kinderarzt, tat dabei nichts zur Sache. Erzogen wurde Bubi nicht, und krank durfte er nicht sein. »Nimm ein Aspirin«, lautete die Reaktion seines Vaters, wenn er über Kopfschmerzen klagte, die, wie sich später erwies, Vorboten der Migräne waren, unter der er sein Leben lang leiden wird.

»Nimm ein Aspirin«, hieß es auch, als er im Haus herumhumpelte, nachdem ihm ein Band der *Encyclopedia Britannica* auf den Fuß gefallen war. Sein Lehrer stutzte, als er auch nach anderthalb Wochen noch in die Klasse gehumpelt kam, und unterzog den Fuß einer näheren Untersuchung. Er war blauschwarz, geschwollen und tat weh. Im Krankenhaus stellte sich heraus, dass sämtliche Mittelfußknochen gebrochen waren.

Seine Mutter dozierte an der Universität Amsterdam, gehörte zu den ersten Pädagogen in den Niederlanden, die eine Erziehungsberatungsstelle aufmachten, und übersetzte in ihrer spärlichen Freizeit Fachliteratur aus dem Deutschen ins Niederländische. Dass sie Kinder hatte, schien sie zu vergessen. Sein Vater arbeitete sich, bereits im fortgeschrittenen Alter, neben seiner gutbesuchten Praxis her noch in die Kinder- und Jugendpsychosomatik ein und verschloss zu Hause die Tür seines Arbeitszimmers vor seinen heranwachsenden Söhnen. Die Jungen wurden auf die besten Schulen geschickt, spielten Hockey im Verein und durften auch wieder austreten, wenn sie keine Lust mehr hatten. Bubis Schulfreunde beneideten ihn, weil er immer Geld hatte und nach Hause kommen durfte, wann er wollte. Und wenn er nicht nach Hause kam, krähte auch kein Hahn danach. Das Einzige, worauf seine Eltern Wert legten, waren gute Schulzeugnisse. Vor allem seine Mutter träumte von drei brillanten Söhnen, zukünftigen Professoren, am besten in Mathematik, Chemie oder Physik.

Wie es sich für ihren Stand ziemte, bekamen sie Musikstunden und durften sich ein Instrument aussuchen, das ihnen gefiel. Mit Hilfe der Musik entfloh Bubi diesem Gefängnis aus Verwöhnung, Verwahrlosung und Ehrgeiz. Vom fünften Lebensjahr an war das Klavier der Resonanzkörper seiner Seele. Über die Melodien, die er den Tasten entlockte, fand er erstmals in seinem Leben Gehör bei Erwachsenen. Die Bücher über Indianer und Cowboys wurden gegen Bücher über Musik eingetauscht. Er las alles, was er in die Finger bekam, über das Leben von Komponisten, ihre Briefwechsel, Libretti, Lieder und schließlich Partituren. So entdeckte er eine andere Möglichkeit, hin und wieder die Aufmerksamkeit seiner Eltern auf sich zu ziehen. Seine Begeisterung für die Musik war so groß, dass er einfach davon erzählen musste. So schmackhaft wie möglich tischte er ihnen die Geschichten auf, die er in Biographien gelesen hatte, und summte die Melodien und Akkorde, die ihm durch und durch gegangen waren. Zwar wurde er meistens aufgefordert zu schweigen, weil seine Mutter an einer Übersetzung arbeitete und sein Vater ein Lehrbuch las, aber dann und wann gelang es ihm doch, ihre Blicke auf sich zu ziehen und ihren Gesichtern ein Lächeln zu entlocken. Das genügte ihm.

An einem Sonntag im September 1952, einige Tage vor seinem vierzehnten Geburtstag, sitzt Bubi über ein Buch über Bach gebeugt in seinem Zimmer und horcht mit einem Ohr auf die Geräusche draußen, weil er unruhig auf die Rückkehr seiner Eltern wartet. Sowie er den Kies knirschen hört, springt er auf und läuft unruhig eine Runde durchs Zimmer. Sie sind wieder da. Er freut sich schrecklich, traut sich aber nicht, nach unten zu stürmen, da er weiß, dass weder sein Vater noch seine Mutter derlei Ausbrüche der Liebe und Anhänglichkeit schätzen. Also wartet er, dass man ihn nach unten ruft, und wundert sich, als an der Haustür geklingelt wird. Er schaut aus dem Fenster seines Zimmers und sieht ein fremdes Auto in der Auffahrt stehen. Seine Unruhe nimmt zu, und er muss sich setzen, damit ihm vor lauter Aufregung nicht schwindlig wird. Offenbar hat das Kindermädchen die Tür geöffnet, denn aus der Eingangshalle sind gedämpft Stimmen zu hören. Dann hört er jemanden die Treppe heraufkommen, und er harrt mit nervös auf den Holzfußboden tickenden Füßen darauf, was nun kommen wird. Ein leises Klopfen lässt ihn wie wild aufspringen. Als er die Tür öffnet, blickt er in das Gesicht seines Onkels, des älteren Bruders seines Vaters. Er sieht sofort, dass etwas ist.

»Kannst du kurz nach unten kommen, Bubi?«, bittet ihn sein Onkel mit forciert ruhiger Stimme. Bubi wartet nicht, bis auch seine Brüder, bei denen sein Onkel anklopft, aus ihren Zimmern treten, sondern rennt nach unten ins Wohnzimmer und erwartet sie mit zitternden Beinen am Marmorsims des Kamins. Aus der Küche hört er das unterdrückte Schluchzen des Kindermädchens und eine leise sprechende andere Frau. Für einen Moment beschleunigt sich sein Herzschlag noch, weil er glaubt, es sei seine Mutter, doch dann registriert er, dass es nicht ihre Stimme ist. Dem Kindermädchen entfährt ein lauter Schluchzer, und er hört sie etwas von »Jungen« wimmern. Da weiß er, dass seine Eltern mit an Sicherheit grenzender Wahrscheinlichkeit tot sind, nicht einer von ihnen, sondern alle beide.

Viele Jahre lang ist der Sonntag, der eigenartigste Tag der Woche, danach für ihn von der Todesnachricht gefärbt, die sein Onkel damals überbrachte. Dass sein Vater und seine Mutter auf der Rückfahrt von Heidelberg, wo sie einen Kongress über die Welt des Kindes besucht haben, tödlich verunglückt sind. Sie sind sieben Tage von zu Hause weggewesen, eine Woche, die unerwartet zu einer Ewigkeit wird, und diese Ewigkeit begann an einem Sonntag. Bis er an diesem Ruhetag erstmals eine Orchesterprobe hat und abends beim Nachhausekommen feststellt, dass der Tag nicht vom Tod gefärbt war. Seither ist der Sonntag für ihn ein Tag wie alle anderen, ja sogar ein ausgesprochener Werktag. Tod und Sonntag sind bleibend voneinander losgekoppelt.

Und dann läutet am Sonntag, dem 26. Juli 1981, nachmittags das Telefon in seinem Arbeitszimmer, und der Bub zuckt vor Schreck zusammen. Es ist fünf vor halb drei. Er muss sich von einer Partitur von Anton Webern losreißen, eilt aber mit der für ihn typischen schwungvollen Entschlossenheit ans Telefon, nimmt den Hörer ab und meldet sich mit seinem Namen. Danach ruft er wiederholt ein ungläubiges »Nein« in die Muschel. Er stellt einige Fragen, drückt sein Mitgefühl aus, fragt, ob er etwas tun könne, notiert Namen von Leuten, die er anrufen soll, und legt, erst lange nachdem Lucas in Griechenland das Gespräch beendet hat, den Hörer auf. Das monotone Tuut-tuut-tuut noch im Ohr, wählt er die Nummer seiner Freundin. Sie nimmt nicht ab. Enttäuscht und hektisch ruft er darauf Eva Kats an, eine Geigerin, mit der er schon seit Jahren zusammen auftritt. Er möchte nicht nur seine Trauer über den plötzlichen Tod von Clara Wevers mit ihr teilen, sondern auch seine Bestürzung über die Bitte, die Lucas an ihn gerichtet hat, eine Bitte, die auch Eva betrifft. Außerdem ist es ihm unmöglich, abzuwägen, was diese Bitte beinhaltet. Vielleicht findet Eva sie ja überhaupt nicht seltsam und sagt etwas Beruhigendes, etwas, was ihm sein mulmiges Gefühl nimmt. Das kann sie bestimmt. Eva ist ein Fels in der Brandung, sie ist nüchtern und entschieden und sieht Lucas' Vorschlag bestimmt ganz anders. Sie wird ihn beruhigen, und sie werden einen Plan entwickeln, wie sie seine Wünsche umsetzen könnten. Sie weiß bestimmt auch etwas Kluges zu dem zu sagen, was ihm das Herz stocken lässt: dass Lucas schon wenige Stunden nach dem Tod seiner Frau damit befasst ist, ihre Beisetzung zu organisieren.

Doch das Gespräch mit Eva steigert seine Beunruhigung eher noch. Eva reagiert nicht etwa nüchterner, sondern geradezu empört. »So was macht man doch nicht«, ruft sie, als er ihr Lucas' Vorhaben dargelegt hat. »Clara ist gerade tot, wie kann der Mann da an so was denken?« Als sie vor Wut und Unverständnis sogar in Weinen ausbricht, macht er ihr das Angebot, zu ihm zu kommen. Er habe Lucas versprochen, diesen und jenen anzurufen, danach könnten sie sehen, was sie mit dem Rest des Tages anfingen. Doch Eva hat ihren neuen Freund und dessen Kinder zu Besuch und kann sich am Nachmittag nicht freimachen. Sie werden sich wie üblich am späten Abend im »Kreis« treffen.

Erst als Bubi alle Telefonate erledigt hat und die sonntägliche Stille in seine Wohnung zurückkehrt, kommt zu seiner Bestürzung über Lucas' Vorschlag die Bekümmerung über Claras Tod. Gott weiß, was da passiert ist. Arme Clara, armer Quint. Welcher Mann klingt denn so aufgekratzt, wenn er einem Freund erzählen muss, dass seine Frau von den Felsen gestürzt ist? Das ist doch nicht normal. Bubi weiß gar nicht, was denn nun genau vorgefallen ist. Lucas hat seine Fragen zu Clara sofort abgewimmelt und wollte ausschließlich über die Beisetzung reden.

»Es soll ein Happening werden«, hat er gesagt, »für Clara.« Bubi wiederholt sich die Worte. Hat Lucas das wirklich so zu ihm gesagt? Er kann es fast nicht glauben, aber er weiß, dass es wahr ist. Er hört es Lucas sagen und sieht im selben Moment vor sich, wie er dort in Griechenland steht, den Hörer in der Hand, das Gesicht hochrot, wie immer, wenn er seine Vorhaben darlegt und seine weltumspannenden Ideen verkündet. Es soll ein Happening werden. Dieses Gejagte in der Stimme. Als sehe er es schon vor sich. Wie er hinter dem Sarg geht, seine verstorbene Gemahlin in den Saal geleitet. Wie er schreitet, stolz und aufrecht, die Mähne bis auf die Schultern, das Publikum zu beiden Seiten kaum eines Blickes würdigend, das Antlitz von Trauer gezeichnet, diese jedoch mit Würde tragend. Der Komponist, wie er Lucas' Meinung nach zu sein hat. Jemand wie Beethoven. Bubi ist sich sicher, dass Lucas sich so vorkommen wird, wie Beethoven. Dramen, Widrigkeiten, er würde sie nach Art des rebellischen Komponisten hinnehmen und dadurch niemals erfahren, ob es auch eine Art des Lucas Loos gäbe.

Da war etwas in Lucas' Stimme, was in Bubis Kopf nachhallt, etwas, was sein Herz wie wild pochen lässt vor Sorge. Er versucht es zu benennen und wird ganz nervös, weil ihm das richtige Wort dafür nicht gleich einfallen will. Was hört er? *Agitato*? Nein, schlimmer. Das dreiste *ardito*? *Animato, appassionato*? Nein, er muss weg von diesem A. Mit einem Mal weiß er es. Es ist *zélo*, die Hast des Eifers, es ist die Akustik der Ekstase. Der Tod erregte ihn, das war es, was er gehört hat. Er hat von der griechischen Insel her keinen niedergeschmetterten Mann gehört, der wenige Stunden zuvor Zeuge des tödlichen Sturzes seiner Frau geworden war. Er hat die Stimme eines exaltierten Künstlers gehört, der sich auf die nahe Zukunft freute.

Das lässt Bubi schaudern, aber er verspürt jetzt, da er das passende Wort gefunden hat, zugleich auch einen klitzekleinen Ansatz von Verständnis für den Zustand, in dem sich Lucas befindet. Er entsinnt sich seiner eigenen Gefühlskonfusion an jenem Sonntag vor fast dreißig Jahren. Der Tod seiner Eltern löste tiefe Bekümmerung in ihm aus, den Schmerz eines Menschen, der geschlagen ist, bevor der Wettkampf überhaupt begonnen hat. Das Spiel war vorbei. Keine Möglichkeit mehr, etwas gutzumachen, zu erringen, zu geben oder zu beweisen. Alle seine Phantasien darüber, was für ein Mann er einmal werden würde, wie er mit seinen Kompositionen und seinem virtuosen Spiel die Welt erobern würde, welche Bewunderung ihm zuteil werden würde, verloren damals auf einen Schlag ihre Antriebskraft. Die Menschen, für die sein Talent eine Botschaft hätte sein sollen, waren nicht mehr, konnten die Botschaft nicht mehr lesen. Welche Botschaft denn eigentlich, wusste er nicht. »Ich bin jemand«, hat seine Freundin gesagt. Das sei ihrer Ansicht nach die Botschaft hinter jeder Ambition. Er sieht sie vor sich, wie sie auf ihren kurzen Beinchen hüpft und tanzt wie ein Rumpelstilzchen und dazu ausruft: »Schaut her, ich bin da, ihr habt mich nicht wegmachen können.«

Puck Baal ist keine 1,30 Meter groß, hat eine gewaltige Macke, eine rasiermesserscharfe Zunge – und er liebt sie. Beim Gedanken an sie wählt er hastig zum wer weiß wievielten Mal ihre Nummer, doch sie nimmt nicht ab. Er hat keine Ahnung, wo sie an diesem warmen Sonntagnachmittag steckt. Vielleicht ist sie auf ihrem Kinderrad ins Amsterdamse Bos gestrampelt. Oder sie sitzt wie ein böser Kobold im Schatten eines Baums im Vondelpark und schaut sich die Menschen an, um mit schonungslosen Beobachtungen ihre leicht misanthropischen Ansichten über die desperate Kreatur zu nähren. Ein Lächeln schleicht sich um seinen Mund, weil es ihn amüsiert, wenn er sich vorstellt, wie sie dort sitzen kann, nah am Wasser, unter der Trauerweide. Er hört sie mit tiefer Stimme, die man bei einem so kleinen Wesen gar nicht erwarten würde, bellen, dass ihre Sicht des Menschen naturgemäß verzerrt sei.

»Das Erste, was ich von Leuten sehe, ist zweimal nichts. Ich blicke direkt in ihre klaffenden Nasenlöcher. Es gibt nur wenige Erwachsene, denen es gelingt, diesen ersten Eindruck wettzumachen.«

Sowie er an Puck denkt, denkt er auch an ihre bisweilen aggressive Art, mit der sie ihn zwingt, über sich selbst nachzudenken. Das hat sie von jeher getan, seit dem Moment, da sie bei seinen Pflegeeltern klingelte und fragte, ob sie den Bub sprechen könne. Siebzehn ist er damals, hat gerade sein Abitur gemacht. In der Diele des Hauses, in das er liebevoll aufgenommen wurde, steht eine kleine, gedrungene Frau von undefinierbarem Alter, jung, aber irgendwie auch schon alt. Sie hat die Hände auf den Rücken gelegt und die Beine leicht gegrätscht. Ihr weißgraues Haar ist kurz und zipfelig, und einige Strähnchen fallen über das Gestell ihrer Brille mit beängstigend dicken Gläsern. Ihre Mundwinkel sind von Natur aus nach oben gezogen und verleihen ihrem Gesicht einen clownesken Ausdruck. Er findet sie sofort wunderbar. Hochgewachsen, wie er es schon mit siebzehn ist, beugt er sich zu ihr hinunter, um ihr die Hand zu geben.

»Bleib gerade stehen, sonst verliere ich die Perspektive«, blafft sie darauf und blickt mit einem Grinsen in seine verschreckten Augen – auch damals schon verrät sein Gesicht jede seiner Regungen. »Tiefe Stimme, was? Hat viel Geld gekostet«, fügt sie hinzu und zieht die linke Hand hinter ihrem Rücken hervor. Zwischen Zeige- und Mittelfinger, klein und mollig wie die ganze Puck, steckt eine ausgemachte kubanische Zigarre, die doppelt so lang ist wie ihre ganze Hand.

Sie kam damals gleich zur Sache. Sie habe ihn aufgesucht, sagte sie, um ihm was Nettes über seine Mutter zu erzählen, sonst nichts. Sie sei bei ihr in die Lehre gegangen und habe sich nach ihrem Tod vorgenommen, ihn eines Tages anzusprechen. Da er jetzt seine Schule beendet habe und sich für ein eigenes Leben entscheiden müsse, halte sie es für an der Zeit, ihm zu sagen, was sie zu sagen habe.

»Ich bin mir sicher, dass du eine schlechte Mutter an ihr hattest. Wie dreißig Prozent der Frauen, die ich kenne, hätte sie nie Kinder bekommen dürfen. Aber du bist nun mal da, und das solltest du auch zu deinen Gunsten nutzen. Nichts ist so fruchtbar wie mangelnde Liebe und so weiter. Was ich dich wissen lassen wollte, ist, dass sie eine großartige Wissenschaftlerin war, eine begnadete Dozentin, eine außergewöhnlich intelligente Frau, und dass sie mein Leben verändert hat. Kinder mochte sie nicht, ihre Studenten aber schon. Schade für dich, Glück für mich. Sie machte mich größer, als ich es bin, und ich habe ihr alles zu verdanken. Wer ein einziges Leben rettet und so weiter. Das ist alles.«

Darauf streckte sie ihren kurzen Arm erneut so weit in die Höhe, wie es ihr möglich war, um zu signalisieren, dass das Gespräch von ihr aus beendet sei und sie sich verabschieden wolle. Bubi hatte schnell gelernt und beugte sich also nicht hinunter, um ihre Hand zu schütteln, aber er hielt sie fest.

»Darf ich Sie noch einmal sprechen?«

»Natürlich«, antwortete sie, »wann du willst. Und jetzt die Hand zurück.«

Er schaute ihr nach, wie sie mit neckischen Gänseschrittchen davonwatschelte, und wurde rot, als sie sich abrupt umdrehte.

»Ertappt!«, rief sie laut. Dann sah sie ihn forschend durch ihre dicken Brillengläser an. »Was willst du eigentlich werden?«

Er zögerte, obwohl er schon damals intuitiv wusste, dass jede Form von Langsamkeit sie maßlos ärgerte.

»Musiker«, sagtc er dann.

»Komponist also«, erwiderte sie. »Gut so. Kannst du nur werden, weil deine Mutter tot ist. Denk mal drüber nach.«

Und dann kehrte sie ihm wieder den Rücken zu und ging.

Keine Woche später hatte er sie angerufen und gefragt, ob er kommen dürfe. Seither ist sie die Frau seines Lebens, wenn er auch nie ein normales Liebesverhältnis mit ihr haben wird.

»Normal ist zu groß für mich«, sagt sie.

Um sich mental auf das Gespräch mit Puck vorzubereiten und Lucas' Aufgekratztheit zu verstehen, verweilt er noch ein wenig länger beim Tod seiner Eltern. Denn er erinnert sich an ein anderes Gefühl, eine Empfindung, die sich ihm damals, als er dort im Wohnzimmer steht, mit einer unmöglichen Gleichzeitigkeit aufdrängt. Während er seinem Onkel ergeben zuhört, ist ihm, als würde ihm ein Loch ins Herz geschlagen. Aber in seinem Kopf, oder eher über seinem Kopf, passiert etwas völlig anderes. Es ist, als öffnete sich der Himmel, er kann es nicht anders beschreiben. Der Deckel über seinem Loch wird weggeschoben, und er kann zum ersten Mal in seinem Leben das weite Himmelszelt sehen und diese Weite atmen. Eine fast schon orgiastische Empfindung unbegrenzter Freiheit. Nein, es ist doch in seinem Kopf gewesen, eine schwindelerregende Unbeschwertheit, ein unersättliches Verlangen zu atmen, Luft einzusaugen, sich mit Sauerstoff zu betrinken. Das verwirrt ihn. Die Stimme seines Onkels beginnt ihn unerträglich zu langweilen. Der Magen dreht sich ihm um vor Übelkeit. Er muss sich die größte Mühe geben, dem Bericht von dem tödlichen Unfall noch weiter zuzuhören. Sein Onkel beschreibt so unumwunden und genau wie möglich, was passiert ist. Während Bubi in seiner Ungeduld meint, gar nicht zu hören, was gesagt wird, findet in seinem Körper der Unfall seiner Eltern statt. Der Frontalzusammenstoß zwischen dem vertrauten schwarzen Ford Taunus und dem monströsen unbekannten Lastwagen wird zum Zusammenstoß zwischen seinem schweren Herzen und der Unbeschwertheit in seinem Kopf. Dieser Widerspruch ist zu viel für seinen Körper. Eben noch aufrecht am Kaminsims lehnend, schlägt er plötzlich auf den Boden. Er meint, sich noch an den dumpfen Knall zu erinnern, den sein Kopf auf dem Holzfußboden machte. Als er wieder zu sich kam, scheint er als Erstes gesagt zu haben: »Aspirin.« Darauf war sein ältester Bruder in Tränen ausgebrochen.

Ab etwa vier Uhr nachmittags läutet bei Bubi unaufhörlich das Telefon. Er versucht so detailliert wie möglich zu erzählen, was er weiß, stößt aber laufend auf das gleiche Problem. Lucas sagte erst, dass Clara von einem Felsen gestürzt sei, und danach, dass sie auf einer Mauer gesessen habe und von dort heruntergefallen sei. Da er das Haus in Griechenland nicht kennt, kann er sich die Mauer und den Felsen nicht vorstellen. Er weiß nicht, wie er diese beiden Gegebenheiten zusammenbringen soll. Lucas sagte auch etwas von einem Amerikaner, der dabei gewesen sei, aber Bubi weiß nicht, wie der in die Geschichte passt. Nur Jacob Adamse, einem seiner besten Freunde, gesteht er zögernd und befangen, worum Lucas ihn gebeten hat, den anderen gegenüber verschweigt er es. Er schämt sich dafür, merkt er. Er schämt sich für Lucas, für Quint, für Clara. Ja, vor allem für Clara. Er schämt sich für die Welle der Sensation, die ihr Tod auslöst, eine Sensation, die auch er mit aller Heftigkeit als solche erfährt. Es ist freilich ein Unterschied, ob man sie erfährt oder ob man sie schürt, und diesen Unterschied möchte er durch die Art und Weise, wie er die Geschichte weitergibt, wahren. Bei dem Freund, den er ins Vertrauen zieht, sucht er eher Hilfe auf seiner Suche nach einer Erklärung als Zustimmung in der Verwunderung. Doch Zustimmung ist das Einzige, was er erntet.

Puck spricht oft von Scham. Weil sie zu Unrecht glaubt, dass er im Grunde seines Herzens lieber Komponist sein möchte als ausführender Musiker und dass Scham ihn davon abhält. Im Moment schämt er sich dafür, dass Lucas' Wahl auf ihn gefallen ist, das ist es. Er kennt Lucas seit der zweiten Hälfte der fünfziger Jahre, aber der Umgang mit ihm ist ihm im Laufe dieser fünfundzwanzig Jahre immer schwerer gefallen. Lucas ist ein Provokateur, und Bubi kann Provokationen unmöglich überhören. So ermüdend er die Diskussionen auch findet, er muss einfach darauf eingehen oder, besser gesagt, dagegenhalten, wenn Lucas wieder einmal Gardinenpredigten hält, vermessene Hypothesen, moralistische Fingerzeige oder apodiktische Wahrheiten verkündet. Es ist nicht seine Art, mit einem Menschen zu brechen, aber was Lucas betrifft, hat er das in letzter Zeit schon oft erwogen.

Zu viert waren sie. Sie waren jung, gingen aufs Konservatorium, hatten ein manisches Besessensein von einer Erneuerung in der Kunst gemein, das anderen fehlte, und wurden von einem Lehrer unterrichtet, der sie die moderne Musik besser verstehen half. Der animierende Lehrer schmiedete sie zusammen, und als sich jeder von ihnen auf dem schwer begehbaren Terrain der neuen Musik einen Namen machte, wurden sie in der Presse schon bald »Die Vier« genannt. Bubi braucht nur an die Zahl zu denken, und ihn erfasst Melancholie.

Vier junge Spunde waren sie, radikale Revolutionäre, Himmelsstürmer mit hochfliegenden Ambitionen. Sie sprangen zwischen militanter Empörung und euphorischen Zukunftserwartungen hin und her. Sie wollten die Welt verändern, und dazu sollte ihnen die Musik dienen. Die Zeit war das Alte leid und schrie nach Revolution, und sie bildeten die Avantgarde dieses flehenden Chors. Sie fühlten sich als die Vorhut einer neuen Freiheit. Das Ruder musste herumgerissen werden, in der Kunst, in der Politik, in der Liebe.

Ohne dass sie es einander groß eingestanden hätten, träumten sie in den Anfangsjahren alle vier vom Höchsten, was auf ihrem Gebiet zu erreichen war, doch nicht jedem von ihnen war das Höchste vorbehalten.

Jetzt, im Nachhinein, kann er deutlicher erkennen, wer es in sich hatte, Komponist zu werden, und wer nicht. Im Laufe der Zeit ist ihm der Unterschied zwischen dem Urheber und dem Ausführenden klarer geworden. Der Komponist kann sich Eindrücken und einer zu heftigen Bewunderung verschließen und tut es auch, der Ausführende kann das nicht. Puck machte aus Verschließen Einschließen und sagte, dass Urheber sich einschlössen und Ausführende sich einschließen ließen. Er versteht das inzwischen als einen Unterschied in der Persönlichkeit. Interpreten wie er, die Dirigenten, Dozenten, Theoretiker und ausführenden Musiker, sind Regisseure und Akteure. Sie haben lediglich die Aufgabe, so gut wie möglich zu interpretieren und zu übersetzen, was ein Komponist meint, wie er seine Zeichensprache klingen lassen möchte. Sie stehen zwischen dem Schöpfer und dem Publikum, als die Botschafter der Götter. Denn das sind die Komponisten, Götter. Böse Götter manchmal, grausame, rachsüchtige, anmaßende und strafende Götter, aber trotz allem Götter.

Der Bub wird traurig, wenn ihm das Bild vom jungen Lucas vor Augen kommt. Er muss Anfang zwanzig sein, als er damals das Konservatorium in Den Haag betritt. Aber er sieht ältlich aus und wie geharkt. Anzug, das Haar scharf gescheitelt, strenge Brille. Hinter den Brillengläsern verbirgt sich freilich ein glühender Blick, ein Feuer, das grenzenlose Leidenschaft verrät. Pol Posthumus, der Prins und er selbst sind damals schon im dritten Studienjahr und schenken Neulingen in der Regel kaum Beachtung. Aber Lucas kann man sich nicht entziehen, den umgibt etwas Brillantes. Sowie er einen Raum betritt, ist er der magnetische Mittelpunkt, der vor vulkanischer Energie glüht. Dass auch damals schon alles an Lucas extravagant war, führten sie auf seine unverkennbare Genialität zurück. Lucas ist in allem extrem. Als Erstes versucht er mit dem Feuer seines Temperaments, jedermann zu Gott zu bekehren. Sie finden das faszinierend und bizarr, ein junger Mann, der in einer von Veränderungen aufgewühlten Zeit ihre Seelen für das Ewige und Bleibende gewinnen will. Mit donnerndem Tenor verkündet er das Ende der Zeiten, malt apokalyptische Visionen von Verdammnis und Verderben aus, zitiert laufend aus der Bibel und sagt, er könne sie nur erlösen, wenn sie ihm in seinen Protestantismus folgten. So befremdlich seine flammenden Predigten auch sein mögen, sie bestärken sie doch in der Überzeugung, dass sie ein Genie in ihrer Mitte haben. Keiner zweifelt daran, dass er es hat. Da steht kein zukünftiger Klavierlehrer aus Dingsda, da steht ein Komponist. Wenn einer der Vier etwas von einem Gott hatte, dann war es der jüngste Ast an ihrem Stamm, Lucas Loos.

Was ist schiefgelaufen? Was ist mit jenem illustren Knaben geschehen? Was hat sich in ihrer Freundschaft verändert? Der Bub verspürt eine Unruhe, die seine Beine durchpulst wie Elektrizität. Er erhebt sich und geht im Zimmer umher. Er nimmt das Päckchen schwarzen Van Nelle vom Tisch, dreht sich eine Zigarette und nimmt, nachdem er sie sich angezündet hat, einen tiefen Zug. Er zwirbelt die Zigarette zwischen den Fingern. Das Knistern des Zigarettenpapiers beruhigt ihn. Er ist unentschlossen, das macht ihn unruhig. Einerseits will er nach draußen, unter Menschen, will mit Freunden reden, andererseits möchte er auch drinnen bleiben und darauf warten, dass Puck sich meldet. Er hat unterdessen so gut wie jeden am Telefon gehabt, den er kennt, nur sie nicht. Er schaut auf seine Armbanduhr. Sechs Uhr, die Zeit kriecht. Vor elf Uhr abends geht keiner aus der Gruppe, zu der er gehört, in den »Kreis«, und sie pflegen dort auch nicht zu essen. Er gehört dem »Tisch« an, einer erlesenen Gesellschaft, die sich fast jeden Abend im »Kreis« trifft und dort immer am selben Tisch sitzt. Es würde niemandem, der nicht dazugehört, einfallen, sich dort hinzusetzen. Hin und wieder laden sie jemanden, den sie für interessant genug halten, ein, sich zu ihnen zu gesellen. Sie lassen dem Auserwählten die Einladung dann von irgendwem per Zettel überbringen. Er mag im Übrigen auch gar nicht an Essen denken, dafür ist er viel zu nervös. Ein Glas Wein vielleicht, einen gekühlten Rosé, um ruhiger zu werden. Tagträumerisch dichtet er sich den Mut an, Lucas in Griechenland anzurufen und ihm zu sagen, dass er es doch nicht machen könne, dass er es für keine gute Idee halte. Aber Lucas hat auf Skyros kein Telefon, und er würde es auch nicht wagen, ihm seine Bitte abzuschlagen.

Das Glas in der einen Hand und die Zigarette in der anderen, setzt er sich wieder und versucht seine Beine ruhig zu halten. Wann geschah was? Nach dem Konservatorium wurde Lucas zum Wehrdienst einberufen. Erwies sich dort als untragbar, widersetzte sich dem Kommando, lehnte Waffen ab und predigte die Friedensliebe von Jesus Christus. Wurde daraufhin zur Disziplinierung für einige Zeit in ein

Irrenhaus gesperrt. Wieder in Amsterdam, war er ganz der alte gottesfürchtige Lucas. Jetzt würzte er seine flammenden Predigten mit Zitaten aus den Gedichten von Gerrit Achterberg. Hatte sich in der psychiatrischen Anstalt mit ganzer Hingabe auf diesen Dichter gestürzt und sich Tag für Tag in seine Geistesverwandtschaft mit ihm vertieft. Nicht der letzte Mann, an dem er seine Seele festhaken sollte. Die Freundschaft zu Lucas hatte auch dann nicht gelitten, als dieser von heute auf morgen dem zornigen Gott der orthodoxen Protestanten abschwor und den Abfall vom Glauben mit der gleichen Lautstärke predigte wie zuvor das Festhalten daran. Nachdem er sich Marx einverleibt hatte, war Religion plötzlich Opium für das Volk, und die Klasse, die gegen ihre Unterdrückung hätte aufbegehren sollen, wurde mit dem Gift der Kirche betäubt. Unvorstellbar, er schien völlig vergessen zu haben, dass er vor weniger als einer Woche noch Gottes fanatischster Werber auf Erden gewesen war. Ungeniert wurde die Sprache Kanaans gegen die von *Das Kapital* ausgetauscht. Als er nicht viel später mit ebensolcher Leichtigkeit die aufwiegelnde Prosa von Ober- und Unterschicht durch die trübe Poesie Maos ergänzte, waren sie schon mehr oder weniger darauf vorbereitet. Doch was auch damals schon ärgerlich und unerträglich wurde, war, dass Lucas bei jeder Kehrtwendung mit unverändertem Pathos versuchte, seine Freunde zu dem Glauben zu bekehren, dem er nun gerade wieder anhing.

»Ihr habt Augen und seht nicht, und das wird euch teuer zu stehen kommen!«, rief er bei der erstbesten kritischen Bemerkung aus und entfernte sich wütenden Schrittes von den Ungläubigen.

Auf Mao folgte nahtlos Che, aber für Che und Fidel waren sie alle. Die Begeisterung für Kuba teilten sie alle, es war der Traum jedes Himmelsstürmers. Zwölf junge Männer, intelligent, akademisch ausgebildet, proben den Aufstand, stürzen ein totalitäres Regime, schaffen einen neuen Staat. Die Kunst für das Volk, und jede künstlerische Neuerung wird begeistert aufgegriffen. Das war unvergleichlich, nie da gewesen, ein Jungentraum. Niemand in Amsterdam konnte sich dem Charisma dieses Arztes entziehen, und alle hatten das Poster mit seinem christusgleichen, bärtigen Gesicht an der Wand hängen oder zusammengerollt im Schrank liegen.

Der Auftrag fällt ihm ein, vielleicht hat alles mit ihrer Arbeit an dieser Oper angefangen. Er erschrickt darüber, dass er das denkt. Als sich damals die ersten Risse zeigten, die zu einem Graben zwischen Lucas und ihm werden sollten, hat er sich länger etwas vorgemacht, als ihm jetzt lieb ist. Aber ich habe Puck, denkt er im gleichen Moment, Puck würde mich niemals jahrelang in einer Lüge dümpeln lassen. Sie hätte mich entweder untergetaucht oder rausgefischt. Er hat mit seiner wachsenden Aversion gegen Lucas nicht hinter dem Berg gehalten. Immer wieder hat er Puck in den vergangenen Jahren bekannt, dass er zunehmende Schwierigkeiten mit Lucas hat. Er hat ihr erzählt, wie sehr ihm Lucas' imperialistischer Geist widerstrebt, dass er alle zwingen will, dem Gott zu huldigen, dem er selbst gerade dient. Und noch schlimmer findet er, dass Lucas hartnäckig von seinen Freunden verlangt, den verworfenen Gott genauso rigoros zu verleugnen, wie er selbst es tut. Er hat ihr auch zögernd bekannt, dass ihm Zweifel am Komponisten Lucas Loos gekommen sind. Lucas hat sein Talent immer weniger in das introvertierte Schöpfen von Musik gesteckt und immer mehr in die Darstellung seiner eigenen Person. Im Keller seines Hauses hat sich die Provo-Bewegung niedergelassen, er schreibt flammende Zeitungsartikel, ist Speerspitze jeder politischen Aktion im aufgerührten Amsterdam, und wo immer ein Podium für irgendeinen Protest errichtet wird, steht Lucas vorn. Tamtam machen, anstatt schöpferisch zu arbeiten. Er ist zum Darsteller seiner selbst geworden, da drückt der Schuh. Wahre Komponisten brauchen nicht den Komponisten rauszuhängen, die sind es einfach. Puck mit ihrem scharfen Blick hat das bestätigt. Lucas schreie nicht: »Seht, ich!«, sondern: »Seht mich!« Ein Unterschied wie Tag und Nacht. »Seht mich an, ich bin jemand!« – das sei Lucas, und für dieses »jemand« lasse sich jeder x-Beliebige einsetzen.

»Alles nur Pose«, sagt sie, »alles nur angelernte Rollen. Totale Panik, der Horror vacui der verlorenen Seele.«

Niemand sonst liebt mit so viel Gift und Sarkasmus wie Puck, und dass sie Lucas liebt, weiß Bubi. Über keinen anderen sprechen sie so oft wie über ihn. Einen »dämonischen Engel« nennt ihn Puck.

»Es ist schlimm, aber ich ertrage Lucas manchmal kaum noch in meiner Nähe«, hört er sich selbst eines Tages zu Puck sagen. »Er provoziert mich in einem fort, und das macht mich todmüde.«

»Klar, darauf legt er es auch an. Lucas hat längst gespürt, dass er dabei ist, dich zu vertreiben. Unrat riecht er auf Kilometer Entfernung, wie ein wildes Tier. Also wird er alles in Bewegung setzen, damit du die Drohung wahr machst, damit du ihn wegjagst, ausstößt, verlässt, tötest, der Freundschaft den Hals umdrehst. Dann bekommt er wenigstens recht und hat die Wahrheit vorhergesagt. Jede Verstoßung krönt ihn zum König. Jesussyndrom und so weiter. Darunter leidet so mancher gläubig erzogene Bursche.«

»Brauchst mich gar nicht so anzugucken.«

»Atheismus ist auch ein Glaube.«

»Du liebst die Menschen wie ein Schneidbrenner«, hat er darauf gesagt, ein Ausdruck, den er häufiger auf sie anwendet.

»Irgendwoher muss es ja kommen«, lautet ihre Standardentgegnung, obwohl das meistens passt wie die Faust aufs Auge. Sie sagt es aus demselben Grund, aus dem sie auch keine zehn Sätze sagen kann, ohne sich mit einem »und so weiter« selbst das Wort abzuschneiden. Sie schäme sich, wenn sie zu lange rede, hat sie ihm gesagt, und sie ärgere sich über Leute, die schwer von Begriff seien.

Wenn Puck recht hat und seine Reise durch die Zeit ihn zum richtigen Moment zurückgeführt hat, hieße das, dass Lucas seit der Arbeit an *Der Auftrag* eine Verstoßung herausfordert, ihn piesackt, bis er ihm den Gnadenstoß gibt und die Freundschaft aufkündigt. Und dass er ihm den Gnadenstoß nicht geben will, hat mit seinem Stolz zu tun. Um Lucas nicht durch seine Verstoßung zu krönen, hat Bubi es seit 1968 vorgezogen, Lucas' Fanatismus und zunehmende Radikalisierung zu dulden. Er hat sich entschieden zu schweigen, so wie sich damals das Kollektiv, in dem sie *Der Auftrag* schufen, sie vier plus zwei Schriftsteller, letztlich für das Schweigen entschied. In dieser Oper haben sie die Ermordung Che Guevaras rekonstruiert, und die beiden Schriftsteller, Aaron Keller und Gilles Boon, schrieben das Libretto auf der Grundlage von Mozarts *Don Giovanni*. Über das Ende der Oper waren sie sich zum ersten Mal gründlich uneins. Singen oder schweigen. Lucas und Aaron waren für singen, wollten das Ganze mit einem neuen sozialistischen Kampflied enden lassen, der Werbungsrhetorik eines Aufrufs zur Solidarität. Gilles, der Prins, Pol und er waren für schweigen, nichts mehr sagen, die Musik sprechen lassen. Der Kompromiss lag schließlich in einem minutenlang angehaltenen Ton. Sie ließen *Der Auftrag* mit einem d enden, das kein Ende zu haben schien.

»Die Jakobiner haben gewonnen«, hatte Aaron resigniert gesagt, als die Entscheidung fiel, aber Lucas hatte geschäumt vor Wut und gewettert, dass die Wahl dieses Endes die wahre, feige, kleinbürgerliche Natur der Mehrheit des Kollektivs verrate. Später, als immer mehr über die tyrannischen Praktiken Fidel Castros ans Licht kam, schwor er auch Kuba rigoros ab und schloss das zuvor verteufelte imperialistische Amerika wieder in seine Arme. Castro war ein Mörder, Kuba eine Diktatur, und für *Der Auftrag* hatte er nur noch Zynismus übrig, wenn er seine Mitwirkung daran nicht gleich ganz verschwieg.

Gerade als ihn die Unruhe in seinen Beinen wieder zwingt, sich zu erheben und im Wohnzimmer auf und ab zu gehen, läutet das Telefon. Er rennt zum Apparat und keucht ein flehentliches »Puck?« in die Muschel. Ein unbestimmtes Brummen ist die Antwort.

»Hast du es schon gehört?«, fragt er.

»Ja.«

»Wo warst du?«

»Vondelpark.«

»Wer hat es dir erzählt?«

»Jemand von der Universität. Hatte es in einem Straßencafé gehört, sah mich, wusste, dass ich Lucas und Clara kenne und so weiter.«

»Was hat man gesagt?«

»Stockbetrunken, alle beide, und dass Clara dann von einem Felsen gestürzt ist.«

Kurz angebunden ist sie ja meistens, aber jetzt fällt Bubi auf, wie todmüde Puck klingt, welche Mühe ihr das Sprechen bereitet. Es ist, als müsste er ihr jedes Wort aus der Nase ziehen, während er sie normalerweise keineswegs zu ermuntern braucht, ihm Sätze wie eine Handvoll Kieselsteine zuzuwerfen.

»Du klingst gar nicht gut, Puck.«

»Beschissen, Bub.«

»Wo bist du?«

»Américain.«

»Warte dort, ich komme. Ich bin in zehn Minuten bei dir.«

»Bub?«

»Ja.«

»Hat er dich angerufen?«

»Ja.«

»Hat er es getan?«

Bubi schweigt. Er stellt sich Puck vor, wie sie dort in der luxuriösen Telefonzelle des Hotel Américain steht. Sie hat zuerst die Telefonbücher von der Ablage gezogen und sich ein Podest daraus gebaut, ist dann auf das Gerüst aus drei dicken Telefonbüchern geklettert und hat ihren molligen Zeigefinger in die Wählscheibe gezwängt, um seine Nummer zu wählen. Der Hörer nimmt sich an ihrem Kopf mit dem weißen Flaum lächerlich groß und schwarz aus. Sie liebt Lucas. Nach wie vor und mehr als alle anderen, die er kennt.

»Nein«, hört er sich zu laut und mit gezwungener Überzeugung sagen. »Nein, das glaube ich nicht.«

Er kennt Puck. Er hat zu lange geschwiegen und damit ihre Sensoren für Unehrlichkeit angeregt. Er wartet. Er wartet darauf, dass sie ihn einen schlechten Lügner nennt. Oder kichernd, weil sie nicht vor ihm steht, dröhnt: »Sieh mich an, wenn du mich anlügst.« Doch es bleibt still am anderen Ende der Leitung. Puck schweigt. Und dieses Schweigen ängstigt ihn mehr als alles, was er sich in den vergangenen Stunden überlegt hat.

5

Um 21.30 Uhr am Sonntag, dem 26. Juli, läuten Mica van Hoorn und der Prins beim Künstlerklub »Der Kreis« am Leidseplein. Nach dem Summen der elektronischen Schließanlage drückt der Prins die schwere Tür auf und lässt Mica auf ihre Bitte hin vorgehen. Sie sei unsicher auf den Beinen, sagt sie, und so könne er sie auffangen, falls sie falle. Besorgt behält der Prins ihre schmalen Hüften im Blick, während sie die steile Treppe hinaufgehen. Sie haben an diesem Nachmittag einiges getrunken und beide keinen Bissen essen können. Mit jeder Stufe wächst bei Prins die leise Hoffnung, sich oben eine Weile von Mica befreien zu können. Sie ist völlig außer sich und redet unaufhörlich, und das in einem Ton, der ihm im Laufe des Nachmittags unerträglich geworden ist. Das ist kein Sprechen mehr, das ist Geifern, Keifen, Kreischen. Hohe Töne, keine Variation. Die Monotonie der Empörung hat ihn, ratlos, wie er ihr gegenübersteht, völlig ausgelaugt. Mit etwas Glück kann er Mica bei Freundinnen auf dem Sofa weiterschnattern lassen und selbst endlich in einem anderen Ton mit seinen Freunden reden. Ihn verlangt nach umflorten Tenören, nach Nuancierung, Zweifel, leiser Trauer und Licht in der plötzlichen Finsternis von Claras Tod. Ihn verlangt nach Raum für eigene Gedanken. Es zehrt an ihm, dass Claras Tod für Mica kein Rätsel ist. Sie will einen Schuldigen für diesen Sturz und glaubt nicht an einen Unfall. Sie zetert und schimpft, brüllt und weint und gebärdet sich wie toll. Das fing schon gleich während des Telefongesprächs an.

Wie immer hat er den Sonntagmorgen im Bett verbracht, Kissen im Rücken, Bücher um sich herum, Notizheft aufgeschlagen, Stifte griffbereit und einen Becher Kaffee auf dem Nachttisch. Aus dem Wohnzimmer hört er dann und wann Mica am Klavier singen. Sie studiert Lieder für ein Stück von Bertolt Brecht ein. Gegen Mittag trägt sie ein Tablett mit einer Thermoskanne Kaffee, einem gekochten Ei und einer Schale frischem Obst ins Schlafzimmer. Sie setzt sich kurz zu ihm auf die Bettkante, um ihm Gesellschaft zu leisten, und sie unterhalten sich ein wenig über ihre Arbeit, über seine Arbeit. Er genießt die Ruhe und die nicht vorhandene Hektik, die diesen Tag so außergewöhnlich machen, in vollen Zügen. Deshalb ist der Sonntag sein Lieblingstag.

Gegen zwei ist er dann aufgestanden, noch eine Weile im Morgenmantel herumgelaufen und schließlich unter die Dusche gegangen. Nach dem Duschen steht er im Badezimmer vor dem Spiegel, um sich zu rasieren, und zieht gerade ein erstes Mal das Rasiermesser über seine Wange, als das Telefon läutet. Es ist fünf nach halb drei.

Auf das erste Mal ist kein zweites gefolgt. Micas gekreischten Ausrufen hört er sofort an, dass etwas Schlimmes passiert sein muss. Mit eingeseiftem Gesicht läuft er ins Wohnzimmer und wird Zeuge von etwas, was er noch nie zuvor gesehen hat. Mica spritzen Tränen aus den Augen. Sie rinnen ihr nicht über die Wangen, sondern schießen hervor, ohne ihre Haut zu berühren. Sie zwinkert ununterbrochen, ein Tic, den er von ihr kennt, doch jetzt verwandelt er ihre Augen in eine doppelläufige Wasserpistole. Er ist derart fasziniert von dem Anblick, dass es einen Moment dauert, bis er sich aus den Fragen und Antworten, die Mica in die Telefonmuschel schreit, einen Reim machen kann. Ihre Stimme ist so gellend, dass ihm derjenige, der am anderen Ende der Leitung ist, leidtut, wenn er auch keine Ahnung hat, wer es sein könnte. Die ersten Laute, die für ihn einen Sinn ergeben, sind Namen: Clara, Lucas, Quint. Der Schreck fährt ihm in alle Glieder, weiß aber noch nicht, welche Richtung er nehmen soll. Ist etwas mit Lucas, mit Clara, mit Quint? Der Schreck kann sich nicht bei einem dieser Namen niederlassen und irrt unruhig umher. Der Prins konstatiert etwas Seltsames und findet es zugleich eigenartig, dass er derartige Schlüsse zieht, während er mit Schaumbart am Türrahmen lehnt und eine zweifellos schlechte Nachricht abwartet. Er stellt fest, dass der Schreck praktisch sofort eine Hierarchie des Schlimmsten verlangt, als suche er einen Punkt, an dem er zur Ruhe kommen kann. »Hoffentlich ist es nicht Quint.« Warum wäre das am schlimmsten, wenn etwas mit Quint wäre? Weil er in diesem brüchigen Dreiergespann das stärkste Glied darstellt? Weil Clara und Lucas nur noch durch Quint verbunden sind?

Micas Stimmvolumen hindert Prins am Nachdenken. Bei ihren Auftritten ist es ihre größte Stärke, und niemand im Publikum bleibt von einer kurzen Verblüffung verschont, wenn sie zum ersten Mal den Mund aufmacht. Dass aus einem so zerbrechlichen Körper wie dem ihren eine Stimme hervorkommt, mit der man ganze Tierherden in die Flucht schlagen, Armeen mobilisieren und Menschen Gänsehaut bescheren kann. Wenn sie singt, ist es eine der schönsten Stimmen, die er kennt, wenn sie redet, behält diese Stimme nur unter der Bedingung ihre Schönheit, dass sie die Laute mit Bedacht bildet oder flüstert. Und flüstern tut sie selten.

»Quatsch, Bel, ich komme mit der nächsten Maschine zu dir«, hört er sie ausrufen. »Was soll ich hier? Ich will helfen, für Quint sorgen, bei euch sein, etwas tun, verdammt.«

Der Prins atmet erleichtert auf. Es ist Bella. Bella macht mit Clara, Lucas, Quint und Levi Urlaub in Griechenland. Anscheinend ist Quint krank geworden und braucht jemanden, der sich um ihn kümmert. Solange noch für jemanden gesorgt werden kann, ist nichts wirklich Schlimmes geschehen. Von einer Krankheit kann man genesen. Er will sich gerade umdrehen, um an den Spiegel zurückzukehren, als er Mica ein paarmal hintereinander »Hallo?« in die Muschel rufen hört. Sie nimmt den Hörer vom Ohr, wirft einen wütenden Blick darauf, hält ihn sich erneut ans Ohr und knallt ihn dann auf den Apparat.

»Verbindung unterbrochen, und Clara tot, verdammt!«, schreit sie mit einem langgezogenen Schluchzer. Sie kommt zu ihm gelaufen und fasst ihn bei den Oberarmen, kneift hart in seinen Bizeps und trommelt dann wie wild auf seinen Brustkasten. Das könne nicht sein, ruft sie, das sei unmöglich, da sei etwas faul, das stinke zum Himmel, es sei ihre Schuld, sie hätte Clara davon abhalten müssen, sie wolle zu Clara, zu Quint. Er lässt die Schläge gegen seine Rippen über sich ergehen, bis die Kraft ihrer Stimme nachlässt. Da fasst er behutsam ihre Handgelenke, legt ihre Arme um seinen Rücken und beugt sich zu ihr hinunter, um sein Gesicht an das ihre zu schmiegen. Den Rasierschaum hat er vergessen. Als er hört, wie ihr Jammern in wortloses Schluchzen übergeht, entspannt er sich. Hickslaute steigen in ihm auf. Es ist ein Weinen, das im Ansatz einem Lachen gleicht. Seinem Gefühl nach dauert es gut eine Viertelstunde, bis Mica sich von ihm löst, sie einander anschauen und sich mit tränennassen Gesichtern gegenseitig den weißen Schaum abwischen.

»Sie ist von einer Mauer gefallen, von einer Terrasse, in den Abgrund, aber Bella hat nichts gehört oder gesehen, die war nicht dabei, die schlief schon.« Sie spricht leise und keuchend. Um sie zu ermuntern, im selben Ton weiterzusprechen, streichelt er ihr Gesicht, schiebt ihr liebevoll eine verklebte Locke hinters Ohr.

»Es ist heute Nacht passiert, aber Lucas hat sie schlafen lassen. Das ist doch nicht normal, oder? Da fällt Clara, vor seinen Augen, und er lässt Bella seelenruhig weiterschlafen. Liegt sie also im Bett, und ein paar Meter entfernt ist ihre beste Freundin runtergedonnert, zerschmettert, verreckt, und sie weiß die ganze Zeit nichts davon. Ich fass es nicht. Ich fass es wirklich nicht. Was soll ich denn jetzt machen? Ich will zu Clara.«

Der Prins hört, wie die Lautstärke anschwillt, und nimmt Mica erneut in die Arme.

»Sch, ganz ruhig«, beschwichtigt er sie.

»Von wegen ›ganz ruhig‹, das macht mich wahnsinnig«, ruft sie mit einem Mal. Sie reißt sich aus seiner Umarmung los und stampft im Zimmer auf und ab. Sie knurrt, fasst sich in die roten Locken und zieht daran. Sie erinnert ihn an ein verletztes wildes Tier.

Das Hemmungslose von Frauen wie Mica wird bis zum Ende der achtziger Jahre nicht seine Anziehungskraft auf Prins verlieren. Bis dahin wird er sich noch einige Male hoffnungslos in Furien verlieben, vorzugsweise rothaarige, die ihm ungeschminkt die Wahrheit sagen, die heulen, schreien und halbherzig auf ihn einschlagen und die es mit Männern wie mit Frauen treiben. So lange wird er den Irrtum begehen, hysterisches Benehmen mit einem reichen Gefühlsleben, mit Ehrlichkeit, Spontaneität, weiblicher Intuition und hemmungsloser sexueller Lust gleichzusetzen. Das schlägt um, als er Puck Baal eines Abends stöhnend zu Mica sagen hört, dass sie sich mit ihr maßlos langweile, weil ihre Reaktionen so vorhersehbar seien. »Alle verrückten Frauen sind gleich, alle normalen Frauen sind verschieden«, hört er Puck bellen, und dieser Satz verankert sich bei ihm ein für alle Mal.

Aber am Nachmittag des 26. Juli 1981 hat der Prins diesen Satz noch nicht gehört, und er schaut ängstlich und fasziniert die wilde Bekümmerung von Mica van Hoorn an. Je lauter sie weint, desto herzloser und kälter kommt er sich vor, als kühler Beobachter, der Verhalten, Bewegungen und Laute registriert, um sie irgendwann einmal in einem Theaterstück verwenden zu können. Zu Emotionen, wie er sie hier zu sehen glaubt, hält er sich selbst nicht für fähig. Weil er sich zu lauten, exaltierten Frauen hingezogen fühlt, hat sich bei ihm der Irrglaube festgesetzt, seine Ruhe und sein stummes Zusehen sprächen für seine Gefühlsarmut. Er schätzt Mica höher ein als sich selbst, und aus den gleichen unzutreffenden Gründen schätzt sie sich selbst höher ein als ihn. Deshalb fängt sie, nachdem sie noch einige schaurige Schreie ausgestoßen hat, erneut an, auf ihn einzuschlagen, und schimpft ihn einen Eisblock, einen kalten Frosch, einen rationalistischen Gefühlskrüppel, einen Roboter, einen Fehler der Natur. Er gibt ihr stillschweigend recht und steckt die Schläge ergeben ein. Das Einzige, was sich in ihm zu regen scheint, ist ein nagendes Gefühl der Kränkung. Er ist beleidigt, dass Mica die schreckliche Nachricht als Erste zu hören bekommen hat. Unbegreiflich, dass Lucas ihn nicht aus Griechenland angerufen hat, um ihm persönlich von Claras Sturz zu erzählen und bei ihm als seinem Freund Hilfe zu suchen. Er versucht aus Mica herauszubekommen, wer alles angerufen worden ist, ob nur Bella die Telefongespräche geführt hat, weil Lucas nicht dazu imstande war, ob Bella ihm noch etwas ausrichten sollte, eine Anmerkung von Lucas vielleicht. Mica reagiert unwirsch auf seine Fragen, weil sie durchschaut, dass er sich benachteiligt fühlt.

»Was bist du doch für ein Egoist«, ruft sie aus. »Sogar wenn etwas so Grauenvolles passiert ist, bist du nur mit dir selbst beschäftigt. Ich weiß nicht, wen Bella alles angerufen hat und ob Lucas überhaupt reden kann. Ich denke schon, denn Lucas kann immer reden, der posaunt sogar noch im Schlaf von allen Dächern, dass er die Wahrheit für sich gepachtet hat. Aber vielleicht kann er es auch endlich einmal nicht, vielleicht hat er sich mit diesem sogenannten Unfall selbst das Maul gestopft.«

»Kann passieren, dass man fällt«, versucht er Mica zu beschwichtigen. »Clara war keine standfeste Frau, sie ist alle naselang gefallen.«

»Aber jetzt nicht, das ist was anderes. Sie hat es gewusst. Sie ist in einer ganz komischen Verfassung abgereist. Es macht mich verrückt, wenn ich daran denke, all diese Vorzeichen. Ich hätte sie niemals fahren lassen dürfen, ich hätte dafür sorgen müssen, dass sie zu Hause bleibt. Intuitionen treffen immer zu, auf die muss man hören. Sie hat es vorher gewusst.«

Ihre Stimme hat sich gesenkt, und der Prins atmet auf. Er nimmt Mica an der Hand und führt sie zum Sofa.

»Ruhig atmen«, sagt er.

Sie sträubt sich zwar, geht aber doch mit.

»Ich kann jetzt nicht stillsitzen«, heult sie, »ich muss etwas tun.«

»Wir sortieren das jetzt erst mal alles, das ist das Einzige, was du tun kannst.«

Sie sitzt noch keine Sekunde, da springt sie wieder auf und läuft mit brüsken Schritten ins Schlafzimmer. Er hört, wie sie eine Schublade des Nachtschränkchens aufzieht und darin herumkramt.

»Wo ist es denn?«, hört er sie laut fragen.

Als sie wieder ins Wohnzimmer kommt, wedelt sie triumphierend mit einem Papier.

»Ich hab ihn, den Beweis! Ich hab ihn!«

Sie lässt sich neben ihn plumpsen, legt den Notizzettel auf ihren Schoß und streicht ihn glatt. Ihre Schultern fallen herunter, als überkomme sie plötzlich eine tiefe Müdigkeit. Er legt den Arm um sie und beugt sich vor, um den Zettel zu lesen. Es stehen nur wenige Sätze darauf. Von den zahllosen Briefen und Ansichtskarten her, die sie ihnen geschrieben hat, erkennt er Claras Handschrift.

»Hier, das Datum.« Mit rotlackiertem Fingernagel tippt Mica auf die rechte obere Ecke des Papiers, so dass er das Geschriebene nicht ganz lesen kann.

»Den Wievielten haben wir heute?«, fragt sie ihn, während sie ihren Finger auf der Datumsangabe ruhen lässt. »Wann sind sie abgereist? Vor drei Wochen doch, oder?«

»Wir haben den 26. Juli«, sagt der Prins, der das sofort weiß, weil er Tagebuch führt und darin heute Morgen unter ebendiesem Datum seine ersten Notizen gemacht hat. »Ja, vor ungefähr drei Wochen, würde ich sagen. Ich kann nachschauen, wenn du möchtest.«

»Nicht nötig, ich weiß es noch genau. Sie ist nachmittags noch hier gewesen, und am nächsten Tag wollten sie nach Athen fliegen. Sie hatte nachts einen schlimmen Traum gehabt, der sie zu Tode erschreckte, und hat deshalb das hier zu Papier gebracht, als Testament.«

Der Prins sieht jetzt, dass der Zettel Claras schnörkelige, etwas unnatürlich wirkende Unterschrift trägt und ganz unten auch die von Mica. Unter Claras Unterschrift ist ein Satz in kleinerer Schrift gekritzelt. Er beugt sich noch tiefer darüber, um ihn lesen zu können. *Aufgestellt zu Amsterdam, am 3. Juli 1981*, liest er. Seine Augen brennen, und er reibt sie sich, um wieder einen klaren Blick zu bekommen und sich erneut von dem Anblick dieses Satzes rühren zu lassen. Dessen kindliche Feierlichkeit ergreift ihn ebenso wie die künstliche Erwachsenheit der Unterschrift, die, so vermutet er, eine Nachahmung der Handschrift von Claras Vater ist. Wie ein Fallschirm kommt ihm diese Unterschrift vor, doch der ist nicht aufgegangen. Er erschrickt. Unmerklich ist er auf Micas Gleis geraten. Er hat sich den ersten Zweifel über den Hergang von Claras Tod erlaubt. Sofort bäumt sich alles in ihm dagegen auf. Selbst wenn tausend Anzeichen gegen Lucas sprechen und er die charakteristischen Eigenschaften eines Extremisten besitzt, er würde Clara niemals vorsätzlich Böses antun. Er ist unbesonnen, er ist gefährlich, er ist ein Hitzkopf, jemand, der seine Grenzen nicht kennt und Fehltritte begeht, aber Lucas kämpft mit Worten, nicht mit den Fäusten.

»Lies mal, dann siehst du es selbst, dann weißt du es«, sagt Mica, während sie ihm den Zettel zuschiebt.

Hiermit bekunde ich, dass es mein ausdrücklicher Wille ist, dass mein Sohn Quint Loos nach meinem Hinscheiden in einer normalen Familie aufwächst, mit Vater und Mutter. Er darf nicht von seinem Vater allein erzogen werden.

Zum Zweiten möchte ich meinen Körper nach meinem Tod der Wissenschaft vermachen.

Im Vollbesitz meiner geistigen Kräfte und in Anwesenheit einer Zeugin unterzeichnet:

Clara Wevers

Am Kopf der Treppe zum »Kreis« angelangt, hält Mica sich keuchend am Geländer fest. Der Prins legt ihr die Hand auf die Schulter. Er befürchtet, dass der große Raum jenseits der Tür noch so gut wie leer ist, und möchte so schnell wie möglich hinein, um sich davon zu überzeugen. Sowie Mica sich gerade aufrichtet, um ihm zu verstehen zu geben, dass sie weiterkann, geht er voran und öffnet ihr die Tür. Der ihnen entgegenschlagende Lärm lässt ihn zurückprallen. Was sonst nie vorkommt, ist heute Abend der Fall: Der »Kreis« ist zu dieser frühen Stunde voller Menschen, deren lebhaftes Reden eine Kakophonie erzeugt. Mit einer Mischung aus Bedauern und Widerwillen folgt er Mica hinein. Sie hätten früher herkommen können, denn das gesamte künstlerische Amsterdam hat hier Zuflucht gesucht, aber andererseits stoßen ihn das aufgekratzte Stimmengewirr und das Gedränge auch ab, und es ist ihm peinlich, dass er nun daran beteiligt sein wird. Die Nachricht vom tödlichen Sturz Clara Wevers' ist wie Nektar, der die Bienen anlockt, und er möchte nicht zu diesem Schwarm gehören. Er möchte das Entsetzen zwar mit anderen teilen, aber nicht mit jedem. Während er sich umschaut, sieht er, dass die Gäste tief gebräunt aus dem Urlaub in warmen Gefilden zurückgekehrt sind, und ihre veränderte Hautfarbe ekelt ihn plötzlich an. Umso mehr freut er sich auf Puck, die hier im Sommer rituell gegen die Sonnenanbeter wettert und diese ganzen braunen Visagen als das Testimonium paupertatis von Hohlköpfen, Faulenzern und Fatzkes abtut.

An der Bar und um den Billardtisch herum ist das Gedränge am größten. Er versucht, über die Köpfe hinweg auszumachen, ob jemand von den Freunden an ihrem Tisch am Fenster sitzt, doch der Blick darauf ist ihm verstellt. Er sieht, wie Jacoba Malink von der Bar her auf Mica zukommt. Sie umarmen sich und brechen in Tränen aus. Er überlässt sie ihrer Umarmung und bahnt sich einen Weg zum »Tisch«. Er kann sich jetzt sicher sein, dass er für eine Weile von Mica befreit ist, denn sie kennt das ungeschriebene Gesetz, dass nur Männer am »Tisch« Platz nehmen dürfen und die Frauen ihr Heil an einem eigenen Tisch oder auf dem Sofa zu suchen haben. Zu seiner großen Erleichterung sieht er, dass Bubi, Puck und Pol mit dem Rücken zur Menge ein Gespräch führen. Die drei umgibt eine wohltuende Ruhe, so als trennte ein unsichtbarer Ring sie von den anderen. Er beschleunigt seine Schritte, um schneller in diese Atmosphäre aufgenommen zu werden. Der Bub bemerkt ihn als Erster. Er erhebt sich ruckartig, kommt auf ihn zu, umarmt ihn und klopft ihm auf den Rücken. Die freundliche Geste entlockt seiner Kehle wiederum einige Hickslaute. Als er neben Pucks Stuhl in die Hocke geht, sie die Arme um ihn legt und mit einem sonderbaren Knurren den Kopf an seine Schulter bettet, wird ihm bewusst, dass er Puck noch nie weinen gehört oder gesehen hat. Es klingt wie bei einem Stoffteddy, den man auf den Kopf stellt und wieder aufrecht hält, um ihm ein leises Brummen zu entlocken. Er speichert den Vergleich als brauchbare Regieanweisung in seinem Gedächtnis und verachtet sich dafür.

Ohne ihn anzusehen, reicht der unnahbare Pol ihm die Hand zur Begrüßung und lässt den Kopf dann wieder zwischen seine hochgezogenen Schultern abtauchen. Er ist das von Pol gewohnt und nötigt ihn nicht zu einem herzlicheren Austausch ihrer beider Betroffenheit.

»Von wem hast du es gehört?«, fragt er Bubi.

»Von Lucas«, antwortet der in halb fragendem Ton, als verstehe sich das von selbst und begreife er nicht, wie der Prins so etwas fragen könne. Er geht davon aus, dass Lucas Prins vor ihm angerufen hat.

»Ich nicht«, sagt der Prins und kann seine Enttäuschung nur schwer verhehlen. »Mica ist von Bella angerufen worden. Mica ist völlig außer sich, und ich bekomme nicht aus ihr heraus, was denn nun genau passiert ist. Was hat Lucas gesagt?«

Ohne sich bei den anderen dafür zu entschuldigen, dass er die Geschichte zum zweiten Mal zum Besten gibt, beginnt Bubi zu erzählen, wie er an diesem Nachmittag eine Partitur von Webern studierte, als das Telefon läutete.

»Es war um zwei Uhr herum. Lucas. Aus Skyros. Ich wusste sofort, dass etwas Schlimmes passiert sein musste. Er schreibt immer, wenn er im Urlaub ist, aber anrufen tut er nie. Tja, und da erzählte er, dass Clara letzte Nacht in einen Abgrund gestürzt sei. Sie müsse auf der Stelle tot gewesen sein, sagte er. Schrecklich, ich konnte es nicht glauben. Und weil ich total fassungslos war, habe ich nichts gefragt. Ich habe nur zugehört und irgendetwas gestammelt, ich weiß nicht mal mehr, was.«

»Aber wie ist es denn genau passiert?«, fragt der Prins.

»Erst sagte Lucas, dass sie von einem Felsen gestürzt sei. Dann sagte er, es sei bei ihrem Haus passiert. Da ist eine Terrasse oder so etwas, mit einer Mauer. Auf der hat Clara offenbar gesessen, und von der ist sie runtergefallen.«

»Aber wie denn?«

»Ich weiß es nicht, Prins. Das Gespräch hat keine zehn Minuten gedauert. Das ist alles, was Lucas gesagt hat, und noch was von einem Amerikaner, der dabei war.«

»Bella hat Mica erzählt, dass sie geschlafen und nichts mitbekommen habe und dass Lucas sie erst Stunden danach geweckt habe. Da hatten sie Clara schon weggebracht. Henri und Henk haben dabei geholfen.«

»Was, Henri und Henk, die beiden Schwulen vom Le Fiacre? Was haben die denn plötzlich damit zu tun?«

»Die sind auch gerade auf Skyros, im selben Dorf, oder es ist, glaube ich, eine Stadt, ich weiß es nicht. Sie sind mitten in der Nacht von irgendwem zu Hilfe gerufen worden«, sagt der Prins entschieden, obwohl er keine Einzelheiten kennt.

»Es wird ja immer voller auf dieser Terrasse«, murmelt Pol.

»Von Henri und Henk hat Lucas nichts erzählt«, sagt der Bub verwundert. »Aber von einem Amerikaner hat er gesprochen.«

»Henri und Henk waren ja auch nicht dabei, als es passierte. Sie sind erst gerufen worden, als Clara schon tot war«, sagt der Prins leicht verzweifelt. Er muss seinen Unmut unterdrücken. Es ärgert ihn, dass er nichts aus erster Hand hat, sondern nur weitergeben kann, was Mica von Bella gehört hat und was er sich dann aus dem zusammenreimen musste, was unzusammenhängend zwischen Weinkrämpfen von ihr kam. Andererseits verspürt er die Spannung desjenigen, der noch einen Trumpf in der Hinterhand hat und seinen Freunden später etwas Schauriges erzählen kann, etwas, was sie noch nicht wissen und worüber sie genauso erschrecken werden wie er heute Nachmittag.

Er weiß nicht, dass auch Bubi noch eine Karte zurückhält und auf den geeigneten Moment wartet, um sie auszuspielen. Nur ist sich Bubi unsicher. Puck hat kaum reagiert, als er ihr erzählte, worum Lucas ihn gebeten hat. Sie hat nur achtlos die Achseln gezuckt, als wolle sie sagen, was regst du dich denn so darüber auf. Aus Angst vor einer weiteren gleichgültigen Reaktion, die seine eigene Aufgebrachtheit lächerlich machen würde, hält er vorerst den Mund. Zu dem Zeitpunkt, da Eva hereinkommt und mit geröteten Augen auf ihn zusteuert, sind seine Zweifel an sich und seiner Verwunderung schon so weit gediehen, dass er aufspringt, sie beiseitenimmt und ihr sagt, dass er den anderen noch nichts erzählt habe. Er wünscht sich, dass sie dieses Empfinden von etwas Unheilvollem wieder anfacht und ihn von der inzwischen eingetretenen dumpfen Betäubung befreit. Und sein Wunsch wird erfüllt. Eva sagt, dass sie sich um die arme Clara die Augen ausgeweint habe und sich für diese Beisetzung schon im Vorhinein in Grund und Boden schäme. Sie stimmt mit ihm überein, dass man Lucas jetzt unmöglich etwas abschlagen könne, dafür sei das Ausmaß des Dramas, unter dessen Eindruck sie, er und jedermann in der Stadt stünden, zu groß. Sie hofft, dass es nur eine unbedachte Äußerung eines verwirrten Mannes gewesen sei und Lucas schon morgen anders darüber denken werde, wie er Clara die letzte Ehre erweisen wolle.

Es wird weit nach Mitternacht sein, wenn Bubi endlich seinem Herzen Luft machen kann, und er wird damit das Unbehagen, das sich bis dahin am »Tisch« breitgemacht hat, noch steigern. Zu dem Zeitpunkt wird Mica Prins längst übertrumpft und er sie dafür zurechtgewiesen haben, ohne sich noch daran zu erinnern, dass er nichts anderes vorhatte als das, was er ihr nun vorwirft.

Der Bub steht noch abseits und spricht mit Eva, als hinter ihnen die imposante Gestalt von Otto Griffioen auftaucht. Otto ist Hochschullehrer für Strafrecht und Verfasser einer Zeitungskolumne, vor allem jedoch ist er der ungekrönte König im »Kreis«, ein Rang, den er sowohl seiner Statur als auch seiner Grobheit und Unverfrorenheit, seinem beißenden Sarkasmus und seiner unvergleichlichen Intelligenz verdankt. Alles, was Otto tut und sagt, ist unmäßig. Er ist einen Meter sechsundneunzig groß, wiegt hundertdreißig Kilo, trägt Vollbart, trinkt schwindelerregende Mengen Cuba Libre, spielt bis in den frühen Morgen Poker oder Bridge, legt eine unverhohlene Verachtung für Frauen und alles Mittelmäßige an den Tag und schimpft auf jeden, der einem anderen Glauben anhängt als dem Glauben an das Gesetz.

Im Schlepptau hat er seinen Erzfreund, den Schriftsteller Aaron Keller, dessen junge Frau Maria und Rafael Delaporte. Die Bravour, mit der Otto und Aaron hereinkommen, verrät Prins, dass auch für sie ausgemachte Sache ist, was sich in der vergangenen Nacht in Griechenland abgespielt hat.

Die Freundschaft zwischen Aaron und Otto hatte einen leidenschaftlichen Beginn, ist aber in den letzten Jahren in ein ruhigeres Fahrwasser gekommen. Jahr für Jahr hat Otto Griffioen in seiner Kolumne ungeniert das Phänomen Aaron Keller in den Himmel gehoben, sein Œuvre, zu dem seiner Ansicht nach niemand außer ihm den Schlüssel besaß, ihre gemeinsamen Reisen und die wundervollen Ideen, die sie in ihren endlosen Gesprächen entwickelten. Seine schönsten Kolumnen waren philosophische Betrachtungen über die Freundschaft zwischen ihnen beiden. Das war für ihn keine gewöhnliche Freundschaft, sondern ein im Himmel geschlossenes Bündnis. Anhand komplizierter Zählsysteme errechneten sie, dass sie am gleichen Tag und zur gleichen Stunde gezeugt worden seien, und umwoben diesen herrlichen Zufall mit farbigen Mythen. Die ersten Jahre ihrer Freundschaft verbrachten sie Tag und Nacht zusammen, verlangten nach keiner Gesellschaft so sehr wie nach der des anderen. In der Stadt hielt man sie für ein Liebespaar, aber das ließ sie kalt. Durch die Straßen der Stadt stromernd, boten sie einen auffälligen Anblick. Der schlanke, aristokratische Ästhet Aaron, in den teuersten Anzügen, tadellos gebügelter Hose, teurem Schuhwerk und einen Seidenschal um den Hals geknotet, neben dem hünenhaften, schlampigen, sich immer am Rande der Verwahrlosung befindenden Otto Griffioen. Aufgrund ihres so gegensätzlichen Äußeren wurden sie »die intellektuelle Ausgabe von Dick und Doof« genannt. Beide konnten, wenn auch auf völlig unterschiedliche Weise, andere bis aufs Blut reizen. Otto tat es bewusst dadurch, dass er alle, wo auch immer, mit sarkastischen Beleidigungen vor den Kopf stieß, und Aaron legte sich mit anderen an, ohne zu begreifen, wieso er denn so viel Verärgerung und Widerspruch aufrührte. Im Vergleich zu Ottos provozierenden Kampfansagen waren Aarons ironische Bemerkungen freundliche Neckereien, ein geradezu kindliches Austesten, wie jemand reagiert, wenn man ihn reizt. Es ist nicht selten vorgekommen, dass Otto für seinen Freund in die Bresche springen und ihn vor genervten Umstehenden retten musste. »Hände weg von meinem Bruder!«, donnerte er dann, packte den Angreifer bei Hosengürtel und Hemdkragen, hob ihn hoch und warf den willenlosen Körper weit von Aaron weg. Kein anderer Jurist musste sich so oft auf dem Polizeirevier für seine Handgreiflichkeiten verteidigen wie Otto Griffioen.

»Verbrechen aus Leidenschaft, wir werden diesen calvinistischen Flegel schon rauspauken«, schmettert Otto durch den Raum, als er mit dröhnenden Riesenschritten auf den »Tisch« zumarschiert.

Nur Raffi Delaporte kann der Prins ansehen, wie sehr ihn Trauer niederdrückt. Sein Gang war schon immer leicht gebeugt, aber jetzt geht er noch krummer als sonst, und in sein Gesicht hat sich seit diesem Nachmittag Bestürzung eingegraben.

Da Rafael außer Bubi und Mica die einzige Person im Raum ist, die die Geschichte aus erster Hand hat, wird er den ganzen Abend von Gästen belagert sein, die sich bei ihm erkundigen, was denn nun genau geschehen ist. Wann? Wo? Felsen oder Terrasse? Je nachdem, wer ihn gerade anspricht, wiederholt er mit Engelsgeduld entweder die kurze Version, also die Geschichte, wie Lucas sie ihm erzählt hat, oder die ausführlichere Version, die entstanden ist, nachdem Bubi, Mica und er ihre Geschichten zusammenfügen konnten.

Mica hat die größte Anhängerschaft. Sie ist an der Bar stehengeblieben und wird laufend von Neugierigen umlagert. Es ist ihr unmöglich, ihre Geschichte von sich zu geben, ohne auch ihre Mutmaßungen, ihre Ängste und ihre Aufgebrachtheit einfließen zu lassen, wobei sie sich durch den Brief bestärkt fühlt, den sie in ihre Handtasche gesteckt hat, bevor sie zum »Kreis« aufbrachen. Wenn es Prins gelingt, im Gedränge einen Blick auf sie zu werfen, sieht er sie zu seinem Missfallen hin und wieder triumphierend den Brief aus der Tasche ziehen und ihrem jeweiligen Gesprächspartner zeigen. Als er aufsteht, um zur Toilette zu gehen, wählt er absichtlich einen Umweg, der ihn an Mica vorbeiführt. Bevor er sie erreicht, wird er dreimal angesprochen. Es sei ja schon unheimlich, dass Clara, einen Tag bevor sie nach Griechenland abgereist sei, ihr Testament geschrieben habe, sagen die Leute. Als er Mica dann endlich auf die Schulter tippt, kocht er vor Wut. Ihm ist, als hätte man ihn in einen Käfig mit klatschenden und tratschenden Raubtieren gesperrt, die von den Peitschenschlägen seiner eigenen Freundin aufgestachelt und bösartig gemacht worden sind. Mehrmals schon hat er wie einen Stich ins Herz tiefes, schmerzliches Mitleid mit Lucas und Quint empfunden.

Ohne seine unsanfte Art durch höfliche Phrasen abzumildern, packt er Mica beim Oberarm, schiebt sie auf den Flur hinaus und zieht die Tür des Klubraums hinter ihnen zu. An einem Holztischchen sitzt der bullige Türhüter und blättert beiläufig in einer Zeitschrift. Wie ein Höllenhund bewacht er den Eingang und sorgt dafür, dass nur zahlende Mitglieder des »Kreises« an ihm vorbeikommen. Er tut, als sähe und hörte er nichts, als der Prins und Mica im Treppenhaus stehen, getreu dem heiligen Kodex, dass über das Benehmen der Gäste nichts nach außen zu dringen hat. Ohne eine Miene zu verziehen, widmet er sich seiner Zeitschrift. Die wohltuende Stille hier draußen beruhigt Prins, und es gelingt ihm, seine Stimme zu dämpfen und in beherrschtem, wenn auch gebieterischem Ton mit Mica zu sprechen.

»Hör auf mit dieser Stimmungsmache«, sagt er und kneift ihr dabei unweigerlich fester in den Arm. »Das ist ekelhaft. Dank deinem insinuierenden Gerede spricht schon der ganze ›Kreis‹ von einem Testament, und du kannst dir ja vorstellen, was sie sich dabei denken.«

»Es ist doch die Wahrheit«, erwidert Mica verteidigend, aber ohne die Vehemenz, mit der er gerechnet hatte. »Ich habe den Beweis bei mir.«

»Es ist widerwärtig, wie du damit wedelst. Du benutzt ein intimes Dokument von Clara, um völlig unbegründete, abscheuliche Vermutungen zu nähren. Und das ist dir hervorragend gelungen, das muss man dir lassen. Was du da machst, ist ehrlos und unehrerbietig, und wenn du deine Freundin wirklich so sehr geliebt hast, wie du immer vorgibst, dann hörst du jetzt auf damit, und zwar sofort.«

»Hier machen auch noch andere seltsame Geschichten die Runde, und das nicht von ungefähr. Da ist einfach was faul, das sauge ich mir nicht aus den Fingern, das ist so.«

»Wir wissen nicht, was passiert ist, du genauso wenig wie alle anderen. Du bist aufgebracht, um nicht traurig sein zu müssen, aber Clara verdient deine Trauer, nicht deine Wut. Und Lucas und Quint noch mehr. Du hast sie doch gern. Was ist denn bloß in dich gefahren?«

An ihren zuckenden Wimpern liest der Prins ab, dass sie hin- und hergerissen ist zwischen dem Wunsch, empört zu bleiben, und dem Vorsatz, zur Besinnung zu kommen, endlich den Kampf aufzugeben und den Schmerz zuzulassen, den der Tod Claras ihr bereitet. Als sie mit ohnmächtig herunterhängenden Armen den Kopf an seine Brust fallen lässt, glaubt der Prins, gewonnen zu haben.

»Ich bin so schrecklich müde«, flüstert Mica.

Er nimmt sie in die Arme und schweigt.

»Sie war so lieb«, wimmert sie, »so fürsorglich und so lieb und so unglücklich.«

»Ja, es ist schrecklich«, sagt der Prins leise.

Nachdem er sie eine Minute lang sanft gewiegt hat, spürt er, wie ihr Körper wieder erstarkt, die Muskeln anspannt und die Schwäche verbannt. Wie die meisten Schauspieler erträgt Mica keine Schwäche, weder bei anderen noch bei sich selbst. Dafür ist der Beruf zu schwer und das Gesetz des Weiterspielen-was-immer-auch-passiert zu heilig. Schauspieler leben unter dem Diktat, zugunsten der Figur, die auf der Bühne dargestellt werden soll, alles Persönliche beiseitezustellen. Das Publikum geht vor, sie werden spielen.

Der Prins und Mica stehen im Flur, neben den leeren Garderobenständern. Der Abend ist warm, man hat Mäntel und Jacken zu Hause gelassen. Es geht auf ein Uhr nachts zu. Ältere Klubmitglieder gehen nach Hause, neue Gäste kommen die lange, steile Treppe herauf, um sich über das Getöse des belebten Leidsepleins zu erheben und die exklusive Gesellschaft schillernder Persönlichkeiten und deren breit ausgesponnene Geschichten auszukosten.

»Weißt du noch, wie Clara hier die Treppe runtergefallen ist?« Mica hebt den Kopf. Die Züge um ihren Mund sind sanfter geworden, und ihr Gesicht ist wieder schön.

»Aber sicher. Unglaublich, dass sie das überlebt hat. Sie hatte nichts außer ein paar blauen Flecken. Wann war das noch? Voriges Jahr, oder? Um Weihnachten herum?«

»Es lag Schnee, das könnte also gut sein. Von ganz oben bis ganz nach unten. Mein Gott, haben wir uns erschrocken.«

»Der Alkohol hat sie beschützt, glaube ich. Betrunkene sind elastisch und landen daher oft glimpflich.«

»Aber damals hatten wir auch bange Vermutungen. Und sag jetzt nicht, dass du sie nicht hattest. Als sie fiel, stand Lucas direkt neben ihr, auf der obersten Stufe.«

»Jetzt fang nicht wieder an, Mica. Lucas ist wie der Blitz runter, um ihr zu helfen. Er war leichenblass, und ihm zitterten die Knie, ihm war schlecht vor Angst.«

»Er hat auch schon mal einen Journalisten die Treppe runtergeworfen, bei ihnen zu Hause. Daran mussten wir sofort denken, als Clara unten auf dem Boden lag. Drinnen haben sie auch darüber geredet.«

Der Prins verspürt eine zunehmende Ohnmacht. Mica will zurück zu ihrer sicheren, schmerzfreien Stimmung, sie will schäumen und nicht trauern. Die Hartnäckigkeit, mit der sie an ihrer Kraft festhält, ärgert und rührt ihn, und genau aus diesem Grund, weil sie ihm solche widerstreitenden Gefühle verschafft, liebt er sie.

»In der Panik haben wir alle dummes Zeug gedacht, aber das vergisst man danach wieder. Lässt du den Brief jetzt bitte in deiner Tasche? Es ist Clara gegenüber unanständig, ihn andere lesen zu lassen.«

»Gut«, sagt sie, »aber ich bin und bleibe fuchsig.«

»Wie du willst, ich geh jetzt auf die Toilette.«

Von der Ausnahmesituation an diesem Abend befangen, hat niemand vom »Tisch« über die Einhaltung ihrer Elitegrenzen gewacht. Jeder, der die Geschichte aus erster Hand hören wollte, hat sich dazugesetzt, und auch die Frauen haben ihre Chance gewittert und sind einfach sitzen geblieben. Das hat ein Ende, als Otto Griffioen geräuschvoll Platz nimmt, mit seinen großen, außergewöhnlich eleganten Händen dröhnend auf die Tischplatte haut und martialisch brüllt, dass alles, was Frau und Mittelmaß sei, schleunigst zu verschwinden habe.

»Ab in den Stall«, sagt er mit ausgestrecktem Arm und verweist mit dem Zeigefinger auf einen willkürlichen anderen Platz im Raum. Um ein letztes Restchen Stolz zu wahren, schieben die Verstoßenen ihre Stühle betont langsam zurück und beenden halb stehend noch provisorisch ihre Gespräche. Die Beleidigung mit Gekicher entkräftend, schließen sich die Frauen solidarisch zusammen und lassen sich wie ein Vogelschwarm auf dem nächsten Chesterfieldsofa nieder. Nach fünf Minuten sind alle, die wissen, dass sie kein Anrecht auf den Vorzugsplatz haben, verschwunden. Puck ist die einzige Frau, die sich nicht gerührt hat. Mit ihren Zigarren, ihrer Stimme und vor allem ihrer eisernen Bridgehand hat sie sich schon vor Jahren das Recht erworben, sich dazuzusetzen, wann immer sie möchte.

»Solange sie nicht anfängt, mich umzuerziehen, hat sie für mich das Hirn eines Kerls«, lautete das Urteil, mit dem Otto sie definitiv in der Männerrunde zuließ. Die großzügige Geste folgte auf Pucks Bemerkung, dass Otto ein Baby mit Bart sei.

»Da wir nun unter uns sind, lässt sich zumindest ein niveauvolles Gespräch führen«, stellt Otto mit zufriedenem Blick in die Runde fest.

So peinlich den anderen Ottos barbarische Methode ist, sind sie doch insgeheim erleichtert, dass er als renommierter und deshalb unantastbarer Grobian die Säuberungsaktion vollzogen hat.

Sowie sich Otto Griffioen an den Tisch setzt, macht sich in der Runde immer eine merkwürdige Veränderung bemerkbar. Er braucht nur einige seiner vielfach vernichtenden Sätze explodieren zu lassen wie Handgranaten, dabei heftig zu gestikulieren und in sich hineinzulachen, so dass sein ganzer mächtiger Leib in Wallung gerät, und die anderen Männer der Gruppe übernehmen unweigerlich etwas von seiner Intonation und Gestikulation.

»Der Fall ist der Ursprung alles Bösen. Mein Erzfreund und ich haben dem Unglücklichen heute Nachmittag ein Telegramm geschickt«, sagt Otto im Donnerton und schaut dabei zu Aaron. Der blickt schweigend vor sich hin, macht aber mit der Pfeife in der Hand eine souveräne Gebärde, dass er Otto gerne die Meriten überlässt.

»Aarons unvergleichliches Genie hat ihm die folgende Formulierung eingegeben, mit der wir Loos in dieser schweren Zeit zu stützen versuchen: *Nur Masken vermögen unser Grauen auszudrücken.*«

Stolzgeschwellt wendet sich Otto mit einer Vierteldrehung seines breiten Leibs seinem um so vieles zerbrechlicheren Freund zu und legt ihm die Hand auf die Schulter. Dadurch bekommt er nicht mit, was Aaron sehr wohl auf der Stelle registriert. Den Freunden am »Tisch« verschlägt es die Sprache, und der poetische Satz, den er fand, um Lucas sein Mitgefühl auszudrücken, findet nicht ihren Beifall.

»Griechenland, Masken, das wird er doch wohl begreifen«, sagt Aaron und sieht dabei vor allem Raffi forschend an.

»Ich weiß nicht, ob ich mich über so ein Telegramm freuen würde, wenn meine Frau gerade von einem Felsen gestürzt ist«, sagt Rafael zögernd. »Es lässt einiges offen.«

»Das ist es doch auch«, sagt Aaron, als wäre es das Normalste von der Welt. »Wir wissen nicht, was passiert ist, aber ich spüre, dass irgendetwas faul ist.«

»Was wolltest du mit dem Telegramm denn eigentlich sagen?«, fragt Bubi.

»Na, die Griechen spielten doch nur mit Masken vor dem Gesicht Theater, oder?«

»Ja, und?«

»Masken drücken unser Grauen aus, wir selbst verfügen nicht über die Mimik, die unsere Erschütterung ausdrücken könnte, das sage ich damit, die Erschütterung ist zu groß.

Lucas versteht das bestimmt. Der ist doch im Hellenismus gut zu Hause, oder?«

»Und du glaubst nicht, dass ihn dein Satz verwirrt?«, fragt Puck verärgert. »Dass er denkt: Was soll denn das, was meint er denn mit diesen Masken, wieso graut es ihn, was ist denn das für ein belastender Trost?«

»Wir sind doch alle verwirrt, oder ihr etwa nicht? Ich wollte ihm zu verstehen geben, dass wir hier in der Stadt mit ihm fühlen, dass es für uns eine grauenhafte Tragödie ist und dass wir an ihn denken, das ist alles.«

Es bleibt still am »Tisch«. Pol erhebt sich, ohne ein Wort zu sagen, und bahnt sich einen Weg zur Bar. Rafael starrt mit gerunzelter Stirn auf einen Punkt auf dem Tisch, als müsse er die Worte des Telegramms sorgsam abwägen. Der Bub dreht sich eine Zigarette und schaut sich um, wo Eva sitzt. Der Prins blickt durch seine dunklen Brillengläser von Otto zu Aaron und wieder zurück und sieht, dass sich auf den Gesichtern beider der gleiche Ausdruck geradezu kindlichen Erstaunens abzeichnet. Sie können gar nicht verstehen, dass die anderen nicht auch über die ihrer Meinung nach so treffende Formulierung für das Leid, die sie am Nachmittag gefunden haben, begeistert sind. Puck kramt in ihrer Handtasche, zieht eine Cohiba aus einem Lederetui, bohrt mit dem spitzen Ende einer Patronenhülse ein Loch in die Zigarre und zündet sie sich mit lautem Paffen an. Hinter einer dicken Rauchwolke hervor sagt sie: »Clara ist gefallen. Clara bewegte sich immer am Rand des Abgrunds. Jetzt ist sie davon runtergefallen. Das ist ein Drama, keine Tragödie. Du als Schriftsteller müsstest doch den Unterschied kennen. Indem du es Tragödie nennst, beschuldigst du Lucas abermals.«

»Wir verstehen die Wirklichkeit dank der Literatur, nicht umgekehrt«, pariert Aaron.

»Mag sein, davon rede ich nicht. Mir geht es um deine Wortwahl. Ein Drama ist schlimm, aber es lässt sich nicht vermeiden. Eine Tragödie ist schlimm, weil jemand einen dummen Fehler begangen hat.«

Aaron wirft Puck einen prüfenden Blick zu, zieht ein paarmal an seiner Pfeife und sagt dann schlicht: »Eben.«

»Nur Kinder bestreiten den Zufall«, sagt Puck.

»Schriftsteller ebenfalls«, sagt Aaron. »Unglück verrät einen Mangel an Talent, und die Literatur ist sinnstiftend und macht daher kurzen Prozess mit dem Zufall. In einem Roman fällt kein Spatz vom Dach, na ja, du weißt schon, der literarische Leitsatz unseres mürrischen Polemikers, den er im Übrigen aus der Bibel geklaut hat, wie wir alle wissen.«

Obwohl ihre Freundschaft an Leidenschaft eingebüßt hat und ihre Verflachung beide mit Melancholie erfüllt, ist bei Otto der Wunsch, seinen Freund zu beschützen, davon unberührt geblieben.

»Soweit ich begriffen habe, gibt es einen Augenzeugen: den Amerikaner. Den müssen wir hören, dann wissen wir, was sich letzte Nacht abgespielt hat«, sagt er, um einer weiteren Attacke Pucks gegen Aaron vorzubeugen. Zudem hat sich die Niedergeschlagenheit der anderen auf ihn ausgewirkt und die aufgekratzte Stimmung, in der er den »Kreis« betreten hat, zunichtegemacht. Er verkneift sich die Geschichten, mit denen er eigentlich auftrumpfen wollte. Von dem Mörder in seiner eigenen Familie, einem Großonkel, der seine Wirtin erschoss. Von Lucas' Familiengeheimnissen, die ihm dieser früher einmal verbrämt anvertraut hat. Dass sein ältester Bruder lange ein Taugenichts gewesen sei und eine Weile im Gefängnis gesessen habe und nun, seit er in Amerika lebe, wieder in den Klauen des Glaubens sei. Und dass ein Onkel von ihm, ein Bruder seines Vaters, wegen eines geheim gehaltenen Vergehens, bei dem es sich, wie er vermutete, um Mord handelte, zwanzig Jahre hinter Gittern gewesen sei.

Otto hatte sich am Nachmittag sofort zu Aaron aufgemacht, als er von Claras tödlichem Sturz gehört hatte. Lucas hatte Aaron einmal beschämt gestanden, dass er selbst als kleiner Junge jemanden getötet habe. Versehentlich. Er stand auf dem Flachdach seines Elternhauses in Utrecht, über der Bäckerei, und schoss mit einem Luftgewehr auf Tauben. Es war Sommer, und ihre alte Nachbarin saß auf dem Flachdach nebenan im Liegestuhl und döste. Warum, wusste er nicht, aber er zielte mit einem Mal auf den Stuhl der alten Frau, drückte ab und traf ein Stuhlbein. Die alte Frau erschrak so sehr über das Geräusch des abprallenden Geschosses, dass sie tot aus ihrem Stuhl fiel. Die Geschichte war Aaron erst an diesem Nachmittag wieder eingefallen. Als Lucas sie ihm damals erzählt hatte, hatte er ihr keine große Beachtung geschenkt und sie auch nicht wirklich ernst genommen. Er kannte Lucas gut genug, um zu wissen, dass er eine reiche Phantasie hatte und gern Eindruck auf ihn machen wollte.

Ganz wie in alten Zeiten hatten Otto und Aaron einander eine Geschichte nach der anderen schmackhaft aufgetischt und sich begeistert auf spekulative Theorien gestürzt. Schon bald waren sie bei der genetischen Bedingtheit des Bösen und der Erbsünde angelangt. Aaron hatte eine Theorie über den Wahnsinn bei Musikern entwickelt und darüber, wie der sich vom Schriftstellerwahnsinn unterschied, was er auf die Verschiedenheit von Auge und Ohr zurückführte. Er hatte dazu *Doktor Faustus* von Thomas Mann, die Wahnvorstellungen Robert Schumanns und die Psychopathie von Gerrit Achterberg angeführt. Auf dem Weg zum »Kreis« hatte sich vor allem Otto auf eine weitere Runde praller Familienkriminalität gefreut. Wenn man in einem Gespräch erst einmal eine Schleuse für das Beichten kleiner und großer Sünden öffnete, war die Flut der Geschichten kaum noch zu dämmen. Gerade gegenüber einem Hochschullehrer für Strafrecht wurde begierig und unbekümmert gebeichtet. Für ihn war ein Mord mehr oder weniger ja nichts Besonderes. Otto war davon ausgegangen, dass seine Tischfreunde Claras Tod mindestens genauso verdächtig fänden wie Aaron und er und sie sich mit Vergnügen an kühnen Hypothesen über den Verlauf der fatalen Nacht beteiligen würden.

Nun, da seine Erwartungen nicht erfüllt werden, geniert sich Otto ein bisschen dafür, dass er so ungerührt war, und zum ersten Mal an diesem Tag verspürt er einen Anflug von Schmerz über das tragische Schicksal der schönen Frau von Lucas Loos. Ihm hätte im Übrigen jede Frau leidgetan, die mit einer so heillosen Verliebtheit an diesem einsamen Hund festhielt wie Clara. Sie machte Lucas zwar nieder, wo und wann immer sie konnte, am liebsten vor Leuten, bei denen er viel Ansehen und Wertschätzung zu verlieren hatte, aber das hatte Otto als Liebeswut erkannt und es ihr verziehen. Er hatte diese Wut verstanden, insbesondere auch, wodurch Lucas sie weckte. Denn mehr noch als in Clara erkennt er sich selbst in Lucas Loos wieder. In der erzprotestantischen

Grobheit, in dem unbeherrschten Drang, zu provozieren und zu beleidigen. Was er in Lucas wiedererkennt, ist der Terror des calvinistischen Gerechten, der, nachdem er dem Gott der Rache seiner Kindheit den Rücken gekehrt hat, nicht mehr weiß, wie er seiner Abscheu gegen alles Unrecht Gestalt geben soll. Lucas ist wie er mit der Strenge und der Wärme der Männerbruderschaft aufgewachsen, und wie er wird sich Lucas immer Männer suchen, um sich die Geborgenheit dieser Liebe zurückzuholen. Dagegen kann keine Frau etwas ausrichten. Dabei hat diese Bruderliebe, allem Anschein zum Trotz, nichts mit Sex zu tun, sondern ganz und gar mit der Poesie des Glaubens. Nicht, dass sein Verständnis für Lucas dazu führte, dass er ihm Sympathie entgegenbrächte, das ginge denn doch zu weit. Vielmehr ruft das Wiedererkennen eigener Schwächen bei einem anderen bei Otto meistens Abneigung hervor, und so ist Lucas nicht selten zur Zielscheibe seiner Schimpftiraden geworden. Ohne es zu wissen, schilt er ihn vorzugsweise für das, was er selbst im Grunde seines Herzens ist: arrogant, pedantisch, bombastisch und oppositionell.

»Weißt du, was mit dir los ist?«, lautet Ottos Standardeinleitung, wenn er jemanden attackiert, und eines Abends hat er auch Lucas so ins Gebet genommen. »Du hüpfst von Gott zu Gott wie ein Kaninchen, das blindlings einer Möhre hinterherhoppelt. Hüte dich vor denen, die nicht ohne die Wahrheit können, denn sie werden dich knechten mit dem Wort! Wozu haben wir das Gesetz? Weil es *die* Wahrheit nicht gibt, weil wir uns als frei zu betrachten haben. Ergo: Was wollen geriebene Propagandisten wie du, Prediger des Neuen Menschen, der Revolution, des Aufstands, der Anarchie? Uns der unerträglichen, doch schönen Freiheit berauben. Das betreibst du, und das macht dich zu einem gefährlichen Subjekt.«

»So was kann nur ein reaktionärer Aristokrat sagen, der den Penner mimt, mit einem Leben am Rande der Gesellschaft liebäugelt und linkes Gewäsch von sich gibt, während er jeden beschimpft, der wirklich die Welt verändern will. Insgeheim hast du nämlich eine Heidenangst vor jederlei Aufstand und wünschst dir nichts sehnlicher, als dass alles so bleiben möge, wie es ist, einschließlich des strafenden Gottes Calvins«, erwiderte Lucas darauf mit hochrotem Gesicht.

»Jetzt hör mir mal gut zu, du Schönberg der Niederlande, deine Salonrevolution ist doch keinen Pfifferling wert. Du plapperst doch nur kontroverse Meinungen nach, die du am Tag zuvor aus der Zeitung aufgeschnappt hast, und damit steigst du dann aufs Podium, am liebsten affig und auffallend ausstaffiert. Du bist ein bunter Papagei. Es ist mir noch nie vergönnt gewesen, dich bei einem originellen Gedanken zu ertappen. Und da ich nur das Vermögen, selbständig zu denken, als Zeichen von Genie anerkenne, verschone mich bitte mit dem Nachgeplapper, mit dem du uns Abend für Abend langweilen zu dürfen glaubst.«

»Du bist ein Feigling. Du traust dich nicht, Konsequenzen aus einem Leben ohne Gott zu ziehen, weil du an den Rockschößen deines Vaters hängengeblieben bist und dich nie von seinem Milieu gelöst hast. Deshalb schmuggelst du Gott und das Gesetz und das ganze konservative Regententum immer wieder durch die Hintertür herein. Gott abzuschwören würde bedeuten, dass du dich von deinem Vater distanzieren müsstest, und das kannst du nicht. Wenn du ein bisschen

Mumm hättest, würdest du einsehen, dass das unumgänglich ist. Wer einmal aufhört, gläubig zu sein, kann nicht mehr zurück.«

»Das Blut aus Wunden, die ein Gott geschlagen hat, ist nicht zu stillen. Wer davor die Augen verschließt, wird zu so einem blökenden Apostel von Götzen und Nullen wie du. Das ist die Natur der herrschsüchtigen, lähmenden Muse, der du dienst. Der Komponist will, dass alle Welt ihm lauscht, reglos an den Sitz gefesselt. Der Komponist verlangt sklavischen Gehorsam. Nicht von ungefähr verbergen sich in diesem Wort das Ohr, das Gehör und das abschreckende Gemeinsam der schallenden Psalme. Ge-hor-sam, da packt mich das Grausen.«

»Du hast ja keine Ahnung, was es heißt, aus dem Nichts zu schöpfen, deshalb läufst du Aaron nach wie ein treudoofer Verehrer.«

»Ach, Junge, vergleich dich doch nicht mit den Dantes, Shakespeares und Dostojewskis dieser Welt, nur weil du irgendwelches atonales Gedudel erzeugt hast. Musik ist doch was für Mädchen und Memmen.«

Die flammenden Wortwechsel zwischen Lucas und Otto eskalieren oft derartig, dass sich irgendwer vom »Tisch« genötigt sieht, die zankenden Männer zu unterbrechen. Lucas' Kopf ist dann meistens schon alarmierend rot angelaufen, und Ottos gespitzter Zeigefinger ist zur furchterregenden Waffe geworden. Ihre Stimmen schwellen an, und sie ziehen die Aufmerksamkeit der übrigen Besucher im »Kreis« auf sich, die eine Vorliebe für entgleisende Streitgespräche haben und nur zu gern Zeugen eines hässlichen Handgemenges werden wollen. Das mit schöner Regelmäßigkeit gebotene

Schauspiel von betrunkenen Männern, die handgreiflich werden, und schreienden Frauen, die sich gegenseitig an den Haaren ziehen, ist eine der größten Attraktionen der nächtlichen Besuche im Klub.

Puck hat Lucas oft geraten, sich nicht so von Otto auf die Palme bringen zu lassen, denn dessen Angriffslust habe viel mit Neid zu tun. Otto könne es nicht ertragen, dass Aaron auch in Lucas einen Freund sehe, und wenn Aaron tausendmal beteuere, dass die Freundschaft zu Lucas nicht mit der einzigartigen Beziehung zu vergleichen sei, die sie zueinander hätten.

Aus kindlicher Sehnsucht nach genau so einer Seelenverwandtschaft mit Aaron hatte Lucas mal eine Liste der Übereinstimmungen aufgestellt, die es zwischen seinem Leben und dem des Freundes gab, der ihn so maßlos faszinierte. Er wusste, dass Aaron die gleichen Antennen für Koinzidenzen hatte und auf deren Grundlage poetische Beziehungen zwischen sich und seiner Umwelt knüpfte. Sie bestärkten sein Vertrauen darauf, dass er keiner Familie bedurfte, um zu anderen Menschen zu gehören. Die mythischen Beziehungen sollten dazu dienen, seine erbarmungslose Einsamkeit und das Empfinden, nirgendwo zu Hause zu sein, zu lindern.

Ganz oben auf seine Liste hatte Lucas geschrieben: Emigration Eltern/Elternteil. Genau wie er war Aaron ein verwaistes Kind, ein von den Eltern verlassener Sohn. Aarons jüdische Mutter, die den Krieg dank des Nazismus ihres Mannes unversehrt überlebt hatte, war 1951, nach ihrer Scheidung, nach Amerika ausgewandert. Lucas' Eltern haben aus ganz anderen Gründen 1957 mit Kind und Kegel die Koffer gepackt, um sich im selben Staat wie Aarons Mutter, Kalifornien, eine neue Existenz aufzubauen. Lucas ist als Einziger in den Niederlanden geblieben. Amerika war kein Land für seine Musik. Böse Zungen behaupteten damals, Bäckermeister Loos sei nicht vor den Russen geflohen, wie er vorgegeben hatte, sondern vor drängenden Gläubigern, der Steuer und der Konkurrenz einiger seiner Brüder. Außer dem einen Sohn soll er eine völlig heruntergewirtschaftete Bäckerei und einen Berg Schulden zurückgelassen haben.

Lucas bedachte, dass Aaron und er verlorene Söhne und umgekehrte Einwanderer seien. Nicht sie hatten die Initiative ergriffen, ihre Familie zu verlassen, sondern ihre Familie hatte sie verlassen, um dem Glück anderswo und ohne sie nachzujagen. Viel weiter als bis zu der übereinstimmenden Emigration war er freilich nicht gekommen. Er hatte noch genealogische Nachforschungen über die Familie seines Vaters angestellt, weil es geheißen hatte, ferne Vorfahren seien Deutsche gewesen. Damit wollte er sich Aaron in den Wurzeln seiner Abstammung annähern, denn dessen Vater und Mutter hatten beide deutsche Eltern. Doch mangels Fakten waren die Nachforschungen im Sande verlaufen. Er hätte ohnehin wenig damit bewirkt. Aaron zeigte sich nämlich nicht sonderlich beeindruckt von den Ähnlichkeiten in ihrer Geschichte. Als Lucas eines Tages erwartungsvoll bemerkte, es sei nicht undenkbar, dass Aarons Mutter in diesem Augenblick, jenseits des Atlantischen Ozeans, Brot esse, das sein Vater in der Nacht gebacken habe, Brot, das sein Vater überdies *Shepherds Bread* getauft habe, so dass sich in Kalifornien möglicherweise eine eigentümliche biblische Szene abspiele, die sie hier in Amsterdam als verlorene Söhne verbinde, verzog Aaron keine Miene. Er schaute nur auf die Uhr auf dem

Kaminsims seines Wohnzimmers und sagte ungerührt: »Kann nicht sein. Dort ist es jetzt sechs Uhr früh. Sie steht nie vor elf Uhr auf.«

Für Aaron zählen andere Zusammenhänge, Zusammenhänge, bei denen sichtbar wird, dass sich die Götter mit den Menschen befassen, dass sich die Geschichte wendet, dass die Natur der größte Gewaltherrscher ist. Bedeutsame Stunden und Tage im Leben des nichtigen Individuums erhalten für ihn erst dann mythische Dimensionen, wenn sie sich mit dem Beginn eines Krieges, dem Ausbruch eines Vulkans, der Zeugung eines Genies, das die Welt verändern wird, der Geburt eines Diktators, der ebendiese Welt zu vernichten versucht, oder anderen gravierenden Ereignissen überschneiden, die dem Zufall Sinn verleihen. Mit weniger begnügt Aaron sich nicht. Natürlich haben die diversen Gegebenheiten nichts miteinander zu tun, doch in dem Moment, da der Autor einem Alchimisten gleich historische Fakten zusammenrührt, verleiht er ihnen einen Sinn und eliminiert durch ihre Verbindung den Zufall.

»Weil ich es ersonnen habe, ist es wirklich geworden«, betont Aaron regelmäßig bezüglich seiner Romane, und davon ist er zutiefst überzeugt. Für ihn sind Phantasie und Wirklichkeit keine getrennten Bereiche, sondern stehen im Verhältnis zueinander und beeinflussen sich gegenseitig stark.

»Seit wir Gott und den Teufel schrieben, existieren sie, und wir müssen mit ihnen umgehen.«

So sieht die Welt Aarons aus.

Es geht auf drei Uhr morgens zu. Im »Kreis« weht ein kühles Sommernachtslüftchen durch die geöffneten Balkontüren herein, das den erhitzten Gesichtern wohltut. Die Frauen hängen müde auf dem Sofa. Ab und an wird ihnen erneut der Schock bewusst, in den sie vor zwölf Stunden die Nachricht von Claras Tod versetzt hat, und was für ein eigenartiges Gefühl das ist, heftig und dumpf zugleich. Manchmal fängt auch eine von ihnen an zu weinen und wird von der neben ihr Sitzenden getröstet.

Am »Tisch« beugt sich der Bub zu Raffi hinüber und sagt mit gedämpfter Stimme, dass Lucas eine Bitte an ihn gerichtet habe, die ihm ein wenig im Magen liege.

»Nicht tuscheln, das ist was für Frauen«, donnert Otto, sowie er mitbekommt, dass der Bub Raffi etwas anvertrauen will, ohne die anderen einzubeziehen.

Darauf holt Bubi tief Luft, um seiner Stimme Volumen zu geben. Er hat sichtlich Mühe, und ein Hustenanfall würgt ihn ab, kaum dass er einen Laut hervorgebracht hat. Rafael sieht ihn besorgt an und klopft ihm ein paarmal mit flacher Hand auf den mageren Rücken. Am liebsten würde er Otto einen vorwurfsvollen Blick zuwerfen, aber er verkneift es sich. Von den »Tisch«-Genossen hat er die größten Probleme mit den virtuosen Grobheiten des Juristen. Mögen sie auch die aristokratische Herkunft gemein haben – die geschliffene Unverschämtheit, mit der Otto gegen sein Milieu rebelliert, ist Rafael fremd. Seine Revolte ist von sanftmütigerer Natur. Nicht die Verhaltensregeln der höheren Kreise hat er auf den Misthaufen der Heuchelei geworfen, die hält er vielmehr in Ehren. Er hat das Verbot der Teilnahme an der verderbten Welt der Kunst übertreten. In den Augen seiner Familie ist er ein Gottesleugner, Freibeuter und Bohemien, und damit kann er leben, solange er von sich weiß, dass er ein Bohemien mit Manieren ist. Ganz gegen den Geist der Zeit ist Rafael ein Mann, der einer Frau in den Mantel hilft und die Tür für sie aufhält, der Ältere und Würdenträger siezt und den Tisch mit Damast deckt, wenn er Gäste empfängt. Er hat nie den dummen Fehler begangen, zwischen Kultur und Umgangsformen zu trennen, denn er weiß, dass Kultur und Umgangsformen Hand in Hand gehen. Die Entscheidung für die Welt des Scheins ist für ihn eine Entscheidung gegen die Wahrung des Scheins. Und für ihn macht das den großen Unterschied aus zwischen dem Leben, für das er sich entschieden hat, und dem Leben, von dem er sich gelöst hat. Dem Aristokraten ist es bei allem ein Anliegen, wie es in den Augen anderer erscheinen wird, und der Künstler benutzt die Mittel des Scheins, um das Wesen der Wirklichkeit aufzudecken. Rafael ist schon einmal der Gedanke gekommen, dass seine Aversionen gegen Ottos Unverschämtheit etwas mit dem anderen Gott, den sie verlassen haben, zu tun haben könnten. Ottos protestantischer Gott war ein kälterer als sein katholischer, und so hat er Ottos höhnische Bemerkungen an seine Adresse mit einer geistreichen Bemerkung abschmettern können, die er mal in einer Diskussion zwischen einem Protestanten und einem Katholiken aufgeschnappt hat.

»Weißt du, Otto«, hat er eines Abends zu ihm gesagt, »wir sind zwar beide von unserem Glauben abgefallen, aber ich wenigstens von dem wahren.«

Damit hat er sich für einige Wochen Windstille verschafft, in denen ihm die immer wiederkehrenden Anraunzer, dass Katholiken rückständige Analphabeten, Heuchler und Arschkriecher seien, erspart blieben. Dann haben die Beleidigungen aber wieder angefangen, weil Otto nun mal keinen anderen Weg kennt, sich anderen anzunähern. Rafael hat es dabei belassen. Mag Otto auch anders darüber denken, seine Leidenschaft für das Wort ist mindestens so groß wie die Ottos, nur anders gefärbt. Gerade weil Katholiken das Wort Gottes mit farbenfrohem Theater und dramatischen Bildern umgeben, können sie besser relativieren als die Protestanten, doch gerade das wird ihnen von den Protestanten als Heuchelei angekreidet. Für Katholiken ist die Sprache der Bibel niemals knechtend, sondern höchstens trügerisch, bezaubernd und durch ihre Poesie irreführend. Ein Mann, der das Wort Gottes in goldener, violetter, blutroter oder smaragdgrüner Kasel verkündet, ist leichter als Schauspieler zu übergehen als ein Pastor im strengen Sonntagsanzug. So ein Pastor steht als er selbst, unter seinem eigenen Namen auf der Kanzel, ein Priester steht dort als Symbol, als Vertreter von etwas anderem. Pastoren sind eitel und staffieren den Namen ihres leiblichen Vaters mit Bekanntheit und Ansehen aus, Priester nicht. Für seine besondere Aufgabe verkleidet, verhüllt der Priester das Individuelle, macht sich allen anderen Priestern gleich und spielt eine überpersönliche, archetypische Rolle, etwa wie in der Commedia dell'arte. Er steht dort im Namen Gottvaters.

Rafael verkneift sich den vorwurfsvollen Blick zu Otto also aus der ihm eigenen Höflichkeit und richtet sich an den inzwischen wieder normal atmenden Bubi.

»Geht es?«, fragt er.

»Meine jahrelange Erfahrung im Strafrecht hat mich gelehrt, dass Husten- und Niesanfälle, pausenloses Gähnen, Kauen auf der Innenseite der Wange und häufiges Befeuchten von Ober- und Unterlippe mit der Zungenspitze auf eine Lüge, das Zurückhalten belastender Informationen oder ein bevorstehendes Geständnis hindeuten, also spann uns nicht länger auf die Folter, Bubi.« Otto kann es einfach nicht bleibenlassen und macht es dem Angesprochenen damit nur noch schwerer.

»Es ist eigentlich gar nichts«, stammelt dieser entschuldigend. Er erinnert sich der lauen Reaktion Pucks und findet, dass er der Sache durch sein langes Schweigen mehr Gewicht gegeben hat, als ihr gebührt. »Lucas hat mich gebeten, bei Claras Beerdigung *Die Brücke* zu spielen, das ist alles.«

Es bleibt einen Moment still. In der Tat wundert sich niemand groß darüber, eine ganze normale Bitte eines Komponisten, der seiner Frau mit einem eigenen Werk die letzte Ehre erweisen möchte, scheint es.

»Wann hat er dich darum gebeten?«, fragt dann aber Otto, dem wohl eine Vermutung kommt, weshalb den sensiblen Bub die Bitte so aus der Fassung gebracht haben könnte.

»Heute Nachmittag, am Telefon, als er aus Griechenland anrief«, antwortet der Bub zaghaft.

»Wie klang er, als er dich darum gebeten hat?«, fragt Otto weiter.

»Das ist es ja gerade«, sagt Bubi mit kraftvollerer Stimme, da er sich durch Ottos Misstrauen unterstützt fühlt. »Er klang regelrecht exaltiert, anders kann ich es nicht ausdrücken, so als freue er sich darauf. Aber das ist meine Interpretation«, fügt er schnell hinzu, denn er vermutet, dass seine Bemerkung Puck gekränkt haben könnte.

»*Die Brücke*?«, fragt Rafael verdutzt. »Hat er ausdrücklich um *Die Brücke* gebeten?«

»Was ist das für ein Stück?«, fragt Otto. »Ich habe schon vor Jahren aufgehört, meine Ohren mit der avantgardistischen Katzenmusik unseres Freundes zu malträtieren.«

»Man würde eher erwarten, dass er *Cherem* für Clara spielen ließe«, sagt Rafael, die Frage Ottos überhörend. »Das hat er Clara immerhin gewidmet.«

»Meine Herren, klären Sie mich auf, helfen Sie mir auf die Sprünge, denn ich halte es nicht länger aus!«, brüllt Otto.

Die Brücke ist ein besseres Stück, musikalisch mit *Cherem* verwandt, aber kühner und ausgewogener«, fährt der Bub unerschrocken, an Rafael gewandt, fort. Er ist froh, dass er endlich über Lucas' Bitte sprechen kann, und flüchtet sich in Raffis Professionalismus, um nicht in den Ruch der Sensationslüsternheit zu kommen. Außerdem genießt er es, Ottos Bitte um Einweihung zu ignorieren. Otto lässt sich immer nur herablassend über eine Musik aus, von der er so gut wie nichts versteht, geschweige denn, dass er sich je die Mühe machte, Aufführungen von ihm selbst oder anderen Musikern vom »Tisch« zu besuchen.

»Aber was hat es mit Clara zu tun? Es ist Salvador Allende gewidmet«, sagt Rafael, der sich darüber im Klaren ist, welches Spielchen Bubi und er mit Otto spielen.

»Salvador Allende, Gott hab ihn selig!«, ruft Otto aus. »Brutal ermordet von diesen amerikanischen Schurken der CIA. Böse Zungen behaupten zwar, dass unser inzwischen von seinem Sockel gestoßener guter alter Fidel Castro den Mord an Allende auf dem Gewissen hat, doch hinter dem Gerücht steckt eine Bande rabiater Kommunistenfresser. Aber habe ich richtig verstanden? Wollt ihr wirklich sagen, dass unser bedauernswerter Freund bei der Beerdigung seiner noch bedauernswerteren Frau ein Stück aus eigener Mache spielen lassen will und dass es sich dabei um eine Komposition handelt, die er einem ermordeten Mann gewidmet hat?«

»Das wundert mich überhaupt nicht«, sagt Aaron zwischen zwei Zügen aus seiner Pfeife.

Bubi macht große Augen vor Verblüffung. Welchen Zusammenhang Otto zwischen *Die Brücke*, der Widmung an Salvador Allende, der Art, wie dieser ums Leben kam, und dem Tod Claras herstellt, schockiert ihn. Was ihn am Nachmittag beunruhigt hat, war die Art, wie Lucas am Telefon klang, die Akustik der Ekstase in seinem Ohr, und er war verwundert, wie rasch nach dem Tod seiner Frau Lucas schon an die Organisation der Beisetzung dachte. Nicht eine Sekunde lang ist es ihm in den Sinn gekommen, die Entscheidung für *Die Brücke* mit irgendeinem Verdacht zu verknüpfen.

»Ist dir der Gedanke auch schon gekommen?«, fragt er Puck, die den ganzen Abend vornehmlich mürrisch schweigend vor sich hin gestarrt hat und einen Genever nach dem anderen in sich hineinschüttet.

»Nein«, brummt Puck mit schwerer Zunge, »so was kann nur im Kopf eines Kriminellen aufkommen.«

»Aha, die Schuld liegt beim Boten«, entgegnet Otto. »Armutszeugnis, Professor Puck.«

»Ich glaube nicht, dass Lucas sich darüber Gedanken gemacht hat«, springt der Prins für seinen Freund in die Bresche. »Er hat einfach nur sein schönstes Stück dafür ausgewählt, es für Clara erklingen zu lassen, mehr nicht. Das mit dem Mord an Allende und dass er deswegen *Die Brücke* ausgewählt hat, halte ich für zu weit hergeholt.«

»Was Otto sagt, ist nie zu weit hergeholt«, mischt sich Aaron wieder in das Gespräch ein. »Wir machen kurzen Prozess mit dem Zufall. Gerade das, was man verbergen will, enthüllt man unweigerlich. So auch Lucas. Die Entscheidung für *Die Brücke* ist eine Botschaft an uns, seine Freunde. Wir verraten ihn, wenn wir die Botschaft nicht vernehmen wollen.«

»Ich geh nach Hause«, sagt Puck, im Begriff, sich von ihrem Stuhl gleiten zu lassen. Bubi kommt ihr zu Hilfe. Als ihre Füße festen Boden berühren, schwanken ihr die Beine.

»Ich bringe dich«, sagt Bubi.

Der Prins schaut sich um, ob er Mica sieht. Sie liegt, an die schmale Schulter Marias gelehnt, halb ausgestreckt auf dem Sofa, und es hat den Anschein, als schlafe sie.

»Mal sehen, ob ich Mica mitkriege«, sagt der Prins, während er seinen Stuhl zurückschiebt. Automatisch erhebt sich auch Rafael. Mit wässrigen Augen und einer Falte zwischen den Brauen blickt er zu Otto. Er ist so tief in Gedanken, dass er sich gar nicht bewusst ist, wie er ihn anstarrt. Die Freunde vom »Tisch« sind die verträumten Momente Raffis gewohnt, aber da ist etwas in seinem Blick, was Aaron zu der Frage veranlasst, ob es ihm auch gutgehe. Erst als er die Frage noch einmal wiederholt und ihn dabei mit seinem Namen anspricht, entspannt Rafael die Stirn, beruhigt Aaron und verabschiedet sich mit einer kleinen Verbeugung von ihm und Otto. Die Bemerkung über den ermordeten Allende und die damit verbundene Anspielung haben ihn beunruhigt. Das Aufdecken verhüllter Nachrichten und geheimer Botschaften hinter Texten und Partituren gehört eigentlich zu seinem Spezialgebiet, und Otto ist ihm zuvorgekommen. Bis zu diesem Moment war er noch willenlos und betäubt durch die Erschütterung über Claras plötzlichen Tod, aber jetzt kämpfen eine ungeheure Wachsamkeit und sein Forscherdrang gegen die Müdigkeit und den Alkohol an. Bruchstückhaft gehen ihm Bemerkungen von Lucas durch den Kopf, Fetzen von Gesprächen, die er für sein Porträt mit ihm geführt hat, und Sätze aus den zahllosen Briefen, die er von ihm bekommen hat. Die Aussagen, an die er sich im Zeitraum von wenigen Sekunden erinnert, sind eine wie die andere alarmierender als die Entscheidung für *Die Brücke*.

Auch der Prins ist nicht aus Müdigkeit vom Tisch aufgestanden, sondern wegen der Unruhe, die eine Reihe von Erinnerungen bei ihm ausgelöst hat, Sätze aus der Korrespondenz, die Lucas und er bezüglich der Oper führen, zu der er das Libretto schreibt. Da ist vor allem ein Satz, der ihm Angst macht, sowie er ihm wieder einfällt. »Ich als Komponist würde am allerliebsten ein Requiem schreiben, aber diesen einen Kummer kenne ich noch nicht.«

Es ist drei Uhr in der Nacht vom 26. auf den 27. Juli 1981. Bubi stützt die betrunkene Puck, als sie die Treppe vom »Kreis« hinuntergehen. Kurz darauf strebt der Prins mit einer schläfrigen und ebenfalls schwankenden Mica, die schwer an seinem Arm hängt, an den Amsterdamer Grachten entlang ihrem Haus im Jordaan entgegen. Rafael schlingert mit dem Fahrrad zu seinem Haus in Amsterdam-Zuid zurück. Der Abend hat sie alle verwirrt. In die Stille der Nacht getaucht, empfinden sie die lebendigen und lauten Gespräche der vergangenen Stunden plötzlich als Belastung.

Rafael kann nur mit Mühe das Bild von Clara verdrängen, das dauernd vor seinem geistigen Auge erscheint. Ihr Tod kommt ihm, seit die ersten Fragezeichen hinter den Unfall gesetzt worden sind, noch unwirklicher vor. Er versucht sich auf das Straßenpflaster zu konzentrieren und will nur noch nach Hause. Der Prins hat seinen Groll gegen Lucas nicht ablegen können und sich dadurch, mehr als ihm lieb ist, von Ottos Analyse beeinflussen lassen. Und auch Bubi, der die unwillige Puck neben sich ins Auto gesetzt hat und hin und wieder besorgt nach rechts schaut, kann den von Otto unterstellten Zusammenhang zwischen dem Tod Claras und der Entscheidung für diese bestimmte Komposition nicht aus seinem Kopf streichen.

Oben im »Kreis« sind Otto und Aaron allein am Tisch zurückgeblieben und gehören zu den letzten Gästen. Mit einem Blick des Triumphs und der Enttäuschung wendet Otto seinen mächtigen Leib Aaron zu.

»Es ist uns wiederum gelungen, unsere lieben Freunde zu verjagen«, sagt er zu ihm.

»Unser unvermeidliches Fatum«, sagt Aaron, »nur die Stärksten können die Wahrheit ertragen. Trinken wir noch ein Glas?«

Vierter Akt

1

Am Mittwoch, dem 5. August 1981, versammeln sich gegen neun Uhr morgens die ersten am Eingangstor zum Friedhof »Zorgvlied« in Amsterdam. Das Wasser der Amstel schwappt ungerührt von der Menschen Schicksal an den Bug der auf ihr liegenden Boote, und einige Möwen segeln über ihrer kabbelnden Oberfläche dahin. Der Himmel ist wolkenlos, die frühen Sonnenstrahlen stechen schon ungewöhnlich heiß.

Die zeitig Gekommenen stehen verstreut in kleinen Gruppen zusammen und unterhalten sich mit gedämpfter Stimme. Manche haben den Trauerbrief bei sich, damit man sieht, dass sie auf persönliche Einladung hier sind, andere haben die Anzeige in der Zeitung gelesen und wollen das Happening miterleben, um das in der Stadt schon tagelang Aufhebens gemacht wird. Der Wortlaut der Todesanzeige und der anfangs noch unklare Zeitpunkt der Beisetzung haben die Gerüchte angefacht.

Am Mittwoch, dem 29. Juli 1981, haben der Komponist Lucas Loos und sein Sohn den Tod Claras in einer überregionalen Tageszeitung bekanntgegeben. Inmitten anderer schwarz gerahmter Gevierte, in denen mit tiefer Trauer das Hinscheiden teurer Liebster sowie Datum und Ort ihrer Bestattung vermeldet werden, ist das kleine Quadrat mit dem

Namen Claras durch einen Satz aufgefallen: *»Unser Engel ist gefallen.«*

Mit diesem einen Satz sowie dem unten angefügten Hinweis, dass der Zeitpunkt der Beisetzung noch näher bekanntgegeben werde, intoniert Lucas Loos, der noch nichts von dem Lied weiß, das seit dem fatalen Sonntag in der Stadt resoniert, einen anschwellenden Chor von Gerüchten. Aus einem zunächst nur schwelenden wird ein loderndes Feuer, aus Säuseln wird Getöse. Selbst Zeitungsleser, denen der Name Lucas Loos nichts sagt, überkommt bei dem Satz das Gefühl, dass an diesem Tod irgendetwas seltsam ist. Im Genre der Todesanzeigen hält man sich tunlichst an Klischees, weil der Tod nun mal jede Originalität zunichtemacht. Der Satz von dem gefallenen Engel gibt den Menschen zu denken, nicht nur weil es ein rätselhafter Satz ist, sondern auch weil sich jemand dafür entschieden hat, die Klischees vom Tod beiseitezulassen. Wenn der Gemeinplatz dem Überlebenden zu wenig Raum bietet, wird die sprachliche Enge durch persönliche Poesie erweitert. Und gerade das Persönliche verleiht dem unpersönlichen Tod etwas Befremdliches und Verdächtiges. Überdies nährt die Zeit die Sensationslust. Je länger die Bekanntgabe des Beisetzungstermins ausbleibt, desto haltloser werden die Spekulationen.

Der Leichnam werde in Griechenland festgehalten, weil noch eine forensische Ermittlung gegen Lucas Loos laufe. Er sei erneut vernommen worden und müsse in Athen vor Gericht. Man traue der Sache nicht.

Es habe einen Zeugen des Unfalls gegeben, aber der sei spurlos verschwunden und werde jetzt von der griechischen

Polizei gesucht. Er sei der Einzige, der Lucas' Geschichte bestätigen und dessen Unschuld beweisen könne. Solange sie den nicht fänden, bleibe Lucas Loos verdächtig und behalte man die Leiche seiner Frau dort.

Sie hätten sie schon auf der Insel, auf der sie waren, begraben, wegen der extremen Hitze und weil nichts von ihr übrig gewesen sei.

Er habe kein Geld, um die Leiche seiner Frau aus Griechenland überführen zu lassen, und schon gar nicht für die Beerdigung. Jetzt liege sie dort, bis irgendwer die Überführung bezahle. Aber der Mann verkehre ja nur mit Hippies und Künstlern, und die seien ja allesamt arm wie die Kirchenmäuse.

Keine einsameren Toten als die Männer und Frauen, die in der Fremde sterben. Ihre leblosen Körper werden nicht mehr gekleidet, gesehen, berührt, gestreichelt und in ihrer wehrlosen Verlassenheit von Angehörigen und Freunden bewacht, da ist niemand, der vergebens zu ihrer wächsernen Gestalt spricht, in der Sprache, die sie einst gesprochen und verstanden haben. Eltern gefallener Soldaten begreifen nicht mehr, dass sie ihre Söhne einst mit Stolz ziehen ließen, um den Ort, an dem sie zufällig geboren wurden, in entlegenen Teilen der Welt zu verteidigen. Sowie sie die Nachricht von ihrem Tod von jenseits des Globus erhalten und den sehnlichen Wunsch verspüren, dem entseelten Körper nahe zu sein, verwandelt sich der Stolz in ein nagendes Gefühl von Schuld und Verrat. Auch im Tod wollen Eltern ihre Kinder nicht allein lassen. Der einzige Trost, den sie sich gestatten, ist der von offizieller Seite gebotene, dass es ein ehrenvoller

Tod sei, dass ein Leben für ein Ideal geopfert worden sei, an das die Söhne glaubten, dass sie für das Vaterland gefallen seien. Hinterbliebenen von Abenteuerreisenden ist der Trost des Aufopferungsgedankens nicht vergönnt. Im Skiurlaub in den Bergen verunglückt, bei einer Bootstour über Bord gegangen, Hirnhautentzündung durch irgendeinen Tropenvirus, Flugzeugabsturz, Busunglück, Herzversagen auf fremder Promenade – für die, die nicht an Zufall, Pech und Missgeschick glauben wollen, bleibt die quälende Frage, warum der Tod in Isfahan gesucht wurde und nicht im Garten hinter dem eigenen Haus.

Am frühen, linden Abend des 26. Juli 1981 wurden die sterblichen Überreste von Clara Wevers vom Medizinischen Zentrum in Chora in eine Leichenhalle in der Hafenstadt Linaria übergeführt. Von dort sollte Clara am nächsten Morgen mit dem ersten Schiff in eine Leichenhalle in Athen gebracht werden. Lucas, Bella und die Kinder wollten sie keinen Moment allein lassen. Sie hatten die bestürzten griechischen Hauswirte zwei Zimmer in einem Hotel am Hafen buchen lassen und eilends die Koffer gepackt. Um 19.30 Uhr wurden sie von einem Polizeiwagen abgeholt. Am Steuer saß der junge Polizist, der am frühen Morgen gerade noch rechtzeitig nach Lucas' Bein gegriffen hatte, um zu verhindern, dass dieser sein Gleichgewicht verlöre und wie Clara von der Brüstung fiele. Nachdem das Gepäck im Kofferraum verstaut war, ging es zum Dorfplatz, wo schon mit laufendem Motor ein Kühlwagen wartete, der den Sarg mit Claras Leichnam transportierte. Der Kühlwagen gehörte dem örtlichen Fleischer, der sein Gefährt in Bewegung setzte, sowie das Polizeiauto in seinem Rückspiegel auftauchte. An Totentransporte als Nebenerwerb gewöhnt und sich der geballten Trauer im nachfolgenden Wagen bewusst, hielt der Fleischer auf den holprigen Pisten eine gebührende Geschwindigkeit ein. Wie immer, wenn er einen Toten wegbrachte, hatte er an den beiden Seitenspiegeln je ein schwarzes Fähnchen angebracht.

Im Polizeiwagen saß Lucas vorn neben dem Fahrer. Er hatte Quint auf dem Schoß und umklammerte den schmalen Jungenkörper mit beiden Armen. Quint hatte Lucas seit dem Moment, da er erfasst hatte, dass die ungewöhnliche Leere des Vormittags andauern und er seine Mutter nie mehr wiedersehen würde, nicht mehr aus den Augen gelassen. Nun, da er seinen Vater an sich gedrückt wusste, blieb sein Blick starr auf den Kühlwagen gerichtet. Sein Freund Levi saß auf der Rückbank, zwischen seiner Mutter und Henri eingezwängt.

Die Erwachsenen wurden immer wieder aufs Neue von Erschütterung, Entsetzen und Verzweiflung überfallen. Und es hatte fast den Anschein, als würden sie einander unsichtbar signalisieren, wann die Realität kurz durchdringen durfte, denn sie versanken jeweils gleichzeitig in Schweigen und schauten dann mit stumpfem Blick auf die vorüberziehende Landschaft, ohne sie wirklich zu sehen.

Das Einzige, was Lucas auf dieser Fahrt aus der Apathie der Trauer weckte, war der Gedanke an das Telegramm von Aaron Keller und Otto Griffioen, das Maria Barbajannis ihm kurz vor der Abfahrt gegeben hatte. Der schief und krumm getippte Satz hatte ihn rasend gemacht. Das Telegramm brannte jetzt in der Innentasche seines Leinensakkos. Aber da er es niemandem gezeigt hatte, unterdrückte er die Anwandlung, es hervorzuziehen und sich die Worte erneut anzusehen. Sie entfielen ihm, sobald er sie sich vergegenwärtigen wollte, doch ihr Tenor hatte ihn in blinde Wut versetzt. Ein Wort hatte er allerdings genau behalten, nämlich das Wort »Grauen«.

Bella hatte Henri ihre Sorgen im Zusammenhang mit dem nicht vorhandenen Versicherungsschutz anvertraut, und sie sahen einander hin und wieder an und dachten dasselbe. Da es Bella unbegreiflich war, dass Lucas die Geldsorgen in keinster Weise zu plagen schienen, glaubte sie, als Claras Stellvertreterin auftreten und Lucas wachrütteln und auf seine Verantwortung hinweisen zu müssen. Unfreundlicher, als sie es beabsichtigt hatte, entfuhr ihr, dass das bestimmt eine schöne Stange Geld kosten werde.

»Allein schon so ein Kühlwagen«, sagte sie, »und dann die ganze Strecke nach Athen.«

»Dort erwartet uns jemand von der Botschaft. Das hat Thomas geregelt«, erwiderte Lucas.

»Als wenn die Botschaft das alles bezahlte«, brummte Bella.

»Ich glaube nicht«, sagte Henri leise.

»Thomas ist in Linaria. Der kriegt alles hin«, schloss Lucas, und sein Tonfall machte deutlich, dass er die Unterhaltung für überflüssig hielt.

Mit dem Besuch der Polizisten im Ferienhaus waren die örtlichen Ermittlungen zu Claras Tod offiziell abgeschlossen. In dem Bericht, den die Polizisten ihren Vorgesetzten übergaben, wird als Todesursache der Sturz von einer Terrassenmauer angegeben. Die Tiefe der Schlucht wird auf vierzig

Meter geschätzt. Der tödliche Unfall habe am 26. Juli 1981 gegen 1.00 Uhr morgens stattgefunden. Das Opfer sei eine dreiundvierzigjährige Frau, geboren in Rotterdam als Clara Helena Wevers, seit 1960 wohnhaft in Amsterdam, seit 1965 unverheiratet zusammenlebend mit Lucas Loos. Das Opfer sei alkoholisiert gewesen. Der oben genannte Partner habe das Opfer am 26. Juli 1981 um 4.30 Uhr vor den Sanitätern der Ambulanz in Skyros als Clara Wevers identifiziert. Die Sektion der sterblichen Überreste werde in Athen vorgenommen. Das Paar sei nicht versichert. Die sterblichen Überreste des Opfers würden nach Begleichung der Kosten für Aufbahrung, Zinksarg, Transport Skyros–Athen, Leichenhalle Athen, Charterflug für drei Personen Athen–Amsterdam Schiphol freigegeben. Die Kosten trage der Partner des Opfers.

Thomas Burggraaf telefonierte, bevor er überstürzt sein Hotel in Athen verließ und mit Vollgas in die Hafenstadt Kimi fuhr, um dort die Fähre nach Linaria zu nehmen, mit der Botschaft und setzte sie über den Tod Clara Wevers' in Kenntnis. Auf seine Frage, ob man die finanzielle Abwicklung übernehme, wenn ein Niederländer im Ausland zu Tode komme, erhielt er zunächst eine abschlägige Antwort. Entrüstet rief er darauf aus, dass es hier um den bedeutendsten Komponisten der Niederlande gehe, dessen Frau von den Felsen gestürzt sei, und dass Botschaften verdammt noch mal mit seinen und anderer Steuergeldern finanziert würden, damit sie bei derlei schrecklichen Unglücksfällen Hilfe leisteten. Die Sekretärin erschrak über seinen Ausbruch. Sie hatte noch nie von Lucas Loos gehört, schämte sich für diese kulturelle Bildungslücke und bot Thomas an, ihn zum

Botschafter durchzustellen, was allerdings eine Weile dauern könne. Mit wiedergewonnener Beherrschung antwortete Thomas, dass er dafür keine Zeit habe, da er unverzüglich zu seinem Freund müsse und noch eine ziemliche Reise vor sich habe. Darauf sagte die Sekretärin, dass die Botschaft schon gelegentlich die bei einem Todesfall anfallenden Kosten vorschieße, dass man dafür aber einen von einer Rechtsperson unterzeichneten Schuldschein benötige, damit die spätere Begleichung der Schuld gewährleistet sei. Eine grobe Schätzung der Kosten und ein rasches Überschlagen seiner flüssigen Gelder ließen ihn ausrufen, dass er persönlich dafür bürgen werde. Er bat darum, die nötigen Maßnahmen schnellstmöglich in die Wege zu leiten, und versprach, vorbeizukommen, um den Schuldschein zu unterzeichnen, sobald er Gelegenheit dazu habe. Erst auf der Überfahrt von der Halbinsel Evia nach Skyros merkte er, dass ihm die Beine zitterten. Zum ersten Mal in seinem Leben wurde er seekrank und hing den Rest der Strecke über der Reling, nach Luft und Erlösung von einer Übelkeit erregenden Ungläubigkeit schnappend.

Um 21.15 Uhr am Sonntag, dem 26. Juli 1981, hielten der Kühlwagen mit den sterblichen Überresten von Clara Wevers und der ihn begleitende Polizeiwagen vor der Leichenhalle in der Hafenstadt Linaria. Auf einer Holzbank saßen zwei Leichenbeschauer, die rauchend und plaudernd auf die Ankunft der neuen Fracht gewartet hatten. Sowie die Tür des Begleitfahrzeugs geöffnet wurde, machten sie aus Respekt vor der Toten und den Überlebenden ihre Zigaretten aus, wischten sich verstohlen die Hände an den Hosenbeinen ab und gingen mit demütig gesenktem Kopf auf die kleine Gesellschaft zu. Sie schüttelten Hände und murmelten ein unverständliches Beileid und richteten sich dann auf, um entschlossen zum Fahrer des Kühlwagens hinüberzumarschieren. Lucas, Quint, Bella, Levi und Henri schauten zu, wie die Hecktüren des Kühlwagens geöffnet wurden und die Männer den Sarg auf eine bereitstehende Bahre schoben.

»Tschüs, Clara, bis morgen«, sagte Quint, als der Sarg in die Leichenhalle gerollt wurde.

Um 22.00 Uhr kam Thomas Burggraaf im Hafen von Linaria an, stieg bei einem kleinen Hotel aus dem Wagen und ließ sich von Lucas' Stimme leiten, die er von der Terrasse auf der Rückseite des Hotels her zu hören glaubte. Der Erste, der ihn bemerkte, war Quint, der erfreut seinen Namen ausrief und ihm in die Arme flog. Thomas fing den Jungen auf und steuerte mit ihm auf seinen Freund zu. Als er den wilden, aufgelösten Ausdruck in Lucas' Augen sah, setzte er Quint ab, umarmte den verschwitzten Leib seines Freundes und hielt ihn in seinen Armen, solange er es zuließ.

Erst bei Licht, zu Beginn des nächsten Morgens, Montag, 27. Juli 1981, als sich die Gesellschaft, noch müde von Alkohol und Trauer, auf der Terrasse versammelte, um zu frühstücken, bevor es nach Athen gehen würde, machte sie eine makabre Entdeckung. An dem verwitterten Holzpfahl unterhalb der Terrasse festgemacht, dümpelte ein kleines Boot, auf dessen Bug mit anmutig verschnörkelten Buchstaben *Clara* gemalt war. Der Einzige, der sich nicht über den sinistren Zufall wunderte, war Lucas. Er ging zu dem Boot, beugte sich hinunter und strich mit den Fingerspitzen über den Namen. Bella und Thomas hörten, wie er etwas murmelte, konnten seine Worte aber nicht verstehen.

Um 9.00 Uhr legte die Fähre von Linaria zu ihrer Überfahrt nach Kimi ab. In der Vorpiek trug sie den Zinksarg, in den die Leichenbeschauer die sterblichen Überreste von Clara Wevers am Abend zuvor nach der Behandlung mit Formalin umgebettet hatten. Am Kai von Linaria nahm Henri Abschied von seinen Freunden und kehrte nach Skyros zurück, um von dort die vorzeitige Rückreise in die Niederlande zu organisieren.

Nach fast drei Stunden erreichte die Fähre mit dem Zinksarg und dem Tross seiner Begleiter die Küste der Halbinsel Evia. Der Sarg wurde mit einem bereitstehenden Kühlwagen in eine Leichenhalle in Athen gebracht, wo Lucas, Bella, Thomas und die Kinder ihn wiederum mit Schmerz und Trauer zurückließen. Sie bezogen darauf die von der Botschaft reservierten Zimmer in einem Hotel in Plaka, dem ältesten Viertel der Stadt. Von da an wurden sie in die Unterwelt von Gesetzen, Vorschriften und Geld verstrickt, in der ein Toter festgehalten wird, ohne sich aus eigener Kraft daraus befreien zu können.

Thomas Burggraaf übernahm die Aufgabe, in diese Welt hinabzusteigen, damit Clara Wevers den letzten Flug bekam, den sie brauchte, um nach Hause zu kommen. In den stundenlangen Telefongesprächen, die er mit niederländischen Freunden führte, ging ihm nebenbei auf, dass durch das fehlende Geld eine weitere Bedrohung auf Lucas und Quint lauerte. Er würde sie womöglich vor drohender Obdachlosigkeit bewahren müssen. Das Haus am Oudezijds Voorburgwal gehörte unversehens Claras Sohn, als dem einzigen Erben, doch wenn er dieses Erbe antrat, wenn sie also in dem Haus bleiben wollten, in dem sie mit Clara zusammengelebt hatten, wurden hohe Erbschaftssteuern fällig. Hinzu kamen die Kosten für Claras Beisetzung in Amsterdam, alles in allem eine Geldsumme, über die weder Lucas noch Quint verfügten. Sie hatten nichts als Schulden. Thomas selbst hatte die Kosten, die der Tod im Ausland verursachte, unterschätzt und seine eigenen flüssigen Gelder überschätzt und konnte der niederländischen Botschaft nicht glaubhaft machen, dass er kreditwürdig war. Es blieb nichts anderes übrig, als den Freundeskreis von Clara und Lucas in Amsterdam zu mobilisieren. Der Prins und Mica van Hoorn überwiesen der Botschaft, ohne zu zögern, Geld für Claras Überführung. Danach veranstalteten sie mit Hilfe anderer Freunde eine Sammlung zur Rettung der Notleidenden.

Thomas behelligte Lucas so wenig wie möglich mit den bürokratischen Sorgen. Lucas war mit Claras letztem Tag auf Erden befasst, mit dem letzten Mal, da er ihr das Beste würde geben können, das er hatte: seine Musik. Er vergaß Claras höhnische Bemerkungen über sein Werk und hatte nicht mehr im Ohr, wie sie immer demonstrativ laut gegähnt hatte, wenn er zu Hause Klavier spielte, oder wie sie mit Robin und Bella während der Uraufführung von *Cherem* in einen obstruktiven Hustenanfall ausgebrochen war. Aber er wollte auch nicht auf das hören, was Clara in den vergangenen sechzehn Jahren unzählige Male ausgerufen hatte: »Das möchte ich bei meiner Beerdigung.« Sie hatte es mit der Regelmäßigkeit einer Uhr von sich gegeben, solange er sie kannte, es hatte also nicht viel zu bedeuten. Wahrscheinlich erinnerte er sich deswegen nur an ein einziges Lied, das sie als Lieblings-Beerdigungsmusik genannt hatte: *Kann denn Liebe Sünde sein* von Zarah Leander. Und das fiel ihm nur ein, weil sie sich deswegen in einer Weise gestritten hatten, die er nie vergessen würde.

»Wieder mal so eine typisch unmoralische Geschmacksverirrung von dir und Robin«, hatte er ausgerufen. »Diese Frau hat im Krieg kollaboriert wie die Pest! Sie war nicht mehr und nicht weniger als der verraucht trällernde Liebling von Hitler und Goebbels und hat sich bereitwillig dafür einsetzen lassen, sogenannte Durchhalteschlager zu singen, damit die dummen Nazis auf dem Schlachtfeld nicht ihr Vertrauen in das allmählich untergehende Dritte Reich verloren. Und das willst du auf deiner Beerdigung. Das ist nicht nur unmoralisch, das beweist auch einen totalen Mangel an historischem Bewusstsein.«

Sie hatte ihm einen harten Blick zugeworfen und dann mysteriös gelächelt und mit ihrer heiseren Stimme im Parlando die erste Strophe rezitiert:

Jeder kleine Spießer macht
das Leben mir zur Qual,
denn er spricht nur immer von Moral.
Und was er auch denkt und tut,
man merkt ihm leider an,
dass er niemand glücklich sehen kann.

Seltsamerweise hatte ihre Reaktion ihn nicht noch wütender gemacht, sondern vielmehr gerührt.

»Ich möchte nichts lieber, als dich glücklich sehen, mein

Engel«, hatte er zu ihr gesagt und es auch so gemeint. Die Erinnerung an die Rührung, die er damals für seine angeschlagene Frau empfunden hatte, bestärkte Lucas in seinem Vorhaben, Clara mit der denkbar ungewöhnlichsten Beisetzung zu ehren. Und die einzige Möglichkeit dazu bestand darin, sie auf ihrem letzten Weg mit Musik aus seiner eigenen Feder zu begleiten. Er würde das schönste Klagelied für sie erklingen lassen, das er je komponiert hatte.

2

Am Morgen des Mittwochs, 5. August 1981, hat im Hinterhaus am Oudezijds Voorburgwal um 6.30 Uhr der Wecker geklingelt. Um 9.30 Uhr wird der Leichenwagen vorfahren, und Robin Hofman möchte ausreichend Zeit haben, sich darauf vorzubereiten. Sorgsam hat er am Abend zuvor die Sachen bereitgelegt, in denen Clara ihn am liebsten sah. Er schlüpft in die weit ausgestellten Beine der ockergelben Hose, lässt die Arme in ein tadellos gebügeltes blassgelbes Hemd gleiten, zieht eine moosgrüne Wildlederweste darüber und setzt sich auf den Rand seiner Chaiselongue, um seine alten amerikanischen Cowboystiefel anzuziehen. Abschließend knotet er sich einen türkisfarbenen Seidenschal um den Hals, auf den er noch rasch etwas von Claras Chanel Nr. 5 sprüht. Er fettet seine Fingerspitzen mit duftender Pomade ein, gibt damit den Enden seines blonden Schnurrbarts einen himmelwärts strebenden Dalí-Schwung und geht die Treppe hinunter, um Frühstück für Quint zu machen. Zuvor geht er noch in die Waschküche, wo auf einem Holzständer die gewaschenen Sachen von Quint hängen. Er fühlt, ob sie trocken sind, riecht daran und legt sie aufs Bügelbrett. Das dünne T-Shirt und die kurze Baumwollhose lassen sich schon mit geringer Wärme wieder in Fasson bringen. Mit den Kleidern über dem Arm geht er in die Küche und legt sie über den Stuhl, auf dem Quint sie am vorigen Abend zurückgelassen hat. Robin hat sie schon zweimal heimlich gewaschen. Seit Claras Tod will Quint nichts anderes mehr anziehen als die Sachen, die er trug, als er sie zum letzten Mal sah.

In den vergangenen Tagen hat Robin sich wiederholt dabei ertappt, dass er halblaut zu Clara gesprochen hat. Das versucht er jetzt bewusst zu unterdrücken, denn er möchte nicht, dass Lucas ihn dabei ertappt. Ihr furchtbarer Streit ist zwar offiziell beigelegt, doch er braucht Lucas nur anzusehen, um zu wissen, dass der Frieden Schein ist. Lucas verhält sich nur deshalb ruhig, weil Quint eingeschritten ist und weil im Zusammenhang mit der Beisetzung ein solcher Trubel herrscht. Sowie im Haus wieder Ruhe eingekehrt ist, wird er ihn erneut mit scheußlichen Vorwürfen konfrontieren, dessen ist sich Robin sicher. Jeden Tag erwartet er, einen Brief vor seiner Türschwelle zu finden. Wenn dieser tägliche Briefestrom wieder in Gang kommt, wird wenigstens etwas vom normalen Leben im Haus wiederhergestellt sein. Er selbst hat schon dreimal einen Brief für Lucas auf die unterste Stufe der Treppe zum Dachboden gelegt, mit Worten des Trostes und dem Versprechen, dass er ihm die Treue halten und ihn stützen werde und dass sie das mit Quint schon gemeinsam hinbekommen würden und keine Mica dafür benötigten. In seinem letzten Brief hat er ihm ausführlich erklärt, warum er tun musste, was er getan hat. Die Briefe waren immer verschwunden, wenn er nach einer Weile an der Treppe vorbeikam, doch auf keinen hatte Lucas reagiert. Es sei denn, man betrachtete die Asche als Antwort. Seinem dritten Brief hatte Robin die Kopie einer Seite aus

Claras vorletztem Tagebuch beigelegt. Einige Stunden später lag ein zugeklebtes Kuvert vor seiner Türschwelle. Sie steckten Hausbriefe nie in Kuverts, geschweige denn, dass sie sie zugeklebt hätten, daher hatte er gleich eine unheilvolle Ahnung hinsichtlich des Inhalts gehabt. Dass er dennoch darüber erschrak, lag daran, dass der schwarze Ruß der verbrannten Kopie aufwirbelte, als er das Kuvert roh aufriss. Er hatte die Anwandlung unterdrückt, erneut einen Brief auf die Treppe zu legen, mit den Worten: »Du hast ja nie etwas von ihr wissen wollen.«

Am frühen Abend des 29. Juli, also am Mittwoch vor einer Woche, waren Lucas und Quint aus Griechenland zurückgekehrt. Die unzähligen Briefe und Karten, die seit dem Montag zugestellt worden waren, lagen in einem Korb auf dem Küchentisch. Die Blumensträuße, mit denen Nachbarn und Freunde in den vergangenen Tagen vor der Tür gestanden hatten, hatte Robin in Vasen gestellt und da und dort im Haus verteilt.

Er lag an diesem Abend in seinem Wohnzimmer auf der Chaiselongue und lauschte auf die Geräusche des Hauses. Hunde bellten, Vögel kreischten, Kinder rannten durch die Flure, aus der Küche erklang das Gewirr erwachsener Stimmen. Lucas und Quint würden bei ihrer Heimkehr herzlich empfangen werden. Den Tag über hatten die Freunde im Haus die Zeit mit Fernsehen totgeschlagen. Die Hochzeit von Prinz Charles und Diana Spencer wurde von der NOS live übertragen. Eine Märchenhochzeit, hieß es, aber Robin hatte nur Häme dafür übrig und brachte damit alle zum Lachen. Märchenhochzeit, wer's glaubt, wird selig! Ein Blick auf diese hypernervöse Trulla genügte, und er wusste, dass diese Ehe nicht gut enden würde. Allein schon ihr Kleid verriet, was in ihrem Kopf vorging. Die Metamorphose von der unscheinbaren Kindergärtnerin zur Prinzessin. Die ganze unbemerkt gebliebene Liebe und selbstlose Aufopferung, die sie dem schmuddligen Kleinkind gewidmet hatte, würde sie nun in einen Frosch stecken, den sie mit ihren Küssen in einen Prinzen verwandeln würde. Endlich würde die magische Kraft ihrer unendlichen Güte und Schönheit gesehen, von Hunderten von Kameras aufgezeichnet und für die Ewigkeit bewahrt werden. Der Rausch auf diesem total uninteressanten Gesicht war nicht der Rausch der Liebe, sondern der Rausch der Beachtung, des Ich-Wahns. Die Wahrheit war hart: Er liebte eine andere, und sie liebte vor allem sich selbst.

Sechzehn Jahre später wird Robin Hofman erneut vor dem Fernseher sitzen, diesmal, um das Begräbnis von Prinzessin Diana auf dem Bildschirm zu verfolgen. Da wohnt er dann schon nicht mehr am Oudezijds. Er ist ausgezogen, nachdem ein Brief von Lucas so demütigend und beleidigend war, dass er ihm zurückschrieb, ihre Freundschaft sei beendet. Postwendend legte Lucas einen Brief auf die Treppe, in dem er schrieb, dass man eine Freundschaft, die es nie gegeben habe, auch nicht beenden könne. Darauf hat er das Haus verlassen.

Über ihm an der Wand hängt ein vergrößertes Schwarzweißfoto von einer noch vollschlanken Clara. Beim Betreten seiner neuen Wohnung hatte er an dieser Stelle einen weißen Schemen gesehen, Clara, die ihm sagen wollte, dass sie hier bei ihm sei. Der Weg, den der Trauerzug im Fernsehen nimmt, wird von Hunderttausenden von Menschen gesäumt, und er sagt in Gedanken zu Clara, dass ihre Beisetzung im Verhältnis dazu mindestens so gut besucht war. Als Elton John beim Trauergottesdienst »Candle in the Wind« singt, kommen ihm unweigerlich die Tränen. Nicht der Frau wegen, die für ihn immer eine Trulla geblieben ist, sondern der zahllosen Frauen wegen, deren Untergang er miterlebt hat. Claras wegen, in der dieser Wurm war, der sie von innen her auffraß, so dass sie schon lange vor ihrem Tod ihren Körper ausradierte. Des Liedes wegen, das eigentlich für Marilyn Monroe geschrieben wurde, Gianni Versaces wegen, den er unendlich bewundert hat und der unlängst ermordet wurde, und der Erinnerungen an die Zeit von Claras Tod wegen, die so langsam an ihm vorüberziehen wie die Kutsche mit der Leiche der Prinzessin. Er erinnert sich, wie er sich damals mit Freunden und deren Kindern die Hochzeit angesehen hat und wie viel Spaß sie hatten. Und er sieht sich auf derselben Chaiselongue liegen, auf der er jetzt sitzt, und auf die Rückkehr von Lucas und Quint warten.

Robin hatte sich vorgenommen, sie zu begrüßen und sich danach wieder in seine Wohnung zurückzuziehen und auf eine Gelegenheit zu warten, die letzten Tagebücher verbrennen zu können, ohne dass Lucas etwas davon mitbekam. Gegen sieben hört er, wie alle zur Haustür drängen und eine plötzliche Stille eintritt. Sogar die Hunde hören auf zu bellen. Er geht nach unten und gesellt sich zu den Freunden, die sich auf dem Treppenabsatz vor der Tür versammelt haben. Maria, Mica und Jacoba brechen in Tränen aus, als Lucas aus dem Auto steigt, Quint an der Hand nimmt und auf das Haus zukommt. Die Männer und Puck halten an sich. Robin hat nur Augen für Quint und fließt über vor Dankbarkeit, als der Junge ihn mit dem Blick sucht, die Steintreppe hinaufrennt und sich einen Weg an den anderen vorbei bahnt, um ihn als Ersten zu umarmen.

»Stoffel«, ruft Quint.

Das hat er noch nie gesagt. Es ist der Kosename, den Clara sich in ihren Pariser Jahren für ihn ausgedacht und mit dem nur sie ihn angeredet hatte. Mit einem breiten Lächeln bezähmt er seinen Kummer und nimmt Quint in die Arme. Als er ihn wieder absetzt, geben Quints Freunde ihm verlegen die Hand, seine Freundinnen umarmen ihn, und die Frauen der Gesellschaft erdrücken ihn schier. Lucas geht von einem zum anderen, scheint eher die Freunde trösten zu wollen, als Trost zu benötigen, und wiederholt bei jeder Umarmung machtlos: »Weine ruhig, weine ruhig.« Er selbst vergießt keine einzige Träne, sieht sich nur verstört um, als sei ihm die Umgebung fremd geworden. Zuletzt löst er sich aus der Umarmung Micas, sucht am Stahlgeländer des Treppenabsatzes Halt, blickt die Straße hinauf und hinunter und dreht sich dann zu seinen Freunden um.

»Wir wohnten schon immer zwischen Himmel und Hölle«, sagt er.

Mica runzelt die Stirn, aber Robin versteht, was er meint. Jeden Morgen, wenn Lucas die drei Treppen zu seinem Dachboden hinaufgegangen ist, hat er gesagt, dass er in den Himmel gehe. Er arbeitete dort ununterbrochen, und sie sahen ihn meistens erst abends wieder. Wenn er gute Laune hatte, sagte er, dass er mit Clara im siebten Himmel sei, dass sie für ihn Ewigkeit bedeute und alles Übrige flüchtig und eitel sei. Clara war sein »Interieur«, ein anderes Wort, mit dem er ihr schmeicheln konnte. Und draußen war die Hölle. Das Haus am Oudezijds steht genau zwischen der Satanskirche und dem Hort der Hells Angels. Lucas sagte hin und wieder, dass er sich von diesen Höhlen der Verderbnis unwiderstehlich angezogen fühle und neugierig sei, was das für Menschen seien, die links von ihm, in der Satanskirche, Bibeln verbrannten und Heiligenfiguren enthaupteten, und sich rechts von ihm von Hanky Panky brandmalen ließen, um zu den Engeln der Hölle gehören zu können. Er hatte sich aber nie getraut, seine Neugier zu befriedigen. Dafür sei der Teufel in seiner Kindheit zu real gegenwärtig gewesen, hatte er als Erklärung dafür angegeben, was ihn davon abhielt. Darauf folgte dann meistens die Geschichte von seinem Vater. Dass seine Großeltern geglaubt hatten, sein Vater sei vom Teufel besessen. Und dass sie täglich einen Verwandten hatten kommen lassen, der den Teufel aus ihm herausprügeln sollte. Das war so eine Geschichte, bei der Clara ihn damit geärgert hatte, dass sie immer den Satz vorsagte, der als Nächstes kommen würde. Sie kenne das in- und auswendig, sagte sie.

Aus den Augenwinkeln sieht Robin Claras Lederreisetasche von Yves Saint-Laurent. Darin sind die Kleider, die sie zuletzt getragen hat, Kleider, denen noch ihr Duft anhaftet. Und ihr letztes Tagebuch. Der Prins ist eifrig mit dem Hereintragen des Gepäcks beschäftigt. Robin hilft ihm, nimmt Claras Tasche und geht so unauffällig wie möglich damit in den Flur. Dort schiebt er die Tasche unter die Treppe, so dass sie den Blicken der anderen entzogen ist.

Im Haus schaut Lucas von der Decke zum Fußboden,

trabt von einer Ecke in die andere, streift durch die Flure, geht die Treppe hinauf, macht auf halbem Wege wieder kehrt. Im Zwischenzimmer öffnet er den Klavierdeckel, schlägt ein paar Tasten an, stöhnt und schließt ihn wieder. Die Hunde streichen ihm um die Beine, und er tätschelt sie beiläufig. Erneut wie gehetzt tritt er ans Aquarium und späht hinein, um zu sehen, ob noch alle Fische leben. Das Gleiche macht er bei der Voliere, alles mit einer beängstigenden Hast, als arbeite er ein Programm ab. Robin beobachtet ihn und spürt, wie zusehends Ärger in ihm aufkommt. Mag er auch Make-up-Artist sein, alles Unechte ist ihm zuwider. Er schaut, ob die Freunde ebenso entgeistert auf dieses Tier im Käfig reagieren, doch sie stehen wie festgenagelt um den Küchentisch, beeindruckt von dem, was sie sehen. Sie haben so etwas noch nie erlebt und wissen nicht, was sie tun sollen. Lucas ist völlig aus der Fassung, und keiner traut sich, ihn in seiner verzweifelten Unruhe zum Innehalten zu bringen.

»Alles ist genau so wie vorher, und doch hat sich alles komplett geändert«, ist der erste vollständige Satz, den Lucas spricht. Dass er endlich etwas sagt, löst große Erleichterung aus. Die wie erstarrten Freunde kommen in Bewegung und wagen erst jetzt, sich an den Tisch zu setzen und wieder zu ihrem Glas Wein zu greifen. Ohne zu fragen, wonach ihm ist, schenkt Robin Lucas ein Glas Weißwein ein und reicht es ihm.

»Komm, setz dich zu mir«, sagt Lucas, »nah zu mir. Du bist ja auch ein bisschen Witwer geworden.«

Lucas trinkt einen Schluck, steckt eine Zigarette in seine Zigarettenspitze und beginnt zu erzählen. Er sieht niemanden dabei an, fixiert nur einen Punkt auf der Tischplatte und hält den Kopf gesenkt. Sein Blick ist starr, und er fährt sich unaufhörlich mit der Zungenspitze über die Lippen. Er beginnt bei der Ankunft auf Skyros, wie sie auf die Küste zufuhren und ihnen die überwältigenden Klänge von *Also sprach Zarathustra* aus den Lautsprechern entgegenschallten. Wie ominös das jetzt noch in seinen Ohren nachklinge. Er erzählt von den Tagen auf der Insel, wie gut es Clara gegangen sei und wie sehr sie alles genossen habe. Er erzählt von Achilleus, der sich dort vor Jahrhunderten aufgehalten habe, als Mädchen verkleidet, denn er hoffte, mit Hilfe dieser Travestie dem Krieg um Troja zu entgehen und damit dem ihm prophezeiten Tod. Und von Theseus, der dort von König Lycomedes von den Felsen gestoßen worden sei, und dass ihm all das nun vorkomme wie missachtete Vorzeichen für ein bevorstehendes Unheil. Er verfluche sich, dass er blind gewesen sei für die Zeichen und taub für die schrillenden Alarmglocken. Da habe er tagtäglich an der Musik für *Das Tribunal* gearbeitet und sei somit von früh bis spät mit dem Tod befasst gewesen, aber er habe in aller Unschuld geglaubt, es ginge um den Tod Tschaikowskys, während sich nun herausgestellt habe, dass der Tod auf ihn selbst gelauert und ihn hereingelegt habe.

Ununterbrochen und unermüdlich redet Lucas, bis tief in die Nacht. Die Freunde hören zu und werden allmählich betrunken. Sie wollen kein Wort von ihm verpassen. Keiner unterbricht ihn mit Fragen oder Bemerkungen. Ein einziges Mal nur unterbricht Lucas selbst seine Erzählung, und zwar als es zwölf schlägt. Die drei Glockenspiele rund um das Haus am Oudezijds bimmeln gleichzeitig ihre Mitternachtsmusik. In dem akustischen Dreieck der Uhrwerke vom Königlichen Palast auf dem Dam, von Oude Kerk und Zuiderkerk gefangen, hebt er den Kopf, dreht ihn halb und lauscht angestrengt.

»Noch eine Stunde«, murmelt er.

Als müsste er sich wachrütteln, reibt er sich über die Unterarme und steckt eine neue Mentholzigarette in seine Zigarettenspitze. Dann sucht er wieder den Punkt auf der Tischplatte, an dem sein Blick bis jetzt geklebt hatte, und murmelt kaum hörbar, dass Clara zur ersten Stunde der Klanguhr gestorben sei.

»Die einsamste aller Stunden. Die erste Stunde ist von ihrem Wesen her zutiefst dissonant. Sie ist der Ton, der andere sucht, aber eigentlich mit keinem einzigen anderen Ton eine wirkliche Verbindung eingehen kann.«

Diese Bemerkung ist für alle außer für Prins unverständlich. Da sie auch den Fluss der Worte ins Stocken gebracht hat, ergreift Robin seine Chance.

»Ich glaube, ich bringe jetzt mal Quint zu Bett«, schlägt er vor.

Lucas hat die Trauerkapelle von Zorgvlied für den ganzen Tag gemietet. Nach der Beisetzung soll dort im Empfangsraum der Wein ausgeschenkt werden, und anschließend sind alle am Oudezijds willkommen. Dank der zahllosen mit anfassenden Frauen, die seit Claras Tod täglich durch das Haus flattern, ist die Küche sauber und aufgeräumt. Auf dem Herd steht ein großer Topf Suppe, von der sie am vorigen Abend schon alle gegessen haben. Der Kühlschrank ist mit Weißwein und Rosé gefüllt, Bier und Rotwein türmen sich in Kästen und Kartons im Keller. Auf der Arbeitsplatte sind Käsewürfel, Oliven, Chips und Erdnüsse bereitgestellt. Lucas hat das Dreifache dessen eingekauft, was er normalerweise besorgt, wenn er anlässlich der Premiere eines seiner Stücke Freunde auf ein Glas zu sich nach Hause einlädt.

»Lasst es uns ganz groß feiern«, sagt er dann immer lakonisch, »denn meine Premieren sind meistens Dernieren.«

Am Wochenende haben sie zu fünft am Tisch gesessen und dreihundert graugeränderte Kuverts adressiert. Es war ein Wettrennen gegen die Uhr, die Trauerbriefe noch am Freitagabend vor Schließungszeit auf die Post zu bekommen. Am Tag davor hatte jemand noch einen Fehler in dem Brief entdeckt, und einer war aufs Fahrrad gesprungen, um dem Drucker Bescheid zu geben. Sie hatten darüber gelacht. Überhaupt ist in den vergangenen Tagen viel gelacht worden. Freunde sind ein und aus gegangen und haben immer wieder andere Erinnerungen an Clara wachgerufen.

»Wann war das noch, Lux, als sie stockbetrunken mit dem Auto gegen das Monument auf dem Dam gedonnert ist?«, fragt Bella eines Abends.

»1968«, antwortet Lucas, ohne zu zögern.

»Es war das x-te Mal, dass die Polizei sie betrunken am Steuer erwischte. Und diesmal musste sie für eine Woche hinter Gitter. Da hast du ihr doch eine Feile geschickt, nicht?, oder wie war das noch? Hat jedenfalls in der Zeitung gestanden, das weiß ich noch genau, dass du staatsgefährdend seist oder so.«

»Im März 1968 hat sie die Übertretung begangen, und sie durfte selbst entscheiden, wann sie die Strafe absitzen würde. Sie hat sich wohlweislich den August dafür ausgesucht. Eine Woche im Gefängnis am Amstelveenseweg. Bei meinem ersten Besuch habe ich ihr einen Korb voller Dinge mitgebracht, von denen ich wusste, dass sie sie gern mochte. Die Flasche Campari gaben sie mir schon gleich am Eingang zurück, und den Joint fischten sie auch mit mitleidigem Blick aus dem Päckchen Samson heraus. Damit Clara was zu lachen hatte, habe ich ihr am nächsten Morgen ein Telegramm in den Knast geschickt: *Die Feile ist in der Teewurst*. Daraufhin haben sie mir postwendend die Besuchserlaubnis entzogen, und in der Zeitung hieß es mit großer Schlagzeile: ›Dieser Loos ist gefährlich.‹ Dabei war gar keine Teewurst in dem Korb.«

Als alle ausgelacht haben, sagt Bella: »Es war aber nur eine winzige Meldung in der Zeitung, keine große Schlagzeile.« Da ist es urplötzlich still in der Küche. Genauso hätte Clara Lucas zurechtgewiesen, wenn sie ihn bei einer Übertreibung ertappt hätte.

»Hör bitte auf, mich Lux zu nennen«, entgegnet Lucas verärgert, »so durfte Clara mich nennen, du nicht.«

Mit der ihm eigenen Eleganz fängt Gilles Boon Bella nach Lucas' Anraunzer auf. Er ist als einer der Ersten zur Stelle gewesen, als Lucas und Quint heimkehrten, und er hat sich fürsorglich um Bella gekümmert. Sie war ihm in die Arme geflogen und hatte laut geweint, und seither weicht sie nicht mehr von seiner Seite. Um die entstandene Stille zu durchbrechen und zu verhindern, dass Bellas Schmollen in Weinen übergeht, erzählt Gilles jetzt mit viel Flair die Geschichte von Clara als Mariken van Nieumeghen. Dass es sich dabei um einen einmaligen Auftritt handelte und Mariken die einzige Glanzrolle war, die Clara in ihrem Leben hatte, geht dabei niemanden etwas an.

»Am Abend vor Silvester 1967 wurde anlässlich des Filmfestivals in Knokke mein burleskes Wagenspiel über Mariken van Nieumeghen en Moenen aufgeführt. Clara war ein fabelhaftes Mariken. Den ganzen Badeort überlief ein Schauder, als sie sich den Jutesack über den Kopf auszog und in ihrer nackten Pracht zeigte. Nur mit einem goldenen Keuschheitsgürtel und einem durchsichtigen Büstenhalter um, war sie wild und fragil in einem, eine Beute des Teufels, ihm aber in ihrer geschmückten Nacktheit weit überlegen. Keine andere als Clara hätte diese zwei Seiten würdiger darstellen können. Sie brauchte die gewiefte Unschuld nicht zu spielen, das war ihre Natur. Nur eines mussten wir beharrlich mit ihr proben, nämlich dass sie nicht andauernd in perlendes Gelächter ausbrach, wenn Batman, nur in schwarzer Unterhose und mit seiner Fledermausmaske, auf der Bühne erschien. Oder wenn Moenen ihr das Telefon reicht, sie Gott aus dem Jenseits am Apparat hat und zu ihm sagen muss: ›Allo? Allo? Hier Mariken van Nieumeghen, Neufassung.‹ Von mir konnte man ja auch schwerlich eine Version erwarten, in der Mariken zur Einkehr gelangt und Reue zeigt. So, wie Don Giovanni sich nach seinem skandalösen Mord weigert, Reue zu zeigen, widersteht auch Mariken dem Lockruf der Vergebung. Umso erstaunlicher, dass Clara nicht die geringsten Probleme hatte, ihre Lachmuskeln im Zaum zu halten, wenn sie die splitternackte Heilige Dreifaltigkeit mit einer Peitsche von der Bühne prügeln musste. Im Gegenteil, dabei zeichnete sich auf ihrem Gesicht eine genüssliche Grausamkeit ab, die ich nicht von ihr erwartet hätte. Aber als Regisseur war das natürlich die reinste Wonne für mich.«

Mit einer Mischung aus Verlegenheit und Stolz kichert Gilles Boon über die Späße, die er in sein Stück eingearbeitet hatte, und dieser jungenhafte Zug macht ihn unwiderstehlich. Sowie er das Wort ergreift, schaut Bella sehnsüchtig und mit glänzenden Augen zu ihm auf, aber auch die anderen Freunde am Tisch sehen und hören ihn mit Milde an. Es ist nun mal so, dass Gilles alle Sünden großzügig vergeben sind, noch ehe er sie begangen hat, und er insgeheim sogar für seine Untugenden bewundert wird.

Robin weiß, dass es Lucas mit Neid erfüllt und er es nicht versteht, dass Gilles so viel Langmut entgegengebracht wird. Warum hat er kein Anrecht auf solche barmherzige Nachsicht? Er kann nicht begreifen, dass man Gilles alles durchgehen lässt, während jede seiner Provokationen mit dem Verlust von Kunstbrüdern, Freunden und Ansehen bestraft wird. Und das, wo Lucas doch nie um des Provozierens willen provoziert, sondern immer zu einem höheren Zweck. Gilles ist mit diesem Roman über Bella seinerzeit immerhin zum *Telegraaf* gegangen, eine Todsünde in ihren Kreisen. Der *Telegraaf* ist das größte Revolverblatt der Niederlande, ein Bollwerk des reaktionären Konservatismus, eine tägliche dreckige Flut insinuierenden Klatsches, infamer Verleumdung, mieser Sensationsgeilheit, Lüge und hetzerischer Stimmungsmache. Und aus der Zeitung, mit der man nicht mal den Boden des Katzenklos auslegen würde, weil man fürchten müsste, dass es die armen Viecher völlig aus der Bahn wirft, grinste sie eines Tages ihr Gilles Boon seitenfüllend an. Lucas könnte man noch so viel bieten, ein Interview würde er dem *Telegraaf* bis an sein Grab verweigern. Nicht so Kunstbruder und Hausfreund Gilles. Ohne mit der Wimper zu zucken, hat er die Liebesgeschichte mit Bella haarklein geschildert und ist damit ganz der Sucht der Rechten im Lande dienlich gewesen, von einem Eingeweihten saftige diffamierende Geschichten aus den verachteten linken Kreisen zugespielt zu bekommen. Und das alles nur, um Reibach zu machen, um sein Buch an den Mann zu bringen und seine Prophezeiung wahr zu machen, dass er einen Bestseller schreiben würde. Als wenn Bestseller ein Genre wäre. Als wenn der Erfolg eines Kunstwerks auch nur das Geringste über dessen Qualität aussagte. Da könnte er mit seinen Kompositionen ja längst einpacken.

Es dürfte etwa zehn Jahre her sein, dass das Interview mit Gilles im *Telegraaf* erschien. Da gab es am Oudezijds genauso einen Wirbel wie jetzt. Bella völlig außer sich, Clara um Trost bemüht, Lucas hell empört.

»Das wird sein Untergang«, prophezeite er wiederholt. »Das wird ihm keiner verzeihen. Er hat seine Seele an den Teufel verkauft.«

Robin sieht es sofort wieder vor sich, wie die Zeitung aufgeschlagen auf dem Tisch lag und Gilles' Konterfei im Laufe des Tages mit Kaffeeflecken, fettigen Fingerabdrücken und den schmutzigbraunen Streifen zerdrückter Schokoladenstreusel besudelt wurde. Lucas, der mit rot angelaufenem Kopf ausrief, er hätte nie zu träumen gewagt, dass diese journalistische Missgeburt eines Tages hüllenlos auf seinem Küchentisch liegen würde. Robin war Lucas' cholerische Ausbrüche gewohnt und konnte sich gut dagegen abschirmen. Es waren auch nie die Ausbrüche an sich, die ihm Angst machten, es war etwas anderes; was, wusste er nicht so recht. Er sprach oft mit Clara darüber.

»Schadenfreude?«, schlug sie einmal vor.

»Freude schon«, hatte er da gesagt, »aber eher Freude

darüber, dass er Gelegenheit sieht, jemandem Schaden zuzufügen, als Freude über ein Unglück, das jemandem schon widerfahren ist.«

»Das ist es!«, hatte Clara ausgerufen. »Er genießt es, wenn ein anderer einen Fehler begeht, weil er ihn dann verurteilen kann, und wenn er ihn verurteilen kann, ist das für ihn eine Möglichkeit, wieder in Kontakt zu ihm zu treten. Es ist eigentlich eine Art Liebe, aber schon eine schwefelsaure.«

»Höre ich da Puck?«

»So hat Puck es mir mehr oder weniger erklärt, dass Lucas jemanden liebt, um dessen liebevoller Widersacher werden zu können. Und das stimmt. Ich habe den schwefelsauren Liebreiz in Person zum Mann.«

Nach dieser Bemerkung hatte sie sich vor Lachen nicht mehr eingekriegt.

Während Lucas gegen den *Telegraaf* wetterte, warfen Clara und er einander verständnisinnige Blicke zu. Er kaufte die verbotene Zeitung nämlich jeden Samstag in seinem Tabakladen, und dann nahmen Clara und er sich in ihrem Zimmer die Seite mit den Nachrichten aus dem Showgeschäft vor. Erst mal rasch nachschauen, ob Clara selbst in der Zeitung war, dann, ob Bella und andere Freunde aus der Theaterwelt erwähnt wurden. Sie kannten immer irgendwen und ergötzten sich an den Fotos von den Schauspielern, den Geschichten über ihre außerehelichen Verhältnisse, über in die Brüche gegangene Ehen, sträflich vernachlässigte Kinder, lebensbedrohliche Krankheiten und hemmungslosen Drogen- und Alkoholmissbrauch. Clara wollte nicht lügen, und so brachte sie Lucas jeden Samstagabend damit auf die Palme, dass sie den tagesaktuellen Klatsch lang und breit in die Unterhaltung einfließen ließ. Damit legte sie den Ball vors offene Tor und gab ihm die Gelegenheit, seine ewige Schimpfkanonade auf diese verachtenswerte Zeitung und Claras und seinen Mangel an Kultur abzufeuern.

»Tu doch nicht so scheinheilig«, hatte Clara diesmal gesagt, während sie die Hand auf das Foto von Gilles legte. »Du weißt doch ganz genau, dass Robin und ich den *Telegraaf* in *mein* Haus schmuggeln und von A bis Z lesen. Dass er nicht auf *meinem* Küchentisch liegen darf, ist ja schon allerhand, aber gut, es heißt geben und nehmen, und wir wollen dir nicht mit unseren ordinären Vorlieben auf die hehre Seele treten.«

»Eine Freundschaft muss erhebend sein, das ist ihre Essenz. Aber ihr beide zieht euch gegenseitig runter, in die Gosse«, entgegnete Lucas anspielungsreich.

»Das musst ausgerechnet du sagen. Als wenn das Leben mit dir so erhebend wäre! Hier unten herrschen wenigstens Liebe und Wärme. Da oben bei dir ist es eiskalt. Im Himmel von Lucas Loos werden dauernd alle auf den Prüfstand gestellt, außer Lucas Loos selbst natürlich, der sitzt wie ein Gott auf seinem Thron, urteilt, aber wünscht selbst nicht beurteilt zu werden, denn Gott ist ja unfehlbar«, konterte Clara.

»Freunde prüfen einander aus Liebe. Wenn du jemanden liebst, erträgst du nicht, dass der andere weniger leistet als das, wozu er imstande wäre, weil du weißt, dass er furchtbar darunter leiden wird. Aber ihr begnügt euch alle beide mit jämmerlicher Kleinheit, oberflächlichem Genuss und unwürdigem Geflatter. Ihr wisst nicht, was es heißt, für ein höheres Ziel zu arbeiten.«

»Du kannst doch nur deshalb so weit oben stehen, weil du andere nach unten trittst, und keineswegs deshalb, weil andere so niedrig wären.«

»Es ist unglaublich, dass du hier sitzt und Gilles verteidigst, wo er deiner Busenfreundin gerade ein Messer in den Rücken gestoßen hat.«

Die Affäre um das Interview mit Gilles hatte Robin ungemein aufgeheitert, und er wusste auch, warum. Es war der Triumph seiner Welt, der Welt des Glamours und des Klatsches, über die von Lucas.

In seinen Augen ist Gilles der eigentliche Anarchist, nicht Lucas. Gilles unterwirft sich keinerlei Diktat und ist kein solcher Konformist wie Lucas, für den die Welt in Richtig und Falsch aufgeteilt ist. Gilles mag die Welt, deren verachteter Exponent Robin ist, die Welt des Sich-Schmückens, der Lüge, der Illusion und des Trugs. Gilles weiß, dass Trug nichts mit Unechtheit zu tun hat. Während Lucas mit Feuer und Schwert die Wahrheit verteidigt und wie ein oberster Richter darüber urteilt, was taugt und was nicht, pfeift Gilles auf alle ethischen Kategorien. In seinen vielen Erscheinungen ungreifbar, durchbricht er spielerisch Lucas' Tabus.

Robin mischt sich selten in Diskussionen ein, weil er nicht gern diskutiert und lieber als Zuschauer das Spiel der moralischen Entrüstung beobachtet, doch damals hatte er sich die Gelegenheit nicht entgehen lassen. Er hatte von Lucas schon so viele verächtliche Bemerkungen über seinen Beruf einstecken müssen, dass er diesmal nicht den Mund halten konnte.

»Dem *Telegraaf* ein Interview zu geben, das ist doch gerade wahrer Anarchismus«, streute er wie beiläufig ein. Es kam ihn teuer zu stehen. Lucas richtete sich auf wie ein Drache, pumpte den Brustkasten voll und spie sein Feuer rüder denn je.

»Dass ich mit einem unpolitischen Hohlkopf und einer hirnlosen, sich windenden Schlange unter einem Dach leben muss, ist schon schlimm genug«, platzte er los, »aber dass ich mir auch noch anhören muss, wie in meinem Haus die nazistischen Praktiken eines geldgeilen Wolfs und aalglatten Opportunisten schöngeredet werden, geht denn doch zu weit. Ich liebe Gilles über alles, aber diesmal hat er eine Grenze überschritten. Gilles paktiert mit dem Feind. Der *Telegraaf* steht für alles, wogegen ich seit Jahren kämpfe, und ihr stellt euch hier offen hinter diesen Verrat. Und warum? Weil ihr nur damit beschäftigt seid, wie ihr ausseht, was die neueste Mode ist und welche verderblichen Gerüchte darüber kursieren, wer es in der Welt der willenlosen Marionetten mit wem getrieben hat. Eine Heidenangst, dass ihr nicht die allerhipste Jeans am Hintern habt, aber nicht eine Sekunde wach liegen angesichts des sich ausbreitenden Krieges in Vietnam. Eine Heidenangst, im ›Kreis‹ nicht über die Abtreibung irgendeiner zweitrangigen Schauspielerin mitschwatzen zu können, aber nicht eine Zeile vom Bericht des Club of Rome lesen, in dem der Weltuntergang prophezeit wird. Immer schön dumm und unwissend bleiben, während die Welt brennt, und keine anderen Sorgen im gut frisierten Kopf haben als die, ob ihr auch auf der Höhe der neuesten Mode seid.«

Wo Clara es herholte, wusste Robin nicht, aber als sie Lucas Replik gab, war er vom ersten Moment an baff.

»Robin hat recht«, begann sie, »Gilles ist der einzige wahre Anarchist, nicht du. Du verabscheust Mode, aber es gibt wohl kaum einen Mann in Amsterdam, der so sehr mit der Mode geht wie du. Auch Gut und Böse unterliegen nämlich der Mode. Du kommst dir besser vor als alle anderen, weil du deiner Meinung nach immer mit der Mode des Guten gehst. Und wenn die veraltet ist, wirfst du deinen alten Mantel des Guten weg und ziehst einen neuen an. Ob man sich nun nach Coco Chanel richtet oder nach Fidel Castro, macht keinen so großen Unterschied, das ist eines wie das andere nur der letzte Schrei.«

Damit hatte sie alle zum Verstummen gebracht. Auch Lucas.

Abend für Abend haben sie sich eine Geschichte nach der anderen erzählt und schwanken dabei zwischen Fröhlichkeit und Trauer. Nach einiger Zeit ist Clara auch nicht mehr ihr einziges Gesprächsthema. Bella fühlt sich bei Gilles so wohl, dass sie sich zum ersten Mal wieder mit ihm zu streiten traut.

»Du machst dir das Schreiben wirklich sehr leicht. Im Buch hast du einfach Satz für Satz geschrieben, was ich zu dir gesagt hatte, hast alles zusammengekleistert, und fertig war der Roman. Und damit hast du auch noch tüchtig verdient.«

»Also dass du meine Freundin beleidigst, lasse ich nicht so ohne weiteres zu«, entgegnet Gilles mit liebenswürdigem Lächeln. »Du wirst dich doch wohl nicht mit dieser dummen Person aus meinem Roman gleichsetzen? In Wirklichkeit ist jeder Satz aus deinem Munde intelligenter, geistreicher, lakonischer und poetischer als das, was ich meine Protagonistin quaken lasse. Glaub mir, es ist ein großes Kompliment an dich, wenn ich dir mit der Hand auf dem Herzen bekenne, dass ich keinen einzigen Satz geschrieben habe, der nicht meiner infamen Phantasie entsprungen ist.«

»Aber ich erkenne sie allesamt als von mir gesagt wieder.«

»Da verrät sich die Hand des Meisters, und die Literatur offenbart ihre dämonische Natur. Sie lügt und betrügt, schönt und erdichtet, und doch übertrifft sie bei all ihrer Verlogenheit die Wirklichkeit in ihrem Wahrheitsgehalt.«

»Warum lässt du dann in den Klappentext setzen, dass DAS BUCH auf uns basiert?«

»Das war die einzige Möglichkeit, dich von meiner tiefen und aufrichtigen Liebe zu überzeugen«, sagt Gilles schmunzelnd. Und bei allem, was er gesagt hat, weiß keiner, ob es ernst gemeint war oder ob er alle am Tisch zum Narren hält.

Robin hat den Geschichten, die den anderen allabendlich zu Clara einfielen, andächtig gelauscht, aber er selbst hat seine Erinnerungen nicht herausgerückt. Sie stammen aus einer glücklicheren Zeit, der Zeit, als Clara und er die Welt für sich hatten und alles möglich war. Jahre, in denen Clara davon träumte, eine gute Schauspielerin zu werden oder auch ein berühmtes Fotomodell oder Regisseurin, das konnte doch nicht so schwer sein. Sie wollte ein Star sein, aber sie wollte nichts dafür tun müssen. Das Licht, das von Lucas' Ruhm auf sie abstrahlte, ist ein zu schwaches Rampenlicht für Claras Herrlichkeit gewesen, da hat sie sich getäuscht. Und jede Seite ihrer Tagebücher belegt diesen Irrtum.

Mit den jüngsten Tagebüchern hat er gleich an dem Nachmittag angefangen, als er von ihrem Tod erfuhr. Bis fünf

Uhr morgens sitzt er am offenen Kamin, reißt Blatt für Blatt aus den Heften und wirft sie ins Feuer. Die Fenster sind weit geöffnet. Die Nacht ist mild, und draußen auf den Gassen des Rotlichtviertels herrscht ein reges Kommen und Gehen von Puffgängern, Junkies, Besuchern der Casa Rosso und Touristen. Je später es wird, desto häufiger dringt auch das Kreischen und Geschrei von Streitereien in das Zimmer, in dem Clara nie mehr auf diese Geräusche horchen wird. Bis tief in die Nacht hinein läutet das Telefon auf dem Flur. Die einzigen Wesen im Haus, die darauf reagieren, sind die Vögel in der Voliere und die Hunde in ihren Körben, bis auch diese aus Gewöhnung oder Einsicht in die Vergeblichkeit stumm bleiben. Der von dem verbrennenden Papier aufsteigende Rauch beißt Robin in den Augen, wodurch er manchmal Mühe hat, Claras Schrift zu entziffern.

»Du kannst sie ruhig lesen«, hatte sie gesagt, »du weißt ja ohnehin schon alles.«

Jetzt bedauert er, dass sie diese Bemerkung gemacht hat. Damit hat sie ihm gewissermaßen eine Verpflichtung auferlegt, und die Tagebuchprosa langweilt ihn, so schwer es ihm auch fällt, das einzugestehen. Von jeder Seite schreit sie ihm ihr Unglück zu. Und sowie ihre Worte unter zunehmendem Alkoholeinfluss von den vorgedruckten Linien herunterfallen und sich quer über die Seite einen Weg nach unten bahnen, weiß er, dass es sich um die Wiederholung ein und desselben Satzes handelt. Dass sie tot sein möchte. Als wüsste er das nicht längst. Clara wollte schon seit dem Tag ihrer Geburt tot sein. Sogar wenn sie fröhlich und ausgelassen war, dachte sie an den Tod.

»Was ist das nur, Claartje?«, hat er oft gefragt.

»Keine Ahnung«, antwortete sie, »aber es beschäftigt mich die ganze Zeit.«

In den Tagebüchern der letzten Jahre schreibt sie nur noch von ihrer Todessehnsucht, wenn sie betrunken ist. Sie hat sie sich nach Quints Geburt verboten.

»Aber ich fürchte, sie kommt trotzdem ganz von selbst«, schreibt sie irgendwo, »auch wenn es nicht mehr sein darf.«

So, wie er sie im wirklichen Leben für ihren Mut und ihre Kraft bewundert hat, rührt es ihn, wie sie sich auch auf dem Papier jeden Morgen zusammengerissen und sich vorgenommen hat, etwas aus dem Tag zu machen. Sie schreibt davon, dass sie Kurse belegen will, an der Schauspielschule, an der Filmakademie, und dass sie versuchen will, wieder etwas zu malen, doch es bleibt bei guten Vorsätzen. Sie wollte ihr Leben ändern, wusste aber immer weniger, wie sie das anstellen sollte.

In den Tagebüchern der letzten Monate phantasiert sie immer wieder darüber, wie sie wohl aussehen wird, wenn sie noch weiter abnimmt, wenn sie ihr Gebiss instand setzen und sich liften lässt. Abnehmen kann man gratis, der Rest kostet Geld. Und Geld hat sie nicht. Abnehmen ist das Einzige, worin sie wirklich gut ist. In einem der Tagebücher schreibt sie stolz davon, dass sie sich mal durch irgendwas, sie wusste nicht, was, eine Blutvergiftung zugezogen hatte und der Arzt ihr eine Spritze ins Bauchfett geben musste, wo aber kein Fett zu finden gewesen sei, wie sie freudig feststellt. Sosehr er auch versucht habe, eine Fleischfalte zwischen Daumen und Zeigefinger zu bekommen, es sei ihm nicht gelungen. Straff wie ein Trommelfell sei sie. Er habe sich mit ihrer Hüfte behelfen müssen, und selbst dort sei er kurz auf den

Knochen gestoßen. Habe verdammt weh getan, aber sie sei unheimlich glücklich darüber gewesen.

»Von mir bleibt nichts mehr übrig«, schreibt sie.

In den ersten Stunden ist er ihrem handgeschriebenen Selbst noch treu und will die Clara aus den Tagebüchern nicht verlassen, indem er sie ungelesen lässt. Doch je länger er liest, desto mehr befremdet ihn die eintönige Protagonistin, die aufzeichnet, was sich am Tag ereignet hat, sich oft selbst Mut zuspricht und sich noch häufiger an den Mann richtet, von dem sie gehört werden möchte, der aber ihre Worte auf keinen Fall lesen darf. Die Clara, der er in diesen Monologen begegnet, lamentiert, nervt, ist humorlos und von Selbstmitleid und ohnmächtiger Wut erfüllt. Clara hat ihn zwar oft mutlos gemacht, aber gelangweilt hat sie ihn nie. Diese Clara schon. Um der historischen Fakten willen braucht er die Tagebücher nicht zu lesen. Er weiß alles über Clara. Seit sie zusammen am Oudezijds wohnen, hat sie ihn jeden Tag aufgesucht, im Laufe des Nachmittags, noch gezeichnet vom Alkoholgelage des vorigen Abends. Er hat immer Zeit für sie gehabt und mit Vergnügen zugehört, wie der Abend davor verlaufen ist, was sie ausgeheckt hat und mit wem sie nachts im Bett gelandet ist. Voller Stolz hat sie ihm erzählt, welche Kleider sie aus dem Schrank gezogen und wie sie sich aufgetakelt hatte. Er kennt jedes einzelne Stück ihrer Garderobe, weiß genau, wann und wo sie es gekauft oder von wem sie es geschenkt bekommen hat. Couturiers schwärmten für sie. Clara hatte Magie. Was immer sie auch anzog, es saß wie angegossen. Mit ihrer göttlichen Figur und ihrem Cleopatra-Kopf betrog sie alle Frauen, weil sie sie glauben machte, sie würden in den Kleidern genauso blendend aussehen wie sie. Das war Glamour. Glamour ist die Kunst des Betrugs. Ein Topmodel ist eines, das bezaubert, das Männer und Frauen in den Bann der Illusion schlägt, man könnte dem Banalen und Gewöhnlichen entsteigen. Man würde eine Metamorphose durchmachen, sich in einen Star verwandeln, der grauen irdischen Existenz meilenweit entrückt werden, sowie man den Silberfuchs von Govers um die Schultern legt und in den schwingenden Röcken von Heijmans und den Schuhen von Jordan durch die Straßen flaniert. Frank Govers und Max Heijmans dachten an Clara, wenn sie ihre Zaubermittel für das Gefallen entwarfen, baten sie zu ihren Schauen und machten ihr eine Creation nach der anderen zum Geschenk.

Wie viele Stunden haben sie nicht auf seiner Chaiselongue verbracht, mit ineinander verschränkten Beinen? Hat er je etwas so sehr genossen wie ihre witzigen Geschichten, ihr wunderschönes Gesicht, ihr schallendes Lachen? All die Lebendigkeit, der Humor, die Ironie und Selbstironie, die sie ihm gegenübersitzend hatte, fehlten ihr auf dem Papier. Im Gespräch wollte sie amüsieren und beschrieb ihre Abenteuer so farbig, dass er alles genau vor sich sah. Wie sie Arm in Arm mit Bella losgezogen war, herausgeputzt und einparfümiert und bis an die Zähne bewaffnet. Wer ihr auf ihrer Kneipentour alles begegnet war, welche Verführungstricks sie angewendet und welche Art Mann sich ihr offenbart hatte, wenn seine Rüstung abgelegt war. Sie gab sich nie mit irgendwem ab, das wäre ihr zu wenig gewesen. Es waren immer berühmte Männer, Schauspieler, Regisseure, Künstler, Schriftsteller, Politiker. In den Tagebüchern hat sie diskret nur deren Vornamen notiert, gefolgt von einer Initiale. Hin und wieder versetzt es ihm einen Stich, dass die Bücherverbrennung ihre Diskretion überflüssig, ja geradezu lächerlich macht. Er ist der einzige Leser, und ihm gegenüber hat die Geheimhaltung keinen Sinn. Er weiß bei jedem Namen, um wen es sich handelt und ob der Betreffende ein guter Liebhaber war. Nicht, dass sie ihm an ihren Nachmittagen viel über den Sex hätte erzählen können, denn daran erinnerte sie sich nicht mehr. Zu betrunken. Nur, ob ein Liebhaber beim Sex mit ihr geredet hatte oder nicht, daran erinnerte sie sich mit Gewissheit. Stille Liebhaber fand sie desillusionierend.

»Dann denke ich zu sehr daran, dass ich nicht mehr bin als ein Klumpen Fleisch, der dazu gemacht ist, dass man in ihn eindringt.«

Deshalb könne sie auch diesen Männersex überhaupt nicht begreifen, sagte sie, dieses stumme Rumgemache in Pissoirs und dieses Cruisen, sie verstehe nicht, was Lucas und er so verlockend daran fänden.

»Und dass man nicht mal weiß, wie der andere heißt.«

Auf der Rückseite des Tagebuchs von 1979 hat sie eine numerierte Liste aller Männer und Frauen angelegt, mit denen sie je das Bett geteilt hat. Hinter der Initiale mancher Nachnamen steht in Klammern, dass es nur einmal war. Die Liste umfasst sechsundsechzig Namen. Bei einigen steht ein Herzchen. Hinter seinem Namen drei. Er drückt einen Kuss darauf.

So streng auch ihr Blick auf die Männer war – hatte sie sich einmal hingegeben, selbst wenn es halb bewusstlos gewesen war, empfand sie weiterhin Sympathie für die, mit denen sie für kurze oder längere Zeit zusammen war. Wie es aller Menschen Los ist, machte ungestüme Verliebtheit sie dumm und servil. Die Seiten, auf denen sie Peter V., Rafael D., Maxim H. und J. C. in den Himmel hebt, blättert er flüchtig durch. Der einzige Name, der im Heer der Liebhaber über die Jahre hinweg regelmäßig wieder auftaucht, ist Timo B. Das versteht er gut. Obwohl Timo mit seinem Alkoholismus genauso zerstörerisch für Clara war wie Lucas, hatte sie nie aufgehört, ihn zu lieben. Mindestens anderthalb Jahre lang war sie damals im Zweifel, wer Quints Vater war, Lucas oder Timo. Nach Quints Geburt verlangte sie von Lucas, dass er *Vater unbekannt* ins Melderegister eintragen ließ, weil das der Wahrheit entsprach. In einem Streit mit Lucas konnte sie auf dem Gipfel der Ohnmacht schreien: »Er ist nicht von dir.« Lucas litt schrecklich unter dieser ungewissen Vaterschaft, und Clara erlöste ihn schließlich von seinem Leiden, indem sie einen Bluttest machen ließ. Lucas hat ihm damals sehr leidgetan, zumal er immer daran denken musste, wie riesig seine Freude bei Quints Geburt war. Mitten in der Nacht hatte er ein Transparent gemacht und mit großen Buchstaben darauf gemalt: »Clara hat einen Sohn.« Das hatte er über die Vorderfront des Hauses gespannt. Lucas ist denn auch der Name, der vorherrscht und auf fast jeder Seite auftaucht, nur Lucas wird mit Vorwürfen und Anklagen bombardiert, nur gegen ihn wird mit giftiger Liebe ausgeholt. Sie hätte jeden Mann haben können, aber dieser eine, der Mann, mit dem sie ihr Leben teilte, war der Mann, nach dem sie sich am heftigsten verzehrte. Und diesen Mann hat sie nie so bekommen, wie sie ihn gern gehabt hätte.

In der Nacht von Sonntag auf Montag war Puck nicht nach Hause gekommen. Er traf sie erst am späten Nachmittag auf dem Flur. An den roten, geschwollenen Augenlidern hinter den dicken Brillengläsern sah er, dass sie viel geweint hatte. Das berührte ihn, weil er immer gedacht hatte, dass Puck Lucas lieber mochte als Clara, und er ging in die Hocke und umarmte sie, obwohl er wusste, dass sie das hasste. Sie schlang die Arme um ihn und zog ein paarmal geräuschvoll die Nase hoch. Dann ließ sie ihn wieder los, hielt ihn mit ihren kurzen Armen einen Moment von sich weg und sah ihn forschend an.

»Geht es?«, fragte sie mitfühlend.

»Es geht«, antwortete er.

»Na, dann kehr mal mit deinem Kopf in die Wolken zurück«, forderte sie ihn darauf in ihrem alten Bellton auf und nahm die Hände von seinen Schultern. »Wo kommt denn dieser Brandgeruch her?«

»Aus Claras Zimmer. Ihre Tagebücher, darum hatte sie mich gebeten.«

»Nicht in einer Vision, hoffe ich doch?«

»Nein. Immer wieder im Laufe der Jahre, aber auch am Abend vor ihrer Abreise nach Griechenland.«

»Ai. Unheimlich. Wird Lucas nicht gefallen, das ist dir doch wohl klar?«

»Ja.«

»Und Quint?«

»1969, 1970 und 1971 sondere ich aus und bewahre für ihn auf.«

»Gut so. Also nur Mut! Ich geh der Einfachheit halber mal davon aus, dass es sich hier um keinen großen Verlust für die

Weltliteratur handelt. Kafka und so weiter«, sagte sie. Dann drehte sie sich um und steuerte resolut auf ihre Wohnung zu.

Quint roch es auch. Sein Zimmer liegt direkt über dem von Clara. Als Robin ihn am Abend ihrer Rückkehr aus Griechenland zu Bett brachte, versuchte er sein Gesicht mit einem Waschlappen zu erfrischen, doch Quint wollte nichts von Wasser wissen. Er war so müde, dass Robin ihm half, seine Schnürsenkel aufzumachen und seine Kleider auszuziehen. Er schlug die Bettdecke zurück und sah zu, wie Quint seine Kleider zusammenraffte und das Häufchen mit ins Bett nahm.

»Warte mal«, sagte er da, huschte so leise wie möglich die Treppe hinunter und lief mit Claras Tasche auf Zehenspitzen wieder nach oben. Vor der Tür zu Quints Zimmer fischte er eine lindgrüne weiche Baumwolljacke aus der Tasche und schnupperte daran. Mit dem übermächtigen Gefühl, Clara ins Zimmer zu tragen, trat er an Quints Bett und gab ihm das Kleidungsstück, ohne etwas zu sagen. Quint drückte sofort die Nase hinein.

»Mama«, sagte er.

»Ja«, sagte Robin.

»Aber es riecht auch verbrannt.«

»Das kommt von unten, vom Kamin. Mama wollte, dass ich ihre Tagebücher verbrenne, wenn ihr etwas zustoßen sollte.«

»Wusste sie das denn?«

»Erwachsene wissen, dass jeden Tag etwas passieren kann.«

Die Nase in der zusammengeknüllten Jacke, drehte Quint sich auf die Seite. Robin fuhr ihm mit der Hand durchs Haar und zog ihm die Decke über die schmale Schulter. Dabei verriet ihm die Atmung des Jungen, dass er bereits eingeschlafen war.

Bevor er nach unten ging, um sich wieder zu den anderen zu gesellen, suchte er in Claras Tasche nach ihrem letzten Tagebuch. Er fand es nicht.

Am Donnerstag, dem 30. Juli, dem ersten Tag, da das Haus wieder mit Vater und Sohn besetzt war und Claras Fehlen dadurch umso schmerzlicher spürbar wurde, steht Bella um acht Uhr mit Levi vor der Tür, weil sie fürs Erste bei ihnen einziehen möchte, und Lucas ist seit dem frühen Morgen verschwunden. In der Küche liegt ein Zettel auf dem Tisch, an Quint und Robin gerichtet. Dass sie sich keine Sorgen zu machen bräuchten, er müsse alles Mögliche erledigen und werde im Laufe des Nachmittags wieder da sein. Robins erster Gedanke ist, dass er nun die Gelegenheit hat, die restlichen Tagebücher zu verbrennen, ohne dass Lucas es merkt. Dass er sie dann nicht mehr lesen kann, verdrießt ihn nicht. Am Küchentisch weiht er Bella in das ein, worum Clara ihn gebeten hat. Er fügt hinzu, dass er das Gott sei Dank schwarz auf weiß habe, denn Claras letzte Tagebucheintragung beziehe sich darauf.

»Sie hat es sogar feierlich unterschrieben«, sagt er.

»Oh, mir gegenüber hat sie das auch oft geäußert«, ruft Bella aus. »Natürlich müssen sie ins Feuer. Das würde ich auch wollen, wenn ich Tagebücher geschrieben hätte.«

»Der ganze Keller steht voll davon. Sechzehn Säcke. Ich weiß bei Gott nicht, wie wir die wegschaffen sollen.«

Ehe er sich's versieht, ist Bella ans Telefon im Flur gegangen. Er richtet sich an Quint und sagt ihm, dass er alle Tagebücher von Clara aus den Säcken herausgefischt habe, in denen es um ihre Schwangerschaft, seine Geburt und sein erstes Lebensjahr gehe.

»Für dich, für später.«

»Das hätten wir«, sagt Bella händereibend, als sie in die Küche zurückkommt. »Unser Beleuchter vom Theater fährt in einer halben Stunde mit einem Kleinbus vor. Wir laden die Säcke ein und machen mit den Kindern ein Feuer auf der Müllkippe in Noord. Das macht doch Spaß, Jungs, oder?«

Mit einem Bus voller Müllsäcke fahren sie eine halbe Stunde später nach Amsterdam-Noord, kippen die Säcke auf die Halde und entzünden ein loderndes Feuer. Die Jungen sind ausgelassen und führen einen Indianertanz auf. Wenn Hefte vom Scheiterhaufen rutschen, schieben sie sie mit langen Stöcken zurück. Als das Feuer auf einer Seite des Stapels auszugehen droht, rennen sie alle dort hinüber und fächeln so lange mit noch unangetasteten Heften, bis das Papier wieder richtig Feuer fängt. Bella wirft hin und wieder einen Blick in ein Heft, bevor sie es auf den Haufen wirft. Das stört ihn, aber er sagt nichts. Er möchte Bella nicht damit verletzen, dass er ihr diese Intimität untersagt. Er hat sich auch vorgenommen, nichts darüber verlauten zu lassen, wie sich Clara in den Tagebüchern des vergangenen Jahres hier und da über sie und ihre Freundschaft geäußert hat. Diese Großherzigkeit lässt er beinahe fallen, als Bella nach dem Lesen einer Seite schreit: »Na, das ist ja nicht gerade erhebend.« Er schaut rasch zu Quint, ob der gehört hat, was sie gesagt hat, aber Quint stochert fanatisch mit einem Stock im Feuer herum und ist für alles andere taub und blind.

Gegen Mittag sind die sechzehn Säcke mit Claras Schriften zu Asche geworden, und sie kehren in die Innenstadt zurück. Quint und er stinken drei Meilen gegen den Wind nach Rauch. Er ist erleichtert, als Bella äußert, dass sie mit dem Beleuchter noch einige Besorgungen machen möchte. Sie setzen Quint und ihn am Oudezijds ab und fahren hupend weiter. Im Haus vergewissert er sich, dass Lucas noch nicht wieder da ist.

»In Claras Zimmer liegen noch zehn oder so. Die verbrenne ich im Kamin«, erklärt er Quint.

»Ich komme mit.«

»In Ordnung.«

Er sitzt mit Quint vor dem offenen Kamin in Claras Zimmer, als er die Haustür zufallen hört. Er hofft, dass es Puck ist, die das Haus verlässt, doch seine verkrampfte Muskulatur deutet auf eine andere Vermutung hin. Die Schubladen unter dem Sofa sind aufgezogen und so gut wie leer. Das letzte Tagebuch, das er noch in der Hand hält, ist von 1978. Er blickt darauf, öffnet es, drückt einen Kuss auf die beschriebenen Seiten und legt es geöffnet auf die brennenden anderen Hefte.

»So sieht es aus wie ein Vogel«, sagt Quint.

In dem Moment, da die ersten Flammen am Umschlag lecken, stürmt Lucas ins Zimmer.

»Bist du denn komplett verrückt geworden? Was treibst du da, um Himmels willen?«, brüllt er, rennt zum Kamin und will das Heft, das mit ausgebreiteten Flügeln das Feuer beschützt, vom Stapel fischen. Ohne zu Lucas aufzuschauen und ohne etwas zu sagen, drückt Robin das Heft mit einem Schürhaken runter und schiebt es tiefer ins Feuer. Die Muskeln in seinem Rücken und Nacken wollen die drohende

Gestalt hinter ihm abwehren können, aber nicht aus Furcht. Die felsenfeste Überzeugung, dass er hier sitzt, um das Letzte für Clara zu tun, was er noch für sie tun kann, nimmt ihm die Angst. Lucas packt ihn bei seinem rechten Arm und will ihm den Schürhaken entwinden.

»Was fällt dir eigentlich ein«, ruft er aus. »Das ist das Einzige, was ich noch habe. Du hast nicht das Recht, es mir zu nehmen.«

Er weiß nicht, warum, aber er kann nichts darauf entgegnen. Quint kommt ihm zu Hilfe. Er schlingt die Arme um Lucas' Bein und hängt sich an ihn.

»Mama hat es selbst gewollt!«, schreit er seinem Vater zu.

Da lockert sich der Griff um Robins Oberarm, und Lucas lässt schließlich los. Ein Sausen verrät Robin den nahenden Schlag, noch ehe er die flache Hand auf seinem Hinterkopf fühlt.

3

Zum zweiten Mal innerhalb von acht Tagen holt Rafael Delaporte seinen schwarzen Anzug aus dem Kleiderschrank, bürstet ihn ab und steigt stöhnend vor Müdigkeit in die Wollhose. Als er das Jackett über das weiße Hemd zieht, weiß er schon, dass er darin später schier ersticken wird vor Wärme. An der Innenseite der Schranktür ist eine Schnur gespannt, über der seine Krawatten hängen. Ohne nachzudenken, greift er zur schwarzen, klappt den Hemdkragen hoch und bindet sie um. Es fiele ihm nicht ein, anders als in Schwarz zu einer Beerdigung zu gehen, obwohl er sich ziemlich sicher ist, dass er der Einzige in traditioneller Trauerkleidung sein wird. Man erwartet ein Happening. Wie oft hat er sich dieses schreckliche Wort in den vergangenen Tagen schon anhören müssen? So oft, dass es ihm wie eine Beschwörung des Todes vorkommt. Die zahlreichen Anwesenden werden zweifellos alles dazu tun, das Wort in die Tat umzusetzen, indem sie sich so ausstaffieren, wie ein kunstsinniger Mensch das ihrer Meinung nach für ein Happening tut. Von Prins weiß er, dass dreihundert Einladungen verschickt worden sind.

Es ist Mittwoch, der 5. August 1981, und ihm schwindelt, wenn er auf die vergangenen zehn Tage zurückblickt. Eigentümlich, was der Tod mit der Zeit macht. Er treibt Schabernack mit ihr. Es scheint Ewigkeiten her zu sein, dass Rafael den Telefonhörer abnahm und ein atemloser Lucas ihm erzählte, dass Clara in den Abgrund gestürzt sei, und doch hat er seine Stimme im Ohr, als wäre es gestern gewesen. Auch die Erinnerung an die Beerdigung von Ate vor gerade mal einer Woche hat die gleiche trügerische Doppelheit von zeitlicher Ferne und Nähe. Er bindet einen Krawattenknoten, was er nie so richtig hinbekommt, und bedenkt, dass der Tod vielleicht deswegen schon mal eine Reise genannt wird. Genau wie jede andere Abreise zerstört der Tod den normalen Lauf der Dinge und schlägt der Zeit ein Schnippchen. Von zu Hause weggehen heißt vom vertrauten Zeitablauf weggehen, und genau dazu soll das Reisen dienen. Im Ausland verblasst die Färbung der Stunden, und sie binden nicht mehr an den Alltag. Sieben Uhr morgens ist nicht mehr die Stunde, zu der man vom Schlaf ersteht und seinen Pflichten nachkommt. Die Mittagszeit, die im niederländischen Alltag unbemerkt verstreicht, wird anderswo zum Auftakt für Vergnügen und Muße. In der Fremde ist ein Uhr mittags die Stunde, da man sich unter freiem Himmel zu Tisch setzt, ausgiebig isst und trinkt, sich mit seinen Tischgenossen unterhält und vergisst, was an diesem Tag noch getan werden muss. Bewusste Deregulation, das ist es. Er ärgert sich über sich selbst, als er den schiefen Knoten sieht. Er ist genauso schief wie sein Gedankengang. Der Tod als letzte Reise ist ja gerade ein Ausdruck, der ihm immer widerstrebt hat. Als gäbe es da noch etwas zu reisen. Sein Haus und sein Land zu verlassen und damit der Zeit ein Schnippchen zu schlagen ist etwas, was man aus eigener Initiative unternimmt, aktiv, bewusst, gewollt. Und genau das kann ein Toter nicht mehr. Der Tod bringt nur für die Überlebenden die Zeit durcheinander, sie verlieren jeglichen Halt, und für sie büßen die Stunden plötzlich ihre Vertrautheit ein.

Vor den Spiegeln stehend, die von außen in die Rahmen der Schranktüren eingelassen sind, macht er geduldig den misslungenen Knoten wieder auf und fängt noch einmal von vorne an. Eines in seiner Erinnerung bleibt im Präsens. Er wird jeden Morgen mit der Wahnvorstellung wach, dass er Steinchen an sein Schlafzimmerfenster schlagen hört.

Es war am vergangenen Donnerstag, dem Tag nach der Beerdigung von Ate Anna. Am Abend zuvor war es später geworden, als ihm lieb war, und er hatte davon abgesehen, seinen Wecker zu stellen. Der Redakteur wusste Bescheid, und wenn er am Nachmittag in die Redaktion ging, konnte er seinen Artikel für die Samstagsausgabe der folgenden Woche mit ihm besprechen. Für die laufende Woche war er von seinen Verpflichtungen befreit. Sogar der Chefredakteur fand, dass zwei Beerdigungen in so kurzer Zeit viel seien. »Die Deadline für deine Freundinnen braucht ja nicht auch eine Deadline für dich zu sein«, scherzte er. Gut gemeint, aber eine ungehörige Bemerkung. Überhaupt haut sein Chefredakteur immer daneben, wenn er mal einen Scherz macht.

Das Ticken an der Fensterscheibe beginnt, als er noch im Tiefschlaf ist. Sein Hirn versucht das unerwartete Geräusch in einen Traum einzubauen, aber er weiß nicht mehr, wie. Irgendetwas Unheimliches, etwas mit einem plötzlich unter seinen Füßen abbröckelnden Boden, was das Geräusch von in die Tiefe stürzenden Felsblöcken nach sich zieht. Bevor er sein Gleichgewicht verliert, schreckt er aus dem Schlaf.

Das Geräusch ist echt, es kommt von draußen. Er richtet sich halb auf und schaut auf den Wecker. Es ist Viertel vor sieben, noch schauderhaft früh. Wer reißt ihn denn um diese Zeit aus dem Schlaf? Verwundert blickt er auf die zugezogenen Vorhänge und spitzt die Ohren, um sich zu vergewissern, ob er tatsächlich etwas gehört hat. Gerade als er sich wieder zurückfallen lassen will, um weiterzuschlafen, ist erneut ein Ticken zu hören. Sein Schlafzimmer ist im ersten Stock. Da steht jemand unten auf der Straße und wirft Kieselsteinchen an sein Fenster. Er springt aus dem Bett, zieht seinen Morgenmantel an und geht ans Fenster. Er öffnet die Vorhänge, schiebt das Fenster hoch und beugt sich über die Fensterbank. Mitten auf der Straße steht Lucas. Sein Gesicht ist tiefrot, ob von der Sonne oder von der Aufregung, kann er nicht ausmachen. Ein leibhaftiger Teufel im Morgenlicht, geht es ihm durch den Sinn.

»Darf ich reinkommen, Raffi?«, ruft Lucas unbedacht laut.

»Natürlich«, ruft er mit gedämpfter Stimme zurück. »Ich komme runter.«

Er hat Lucas seit seinem Anruf aus Griechenland nicht mehr gesprochen. Am Montagmorgen hatte er beim Oudezijds angerufen, um von Puck oder Robin nähere Informationen einzuholen, wann Lucas zurückkommen und wann Claras Beerdigung sein würde. Der Anschluss war permanent besetzt gewesen. Es hatte ihn eine halbe Stunde gekostet, bis er durchkam. Robin nahm ab und konnte ihm sagen, dass Lucas und Quint am späten Mittwochnachmittag in Schiphol landen würden und noch nicht klar sei, wann Claras Leichnam überführt würde, weil in Athen noch eine Sektion vorgenommen werde. Mittwoch, das war gestern. Was treibt Lucas am Tag nach seiner Ankunft, vier Tage nach Claras Tod, zu ihm? Bevor er die Haustür öffnet, zieht er den Gürtel seines Morgenmantels fester zu.

»Ach, Lucas, wie schrecklich«, sagt er und schaut in das Gesicht eines Mannes, der so hypernervös und panisch ist, dass er es kaum erträgt, umarmt zu werden. Als er Lucas an sich drückt, fühlt er, wie sich dessen Brustkasten heftig hebt und senkt. Lucas atmet schnell und keuchend, als sei er zu ihm gerannt. Und während seine eigene Haut noch schlaftrocken ist, scheint Lucas' Körper vor ausströmender Wärme zu dampfen.

»Mein herzliches Beileid«, sagt Rafael. »Setz dich, ich mach dir einen Kaffee.«

Zum Glück geht Lucas ohne Widerrede auf seinen Vorschlag ein. Rafael muss sich kurz in die Küche zurückziehen, um sich von dem Schreck zu erholen. Die Art, wie er geweckt wurde, hat ihn ebenso aus der Fassung gebracht wie die Angst auf dem Gesicht seines Freundes, und zudem hat er kein ganz reines Gefühl dabei, dem Freund, in dessen Geist er sich in den vergangenen Tagen vertieft hat, so unvermittelt Auge in Auge gegenüberzustehen. Während er in der Küche auf das durch den Filter rinnende Wasser starrt, hört er, wie sich Lucas aus seinem Sessel erhebt und im Wohnzimmer auf und ab geht. Auf dem Eichenholzboden ist jeder seiner Schritte als lauter Schlag zu hören, und wenn er sich umdreht, knarren seine Lederschuhe. Er fragt sich, was Lucas bloß bei ihm suchen mag. Es muss etwas mit Clara zu tun haben, aber was? Dass Lucas ihn für seinen Umgang mit ihr zur Rechenschaft ziehen will, hält er für undenkbar. Sie haben beide ihr eigenes Leben gelebt, das wusste jeder. Clara hatte jede Menge Freunde, und Lucas suchte jeden Abend die Kneipen nach jungen Männern ab. Er hat des Öfteren erlebt, dass am Oudezijds ein unbekannter Mann am Tisch saß, den Lucas mit großem Aplomb als Claras neuen Liebhaber vorstellte. Das war für niemanden etwas Besonderes, jeder trieb es mit jedem, und wer keine offene Ehe führte, war ein bürgerlicher Reaktionär. Jedes Gefühl war erlaubt, nur nicht die Eifersucht. Eifersucht war verboten. Nur wenige erfassten, dass gerade dieses verfemte Gefühl alles kaputtmachte.

Rafael stellt zwei dampfende Tassen Kaffee, Milchkännchen und Zuckerdose auf ein Tablett und geht damit ins Wohnzimmer. An Lucas' verspanntem Rücken kann er überdeutlich ablesen, dass es ihm zu lange gedauert hat, dass ihn dieser Kaffee vom Zweck seines Kommens abhält.

»Du hast doch einen Brief von ihr bekommen. Darf ich den haben?«, fragt Lucas, sowie er das Wohnzimmer betritt.

Das ist es also, denkt er. Er bewahrt die Ruhe, stellt das Tablett auf einen niedrigen Couchtisch und setzt sich.

»Nein, haben darfst du ihn nicht, denn er ist für mich bestimmt, aber du kannst ihn lesen, wenn du möchtest.«

»Gern«, hört er Lucas sagen. »Ja, ich möchte ihn gern lesen.«

Der Kaffee bleibt unangerührt. Lucas hat ihn nicht angesehen, als er nach dem Brief fragte. Sein Blick irrt unruhig durch den Raum, als suche er das Kuvert, auf dem er Claras Handschrift erkennen wird. Unaufhörlich befeuchtet er mit der Zungenspitze seine Lippen, und wenn nicht das, fährt er sich mit den Zähnen über die Unterlippe. Lucas ist in seinem

Benehmen derart enthemmt, dass er Claras Brief ungefragt an sich reißen und öffnen würde, wenn er ihn fände, dessen ist sich Rafael sicher.

»Wo hast du ihn?«

»Oben, in meinem Arbeitszimmer.«

»Könntest du ihn bitte gleich holen?«

»Wie du willst«, sagt Rafael, doch er trinkt zuerst einen Schluck von seinem Kaffee.

»Es ist der letzte Brief, den sie geschrieben hat, deshalb«, sagt Lucas ungefragt. »Sie saß mit Bella am Strand, den Schreibblock auf den Knien. Das war am Samstag, dem letzten Tag, den sie gelebt hat. Ich sehe sie noch genau vor mir. Sie hat mir abends erzählt, dass sie dir geschrieben hatte. Wenige Stunden später war sie tot.«

Obgleich sich Rafael nicht genau erinnert, welches Datum über dem Brief stand, ist er sich sicher, dass Lucas' Erinnerung unrichtig ist. Hätte sie den Brief wenige Stunden vor ihrem Tod geschrieben, dann wäre er noch gar nicht bei ihm angekommen. Auslandspost ist im Schneckentempo unterwegs, es vergeht gut eine Woche, bis sie ihr Ziel erreicht. Die verzerrte Wiedergabe der Wahrheit löst bei Rafael ein mulmiges Gefühl aus. Er ist sich plötzlich unschlüssig, ob er Lucas Claras Brief geben soll. Andererseits tut ihm der zitternde, ängstliche und aufgeregte Lucas so leid, dass er helfen möchte, seine Not zu lindern.

Fieberhaft versucht er, sich den Inhalt des Briefes ins Gedächtnis zu rufen. Steht etwas darin, was Lucas nicht lesen darf? Oder steht gar etwas darin, was er unbedingt lesen sollte, damit er sich beruhigt und Trost findet? Er weiß es nicht mehr.

»Ich glaube aber, der Brief ist früher datiert, Lucas«, entgegnet Raffi vorsichtig.

»Nein, es ist der letzte Brief, den sie schrieb«, wiederholt Lucas und sieht ihn jetzt zum ersten Mal voll an. In seinem Blick ist etwas Flehentliches, das nicht zu ihm passt. Ein Mann, der sich *Ni dieu, ni maître* auf die anarchistische Fahne geschrieben hat, lässt sich doch niemals zur Demut der flehentlichen Bitte herab.

»Ich hole ihn.«

Als Rafael die Treppe hinaufgeht und sein Arbeitszimmer betritt, muss er ein Gefühl der Beklemmung und Angst verdrängen. Seit dem Moment, da Lucas ihn aus Griechenland angerufen hat, kämpft er gegen die schlimmsten Vermutungen an. Nach dem Gespräch im »Kreis« sind ihm bei jeder passenden und unpassenden Gelegenheit Bemerkungen von Lucas eingefallen, die im Licht des Dramas plötzlich einen unheilverkündenden Charakter annahmen. Unwillkürlich sind Fetzen von Gesprächen aus den Tiefen seines Gedächtnisses an die Oberfläche getrieben, Gesprächen, die er sich vom Band anhören könnte, wenn er wollte. Dazu Fragmente aus Libretti, liebgewonnenen Gedichten, Sätze aus Briefen oder Artikeln von Lucas, alles Zeichen, die ihn seit Tagen ungerichtet bestürmen und gedeutet werden wollen.

Er steht in seinem Arbeitszimmer, schaut auf seinem Schreibtisch nach den Briefen von Clara und Lucas und wird sich bewusst, dass er Angst vor dem hat, was er finden wird. Er bewundert Lucas und schätzt ihn sehr. Er hat auch Clara bewundert, fand, dass sie eine prachtvolle Frau war, geistreich, zugewandt, dramatisch und lieb. Alles in ihm sperrt sich dagegen, mit der Meute zu heulen, die nach einem Sündenbock schreit. Er möchte, dass Claras Tod ein Unfall war, dummes Pech. Aber auf dummes Pech hat er noch nie gehofft, alles Dumme ist seinem Beruf feind. Dumm ist gleich bedeutungslos. Dennoch, als Freund wünscht er sich diesmal solche Bedeutungslosigkeit, eine Faktensammlung, die sich als leer erweist, vom sinnlosen Zufall zusammengetragen und versehentlich eingekreist. Und Mittelpunkt des Kreises ist Lucas. Bedeutung gewinnt die Sammlung nur, wenn Claras Tod kein Unfall war. Dessen ist Rafael sich bewusst, das ist der Zwiespalt, denn der Exeget in ihm will der Spur in Lucas' Werk folgen, auch wenn sie zu einer Bedeutung führt, vor der er zurückschreckt.

Es ist doch kurios, dass eines der frühesten Werke von Lucas *Der Sturz* heißt, so etwas kann man doch als Spurensucher nicht unberücksichtigt lassen, oder? Und die vielen Gespräche, die sie über seine Identifikation mit dem Dichter/Mörder Gerrit Achterberg geführt haben. Vor *Der Sturz* hat Lucas fünf Gedichte Achterbergs zu Liedern für Bariton und Orchester vertont, *Geheime Ehen*. Auch so ein sinistrer Schlüssel. Die Verbindung mit Clara diente ihm ja gerade als Legitimation, damit er sein geheimes Leben offener leben konnte. Man könnte sagen, dass er erst durch das Zusammenleben mit Clara tun konnte, was er wollte. Das hat Lucas auch des Öfteren zu ihm gesagt, er sprach dann von Clara als seiner Verwirklichung. In solchen Begriffen denkt Lucas über sein Leben nach, mit Worten und Ausdrücken, die er Büchern entnimmt, die er liest, am liebsten wissenschaftlichen Schinken über schwierige Materien.

In der Nacht, als Rafael aus dem »Kreis« zurückkehrte, hat er das alles in seinem Archiv nachgeschlagen. Halb betrunken, traurig, aber aufgrund einer argwöhnischen Neugierde trotz allem hellwach, hat er den Blick über die Titel der Werke von Lucas Loos wandern lassen. Dabei war ihm, als studierte er die Ankündigung der Tragödie, die sich nur wenige Stunden zuvor in Griechenland ereignet hatte. Die Titel tanzten ihm vor den Augen und gruppierten sich zu einer vielsagenden Chronologie von Lucas' Leben. Die geheimen Ehen, die Lucas eingehen konnte, weil er in einer gesellschaftlich akzeptierten Beziehung lebte, der Sturz, die Verwirklichung einer Veranlagung, die Reihenfolge der Kompositionen machte Rafael in jener Nacht noch betrunkener, als er es schon war. Lucas hatte seine eigene Zukunft prognostiziert. *Geheime Ehen, Der Sturz, Keimen* und ein Stück, das er *Signal* nannte, waren geschrieben worden, bevor er Clara kennenlernte und mit ihr zusammenzog. Mit der unfesten Hand eines nicht mehr Nüchternen hat Rafael tief in der Nacht einen Satz auf ein Blatt Papier gekritzelt. Am nächsten Morgen las er, was er geschrieben hatte. »Wie viel Böses steckt in mir, wenn ich dies als unheilverkündendes Programm für das lese, was heute geschehen ist?«

Seit Sonntag, dem 26. Juli, hat er mit dieser Frage gerungen. Sein Talent zu lesen sagt ihm, dass er weitere Signale für ein angekündigtes Drama fände, falls er es so interpretierte. Und das *Falls* ist seine Fallgrube. In der Interpretation verbirgt sich die Liebe, aber auch der Verrat, davon ist er durchdrungen. Er braucht Lucas' Werk nicht auf ein geheimes Programm hin zu lesen, er kann es auch lassen. Aber nichts zu tun wäre ein Verrat an sich selbst, an der Überzeugung, auf die sich seine Porträts gründen, dass Leben und Werk miteinander verbunden sind und alles in einem Œuvre Bedeutung hat. Doch über Lucas zu schreiben und der Spur eines angekündigten Todes zu folgen wäre ein Verrat an der Wirklichkeit der Freundschaft. Er weiß jetzt wieder, warum Dilemmas teuflisch genannt werden, und ist froh, dass sowohl Bubi als auch der Prins ihm telefonisch anvertraut haben, dass sie beide mit dem gleichen Dilemma ringen. Seit sie sich gemeinsam in Lucas' Werk gekniet haben, kann er sich leichter weismachen, dass sie alle drei nur verstehen wollten und es Freundschaft war, was sie dazu angetrieben hat.

Gerade als er Claras Brief aufnehmen will, um damit nach unten zu gehen, hört er schwere Schritte auf der Treppe. Die Lautintervalle sagen ihm, dass Lucas zwei Stufen auf einmal nimmt. Bevor er in sein Arbeitszimmer gestürmt kommt, kann Rafael Lucas' Brief noch schnell unter einen Stapel alter Post schieben.

»Wo bleibst du denn?«, keucht Lucas.

Mit einem Lächeln hält Raffi Claras Brief in die Höhe.

»Ich musste ein wenig suchen«, sagt er. »Komm, wir gehen nach unten.«

Ohne sich aus dem Spagat zwischen Mitgefühl und Misstrauen hochziehen zu können, blickt Rafael auf den von der Sonne verbrannten Mann, der in einer Ecke seines Sofas den Brief verschlingt. Lucas' flackernde Augen irren suchend über die beiden Quartblätter, dann dreht er sie um und beginnt den Brief vom ersten Satz an zu lesen. Er liest gierig und schnell. Als er fertig ist, stößt er einen tiefen Seufzer aus und steckt den Brief ins Kuvert zurück.

»Sie war nicht trübsinnig«, sagt er. »Es ist ein heiterer Brief von einer glücklichen Frau.«

Die Anspannung ist aus seinem Gesicht gewichen, und er hat offenbar keinen trockenen Mund mehr, denn er hört auf, sich ständig die Lippen zu befeuchten. Neben ihm liegt der Brief, aber er schenkt ihm keine weitere Beachtung.

»Möchtest du, dass ich dir eine Kopie davon mache, bei der Zeitung?«

Es ist, als hörte Lucas ihn nicht, denn er reagiert nicht auf das Angebot.

»Was ist eigentlich genau passiert?«, fragt Rafael und fügt sofort hinzu, dass Lucas natürlich nichts erzählen müsse, wenn es zu schwer für ihn sei. Aber Lucas hat sich schon vorgebeugt, Ellbogen auf die Knie gestützt, Hände und Finger verschränkt. Sein Blick wird starr und ist auf eine Arabeske im Muster des Teppichs auf dem Fußboden gerichtet, als er zu erzählen beginnt.

In den darauffolgenden zwei Stunden lauscht Rafael der Erzählung von Claras Sturz. Zu seiner Entgeisterung macht Lucas eine spannende Geschichte daraus, arbeitet die ominösen Zeichen darin ein und lässt ein paar griechische Götter symbolisch ihr Scherflein beitragen. Rafael hört schweigend zu und unterbricht seinen Freund nicht. Immer wieder kommt ihm das Ate-Denkbild in den Sinn. Es ist die sensationelle und zugleich unangenehme Empfindung, dass Clara gefallen ist, um diese Geschichte entstehen zu lassen. In seiner Ansprache auf Ates Beerdigung hat er zwar für sich behalten, was er von ihr gelernt hat, aber Tatsache ist, dass ihm diese kuriose Weisheit seit ihrem Selbstmord hartnäckig im Kopf herumgeht.

Als er Stunden später in der Haustür steht, um sich von Lucas zu verabschieden, hat er jedes Zeitgefühl verloren.

Rasende Kopfschmerzen lassen ihn nur mit Mühe die Zeiger seiner Armbanduhr erkennen und sehen, dass es schon weit nach zwölf ist. Er hätte Lucas ruhig etwas zu essen anbieten können. Auf dem Sofa liegt Claras Brief. Lucas hat ihm all die Stunden keine Beachtung mehr geschenkt. Offenbar ist nichts daran, was ihm teuer ist. Rafael überkommt ein sentimentales Mitleid mit dem beschriebenen Papier, und er zieht den Brief mit ehrerbietiger Umsicht aus dem Kuvert. Das Erste, was er sieht, ist die Datumsangabe: *Skyros, 18. Juli.* Entweder hat sich Lucas von der Zeit narren lassen, oder er hat Gründe zu lügen.

Unter der Dusche prasseln ihm die Gespräche mit Lucas auf den Schädel, Satzstrahlen über sein Werk, seine Ambitionen, seine Kindheit und sein heutiges Leben. Rafael hebt den Kopf, so dass das warme Wasser über sein Gesicht strömt.

»Du bist Katholik, du hast nicht die Affinität zu Achterberg, die ich habe«, hört er Lucas wieder behaupten. »Kein anderer Dichter hat mir einen solchen Schauer der Erkenntnis besorgt. Wie es mir in der Musik mit Beethoven geht, geht es mir in der Poesie mit Achterberg: Ich habe bei ihm den zweifellos hochmütigen Gedanken, dass ich ihn besser begreife als irgendwer sonst. Ihr habt einen Gott, mit dem ihr Kompromisse schließen könnt: Tust Du dies für mich, dann tue ich das für Dich, rutsche auf bloßen Knien den Kalvarienberg hinauf oder so was. Das papistische Gemauschel, wie Otto es nennt, mit den Geboten schachern, mit dem Allerhöchsten verhandeln. Aber der Gott Calvins ist anders gestrickt. Wie Achterberg bin ich mit einem Richter aufgewachsen, der in einem Geheimen Rat ein Szenario für mich entworfen hatte, und ich hatte abzuwarten, ob diesem Protagonisten Gnade oder Verdammnis vorherbestimmt war. Meine gesamte Jugend hindurch befand ich mich als ein Häuflein jämmerlicher Nichtswürdigkeit und Verderbtheit vor Gericht, wohl wissend, dass Gott nur die verhaften wird, die er erwählt hat, und dass alle anderen in der Hölle landen.«

»Komisches Wort dafür, verhaften.«

»So nennen wir das: Gottes Ruf ist eine Verhaftung.«

»Aber es war nicht Gott, der Gerrit Achterberg verhaftete, sondern die Polizei.«

»Für Achterberg muss das dasselbe gewesen sein: Die Hand des Gesetzes war die Hand Gottes. Es scheint, als hätte er nach dem Mord an seiner Geliebten endlich Ruhe gefunden. Das verstehe ich gut. Es ist vollbracht. Achterberg hatte seine Geschichte verwirklicht, hatte von sich aus das Schicksal vollzogen, das seines Wissens für ihn vorherbestimmt war.«

Rafael lässt den Kopf sinken, so dass der warme Wasserfall seinen Nacken massiert. Das Ate-Denkbild, die Erzählung, die der Wirklichkeit vorausgeht und sie antreibt. Ate war keine Protestantin.

Er hört Lucas gerne zu und täuscht bezüglich Achterberg größere Wissenslücken vor, als er sie in Wirklichkeit hat, nur um die Geschichte aus Lucas' Mund hören zu können. Naivität vorzugeben ist ein journalistischer Trick. Ihn interessiert, wie ein Erzähler eine vorhandene Geschichte weitererzählt, ihr Gestalt verleiht, sie in der Wiederholung nach seinem Gutdünken anpasst und unmerklich mit Deutungen versieht. Durch die Irrtümer, die dabei unterlaufen, die Unrichtigkeiten, die sich in die Geschichte einschleichen, die Übertreibungen, diese ganze muntere Travestie der historischen Fakten lernt er den Erzähler besser kennen.

Lucas' Geschichte über seine Verbundenheit mit Gerrit Achterberg ist, wie viele seiner Geschichten, ein Teppich schicksalhafter Verkettungen. Der rote Faden der Geschichte ist der Meister, sein Vater, der Bäcker. Außer einer Leidenschaft für die Musik hegt Meister Loos eine tiefe Liebe zur Poesie. Anfang der dreißiger Jahre stößt Lucas' Vater eines Tages auf einen kleinen Gedichtband eines völlig Unbekannten. Er schlägt das Büchlein auf, liest einige Verse, ist ergriffen von der Begegnung mit einem verwandten Geist und kauft es. Zu Hause ist der Meister bezaubert von dem, was er liest, ihm ist, als seien die Gedichte für ihn geschrieben. Alles an dieser Poesie atmet die Welt der Verdammnis, die er so gut kennt, und zugleich ist da dieses Körnchen Aufbegehren, Widerstand. Vielleicht ist sich Lucas' Vater dessen selbst nicht bewusst, aber die Loosens sind eigentlich völlig ungeeignet für den Calvinismus. Sie sind all das, was ihnen dem Glauben zufolge Hölle und Verdammnis bringen wird: stolz, überheblich, unmäßig, herrschsüchtig und Sünder bis ins Mark. Als Lucas' Vater klein war, fürchteten sich seine Eltern vor ihm. Er litt Nacht für Nacht unter abscheulichen Alpträumen und schrie das ganze Haus wach. Seine Eltern dachten, dass ihr Sohn vom Teufel besessen sei, und ergriffen exorzistische Maßnahmen. Sie ließen jeden Tag einen Onkel kommen, einen Polizisten, der ihn mit seinem Gummiknüppel geißelte, um den Teufel aus ihm auszutreiben. Dreckige reformierte Christenhunde! Der arme Meister, er war doch noch ein Kind! Von der Geburt seines eigenen

Sohnes an erfüllt Lucas das Schicksal des Kindes, das einmal sein Vater werden sollte, mit herzzerreißendem Mitleid. Undenkbar, dass er so etwas je mit Quint geschehen lassen würde! So rechtgläubig sein Vater auch sei, dieser Teufel habe auch immer in ihm gesteckt, und dieser Teufel sei es gewesen, der ihn in den Gedichten von Gerrit Achterberg packte. Und dann geschieht es. Einige Jahre nachdem er zufällig auf den kleinen Gedichtband gestoßen ist, liest Lucas' Vater im *Utrechtsch Nieuwsblad* einen Artikel mit der Überschrift: »Kostgänger schießt Zimmerwirtin nieder.« Er sieht die Initialen des Mörders, G. A., und wie ein Blitzschlag trifft ihn die Erkenntnis, dass es sich hier um den Verfasser seines Lieblingsgedichtbands *Abfahrt* handelt, dass der Mörder Gerrit Achterberg ist. Er hat Schuldgefühle gegenüber dem Mann, der ihn mit seinen Gedichten seit Jahren auf dem mühsamen Lebensweg begleitet, aber nichts kann ihn von seiner düsteren Ahnung abbringen. Noch nicht wissend, ob seine Intuition von der Wirklichkeit bewahrheitet werden wird, greift der Meister zu *Abfahrt,* und ihm ist, als sehe er ein Geständnis, das Geständnis eines Mordes, der erst sechs oder sieben Jahre nach der Entstehung der Gedichte vollzogen werden soll, hier aber schmetternd angekündigt wird. »Das Gericht«, »Mordballade«, »Hinter dem Ende«, jedes der von neuem gelesenen Gedichte kommt ihm vor wie der Gongschlag für ein zukünftiges Drama.

Der Meister ist ein Bäcker, der Klavier spielt. Mühelos knüpft er mit seinen Kunden ein Gespräch über die Etüden von Chopin oder die Fugen Bachs, über christliche Poesie und jede beliebige Passage aus der Bibel an, die ein Kunde zitiert. Der Meister liefert die Kapitelnummer und die exakte

Verszeile dazu. Gern kauft das gebildete Utrecht das tägliche Brot bei ihm. Hendrik Marsman, Simon Vestdijk und Martinus Nijhoff steuern auf ihren Spaziergängen eigens seine Bäckerei am Stadtrand an, so Lucas' Vater, weil er ein Bäcker ist, der mehr zu bieten hat als nur Brot. Lucas weiß nicht, ob das der Wahrheit entspricht. Sein Vater ist ein Phantast, er saugt sich Geschichten aus den Fingern und macht sie schöner, als sie sind. Na ja, das erkennt Lucas schon an sich selbst wieder. Die Wirklichkeit benötigt hin und wieder ein wenig kreative Unterstützung, um vielsagend zu werden.

Eines Tages nimmt sich der Meister ein Herz und fragt – seiner Erzählung nach Hendrik Marsman –, ob seine bange Vermutung zutrifft und der Mörder, der im Dezember des vorigen Jahres seine Zimmerwirtin erschossen hat, der Dichter Gerrit Achterberg gewesen ist. In literarischen Kreisen hat sich die Geschichte wie ein Lauffeuer verbreitet. Vorsichtig, aber voller Bewunderung für die treffsichere Intuition des Bäckers bestätigt Hendrik Marsman, dass es sich in der Tat um Gerrit Achterberg handele. In einem Anfall von Wahnsinn und Eifersucht hat er an dem fatalen Abend im Dezember 1937 seine Zimmerwirtin und Geliebte Roel van Es mit einem Browning-Revolver erschossen. Er hatte um ihre Hand angehalten, aber sie wies ihn ab. Daraufhin hatte Achterberg sein Liebesverlangen auf ihre sechzehnjährige Tochter übertragen, doch die Mutter verhinderte, dass er sein Verlangen stillen konnte. An dem bewussten Abend hat er zuerst die Mutter erschossen und dann das Mädchen in die Lende getroffen und ernstlich verletzt. Nach dem Mord hat er sich der Polizei gestellt und sitzt nun im Gefängnis. Das ist alles hier in Utrecht passiert, in der Boomstraat, in der Dachkammer, die Achterberg gemietet hatte. Man sagt, dass er Selbstmord begehen wollte, aus dem Selbstmord aber Mord geworden ist. Es scheint, dass Achterberg schon früher versucht hat Frauen, die er liebte, zu ermorden, und sie alle schreiend die Flucht ergriffen haben, weil er sie schlug und wiederholt mit einem Revolver bedrohte. Jetzt ist es endlich einmal geglückt. *Each man kills the thing he loves*, ob es das ist?

An jenem schlimmen, aber auch erleichternden Tag im Jahre 1957, dem Tag, als der Meister mit der ganzen Familie nach Amerika emigriert und Lucas als Einziger in den Niederlanden zurückbleibt, macht ihm sein Vater den kostbaren Gedichtband zum Geschenk. Im Hafen von Rotterdam, wo er dem auslaufenden Schiff nachwinken wird, bis es hinter dem Horizont verschwunden ist, steckt ihm sein Vater den Band zu. Er sagt dazu die ergreifenden Worte: »Werde nicht wie er.« Hinten im Buch liegen zwei zusammengefaltete Zeitungsausschnitte. Der eine ist der vergilbte Bericht aus dem *Utrechtsch Nieuwsblad* über den Mord. Mit Bleistift hat er in seiner altmodischen Bäckerhandschrift darunter geschrieben: »16. Dezember 1937. G.A. = Gerrit Achterberg?« Der andere stammt aus dem Jahre 1940 und ist eine Rezension zu *Abfahrt*, geschrieben von Hendrik Marsman.

Mit der Abreise der ganzen Familie Loos nach Kalifornien beginnt sowohl Lucas' Freiheit als auch seine Verwaistheit. Vielleicht deshalb hegt er den kleinen Gedichtband mit dem plötzlich so vielsagenden Titel wie ein teures Kleinod. Zusammen mit der Bibel und einigen weiteren Gedichtbänden von Achterberg, die er sich im Laufe der Jahre gekauft hat, steckt er ihn in seine Tasche, als das Vaterland ruft und er in Ede seinen Grundwehrdienst antritt. Täglich liest er in den Gedichten von Achterberg, doch ihm wird schmerzlich bewusst, dass er sie niemals so frisch und unbefangen lesen kann wie sein Vater einst. Er hat niemals *nicht* gewusst, dass Achterberg ein Mörder ist, und dieses Wissen um den Mord des Dichters an seiner Geliebten verändert alles, was er liest. Diese Wirklichkeit ist in die Poesie eingedrungen und tönt die Lektüre des Vergangenen. Die Gedichte in *Abfahrt* sind Jahre vor dem Mord geschrieben worden, und doch handeln sie davon.

Aber es gibt kuriosere Begebenheiten, die das Netz um Gerrit Achterberg und ihn enger zusammenziehen und das Gefühl bestätigen, dass es eine eklatante Schicksalsgemeinschaft zwischen dem Dichter und dem Komponisten gibt. In seinem Wehrdienst gerät er laufend mit seinen Vorgesetzten aneinander. Die dumme Autorität der Offiziere, das Gedrilltwerden, der Befehlsgehorsam, die Kriegsatmosphäre widern ihn an. Es dauert nicht lange, und es kommt zum Eklat. Ein Oberaffe schreit ihn an, er habe es verdient, totgeprügelt zu werden, er geht ihm an die Gurgel und wird prompt dafür ins Irrenhaus gesteckt. Autoritätsprobleme und Anpassungsschwierigkeiten, heißt es, prima, darauf ist er stolz. So landet er im Winter 1957 in der Militärischen Nervenklinik in Austerlitz, eine von vielen Fügungen in seinem Leben. Im Irrenhaus laufen lauter Rekruten mit Anpassungsschwierigkeiten herum, die sympathischsten Burschen, die man sich nur denken kann. Bei seinem ersten Appell dort bleibt ihm schier das Herz stehen. Der Kommandant brüllt der Reihe nach die Namen der Rekruten, und plötzlich hört Lucas ihn »Marsman« rufen. Es handelt sich tatsächlich um einen Hendrik Marsman, aber einen Vollblut-Amsterdamer, der in der Irrenanstalt sitzt, weil er beim Marschieren lauthals und ununterbrochen Gerrit Achterbergs *Kryptogame* deklamiert hat. So also kommt Lucas mit den *Kryptogamen* in Berührung, der Gedichtsammlung, auf die er seine Komposition *Geheime Ehen* gründet, und dieser Hendrik Marsman debütiert zehn Jahre später unter Pseudonym als Schriftsteller. In Austerlitz wird Lucas' Beziehung zu Gerrit Achterberg endgültig besiegelt. Im Irrenhaus schreibt er seine erste Kantate, basierend auf Achterbergs »Staub«. Kenne Raffi das »Dreifältige Bündnis«? Es sei sein Lieblingsgedicht aus *Abfahrt*.

Welch süße Verbindung ist dies
Du und der Tod und ich.
Dass die Liebe nichts hat eingebüßt,
zu gelangen zu dieser Ruh.

Wohlgemerkt vor dem Tod seiner Geliebten geschrieben, »Du und der Tod und ich«. Ist doch eigentümlich, nicht, dass etwas, was in der Zukunft stattfinden wird, die Vergangenheit tönt? Er versuche sich jetzt schon seit Monaten in die Seele Tschaikowskys hineinzuversetzen, das wisse er doch. Nun, und bei Tschaikowskys *Pathétique* sei in gewissem Sinne das Gleiche geschehen. Die Uraufführung der *Pathétique* war einige Tage vor dem mysteriösen Tod des Komponisten. Tschaikowsky dirigierte die Symphonie selbst, in Sankt Petersburg. Zu seiner großen Bestürzung wurde sein Seelenwerk lau bis schlichtweg feindselig empfangen. Als die letzten wundervollen Töne dessen, was er selbst als Requiem bezeichnete, verklangen, Peter Iljitsch den Dirigentenstock hinlegte und sich todmüde verbeugte, kam fast kein Applaus aus dem Saal. Er meinte sogar, ein abfälliges Murren und Pfeifen aus dem Publikum zu hören. Die Presse über das Werk, in das er seine ganze Liebe für jenen Jungen gesteckt hat, ist am nächsten Tag außerordentlich negativ. Eine Woche später ist Tschaikowsky tot. Ganz Russland ist erschüttert, die Zeitungen bringen es unter großen Schlagzeilen auf der Titelseite, die Nation trauert, und es gehen Gerüchte um. Na ja, sie beide wüssten ja dank dieser Orlowa inzwischen, dass der Tod Tschaikowskys andere Ursachen hatte, und die etwas argwöhnischeren Russen jener Zeit hatten wahrscheinlich auch ihre bangen Vermutungen, aber das sei jetzt nicht von Belang. Wichtig sei Folgendes: Am Abend, als der Tod des beliebten Komponisten bekanntgegeben wird, findet in Sankt Petersburg wieder eine Aufführung der *Pathétique* statt. Diesmal wird sie völlig anders empfangen. Als die letzten Töne des Klagegesangs noch nicht ganz verhallt sind, erhebt sich das Publikum vollzählig von den Sitzen und bricht in Tränen aus. Die Ovationen und der Jubel nehmen kein Ende. Seither gilt die *Pathétique* als das größte Meisterwerk, das Tschaikowsky je schrieb.

Mit dem Bild von Lucas Loos vor Augen, der seine Geschichten immer mit einer Mischung aus heiliger Scheu und Pathos erzählt, dreht Rafael den Duschhahn zu. Es ist ein Bild, das ihn rührt, und doch ist da eine körperliche Empfindung, die stärker ist als die Rührung. Ob es durch das Wasser kommt, das ihn erfrischt hat, oder ob es Adrenalin ist, das durch seine Adern schießt, weiß er nicht, aber er ist aufgekratzt. Es ist die Aufgekratztheit, die mit keiner anderen Lust zu vergleichen ist, das reine Glück über die Entdeckung eines Musters, eines stimmigen Systems, das durch das Denken aus dem wuchernden Chaos der Wirklichkeit herausseziert werden kann. Ein triumphaler Sieg des Verstands über die Willkür des Lebens. Er kann sich nahezu wortwörtlich an den Schluss ihres Gesprächs über Achterberg und Tschaikowsky erinnern. Lucas kicherte, als er das sagte.

»Nur gut, dass ich kein Zyniker bin, sonst müsste ich aus den Leben von Achterberg und Tschaikowsky eine weise Lehre ziehen: Loos, begeh einen Mord oder Selbstmord, dann wird dein Werk endlich so aufgenommen werden, wie es ihm zusteht.«

Als Rafael das Handtuch um sich schlingt, sieht er wieder das ängstliche Gesicht von Lucas vor sich, mit dem er frühmorgens mitten auf der Straße stand, und auf einmal ist er sich sicher, dass sein Talent über seine Loyalität siegen wird. Er wird mit seinem jetzigen Wissen, dem Wissen um den schrecklichen Tod Claras, auf die Vergangenheit blicken und die Entwicklung von Lucas' Werk aufmerksam verfolgen. Den Beginn der Zukunft hat er schon in Händen, die Korrespondenz und die Gespräche mit Lucas über *Das Tribunal.* Der Rest ist Warten, und das kommt ihm gelegen. Er braucht einen Zeitpuffer, braucht die Jahre dauernde Suche. Er weiß nicht genau, warum. Er weiß nicht, dass er insgeheim darauf hofft, mit der Zeit die Schuld, die er schon im Vorhinein verspürt, von seinen Schultern wälzen zu können.

In den Tagen nach Lucas' morgendlichem Besuch hat Rafael seine Archive durchforstet. Er hat die Bänder herausgesucht, auf denen seine Gespräche mit Lucas festgehalten sind, hat die Partituren und Libretti in chronologischer Reihenfolge geordnet und die Briefe von Lucas und Clara nach Empfangsdatum sortiert. Der erste Brief, den er von neuem liest, ist der letzte Brief Claras. Was ihm beim ersten Lesen aufgefallen war, springt ihm jetzt noch mehr ins Auge.

Am Freitagnachmittag beschließt er, endlich Bella anzurufen, um ihr sein Beileid zum Tod ihrer Freundin auszusprechen, das schwierige Telefonat, das er sich längst vorgenommen hatte, nicht noch länger hinauszuschieben. Die Nummer vom Oudezijds wählt er auswendig. Er bekommt zunächst Robin an den Apparat, fragt nach Bella und wartet, bis Robin sie in dem großen Haus gefunden hat. Im Hintergrund sind Kinderstimmen zu hören und Hundegebell. Bellas heisere Stimme versetzt ihm einen kurzen Schock. Ihm ist, als hörte er Clara. Sein Körper begeht denselben Irrtum und jagt einen Strom Blut in seine Genitalien.

»Ich wollte dir mein herzliches Beileid zum Verlust deiner Herzensfreundin aussprechen«, sagt er zu Bella.

»Wie unheimlich lieb von dir«, erwidert sie begeistert. »Schrecklich, nicht, was da passiert ist? Ich kann es immer noch nicht fassen. Dir übrigens auch mein Beileid. Du weißt doch, dass sie verrückt nach dir war, oder? Das war nicht irgendein Flirt, sie war wirklich verrückt nach dir. Wir haben in Griechenland oft von dir gesprochen, und sie hat dir noch einen Brief geschrieben. Hast du den bekommen?«

»Er liegt vor mir. Darf ich dich etwas dazu fragen?«

»Ja, natürlich, frag ruhig. Alle löchern mich mit Fragen,

nur weiß ich leider nichts. Ich habe geschlafen. Ich habe nichts gesehen. Lucas hat mich erst später geweckt. Da war sie schon weg.«

»Das hab ich gehört, von Lucas. Er war gestern hier und hat erzählt, wie es sich abgespielt hat.«

»Bist du nicht über ihn erschrocken? Er ist völlig außer sich, nicht? Total aus dem Gleis geworfen, weiß nicht, wo ihm der Kopf steht. Wir können gar nichts für ihn tun, nur ein bisschen auf Quint aufpassen und dafür sorgen, dass er Menschen um sich hat, das möchte er gern. Du kannst ruhig vorbeikommen, es ist hier ein richtiges Tollhaus.«

»Vielleicht tue ich das. Wie geht es Quint?«

»Kinder sind unverwüstlich, die gehen anders mit so was um. Er spielt und ist fröhlich. Allen, die hereinschauen, erzählt er begeistert, dass er First Royal Class geflogen ist und kurz zu den Piloten ins Cockpit der Boeing durfte. Man merkt ihm eigentlich nichts an. Nur will er immer dieselben Sachen anziehen, das ist das Einzige, und er bleibt möglichst nah bei Lucas. Puck hat ein Auge auf ihn. Sag mal, du machst doch trotzdem weiter mit dem Porträt, oder? Darauf war Clara unheimlich neugierig. Natürlich auch, wie sie selbst darin vorkommen würde. So war sie ja schon.«

»Das ist ein langfristiges Projekt, aber kein Porträt von Lucas ohne Clara. Sie erkundigt sich in ihrem Brief danach. Aber darin steht auch etwas von einer schrecklichen Höhenangst, die sie plötzlich hatte. Warst du dabei?«

»Und ob! Ja, das war schlimm und ziemlich merkwürdig. Aber im Nachhinein kommt einem so manches schlimm und merkwürdig vor. Es war nämlich gar nicht mal nah dran. Wir saßen auf dem Boden, und ein Stück weiter weg war ein

Abgrund, aber mindestens zehn Meter von uns entfernt. Gott, dass sie dir davon geschrieben hat, das ist doch seltsam. Ich habe gar nicht mehr daran gedacht, aber jetzt, wo du es sagst. Ich sehe sie noch vor mir, mit ihrer Tasche auf dem Schoß, als wollte sie sich daran festklammern. Wir hatten einen tüchtigen Aufstieg hinter uns, wir beide, auf einen Felsen hinauf. Dort war ein riesiges Plateau, aber als wir oben ankamen, fing sie gleich an zu bibbern. ›Nicht an den Rand‹, sagte sie immerzu, ›nicht an den Rand.‹ Sie war richtig panisch und hat mich am Arm gefasst. ›Aber Clara‹, hab ich noch gesagt, ›wir sind mindestens zehn Meter vom Rand entfernt.‹ Es machte mir Angst, wie sehr sie sich ängstigte. Das sah ihr gar nicht ähnlich. Du kennst sie ja, immer stark, verwegen, große Klappe, keine Angst vor nichts und niemand. ›Ich werde mit allem fertig‹, so war Clara. Aber diesmal nicht, und deshalb fand ich es so merkwürdig. ›Was hast du denn nur?‹, hab ich sie gefragt. – ›Da ist ein Sog‹, hat sie gesagt, ›ich hab Angst, dass ich falle.‹ Verdammt, Raffi, das hat sie gesagt. ›Da ist ein Sog. Ich hab Angst, dass ich falle.‹ Ich höre noch, wie sie das sagt. Unheimlich, nicht?«

»Höchst unheimlich«, bestätigt er. »Tut mir leid, dass ich das jetzt in dir aufgerührt habe.«

»Ach, Quatsch, als wenn ich an was anderes denken könnte. Alles an dieser Reise war eigenartig. Das spukt mir den lieben langen Tag durch den Kopf, und Lucas auch. Er hat heute Morgen die Fotos abgeholt, Eilentwicklung, hat der Fotograf eigens für ihn gemacht. Aber jetzt müsstest du ihn sehen. Er hängt seit Stunden über diesem Stapel Bilder und studiert jedes Foto bis ins kleinste Detail. Selbst da, wo wir knackig braun in der Sonne strahlen, sieht er das Drama hindurchschimmern. Wenn du demnächst mal zum Oudezijds kommst, musst du dir die Fotos ansehen. Das letzte Foto von Clara hat er aufs Klavier gestellt. Wir sitzen zu viert auf der Terrasse, alle zusammen auf der Bank. Ich links, Quint hängt halb bei Lucas auf dem Schoß, die beiden sitzen in der Mitte, und Clara sitzt in der rechten Ecke. Na ja, in Wirklichkeit natürlich andersherum, da ist links rechts, Spiegelbild, du verstehst schon. Jetzt läuft er die ganze Zeit an diesem Foto entlang. ›Du ahnst es, und Clara weiß es‹, sagt er jedes Mal. Zum Verrücktwerden.«

»Stimmt das denn? Hattest du das Gefühl, dass etwas passieren würde?«

»Ach wo, überhaupt nicht, ich hab überhaupt nichts geahnt. Was meinst du wohl, wenn ich auch nur die geringste Vorahnung gehabt hätte, egal wovon, dann hätte ich sie an einem Stuhl festgebunden oder ins nächstbeste Flugzeug nach Hause gesetzt. Das hab ich doch auch gemacht, wenn wir zusammen ausgegangen sind, da hab ich ihr doch auch immer die Autoschlüssel abgenommen. Nein, nein, ich habe nicht im Entferntesten etwas geahnt. Das tut Lucas, Lucas ist hier derjenige, der alles Mögliche ahnt.«

Rafael sieht plötzlich ein Bild von einem Tisch in einem der P-Cafés vor sich, De Pool, De Pieter oder De Palm, er weiß nicht mehr, welches, eines dieser Cafés, wohin sie oft gingen. Clara, Bella, er und noch einige Freunde sind dort nach einem Kinobesuch gelandet. Clara poltert ziemlich betrunken zur Toilette. Sowie sie außer Sichtweite ist, schnappt sich Bella Claras Handtasche, kramt darin herum und findet, was sie sucht. »Den hätten wir«, sagt sie und steckt sich den Autoschlüssel schnell in die Jackentasche. Kurz darauf kommt Clara zurück. So betrunken sie auch ist, sie spürt haargenau, dass die Gruppe, die sie zurückließ, plötzlich durch ein Geheimnis verbunden ist. Mit zusammengekniffenen Augen sieht sie Bella an, zaubert ein herzerwärmendes Lächeln auf ihr Gesicht, fasst mit der rechten Hand in die Tasche ihrer Jeansjacke und lässt triumphierend einen Autoschlüssel vor Bellas Nase baumeln. Hatte sie sich also auf die x-te Rettungsaktion ihrer Freundin vorbereitet und vor der Kneipentour den Reserveschlüssel eingesteckt.

Er hatte ganz vergessen, wie angenehm es ist, mit Bella zu reden, wie sie immer gleich drauflosschwatzt, mit ihrer rauchigen Sonorität, und mit jedem Satz eine ansteckende Lebenslust vermittelt.

»Ich danke dir«, sagt er.

»Herrlich, mal kurz mit dir zu reden, Raffi, und lieb, dass du angerufen hast. Komm bald mal vorbei. Du gehst doch auf die Beerdigung, oder?«

»Natürlich. Wisst ihr schon Näheres über die Autopsie? Wann wird Clara zurückgeflogen?«

»Keine Ahnung, wir wissen nichts. Lucas ruft jeden Tag bei der Botschaft in Athen an, aber die vertrösten ihn nur und sagen, dass Griechenland nun mal nicht Holland ist.«

»Nochmals vielen Dank, Bella.«

»Bis bald, Raffi.«

4

Bubi de Vos, Eva Kats und Jacoba Malink sind die Ersten, für die sich die Pforten vom Friedhof Zorgvlied öffnen. In Evas Ente fahren sie dem Lastwagen hinterher, mit dem Bubis Klavier transportiert wird. Der Friedhofsverwalter hat die großen Flügeltüren vom Hintereingang der Trauerkapelle aufgestellt, und das kleine Holzpodest, auf dem sie spielen werden, steht bereit. Die professionellen Träger haben das Klavier nach Bubis Anweisungen im Handumdrehen aufgebaut, und die drei bereiten sich auf eine letzte Probe vor. Es ist Mittwoch, der 5. August 1981, halb neun Uhr morgens.

Den leichenblassen Bub überkommt eine leichte Übelkeit, als er die Kapelle betritt und vom durchdringenden, unwohl machenden Duft weißer Lilien eingehüllt wird. Er fragt Eva und Jacoba, ob es ihnen etwas ausmachen würde, wenn die Türen während der Probe geöffnet blieben. Eva ist es egal, aber Jacoba greift sich sofort an die Kehle und sagt, dass diese Morgenbrise ihrer Stimme nicht gut bekomme. Er hätte es sich denken können. Das ist die Angst der Sänger, die er immer etwas übertrieben findet, aber dennoch zu verstehen versucht. Ihr Körper ist ihr Instrument, und der kleinste Windhauch kann es in Mitleidenschaft ziehen oder gar zerstören. Im Laufe der Jahre hat ihn die Nervosität von

Sängern davon überzeugt, dass ihre übertriebene Umsicht notwendig ist. Und heute kommt noch etwas hinzu. Sie leiden alle drei unter einer quälenden Ambivalenz. Sie haben zugesagt, bei der Trauerfeier für Clara Wevers zu spielen, aus Liebe und Freundschaft zu ihr und Lucas und Quint. Während der Proben waren sie zunächst davon ausgegangen, dass es zwar ein Happening für Clara werden sollte, aber dennoch ein intimer Trauergottesdienst für ihre Angehörigen und Freunde. Diese Hoffnung auf Abgeschlossenheit mussten sie nach Lucas' zweiter Todesanzeige in der Zeitung allerdings aufgeben. Denn dabei handelte es sich nicht nur um die lange erwartete Bekanntgabe von Tag, Uhrzeit und Ort der Beisetzung, sondern auch um die werbende Ankündigung der Aufführung von *Die Brücke* für Mezzosopran, Geige und Klavier durch Jacoba Malink, Eva Kats und Bubi de Vos. Todesanzeige und Werbung in einem, es hatte sie alle drei geärgert und mit Scham erfüllt.

»Was ich aus Liebe zu Clara tue, wird plötzlich zu etwas Vulgärem, als wollte ich Beachtung für mich«, klagte Jacoba.

Überdies waren die Proben mühsam vorangegangen, weil Jacoba immer wieder von Emotionen übermannt wurde und die schwierige Gesangspartie unterbrechen musste. Ihr kamen die Tränen, sie hatte einen Kloß im Hals und brachte keinen Ton mehr heraus.

»Es ist dieser Text«, sagte sie, »und dazu noch die vielen Triller und Tremoli, mir wird ganz schlecht davon. Was für eine bizarre Wahl, als begleiteten wir Clara musikalisch auf ihrem Sturz. Ich höre Lucas immer sagen, was er vor Jahren bei den ersten Proben zu mir sagte: ›Du fürchtest die ganze

Zeit, dass die Brücke einstürzt und du in die zig Meter tiefe Schlucht stürzt. Diese Angst vor dem Abgrund muss im Gesang durchklingen.‹«

»Richtig gruselig das Ganze«, hatte Eva hinzugefügt. »Allein schon, dass man jeden Tag den Umschlag der Partitur vor Augen hat.«

»Lucas hat ihn selbst entworfen«, wusste Bubi. Lucas hatte ihm vor Jahren seine Faszination für Brücken erläutert und ihm bei der Arbeit an *Die Brücke* ein Foto von dem historischen Bauwerk gezeigt, das ihn zu seiner Komposition inspiriert hatte: die Schweizer Salginatobelbrücke des Architekten Robert Maillart.

»Es ist die erste Brücke aus Spannbeton«, hatte er enthusiastisch erzählt, »und ein perfektes Zusammenspiel von horizontalen und vertikalen Kräften. Das ist die Ausgewogenheit und Harmonie, wonach ich suche, der einzige Weg, wie wir eine Brücke zwischen der geschmähten Vergangenheit und einer klingenden Zukunft schlagen können.«

Mit nicht nachlassendem Eifer und Liebe zur Musik suchte Lucas weiter nach einer Kompositionslehre, die die Musik aus der Krise der Tonalität retten könnte. Der Bub konnte nicht umhin, ihn für seinen Einsatz, seinen Arbeitseifer und seine hin und wieder genialen Lösungsansätze zur Verwirklichung seines Ideals über alle Maßen zu bewundern. Er wusste, dass Lucas kurz davor war, seine Theorie zu vollenden und der Welt bekannt zu machen. Den Namen dafür hatte er bereits: die Klanguhr. Vor einem knappen Jahr hatte Lucas ihm den graphischen Prototyp seiner Erfindung gezeigt. Er war ein leidenschaftlicher Bastler, baute eigenhändig das ganze Haus um, tischlerte Volieren für die Vögel und Käfige für die Hamster und zeigte ihm nun mit einnehmender Verschämtheit einen kreisrunden Ring, auf den er ein Tuch gespannt hatte. Auf das Tuch waren zwölf sternförmige Figuren genäht, wodurch das Ganze an eine Darstellung des Himmels erinnerte, wie man sie auch in Astrologiebüchern findet.

»Das ist sie denn, die Klanguhr. Hiermit ist die Krise der musikalischen Harmonie gelöst.«

»Sieht aus wie ein Zodiakus«, sagte Bubi, der sich angewöhnt hatte, Lucas' Prahlereien zu überhören.

»Ist es auch: ein Zodiakus der zwölf Tonalitäten der chromatischen Tonleiter. Schau, vier Dreiklänge pro Oktave, das sind die vier Viertel der Stunde. Viermal drei ist zwölf. Jedes stimmige Ordnungsprinzip hat ewige Gültigkeit und erstreckt sich über einen größeren Bereich als den, für den es bezweckt ist. Mit der Klanguhr kannst du das chromatische Universum hören, vorausgesetzt, du lässt dein Ohr lauschen. Ich muss das noch vervollkommnen, aber letzten Endes werde ich damit veranschaulichen, wie jede Viertelstunde von einer der Windrichtungen beherrscht und von einem der vier Elemente – Wasser, Feuer, Erde und Luft – geleitet wird.«

Trotz einer leichten Skepsis war Bubi beeindruckt und hielt damit auch nicht hinter dem Berg. Die Klanguhr hatte etwas Geniales. Nie zuvor hatte jemand die chromatische Tonleiter auf zwölf Dreiklänge zurückgeführt, und er bewunderte Lucas für seine Entdeckung, wenngleich er auch die Gefahren und Grenzen des Systems sah. Bubi wusste, dass Lucas noch mit der ersten Stunde zu tun hatte, der einzigen Stunde, in der die Dreiklänge keine Verbindung zueinander eingingen. Während ihrer Abende am Oudezijds versuchte er laut mitzudenken und Lösungsvorschläge für die widerspenstige Stunde zu machen, die sich störrisch dagegen aufzulehnen schien, eine dem genialen Ganzen dienende Rolle zu übernehmen.

Obwohl er spürt, wo der Schuh drücken wird, unterschätzt Bubi Ende der siebziger Jahre, jenen Jahren, da Lucas ihn an der Entwicklung der Klanguhr teilhaben lässt, die größte Gefahr. Mit der für ihn charakteristischen Naivität glaubt er, dass die Theorie Lucas vor Probleme stellen wird, doch die eigentliche Gefahr wird darin liegen, wie Lucas mit der Klanguhr umgeht. Nicht der Takt der Musik, sondern der menschliche Takt wird am Ende zu dem Bruch führen, der sich schon seit Jahren mit leisem Rauschen ankündigt. Noch teilt Bubi Lucas' Euphorie und versteht sie vollkommen. Es ist die Euphorie der Entdeckung, dass etwas stimmt, dass alles seinen Platz findet und dort Bedeutung für das Ganze gewinnt. Sie ist am größten, wenn man etwas herstellt, was vorher nicht da war, mag das auch trügerisch sein, denn die einzelnen Elemente waren schon vorhanden und schwebten in der Geschichte, aber sie wurden eben nie zuvor auf diese Weise zusammengeführt. Zusammenführen, zusammenfügen, immer wird das Neue darin bestehen. Jede unerwartete Zusammenfügung liefert eine neue Interpretation der Einzelteile. Was zusammengeführt wird und was dabei herauskommt, verrät den Geist dessen, der die originelle Ordnung erschafft. In Lucas' Universum waren die althergebrachten Dreiklänge die Einzelelemente seiner Erkenntnis, und was er zusammenführte, erbrachte das, wonach er sein Leben lang gesucht hatte: Harmonie.

Abend für Abend hatte Bubi mit den gemischten Gefühlen, die er seit Jahren hegte, fasziniert Lucas' Darlegungen gelauscht und getan, worin er so gut war, nämlich ihn vorbehaltlos für seine Entdeckungen bejubelt. Trotzdem hatten die Gespräche nicht die Freundschaft zurückgebracht, die er einst für Lucas empfand, und er wusste genau, warum. Selbst jetzt, da Lucas, wie er behauptete, im Begriff war, die Krise der Tonalität im zwanzigsten Jahrhundert ein für alle Mal aufzuheben und der Musik die Musik zurückzugeben, musste er noch blindlings um sich treten, beliebte Kollegen beschimpfen und Komponisten, die er in der Vergangenheit bewundert und denen er nachgeeifert hatte, herabsetzen. Dabei verschonte er auch den Mann nicht, der ihm gegenübersaß und ihm geduldig und bewundernd zuhörte. Bubi konnte die demütigenden Bemerkungen an die Adresse seines guten Freundes Jacob Adamse und gegenüber Arnold Schönberg, dessen Werke Bubi regelmäßig aufführte, nicht anders interpretieren denn als gezielte verletzende Seitenhiebe. Lucas tat das mit Absicht. Jacob nannte er einen »kirchenfrommen Sentimentalisten und katholischen Sadisten« und Schönberg »den Lenin des Eintonstaates«. Lucas wusste ganz genau, dass Jacob sein bester Freund und er ein treuer Adept Schönbergs war. Ließ er die forciert eloquenten Beschimpfungen an sich abgleiten, kam er sich wie ein Verräter vor. Widersprach er, gerieten sie im Nu in eine dieser heftigen Diskussionen, die ihm so unangenehm geworden waren. Deshalb kam er nach einem Abend mit Lucas jedes Mal ganz erschöpft und verwirrt nach Hause. Ihm schwirrte der Kopf von den musikalischen Erkenntnissen, die Lucas ihm anvertraute, aber zugleich schäumte er auch vor Wut über die Beleidigungen, die er um des lieben Friedens willen geschluckt oder mit wachsendem Widerwillen pariert hatte.

Bubi blickt auf den pechschwarzen Umschlag der Partitur. Auf der Vorderseite prangt ein Schwarzweißfoto von der wilden Schweizer Berglandschaft, in der die Salginatobelbrücke über einen schwindelerregenden Abgrund hinweg die freischwebende Verbindung zwischen zwei Gebirgszügen bildet. Lucas hat das ursprüngliche Weißgrau des Betons knallrot koloriert. Es ist die einzige Farbe auf dem Umschlag. Unter dem Foto von dem Abgrund ist ein zweites, kleineres, das Quint im Kleinkindalter zeigt. Lucas hat *Die Brücke* zusammen mit dem zwei Jahre älteren *Kreisel* verlegen lassen. Ein gewagtes Stück, eine Ode an die Popmusik, theatralisch mit sechs gigantischen, von Thomas Burggraaf entworfenen Brummkreiseln in Szene gesetzt. Inzwischen, nach knapp zehn Jahren, hat es in bestimmten Kreisen Kultstatus erlangt. Damals war Lucas auf dem Anhänger eines langsam fahrenden Lastwagens hinter einem der mannshohen Kreisel stehend durch die Stadt gezogen und hatte sein Publikum zusammengetrommelt wie ein gelernter Zirkusdirektor. Er hatte mit Thomas zusammen den Musischen Zirkus gegründet, mit dem er in Rundzelten auftreten wollte, wo es ihm beliebte, um mit seinen Kompositionen das Volk zu erreichen. Die gesamten Niederlande und am besten auch gleich die ganze Welt sollten davon durchdrungen werden, dass sie in einem wahnsinnigen Jahrhundert lebten.

»Und wenn unsere Zeit dich nicht verrückt macht, dann wirst du's, wenn du Lucas' Stück hörst«, hatte Clara damals trocken bemerkt.

Der Musische Zirkus war die Fortsetzung von Lucas' Rebellion gegen die unverrückbaren Tempel der Musik, in denen nur die Klassiker aufgeführt wurden und die Avantgarde nicht die kleinste Chance bekam. So, wie Lucas zuvor schon die treibende Kraft bei jeder spielerischen Aktion gewesen war, erhob er sich auch 1969 zum Initiator des offenen Widerstands gegen das Bollwerk der klassischen Musik: das Concertgebouw-Orchester. Bubi war sofort begeistert gewesen. Mit seiner werbewirksamen Brillanz wusste Lucas Kollegen und ausführende Musiker zusammenzutrommeln, überzeugte einige der Freunde von ihrem »Tisch« und begeisterte ein paar professionelle Krawallmacher für sein Vorhaben, eine Aufführung des Concertgebouw-Orchesters öffentlich zu stören. An einem Abend im November zogen sie aufgeregt und nervös mit vierzig Mann zum Concertgebouw. Da die Karten für den Großen Saal teuer waren, kauften sie Karten für den Kleinen Saal, wo ein Klavierrezital gegeben wurde, das offenbar kein Schwein hören wollte. Mit den preisgünstigen Karten verschafften sie sich dann heimlich Zugang zu dem imposanten Konzertsaal, wo Bernard Haitink ein altbackenes Flötenkonzert von Quantz aus dem achtzehnten Jahrhundert dirigierte. In ihren Jackentaschen und umweltfreundlichen Stoffbeuteln schleusten sie ihre Waffen mit hinein, und unter ihren Pullovern trugen sie Stapel einer flammenden Protestschrift gegen die konservative Politik des Musiktempels. Auf ein Zeichen von Lucas hin würden sie, wenn die Musik einsetzte, ihre Knackfrösche, Rasseln und Tröten hervorholen und das Konzert von der ersten Note an mit einer infernalischen Kakophonie stören.

Bubi erinnert sich noch genau, wie er kerzengerade in dem roten Plüsch sitzt und auf das Signal von Lucas wartet. Der revolutionäre Elan der Zeit jagt ihm das Blut durch die Adern, und die Spannung, die ihr schnöder Plan bei ihm auslöst, ist kaum auszuhalten. Alles hängt jetzt davon ab, dass nach dem Startzeichen auch wirklich alle bei der provokativen Nussknackersuite mitmachen. Haitink betritt die Bühne, nimmt den Begrüßungsapplaus entgegen, wartet, bis das Publikum aus blaugrauen Dauerwellen vollkommen still ist, und hebt die Arme. Bubi sitzt neben Lucas und Aaron im Dunkeln und hält den Atem an. In dem Moment, als Haitink sich dem Flötisten zuwendet und ihm den Einsatz gibt, bläst Lucas lautstark in eine Tröte. Und dann bricht die Hölle los. Dutzende von Blechfröschen knacken, Tröten zerreißen die feierliche Atmosphäre, und Rasseln schüren den Aufstand. Der Dirigent ist wie vom Donner gerührt, die Platzanweiser haben keine Ahnung, wen sie wo ergreifen sollen, und währenddessen machen die Aufständischen einen Höllenlärm. Für sein Gefühl dauert es mindestens eine Viertelstunde, bis die Platzanweiser sie unter Rufen und Schreien unsanft aus dem Saal scheuchen. Lucas hat noch versucht, mit einem mitgebrachten Megaphon die Protestschrift zu verlesen, doch es gelang ihm nicht, den Lärm zu übertönen.

Mit einer Niedergeschlagenheit, die in der letzten halben Stunde nur noch stärker geworden ist, blättert Bubi die Partitur von *Kreisel* durch. Das Stück hat Qualität, ohne Frage, aber als er Lucas' Regieanweisungen in dessen hauchfeiner Schrift wiedersieht, kommt auch eine alte Verärgerung hoch.

Das ist alles so dick aufgetragen und so plakativ, eine durchgedrehte Zeit mit durchgedrehter Musik wiederzugeben, *zwangsjackenreif, strudelnd, wie ein Nervenkranker*, das sind die Anweisungen, mit denen er als Vortragender etwas anfangen muss. Während er mit auf die Stirn geschobener Brille auf die Notenbalken stiert, fällt ihm mit einem Mal etwas ein. Schnell schlägt er die Titelseite auf, findet aber nicht, was er sucht. Mit leichter Aufgeregtheit, die er begrüßt, weil sie ihn seine zunehmende Übelkeit vergessen lässt, läuft er zu Jacoba.

»Du hast doch bei der Uraufführung von *Kreisel* die Sopranpartie gesungen, nicht?«

»Ja, 1974 war das.«

»Erinnerst du dich auch daran, dass das Stück in der ursprünglichen Version Joe Cocker gewidmet war?«

»Ja, sicher. Lucas hatte es handschriftlich auf der ersten Seite vermerkt, ich sehe es noch genau vor mir: ›Für Joe Cocker‹, und dann noch etwas, was Cocker gesagt haben soll, aber ich weiß nicht mehr, was. Steht es denn nicht auf der Partitur?«

»Das ist es ja gerade, ich erinnere mich auch an diese Widmung, aber sie ist hier nicht mit aufgenommen. Meiner Meinung nach zitierte er Joe Cocker, der gesagt haben soll, dass er wohl zum Mörder geworden wäre, wenn er nicht hätte singen können.«

»Du hast recht, das hatte ich ganz vergessen. Lucas sagte, dass ihm das aus der Seele spreche. Wenn er nicht hätte komponieren können, wäre er zweifellos auch zum Mörder geworden.«

»Tja, dann haben wir am Morgen der Beerdigung zwei Partituren vor der Nase, die von Mordlust flirren.«

»Danke, Bub, das ist wirklich reizend von dir. Wo wir noch nicht mal angefangen haben!«

»Ach herrje, Jacoba, entschuldige, dass ich daran nicht gedacht habe. Es beschäftigt mich aber auch so. Entschuldige.«

»Bist du selbst denn zu spielen imstande? Du bist leichenblass.«

»Migräne. Ich nehme rasch ein Aspirin.«

In der Toilette draußen auf dem Flur der Trauerkapelle nimmt der Bub das Röhrchen Aspirin hervor und schüttet sich drei in die Hand. Er weiß, dass die Tabletten seine Migräne nicht vertreiben, aber den Schmerz immerhin so weit dämpfen werden, dass er die Partitur lesen kann. Wirklich nötig ist das nicht. Er hat ein untrügliches Gedächtnis, und nach nur zwei Proben kennt er wieder sämtliche Partien auswendig. Er legt die Stirn an die glänzenden Kacheln und genießt die wohltuende Kühle. Waren das irrsinnige anderthalb Wochen gewesen. Die Abende am Oudezijds, die süßen Überfälle von Freunden und ein exaltierter Lucas, der zwischen ihnen herumlavierte. Die beinahe täglichen Treffen mit Prins und Raffi und die geheimniskrämerische Atmosphäre zwischen ihnen. Mit Sack und Pack kamen sie zueinander ins Haus, mit Partituren, Ausschnitten von Lucas' Zeitungsartikeln und vor allem mit einer ausführlichen Korrespondenz. Schweißige Nachmittage wie in einem Jungenklub waren das gewesen, mit spannenden Recherchen und der brüderlichen Verbundenheit von Ermittlern, die ein Komplott aufdecken. Aber in ihre Aufgekratztheit mischten sich auch immer Gefühle von Schuld und Scham. Dazu noch ein tüchtiger Streit mit Puck, weil sie ihm eines Abends den Vorwurf machte, süchtig nach Aufregung zu sein. Er hatte ihrer Bemerkung heftig widersprochen.

»Wenn du wüsstest, was wir alles entdecken, da wärst du bestimmt auch ganz schön aufgewühlt. Es wimmelt nur so von Andeutungen, die Claras Tod in ein makaberes Licht rücken.«

»Ihr findet doch nur das, was ihr sucht. Lucas liebt die Oper. Je eine Oper gesehen, in der keine Väter, Mütter, Liebhaber und Geliebte vorkommen, denen die Kehle durchgeschnitten wird?«

»Es sind nicht nur die Opern, Puck. Der Prins hat Briefe aus Griechenland, in denen Lucas schreibt, er arbeite an einem Requiem. Findest du das denn nicht sinister?«

»Das besagt gar nichts. Er redet schon seit Jahren von einem Requiem. Für ihn die ultimative Herausforderung für einen Tondichter.«

»Aber in einem Brief an Prins, der wenige Tage vor Claras Tod datiert ist, schreibt er, dass er gern ein Requiem komponieren würde, aber diesen einen Kummer nicht kennt. Dann schreibt er wörtlich: ›Alle, die ich liebe, leben noch lustig drauflos, und der Musik zuliebe tatsächlich einen Mord zu begehen ginge selbst mir zu weit.‹«

»Na, da hast du die Wahrheit, der Rest sind Sprachspiele, Dummerjungenhumor. Lucas ist ein Kind, das vergesst ihr. Ein Kind, das mit Brummkreiseln und Knackfröschen spielt, ein Zirkusjunge, ein Knirps, der gern bastelt und Baumhütten baut.«

»Und weil du Kinder liebst, schlägst du alles, worauf wir stoßen, in den Wind?«

»Was reitest du denn so darauf herum? Etwas zu lieben, was klein und wehrlos ist, ist so einfach, dass man es nicht lieben nennen darf. Lieben Chirurgen Lebern, Mägen und Därme und so weiter? Nein. Sie schnippeln gern und fummeln gern mit Sehnen und Adern herum, sie möchten heilen. Sie machen etwas im Innern eines Menschen, wodurch er wieder auf eigenen Beinen hinausgehen kann. So ungefähr liebe ich Kinder. Die Kinder, mit denen ich zu tun habe, fahren am besten dabei, wenn sie möglichst schnell von der Krankheit namens Kindheit genesen, und hier helfe ich ihnen ein bisschen.«

»Also weil du Lucas als Kind betrachtest, hältst du ihn für krank?«

»Puh, endlich begriffen. Und hör gut zu, was ich dir jetzt sage: Lucas' Krankheit ist seine unausstehliche, unerträgliche, unheilbare, schreckliche und, ja, bisweilen himmelschreiende Un-Schuld.« Puck hatte das letzte Wort stark betont und die zwei Silben gesondert auf ihn abgefeuert.

In die Trauerkapelle zurückgekehrt, sieht Bubi Jacoba auf dem Rand des Holzpodests sitzen. Sie hält ein beschriebenes Blatt Papier in der Hand, starrt aber eher abwesend darauf, als dass sie den Text läse. Als er zu ihr hingeht, erkennt er die Handschrift von Lucas. Jacoba sieht sich die Übersetzung an, die Lucas verteilt hatte, als sie 1974 das spanischsprachige Klagelied für die Uraufführung im Vondelpark einstudierten. Für einen Sänger ist es wichtig, zu wissen, was er singt. Lucas war sich dessen bewusst und hatte damals dafür gesorgt, dass die drei Musiker beizeiten eine Übersetzung des Gedichtes von Pablo Neruda bekamen. Mit Aaron zusammen hatten sich Lucas und Bubi Ende der sechziger Jahre einen Privatlehrer genommen, um Spanisch zu lernen. Jeden Mittwochnachmittag trafen sie sich im Hinterzimmer vom »Kreis« und paukten. Die Aneignung der Fremdsprache war Teil der Vorbereitung auf ihre Reise nach Kuba gewesen. Mit den erworbenen Kenntnissen und der Hilfe eines seiner exotischen Freunde hatte Lucas nun ein Gedicht aus Pablo Nerudas *Canto General* übersetzt. Lucas besaß unverkennbar eine dichterische Ader, denn sie fanden den Text wunderbar.

»Also ich weiß nicht, ob du das tun solltest«, sagt er besorgt zu Jacoba. »Du machst es dir damit doch nur noch schwerer.«

»Weißt du eigentlich, was ich da gleich singen werde?«

Er setzt sich neben sie, eher, um ihr eine Stütze zu sein, als um Lucas' Übersetzung des Gedichts zu lesen, denn die hat er in den vergangenen Tagen bis zum Überdruss studiert und mit Raffi besprochen.

Reich mir die Hand aus der Tiefe
deines allgegenwärtigen Schmerzes.
Du wirst nicht wiederkehren vom Felsengrund.
Du wirst nicht wiederkehren aus der Unterweltzeit.
Nicht wiederkehren wird deine ewig gewordene Stimme.
Nicht wiederkehren werden deine durchdrungenen Augen.

»Vergiss für den Moment lieber, welche Assoziationen du dazu hast, Jacoba«, ermuntert er sie, »und denk stattdessen an das leidende Volk Chiles, denn daran hat Lucas wahrscheinlich auch gedacht.«

Eva hat sich zu ihnen gesellt und nickt.

»Und du kannst froh sein, dass Lucas nicht an seinem ursprünglichen Vorhaben festgehalten hat«, sagt Bubi an sie gewandt, »denn dann hättest du jetzt eine Teufelstrillersonate spielen müssen, und es fragt sich, ob du heute dazu imstande gewesen wärst.«

Er ist erleichtert, als Eva das versteckte Kompliment mit einem Lächeln entgegennimmt. Nicht einmal Yehudi Menuhin hat sich je an die *Teufelstrillersonate* von Tartini gewagt.

Nicht die *Teufelstrillersonate*, wohl aber der Teufel in einer anderen Form war in den vergangenen Tagen wiederholt Gesprächsthema zwischen Prins, Raffi und ihm gewesen. Einiges, was Rafael und er aus Gesprächen mit Lucas wussten, war Prins neu, und eine ihrer Entdeckungen hatte ihn sogar seine Brille absetzen lassen.

»Man könnte fast meinen, wir seien mitten in der Geschichte des Faust gelandet«, rief er eines Abends aus.

»Oder in der des Judas«, hatte Raffi erwidert.

Sie hatten sich über den *Diabolus in musica* unterhalten, wie bedeutsam der bei der Entwicklung von Lucas' Ideen für die Klanguhr gewesen sei. Bubi hatte erzählt, wie Lucas ihm erläutert habe, dass er seine Entdeckungen dank dieses Teufels in der Musik gemacht habe. Der Begriff des diabolischen Intervalls sei für ihn das Bindeglied zwischen der diatonischen Vergangenheit und seiner Entdeckung der zwölf Dreiklänge innerhalb der chromatischen Tonleiter gewesen. Raffi wusste genau, wovon Bubi sprach. Der Teufel in der Musik war zum Kern seines Porträts von Lucas geworden, deshalb hatte er sein Buch auch *Luzifer* getauft. Am nächsten Tag kam Raffi mit einer Mappe voll Korrespondenz zu Bubi.

Einen Brief hatte er gesondert in eine Hülle getan. Der sei für sein Buch besonders wichtig, sagte er. Als er ihn Bubi und Prins mit seiner tiefen, warmen Stimme vorlas, hatten sie gelauscht, als säße Lucas ihnen gegenüber.

»Gestern, allein auf meinem paradiesischen Dachboden, hörte ich wieder einmal die *Johannes-Passion*, diesmal nicht, um dem ekstatischen und tieftraurig stimmenden Moment entgegenzulauschen, da Jesus seinem Vater das herzzerreißende ›Es ist vollbracht‹ zuruft, sondern, um eine für einen Mann wie mich vielleicht noch bewegendere Urszene wieder zu erleben: den Verrat des Judas. Wie du weißt, habe ich es in meinem Leben zu viel und zu oft mit Freunden zu tun, die mich, aus mir unverständlichen Gründen, lieber hängen als triumphieren sehen. Am ›Tisch‹ spüre ich, wie die Gurte der Zwangsjacke fester angezogen werden und einige Getreue mich langsam auf die Isolierzelle zutreiben. Aber ich schreibe dir nicht, um Trost angesichts der zunehmenden Entfernung zwischen namentlich Aaron und mir zu suchen. Die *Passion* habe ich nicht aufgelegt, um Bestätigung für etwas zu finden, was ich längst weiß, nein, ich suchte nach einem anderen Wiedererkennen, dem Wiedererkennen eines Intervalls, das mein akustisches Gedächtnis schon seit Monaten quält. Dass es an meinen Rockschößen hängt, hat mit meiner Suche nach der Erlösung aus der Krise der Harmonie zu tun, etwas, was ich nun mal als meine höchste Aufgabe betrachte. Du kennst mich gut genug – manchmal besser als ich mich selbst –, um zu wissen, dass ich als Erster über den hochmütigen Gedanken lache, ausgerechnet ich sei für dieses Schicksal geboren. Und doch habe ich ihn. Dabei fallen mir Schönbergs geflügelte Worte ein: ›Irgendwer musste Schönberg sein, und da bin ich es eben geworden.‹ Der Erlösungsgedanke war auch ihm nicht fremd. Wenn es nicht so megaloman klingen würde, würde ich sagen: Irgendwer musste Lucas Loos sein, und da bin ich es eben geworden.

Das Großartige an der *Johannes-Passion* ist, dass Bach allein mit musikalischen Mitteln den zukünftigen Verrat des Judas ankündigt. Er benötigt dafür keine Worte, er schreibt mit Klängen. Gescheit von ihm, denn ich weiß, dass Worte Krieg machen und es nicht die Noten, sondern meine Worte sind, die mich immer wieder in Schwierigkeiten bringen.

Hör dir die *Passion* an. Sie setzt mit vier Holzbläsern ein. Horch, da ertönt der zarte Beginn, die drei Töne es-d-g des *Soli Deo Gloria*. So, dachte Bach, das wäre gesagt, dir, Herr, der Ruhm, Jesus kann die Bühne der Geschichte betreten, Gott ist wieder Mensch geworden. Bach gibt Jesus einen e-Moll-Dreiklang (g-es-c), einen Akkord, an dem der Zuhörer den Schmerzensmann leicht erkennt. Und dann bricht der schier unerträgliche Moment an, da Judas erscheint und dem Mann Auge in Auge gegenübersteht, den er verraten wird, weil es so geschrieben steht. Er kann nichts dafür. Jesus weiß das und blickt wehmütig auf seinen geliebten Freund und Verräter, auf sein persönliches Schicksal. Judas nähert sich seinem Freund Jesus in Form eines verminderten Dreiklangs (des-b-g). Was dann in der Musik geschieht, ist so überwältigend, dass mir beim Zuhören unweigerlich die Tränen kommen. Der erste Jesuston (g) umarmt den ersten Judaston (des), und während dieser fatalen Umarmung der beiden Männer wird der musikalische Himmel grausam entzweigerissen. Die Umarmung von ›Gut‹ und ›Böse‹ liefert das Intervall der verminderten Quinte, den *Diabolus in musica*, und mit diesem Diabolus prophezeit Bach den schaurig-schönen Ausgang dieser herzzerreißenden Liebesgeschichte.

Gestern Abend habe ich die Nadel immer wieder in dieselbe Rille zurückgesetzt, um diese unheilvolle Ankündigung des schönsten Dramas der biblischen Geschichte in mich aufzunehmen. Wieder und wieder hörte ich die einander umarmenden Töne, jenen dämonisch dramatischen Moment, und mit einem Mal geschah es, Raffi, mit gewaltigem Schwung öffneten sich mir die Pforten des Paradieses, und ich wusste, dass ich zu Hause angekommen war: Ich hatte die Harmonie wiedergefunden.

Das diabolische Intervall stellt das Bindeglied zwischen der diatonischen und der chromatischen Tonalität dar! Vergangenheit und Gegenwart können überbrückt werden! Harmonie ist auch in diesem zerrissenen Blutjahrhundert möglich, halleluja!

Tausende von Gedanken stürmten auf mich ein. In einer gleißenden Vision sah ich die unendlichen Möglichkeiten einer neuen Harmonie. Und in dieser abscheulichen Zeit, in der alles verbannt wurde, was melodiös, gefühlvoll, sinnlich und bezaubernd ist, tat sich der Himmel auf und ließ den armen Komponisten endlich ein. Ich hörte Posaunen und wohlklingende Lieder erschallen und sah die farbigen Szenen Dutzender Opern, die ich in der Sprache des Dreiklangs würde schreiben können. Und nicht nur, dass mir die verminderte Quinte die Augen öffnete, Bachs geniale Deutung der *Passion* gab mir den letzten Anstoß zur ultimativen Einsicht. Das Alte (der Vater, die Diatonik) und das Neue (der

Sohn, die Chromatik) konnten nur durch den Dritten im Bunde, nämlich den Diabolus, das Böse, verbunden werden. So gesehen ist das Böse gar nicht so böse, da ja ein unentbehrlicher Teil der Liebe und der Erlösung. Der Heilige Geist, dieser angelische, mysteriöse Dritte des Christentums, ist über alle zwölf Apostel (die zwölf Töne) gekommen, also auch über Judas. Der Verrat ist mit Gottes Segen zustande gekommen und macht einen genauso vitalen Teil seines Heilsplanes aus wie die Verleugnung des anderen Gesegneten, Petrus', der den Hahn dreimal krähen lassen wird.

Liebe kommt nicht ohne Grausamkeit aus, das habe ich schon immer gesagt, aber jetzt werde ich es in der Musik beweisen. Mir ist auch der Gedanke gekommen, dass das neutestamentarische Schicksal des Judas schon geraume Zeit vorher angekündigt wurde, in der allerältesten Welt, der Welt, in der Gott thronte, bevor Er den Menschen schuf: im Himmel. Im Himmel wurde das Schicksal Luzifers besiegelt. Der Teufel in der Musik ist Luzifer. So wie Gott in Form des Heiligen Geistes über Judas kam, so hat er sich in Luzifer einen Widersacher geschaffen, den Engel, der Ihn mehr liebte, als Gott es ertragen konnte. Ohne Streit keine Freiheit, sagte Bakunin. Gott brauchte Luzifer, um frei zu sein. Und Luzifer musste fallen, um eine Brücke zwischen Himmel und Erde darstellen zu können, genauso wie Jesus es später musste. Luzifer machte den Gang vom Himmel auf die Erde, Jesus den von der Erde in den Himmel. Ich ziehe den ersten Weg vor, denn der Himmel ist hier auf Erden. Der zweite Weg führt in den Tod.

Es ist Morgen, der Tag strömt herbei, und mir dreht sich noch der Kopf. Ich krähe vor Glück und Euphorie und um den Morgen einer neuen Harmonie und damit einer neuen Freiheit zu verkünden. Der Kreis hat sich geschlossen, alles hat seinen Platz, und ich kann die Konsequenzen der Lösung noch gar nicht richtig überblicken.«

»Geschrieben in Amsterdam im Dezember 1977«, sagte Raffi mit Blick auf den Briefkopf zum Abschluss der Lektüre.

»Famoser Brief«, sagte der Prins. »Theatralisch, hysterisch, bombastisch, aber das gehört zu Lucas' Pathos. Und aufgrund dieses Briefes hast du das Porträt *Luzifer* genannt?«

»Das war das Erste, was ich zu Lucas sagte, als ich ihn auf den Brief ansprach. Witzig, wie er darauf reagierte. Er war hellauf begeistert. Ein Himmelsstürmer und stolzer Rebell, ein Engel, wenn auch ein gefallener, aber immerhin ein Engel, wer sollte da nicht zustimmen, sagte er, obwohl er als strengreformierter Junge doch kurz schlucken müsse, dass man ihn mit Luzifer assoziiere.«

Bubi starrte schweigend vor sich hin. Mit einem Stich ins Herz hatte er sich seiner alten Bewunderung für Lucas erinnert und sie verstanden. Hier hatte der Lucas Loos von früher gesprochen, besessen von der Musik, auf eine schon fast religiöse Art auf der Suche nach Erlösung und mit akrobatischer Intelligenz seine musikalischen Funde mit großen Geschichten verflechtend. Die Bibel, die Evolutionstheorie Darwins, die Meme Dawkins', die Tiefenstrukturen Chomskys, Lucas nahm sich von allem, was er gebrauchen konnte, stellte alles Wissen in den Dienst der Musik und streute dann munter seine allumfassenden Theorien aus.

»Er hört nicht auf, nach dem Gelobten Land der Musik zu suchen«, sagte Rafael, »wie er es in einem der Gespräche umschreibt, die ich mit ihm geführt habe. Schönberg hat seiner Meinung nach vorhergesagt, dass eines Tages wieder jemand in der zeitgenössischen Musik erstehen wird, der ins Gelobte Land führt.«

»Und dieser Jemand ist also unser Lucas?«, fragte Bubi nun mit leichtem Sarkasmus. Raffis Bemerkung über Schönberg holte ihn ins Hier und Jetzt zurück. »Jeder Komponist entwirft sein eigenes System, das ist nichts Neues. Bei Lucas wird das gleich zwingend und groß und allumfassend. Alles wird bei ihm zur Ideologie. Ein stimmiges System ist noch keine Garantie für die Komposition guter Musik.«

»Du kannst aber nicht abstreiten, dass es ein prächtiger Fund ist, auch wenn ich gespannt bin, wie er den Teufel in der Musik anwenden wird, um eine Brücke zwischen dem Alten und dem Neuen zu schlagen«, sagte der Prins.

»Mit diesem *Diabolus in musica* muss er schon eine ganze Weile beschäftigt gewesen sein«, sagte Bubi. »Ich erinnere mich, dass es eines Abends bei Lucas zu Hause plötzlich um den Diabolus ging. Wie wir darauf kamen, weiß ich nicht mehr. Jemand am Tisch, eine Freundin von Clara, fragte, was das denn sei, der Teufel in der Musik, sie finde den Ausdruck so faszinierend. Lucas, der ja wirklich didaktisches Talent besitzt und klar und verständlich über Musik sprechen kann, holte darauf zu einer ausführlichen Erläuterung aus. Dass es im Mittelalter ein verbotenes Intervall gewesen sei, ein gefährlicher Zwischenton, der die Oktave exakt in zwei Hälften teile und dadurch zu keiner der beiden Hälften gehöre. Ich sehe ihn noch auf die beiden Enden des Tisches zeigen, der zur Veranschaulichung einer Saite dienen soll. ›Harmonie entspringt der Natur: Das Gesetz des Pythagoras‹, sagt er und legt den Finger in die Mitte der imaginären Saite, um eine Oktave anzuzeigen. Dann teilt er eine der beiden Hälften in der Mitte und sagt: ›Hier steckt er, hier haust der Teufel, bei der Quinte. Genau zwischen den beiden Hälften der Oktave und bei keiner von ihnen zu Hause.‹ Clara, die ja nie eine Gelegenheit ausließ, Lucas auf seine Ambivalenzen hinzuweisen, bemerkt darauf: ›Also genau wie du.‹ Er grinste darüber, das weiß ich noch. Eigentlich erträgt er ja von niemandem auch nur das kleinste bisschen Spott oder Ironie, mit Ausnahme von Clara. Er überhörte ihre Bemerkung, wandte sich wieder an diese Freundin und fuhr mit seiner Lektion über die Tonleiter und den *Diabolus in musica* fort. Dass man dieses Intervall in keinem einzigen Kinderlied finden werde, weil es dem natürlichen Intervall diametral entgegengesetzt sei, und dass dieses Widernatürliche der Grund dafür sei, weshalb es in der Musik so lange verboten und vermieden worden sei. ›Es ist eine Beziehung, aber eine nicht harmonische‹, fährt er fort. ›Der Diabolus ist der Querulant unter den Tönen, der unbestimmte, ewige Querschläger, mit dem keiner etwas anzufangen weiß.‹ Clara hat schon einiges getrunken und beginnt zu sticheln. Sie sagt: ›Ich bin immer wieder baff, wie du es stets so hinzubiegen verstehst, dass du eigentlich von dir selbst sprichst. Sogar wenn du jemandem erklärst, wie der Korkenzieher funktioniert, gelingt es dir noch, eine Geschichte über Lucas Loos daraus zu machen.‹ Claras erste Bemerkung hat er noch hingenommen, aber jetzt muss er das Gesicht wahren und rüstet sich zum Kampf. Als er schon tief Luft holt, fragt diese Freundin von Clara, ob er ihr den Teufel in der Musik vorspielen könne. ›Natürlich‹, antwortet Lucas und atmet erleichtert aus. Er erhebt sich vom Tisch, geht zu dem alten Klavier im Zwischenzimmer und schlägt einen *Diabolus in musica* an. Die Frau lauscht angestrengt und bittet ihn, es noch einmal zu spielen. Lucas schlägt erneut den Teufel an. Und dann geschieht etwas Seltsames: Die Frau bricht in Tränen aus. Clara legt besorgt den Arm um sie, reibt ihr über den Rücken und fragt, was denn sei. Die Frau fasst sich und erzählt dann etwas so Bemerkenswertes und Trauriges, dass ich es nie vergessen werde. Sie habe einen zwölfjährigen Sohn, bei dem im Alter von vier Jahren Epilepsie diagnostiziert worden sei, sagt sie. Sie sei mit ihm zum Arzt gegangen, weil er so merkwürdige Laute von sich gegeben habe, Laute, die sie kaum habe ertragen können. Das sei ihr ganz schrecklich gewesen, denn von seinem eigenen Kind müsse man doch alles ertragen können, das sei ja lieblos, wenn man das nicht könne, das zeuge ja von einer Rabenmutter. Aber sie habe nichts dagegen machen können, die Laute ihres Sohnes hätten sie wahnsinnig gemacht. Als Lucas ihr jetzt den Diabolus vorgespielt habe, habe sie plötzlich die Laute wiedererkannt, die ihr Sohn als kleines Kind gemacht habe, und sie verstehe jetzt, wieso Epilepsie auch die Krankheit des Teufels genannt werde, was sie immer abscheulich gefunden habe. Verrückte Geschichte, was?«, schloss Bubi.

»Eine prächtige Geschichte«, sagte der Prins. »Darf ich sie verwenden?«

»Wie du willst.«

»Was sagt uns dieser *Diabolus in musica* eigentlich? Was suchen wir?«, fragte der Prins weiter.

»Ich weiß es noch nicht genau«, sagte Raffi bedächtig.

»Dass er einer ist, der nur Harmonie findet, wenn er spaltet. Lucas verlässt das eine System, um sich im anderen einschließen zu können. Sowie er sich aus dem alten Gefängnis entlässt, wirft er schimpfend die Gittertüren hinter sich zu und verriegelt sie, um sich dann in einer anderen Zelle einzuschließen und durch die Gitterstäbe seiner nagelneuen Behausung auf die Bewacher der vorigen zu schimpfen. Und warum? Weil er die Doppelsinnigkeit, von der seine ganze Persönlichkeit durchdrungen ist, verabscheut und verachtet. Er möchte seine eigene Gespaltenheit überwinden, um harmonisch, singularisch, transparent und monoman sein zu können. Was wir suchen, ist eine Antwort auf die Frage, ob diese Gralssuche nach dem Absoluten etwas mit dem Tod Claras zu tun hat.«

»Das ist es«, sagte Bubi da, »genau das ist es.«

»Und warum wollen wir das wissen?«, fragte der Prins.

»Weil wir ihn auch weiterhin lieben wollen«, antwortete Rafael.

5

Am Mittwoch, dem 5. August 1981, um 9.25 Uhr biegt der glänzende schwarze Leichenwagen in den Oudezijds Voorburgwal ein und hält vor dem Haus von Clara Wevers. Robin sitzt mit Quint wartend am Fenster und ist der Erste, der hinausgeht. Auf dem Treppenabsatz schlägt er unwillkürlich die Hacken zusammen und legt die elegant gestreckte rechte Hand an die Schläfe. Er salutiert vor dem Sarg, wie er seinen Vater so oft seine Ehrenbezeigung hat machen sehen, und ist selbst verblüfft darüber. Es ist, als mache sein Körper etwas, wozu er ihm keinen Auftrag erteilt hat. Als er aus dem Augenwinkel registriert, dass Quint neben ihn getreten ist, schaut er zur Seite und sieht, dass der Junge seine Gebärde nachahmt und ebenfalls vor seiner verstorbenen Mutter salutiert.

»Gib ihnen mal Bescheid, dass Clara da ist«, sagt er leise zu ihm.

Es ist voll im Haus. Seit Viertel vor neun steht die Tür auf, und die Freunde von Clara und Lucas können hinein, ohne erst läuten zu müssen. Weil das Geld nicht für Begleitfahrzeuge gereicht hat, sind die Autobesitzer mit ihrem eigenen Gefährt gekommen. Um 9.35 Uhr setzt sich eine bunte Blechkolonne in Bewegung, angeführt von dem Wagen mit dem Zinksarg, in dem Clara liegt. Wegen des U-Bahn-Baus ist der Nieuwmarkt noch teilweise aufgerissen, und der von dort herüberwehende Sand hat auf einigen der Karosserien seine Spuren hinterlassen. Mica ist in aller Frühe dort hinübergelaufen und hat mitten in der Stadt einen Wiesenblumenstrauß für Clara gepflückt. Eine große Sonnenbrille soll ihre geröteten und verquollenen Augenlider verbergen. Ihre Wut hat sich im Laufe der Tage gelegt, aber zugleich ist ihr auch die Lebenslust abhandengekommen. Sie hat den Kampf um Claras Leichnam und Claras Sohn verloren. Mit Claras Zettel wedelnd, hatte sie versucht, den letzten Willen ihrer Freundin zu erfüllen. Doch Lucas und die Freunde waren taub für ihr Flehen und blind für das handschriftliche Testament. Es fehlte nicht viel, und sie wäre dafür ausgelacht worden. Lucas sah der Handschrift sofort an, dass Clara viel getrunken hatte, und er schob das Papier achtlos beiseite. »Clara hat jeden Tag ein Testament geschrieben«, sagte er. »Sie ist meine Frau, und Quint ist mein Sohn.« Vor Ohnmacht war Mica gemein geworden und hatte bissig entgegnet, dass Clara nicht seine Frau sei, weil sie nie geheiratet hätten, und dass der Bluttest, der seinerzeit beweisen sollte, dass Quint wirklich sein Sohn sei, fragwürdig sei. Lucas hatte danach kein Wort mehr mit ihr gesprochen.

Der Prins fährt den bemalten vw-Bus und wirft ab und an einen Seitenblick auf Mica, ob sie wieder weinen muss. Aber sie weint nicht. Sie hält ihre Wiesenblumen auf dem Schoß und starrt vor sich ins Leere. Ihr Auto ist das dritte in der Kolonne, und da der Prins das langsame Tempo, in dem sie nach Zorgvlied fahren, nicht gewohnt ist, behält er die Stoßstange seines Vordermannes sorgsam im Blick. Lucas, Robin, Bella, Quint und Levi sitzen im Auto hinter dem

Leichenwagen. Aus dem Fenster, auf das Mica starrt, winken die Kinder ihr zu, doch sie bemerkt es nicht und lässt ihren Gruß unbeantwortet.

Zum ersten Mal seit Claras Tod scheint auch über Lucas eine gewisse Ruhe gekommen zu sein. Der in den vergangenen zehn Tagen vorherrschende Überschwang des Schmerzes, die Geistesverwirrtheit infolge des Schicksalsschlags, der ihn getroffen hat, die anhaltende Bestürzung über die Leere im Haus sind am Morgen von Claras Beisetzung einem Insichgekehrtsein gewichen. In ausufernden Varianten hat Lucas Tag für Tag von dem Sturz erzählt, was seinem Erzählen obsessive Züge verlieh, als versuchte er verzweifelt, mit Wortmächtigkeit eine unerträgliche Wirklichkeit zu beschwören. Jetzt erweckt er den Eindruck, als habe er sich mit seinem Schicksal abgefunden, dass er der Einzige ist, der den Stummfilm von Claras verhängnisvollem Sturz vor Augen hat und ihn täglich zwanghaft abspult. Die hochgewachsene, sonnengebräunte, knochige Clara, die gerade noch auf der weißgetünchten Terrassenbrüstung sitzt und im nächsten Moment in der Tiefe verschwunden ist. Und jedes Mal wieder versucht er Geräusche dazu zu hören, doch er hört nichts. Es ist diese Stille, das Fehlen von Claras rauchiger Stimme, was ihn schwerer erschüttert, als er es in Worten ausdrücken kann.

Das letzte Stück auf dem Weg nach Zorgvlied führt den schwarzen Leichenwagen und dessen bunten Schwanz im Schritttempo an der Amstel entlang. Ein Strom von Menschen hat den warmen Mittwochvormittag genutzt, um zu Fuß oder per Fahrrad zum Friedhof zu kommen. Erst als sich ein Knäuel von Freunden, die sich beieinander eingehakt haben, auflöst, um den Leichenwagen durchzulassen, tritt weihevolle Stille ein.

Vor dem Friedhof, am Ufer der Amstel, haben sich schon mehr als hundert Anteilnehmende versammelt. Wie vereinbart, hält der Leichenwagen am Eingang. Bella steigt mit den Jungen aus und geht mit ihnen zu den beiden Säulen am Eingang. »Stellt euch am besten hier hin«, sagt sie, »du, Levi, an diese Säule, und du, Quint, an die andere.«

Der Prins und Mica parken ihren vw-Bus, nehmen die Packen mit dem gedruckten Material raus und legen sie zu Füßen der Jungen ab.

»So, die könnt ihr verteilen«, sagt der Prins.

»Dann habt ihr was zu tun«, sagt Mica.

»Der kleine Packen, das ist das Foto, und das andere ist das Gedicht«, erklärt der Prins. »Habt ihr Lust dazu?«

»Ja, toll«, sagt Quint.

»Stehst du gut dort?«, ruft Lucas herüber, aber Quint hört seine Frage nicht. Er ist schon von Begräbnisgästen umringt, die seine Wange tätscheln, ihm über den Kopf streichen und sich an Ort und Stelle das Foto von Clara ansehen und das Gedicht von Gilles lesen. Für die meisten von ihnen ist Claras Tod von Geheimnissen und Gerüchten umwittert, und sie hoffen, dass das Foto oder das Gedicht ihnen eine Antwort auf ihre Fragen geben kann. Lucas hat sich direkt hinter dem Leichenwagen aufgestellt und gibt dem Bestattungsunternehmer ein Zeichen. In seinem weißen Sommeranzug will er den hundert Meter langen Kiesweg zwischen Eingangstor und Kapelle zu Fuß zurücklegen. Er hält den Blick starr auf das Heckfenster des Leichenwagens gerichtet und schaut nicht zu den Leuten, die sich zu beiden Seiten der Allee aufgestellt haben. Bella und Robin reihen sich hinter ihm ein, dann folgen der Prins, Mica und Puck. Ohne zu registrieren, dass ihr Gesicht tränennass ist und schwarz von der verlaufenen Wimperntusche, winkt Bella den Musikern, Schriftstellern, Schauspielern und Regisseuren, die sie in der Menge entdeckt, überschwenglich zu und verlässt hin und wieder den Zug, um jemanden zu umarmen. Das gesamte prominente und kunstsinnige Amsterdam hat sich nach Zorgvlied begeben, um Claras Beerdigung beizuwohnen. Manche Gäste haben sich mit Hüten, Federn und bunten Tüchern ausstaffiert, die zusammengluckenden Sannyasins bilden orangefarbene Rabatten, und hier und da spiegelt ein lebendes Kunstwerk die Morgensonne in einer Aluminiummontur oder einer goldenen Zipfelmütze wider. Die auffällig gekleideten Gäste haben sich für das letzte der in Claras Charakterisierung genannten Extreme entschieden: *Sie liebte Einfachheit und Überfluss.* Da auf diesen Satz folgt, dass Clara auch Kinder und Blumen liebte, tollt der sommerlich gekleidete Nachwuchs um die Beine der Eltern, und mehrere Frauen tragen eigenhändig geflochtene Blütenkränze auf dem Kopf oder um den Hals.

Als der Bub kurz nach zehn die Klaviertasten anschlägt und die ersten Töne von *Die Brücke* erklingen, haben sich Hunderte von Menschen in der Trauerkapelle und darum herum versammelt, um Clara Wevers das letzte Geleit zu geben. Die, die ihren ungestümen, verwegenen Charakter kannten, fragen sich, ob sie hier stehen, um dem Folge zu leisten, was laut Trauerbrief ihre letzten Worte waren: *Will you share this dream with me.*

Aaron Keller und Otto Griffioen haben sich mit einem Platz unter freiem Himmel begnügt. Ihre Frauen konnten sich gerade noch in die überfüllte Kapelle zwängen, doch so etwas erachten die beiden Freunde für unter ihrer Würde. Auf Umwegen ist ihnen zu Ohren gekommen, welche Empörung ihr Telegramm bei Lucas ausgelöst hat. Er soll vor Wut geschäumt und die darin anklingende Unterstellung als den x-ten Verrat Aarons an der Freundschaft bezeichnet haben.

»Das enttäuscht mich«, hat Aaron das Gerücht trocken kommentiert. »Ich dachte, er verstünde mehr von der griechischen Tragödie.«

»Eben nicht, und das hätten wir uns eigentlich denken können«, meinte Otto. »Lucas hat ein Gespür für Dramatik, für Pathos, für die bis zur Lächerlichkeit überzeichneten Emotionen der Oper, aber für Tragik kein bisschen. Und Tragik ist das Wesen der Literatur. Schlimmer noch, ich würde ihn sogar als den unliterarischsten und deshalb der Tragik am feindlichsten gesinnten Mann bezeichnen, den ich kenne. Eine von der Literatur durchdrungene Seele ist eine Seele mit einer Passion für die Gefahren und die Schönheiten der Sprache, für die Zwiespältigkeit des Daseins. Die Tragik von Lucas Loos ist, dass er nicht tragisch sein will. Der tragische Mann, der Mann des Wortes, begrüßt die Doppelsinnigkeit, weil ihm klar ist, dass es keine Wahrheit gibt, die sie ausräumen könnte, sosehr er sich die Wahrheit auch wünscht. Lucas dagegen zwingt dem launischen Dasein eine Wahrheit ab, mit der er das flüchtige, nicht greifbare Wort an das Kreuz der heiligen Überzeugung nageln kann, damit es nur noch eine einzige unumstößliche Bedeutung haben kann und keine andere.«

»›Worte machen Krieg‹, ruft Lucas immer«, erwiderte Aaron.

»Genau, und deshalb bedient er sich ihrer auch so reichlich.«

Dennoch hatten die Erzählungen über Lucas' Reaktion auf ihr Telegramm dafür gesorgt, dass weder Otto noch Aaron in den vergangenen zehn Tagen etwas von sich hatten hören lassen. Keiner von beiden stattete dem Oudezijds einen Beileidsbesuch ab oder rief Lucas an, seit er wieder im Lande war. Lucas seinerseits hatte auch keinen Kontakt gesucht und war abends nicht an ihrem Tisch im »Kreis« erschienen. Nur der Bub, Puck, Raffi und der Prins waren regelmäßig da gewesen, und über sie hatten Aaron und Otto erfahren, wie es Lucas erging. Dass er wieder und wieder die Geschichte von Claras Fall erzählte, dass er in aller Frühe bei Raffi angeklopft hatte, um sich des letzten Briefes von Clara zu bemächtigen, und dass er Robin attackiert hatte, als dieser Claras Tagebücher verbrannte. Sie hatten auch erfahren, dass Gilles Boon fassungslos gewesen war, als er von den vernichteten Tagebüchern hörte. Er hatte Bella nämlich vor der Verbrennung noch angeboten, sie in seinem Safe sicher für Quint aufzubewahren, damit sie ihm an seinem achtzehnten Geburtstag übergeben werden konnten. Gilles hatte zudem durchblicken lassen, dass die Tagebücher vielleicht ausgezeichnetes Material für einen Roman sein könnten und er sie gerne gelesen hätte.

»Da wir nun ohnehin entschieden haben, uns diesem Theater teilweise zu entziehen, können wir uns auch genauso gut irgendwo hinsetzen«, sagt Otto zu Aaron, als die ersten

Töne von *Die Brücke* nach draußen dringen. »Ansprachen sind von oben verboten worden, also ist für uns, die Männer des Wortes, sowieso nichts zu holen. Unser guter Freund Bubi möge es verzeihen, aber je weniger von den gekünstelten Klängen dieser himmelschreienden atonalen Musik an mein Ohr dringt, desto besser.«

Sie gehen um die Kapelle herum und entdecken die langen Tische, die man längs der rechten Seite des Gebäudes aufgestellt hat. Otto nimmt ächzend und schnaufend auf einer der dazugehörigen Holzbänke Platz, und Aaron setzt sich ihm gegenüber.

»Es dauert nur eine halbe Stunde«, sagt Aaron, »hat Bubi mir erzählt.«

Otto reagiert nicht. Er zieht das Gedicht hervor, das Quint ihm am Eingang gegeben hat, zündet sich eine der hundert Zigaretten dieses Tages an und beginnt zu lesen. Aaron folgt seinem Beispiel, und so sitzen die beiden Erzfreunde an diesem warmen Augustmorgen inmitten der Toten und lesen.

Aber wäre ihr Sterben nun
Wie ein Wort, etwas vorher Ausgemachtes
Seltsam, unverschämt, keine Tat eigentlich, sondern eine
Tiefe Wunde, verpackt in Trauer
Nach Art aller Menschen voll Kummer und Küssen,
Wie ein Wunder auch, ja, doch, für wen sie hinterließ.

»Schön, schön«, murmelt Otto, »aber Gilles steht nicht wirklich auf unserer Seite.«

»Kommt darauf an, wie du das Wort ›Wort‹ interpretierst«, erwidert Aaron. »Intuitiv spürt er, dass ihrem Tod eine Ordnung zugrunde liegt, der Logik der Sprache vergleichbar. So, wie Wörter etwas bedeuten, weil wir das untereinander vereinbart haben, kam sie einer Verabredung nach, indem sie fiel. So lese ich es.«

»Aber Gilles suggeriert, dass sie es insgeheim mit sich selbst abgemacht hatte«, sagt Otto, der seit Claras Tod größeres Mitleid mit ihr entwickelt hat, als ihm lieb ist.

»Abmachungen mit sich selbst sind Widerspiegelungen der Erwartungen, die die Umgebung an einen hat, das besagt also gar nichts. Das spricht Lucas nicht frei. Sie hatte das schon in sich, das stimmt. Sie war unbesonnen und selbstzerstörerisch, aber warum, das ist die Frage.«

»Es ist dieses grässliche Fehlverständnis von Freiheit, an dem unsere heutige Zeit krankt«, sagt Otto mit plötzlicher Wut. Er richtet sich auf wie ein Grizzlybär, der sich in voller Größe zeigt, um mit seiner imposanten Statur den Feind abzuschrecken. »Je bei einer Beerdigung gewesen, wo die sogenannte Freiheit, man selbst zu sein, derart possierliche Formen angenommen hat? Wir leben in einer Zeit, in der ein in Aluminium verpackter Idiot in dem Wahn herumläuft, Picasso persönlich zu sein, in der Männer in klebriger Umarmung und Zungenküsse austauschend hinter dem Sarg einer zu jung gestorbenen Frau hergehen und diese Frau womöglich an der Wahnvorstellung zugrunde gegangen ist, dass Freiheit keine Grenzen kennt. Das sind die unmenschlichen Auswüchse des Schreckens namens sexuelle Revolution, der despotischen Herrschaft des Gefühls und der sogenannten freien Liebe. Mir graut vor diesem Pandämonium von Menschen, die nichts anderes tun, als sich gegenseitig in ihrem abartigen Verhalten nachzuäffen. Freiheit ist nur dank

Grenzen möglich, wieso versteht das immer noch keiner? Die Leugnung dieser simplen Tatsache ist der zerstörerische Virus des zwanzigsten Jahrhunderts, verbreitet von diesen Provos, deren Schirmherr und Hausmeister Lucas war. ›Befreit euch von euren Fesseln‹, ruft er von der Kanzel herab. Darum ging es doch in seinem Wagnerianischen Gesamtkunstwerk *Der Entfesselungskünstler*, oder? Aber unser eingebildeter Erlöser der Menschheit vergisst eines: dass Menschen nichts so sehr lieben wie ihre Fesseln.«

»So ist es«, sagt Aaron, der Ottos Ausbruch so sehr genießt, dass er ihn nicht groß unterbrechen möchte. »Er selbst ist der lebende Beweis dafür.«

»Man will einen strafenden Gott, die Fesseln einer Rasse, die Ketten einer Nation, den dunklen Luftschutzkeller eines Namens und einer Familie. Menschen lieben nicht die Freiheit, Menschen lieben, was ihnen Grenzen setzt, sie lieben das Gesetz«, beendet Otto seine Tirade genauso plötzlich, wie er damit angefangen hat. Er macht mit einem Mal einen erschöpften Eindruck, sein Gesicht ist ungesund bleich, Schweißperlen stehen ihm auf der Stirn, und er lässt sich wieder in die gewohnt schlappe Körperhaltung zurückfallen. Aaron erschrickt über das plötzlich so wachsbleiche Gesicht seines Freundes. Er denkt daran, dass sie erst vor wenigen Monaten Ottos Vater begraben haben, und führt den unvermittelten Schwächeanfall seines Freundes darauf zurück.

Es ist der Menschen Los, dass sie nicht wissen, wann die Zukunft ihre Schatten vorauswirft. Otto wird in genau einem halben Jahr einen Schlaganfall bekommen und ein Jahr später einen zweiten. Dieser zweite wird den Riesen fällen und an den Rollstuhl fesseln. Da erst wird sich Aaron daran erinnern, wie er dort auf dem Totenacker mit Otto am Tisch saß und Otto sich, blass und schwitzend, eine Zigarette anzündete. Mit der retrospektiven Einsicht in die Vergangenheit, die die fortgeschrittene Zeit gewährt, wird ihm ominös vorkommen, welche Anekdote er ihm da erzählte.

In der Annahme, er könne Otto damit amüsieren und von der Erinnerung an seinen Vater ablenken, erzählt Aaron eine Anekdote über Franz Schubert und dessen Teilnahme an der Beisetzung Ludwig van Beethovens.

»Wusstest du, dass Schubert einer der Sargträger bei Beethovens Beerdigung war? Mit fünf anderen Männern hob er den Sarg auf seine Schulter und trug seinen Freund und Helden zu dem Grab. Nach der Beerdigung landet er mit den anderen Sargträgern und ein paar Freunden in einer Schenke. Schubert hebt das Glas und bringt einen Trinkspruch aus: ›Auf den, den wir soeben begraben haben.‹ Sowie die Gläser wieder gefüllt sind, bringt er einen zweiten Trinkspruch aus: ›Auf den, der der Nächste sein wird.‹ Der Nächste war Schubert selbst. Syphilis. Er hatte auf seinen eigenen Tod angestoßen. Wenige Stunden, bevor er starb, komponierte er als seinen Schwanengesang ein Lied auf *Der Doppelgänger* von Heinrich Heine, und wie du weißt, ist der Doppelgänger dein eigener Schatten, der Tod.«

»Komponisten sind total behämmert, aber Schriftsteller stehen ihnen in nichts nach. Mein genialer, mich aber an Irrsinn weit übertreffender Namensvetter Otto Weininger beging mit dreiundzwanzig Selbstmord im Sterbehaus Beethovens.«

»Er schoss sich eine Kugel in den Kopf, nachdem er seinen Schwanengesang *Geschlecht und Charakter* geschrieben hatte. Er nannte das Buch sein eigenes Todesurteil«, ergänzt Aaron erleichtert. Er ist froh, dass sein Freund wieder etwas mehr Farbe im Gesicht hat und ihm in vertrauter Weise auf den eigentümlichen Spuren der Geschichte folgt.

»Und jetzt ist mir nach einer Tasse Kaffee.«

»Kaffee wird hier wohl nicht serviert«, sagt Aaron und zieht den Trauerbrief aus seinem Jackett.

Keine Ansprachen. Im Anschluss wird aber für jeden etwas zu trinken da sein, denn so hätte Clara es gewollt.

»In der Tat, eine solche Formulierung deutet nicht auf eine gediegene Tasse Kaffee hin, hier sind Spirituosen gemeint. Keine Worte, aber Wein.«

»Und Gesang«, fügt Aaron hinzu, der vage Jacobas Stimme auffängt.

»Was soll man von diesen verbrannten Tagebüchern halten?«, stellt Otto zur Diskussion.

»Als Schriftsteller denkt man unweigerlich an Kafka, wenn man so etwas hört«, erwidert Aaron. »Aber ich schätze, dass nicht viel damit verlorengegangen ist. Neunundneunzig Prozent aller Tagebücher sind wertlos. Es ist nur wenigen gegeben, eine persönliche Mythologie zu schaffen, und nur wer dazu imstande ist, schreibt ein Tagebuch, das eventuell die Mühe des Lesens lohnt. Der Rest produziert formlosen Schund, diktiert von der banalen Alltagswirklichkeit. Und Form ist alles. Die Form ist das Bild des Rätsels, Enthüllung und Geheimnis in einem. Nur ein Schriftsteller erzeugt die Ordnung von sich aus und lässt sich nicht von Datum und Tag diktieren.«

»Mir scheint, dass zudem ein gewaltiger Unterschied besteht zwischen Tagebüchern von Frauen und Tagebüchern von Männern. Soweit sich mir das rätselhafte andere Geschlecht offenbart hat, schreiben Frauen all das ins Tagebuch, was sie eigentlich ihrem Mann hätten sagen wollen und was sie insgeheim von ihm erwarten. Ihren hochgeschraubten Erwartungen kann ein Mann aber nie und nimmer entsprechen, und so wird ihr Tagebuch zu einem zusammengestrickten Klagelied über ihr erbärmliches Eheleben. Männer dagegen benutzen das Tagebuch dazu, den Zustand der Welt und den Lauf der Geschichte zu beschreiben und dabei vor allem ihren eigenen unentbehrlichen und wichtigen Anteil zu unterstreichen. Ich wüsste nicht, was mir unangenehmer ist.«

»Weißt du, was mit Tagebüchern ist«, sagt Aaron, der im Laufe seiner Freundschaft mit Otto unbewusst einige von dessen Idiosynkrasien übernommen hat.

»Du wirst es mir sicher gleich sagen.«

»Ihnen fehlt die Doppelsinnigkeit, und das macht sie langweilig.«

In dem Moment hören die Männer, wie die Türen auf der Rückseite der Trauerkapelle geöffnet werden. Es sind die Türen, die auf den Wald mit den Gräbern hinausführen. Aaron und Otto erheben sich wortlos und gehen dorthin, von wo sie das Knirschen von Rädern auf Kies vernehmen. Die Bahre mit dem Zinksarg, in dem Clara liegt, wird hinausgefahren. Aufgrund seines Gewichts kann er nicht auf den Schultern getragen werden. Sie warten, bis sie Lucas und Quint aus der Kapelle treten sehen, und reihen sich unauffällig in den Zug ein, der diesen folgt. Hinter den asymmetrischen Gestalten von Puck und Bubi hergehend, setzen sie ihr Gespräch fort. Es ist Aaron, der nach hundert Metern bemerkt, dass sich im Gebüsch längs der Wege zwischen den Gräbern etwas bewegt. Er stößt Otto an, er solle mal nach rechts schauen.

»Gibt's denn so was!«, donnert Otto.

Zwischen den Rhododendren und Koniferen machen sie drei Männer aus, die geduckt neben dem Trauerzug herhuschen. Einer von ihnen trägt eine Kamera auf der Schulter und filmt aus dem Gebüsch heraus die vorüberziehenden Gäste.

»Wer lässt denn die Beerdigung seiner Frau filmen!«, sagt Aaron empört. Er tippt Bubi auf die Schulter und weist ihn auf den Kameramann im Gebüsch hin. »Wusstest du davon?«, fragt er. »Hat Lucas ein Filmteam angeheuert?«

Durch seine Brillengläser sieht Bubi die Bewegung der Männer in den Sträuchern und stößt wiederum Puck an.

»Aaron fragt, ob Lucas das Fernsehen engagiert hat«, sagt er zu ihr.

»Keine Ahnung«, brummt sie und blickt weiter geradeaus.

»Keine Ahnung«, sagt Bubi, sich halb zu Aaron umdrehend.

Für Aaron passt die Anheuerung eines Filmteams nahtlos in das Bild, das er sich inzwischen von Lucas gemacht hat, und er fragt nicht weiter. Das Getuschel breitet sich über den Trauerzug aus und erreicht die vordersten Reihen, wo Robin hinter Lucas und Quint geht und besorgt den schmalen Kinderrücken im Auge behält. Von nun an wendet er hin und wieder den Blick von Quint ab, um den Bewuchs längs des Weges ins Visier zu nehmen. Kurz bevor sie die

Stelle erreichen, die Lucas für Claras Grab ausgesucht hat, entdeckt er den Anlass für die Aufregung. Hinter einer Konifere taucht ein Gesicht auf, und Robin blickt in ein Paar Augen, die er mit einem Schauder erkennt. Der Mann, der ungebeten und heimlich Aufnahmen vom Begräbnis macht, hat sein Domizil am Oudezijds. Er ist die rechte Hand des Anführers der Satanskirche. Als leidenschaftlicher Fernsehzuschauer begreift Robin sofort, was los ist. Seit April verfügen die Piratensender in Amsterdam über ein unterirdisches Kabelnetz und schicken nach Mitternacht selbstgemachte Reportagen in den Äther. Die Satanskirche hat gleich von dieser neuen Möglichkeit, ihren Glauben an die Rache zu verkünden, rücksichtslosen Egoismus zu propagieren und Schleichwerbung für das Bordell zu machen, das sich hinter der Fassade der Satanskirche versteckt, Gebrauch gemacht und sich eine führende Stellung im lokalen Fernsehen gesichert. Am selben Tag, als sie Clara zu ihrem Grab geleiten, wird in einem Amsterdamer Hotel der Anführer der Satanskirche zum Vorsitzenden der Piratensender ausgerufen, was zu heftigen Protesten und eskalierenden Handgreiflichkeiten führt. Robin hat zu viel Angst vor den Männern im Gebüsch, um sie eigenhändig zu vertreiben, und informiert flüsternd Prins über seine Entdeckung.

»Lass sie ruhig«, sagt dieser, »ich werde schon dafür sorgen, dass die Bänder beschlagnahmt werden, bevor sie sie senden können.«

Der Zinksarg ist mit der Bahre auf ein Gestell über dem klaffenden Loch in der Erde gefahren worden. Um das Grab herum herrscht eine Stille, die sich allmählich über den ganzen ellenlangen Zug ausbreitet und zum Schluss auch die letzten Gäste in der hintersten Reihe erreicht. Lucas schaut nach oben und liest an der Wolkendecke ab, dass der Himmel demnächst seine Schleusen öffnen und Wald und Stadt unter Wasser setzen wird. Im selben Moment schaut auch Quint hoch, weil er einen Kuckuck rufen hört.

»Da ist sie«, sagt er und zeigt mit dem Finger nach oben.

»Unser schöner, wilder Vogel«, sagt Lucas.

Im Anschluss nimmt er seinen Sohn an der Hand und kehrt auf einem anderen Weg zur Kapelle zurück. Als hätte ein Dirigent den Hunderten von Freunden, Bekannten und Neugierigen ein Zeichen gegeben, kommen die Gespräche wieder in Gang, und so bewegt sich ein murmelnder Zug an Claras Sarg vorbei. Die um den rechteckigen Krater herum aufgeschüttete Erde wird mit Blumensträußen überhäuft. Irgendwer drückt eine Flasche Campari in den sandigen Boden, und ein anderer legt ein Päckchen Gitanes daneben. Rafael nimmt mit einem Nicken Abschied von der Frau, für die er sein Leben lang eine Schwäche bewahren wird, und geht dann mit Bubi und Puck zu der Lichtung im Wald, wo die Trauerkapelle steht.

»Ich habe das Gefühl, dass wir mit Clara mehr zu Grabe tragen als nur Clara«, sagt er bedrückt.

»Woran denkst du dabei?«, fragt Puck.

»Ich weiß es nicht genau«, antwortet Rafael zögernd, »etwas von unserer Zeit und unserer Generation, einen Elan, einen Glauben vielleicht.«

»Und wenn, dann hoffentlich auch die dazugehörigen Irrtümer«, fügt Puck schnippisch hinzu.

»Wie meinst du das?«, fragt der Bub, der sich immer persönlich angegriffen fühlt, wenn Puck sich höhnisch über die Zeit auslässt.

»Ach, es ist doch eine Todsünde, von Clara«, erwidert Puck heftig. »Sie hat sich so viel Gewalt angetan, und warum? Um zeitgemäß zu sein. *Make love not war*, davon reden alle groß, aber was ist passiert? Die Liebe ist zum Krieg geworden. Das zeichnet unsere heutige Zeit aus, und wer das nicht sieht, ist blind. Demnächst läuft die ganze Meute wieder in einer Demonstration gegen Kernwaffen mit, die gleiche folgsame Meute, die gegen Vietnam, gegen die Heirat von Beatrix und Claus, gegen die Wohnungsbaupolitik, gegen die U-Bahn auf dem Nieuwmarkt und so weiter protestiert hat. Und dabei wiegen sich diese Mitläufer auch noch in der Illusion, gut zu sein, das ist das Schlimmste. Dass ihr eigenes Zuhause unterdessen zum Kriegsschauplatz geworden ist, auf dem die grausamsten Schlachten ausgetragen werden, wird darüber nur zu gern verdrängt.«

Puck bleibt mitten auf dem Weg stehen, weil ihr die Puste ausgeht. Der Bub und Raffi, die sich Pucks Trippelschrittchen angepasst haben, bleiben ebenfalls stehen.

»Kurz verschnaufen«, entschuldigt sich Puck.

»Komm, wir setzen uns«, schlägt der Bub vor. Er hat unter den Bäumen eine Bank entdeckt und geht dorthin. Puck und Rafael folgen ihm. Ohne etwas zu sagen, heben die Männer Puck routiniert auf die Bank und nehmen neben ihr Platz. Der Bub zieht seinen Tabak hervor, Rafael seine Packung North State, und Puck legt Feuer an eine Zigarre.

»Fahr fort«, sagt Raffi.

»Was soll ich noch dazu sagen, es hat sich vor meinen Augen abgespielt, und ich konnte nichts dagegen tun. Das macht mir heute ziemlich zu schaffen und so weiter. Du kannst etwas durchschauen und trotzdem machtlos am Rand stehen. Ich komme in viele Häuser, aber ich habe kaum irgendwo erlebt, dass sich zwei derartig gegenseitig niedergemacht haben wie Lucas und Clara.«

»Worüber haben sie sich denn bloß so gestritten?«, fragt Raffi.

»Tja, worüber streiten Paare? Nichtigkeiten. Müll rausstellen, Katzenklo saubermachen, Hunde ausführen und so weiter. Du bist doch oft genug dabei gewesen, oder? Clara war Lucas' Anklägerin, und deshalb hat er sie geliebt. Sie war sein schlechtes Gewissen. Mit seinem schlechten Gewissen zusammenzuleben hat den Vorteil, dass man es selbst nicht mehr zu haben braucht. So verhält sich das, und da liegt der Hase im Pfeffer. Was im Großen geschieht, geschieht auch im Kleinen. Mikro spiegelt Makro wider und so weiter. Jeder, der sich für eine öffentliche Sache einsetzt, sei es nun durch das Predigen des Christentums, des Hippietums, des Kommunismus, des Kapitalismus oder des freien Sex, verkehrt in dem Wahn, Gutes mit der Menschheit im Sinn zu haben, und dieser Wahn macht blind für die Zerstörungen, die man bei sich zu Hause anrichtet. Schlimmer noch: Für die Welt zu kämpfen ist ein Freibrief für ungehemmten Egoismus im Privatleben. Das ist ein Kuhhandel mit Alibis. Der Wahn, gut zu sein, wenn man eine Rauchbombe auf die Kutsche von Beatrix und Claus wirft, ist der Irrtum dieser Zeit. Diese Bombe hat jede Beziehung gesprengt, nur nicht die ebendieser zwei. Clara hat Lucas permanent auf diesen Irrtum hingewiesen. Aber gut, zwischen Clara und Lucas lag noch mehr im Argen.«

Rafael schweigt, weil Puck mit ihren Bemerkungen an ein Schuldgefühl gerührt hat, das schon länger an ihm nagt. Sie hat nämlich genau die Gründe angeführt, aus denen auch seine Ehe gescheitert ist. »Du reist Tausende von Kilometern, um dich in den Geist irgendeines bekloppten Musikers zu vertiefen, aber du weißt nicht, was in mir vorgeht«, hatte seine Frau gesagt, als sie ihre Koffer packte und ihn endgültig verließ.

»Ich habe ja einiges an Lucas auszusetzen«, sagt Bubi, »aber ich muss sagen, dass ich es oft ziemlich unangenehm fand, wie Clara jedem beipflichtete, der irgendetwas gegen Lucas einzuwenden hatte. Sagte ich zum Beispiel, dass er Jacob zutiefst damit verletzt habe, dass er seine Oper seinerzeit verrissen und ihn einen bigotten Popen genannt habe, goss Clara, bevor Lucas etwas entgegnen konnte, Öl ins Feuer und sagte, so gehe Lucas eben mit Menschen um. Erst bete er sie an und hebe sie in den Himmel, und dann lasse er sie fallen wie heiße Kartoffeln und tanze auf ihren Leichen. Und so ging das den ganzen Abend. Alles, was ich sagte, nutzte sie dazu, ihn runterzumachen und gehässig zu beleidigen, bis ich gar nichts mehr zu sagen wagte. Ich wusste irgendwann nicht mehr, was ich nun schlimmer fand, ihren Mangel an Loyalität oder Lucas' Provokationen.«

»Ja, das habe ich auch miterlebt«, sagt Rafael. »Als sich der Konflikt zwischen Aaron und Lucas zuspitzte, habe ich ein wenig zu vermitteln versucht, indem ich Lucas riet, gelassener damit umzugehen. Auf alle Fälle wollte ich ihm verdeutlichen, dass er den Graben in ihrer Freundschaft nur immer tiefer machte, wenn er in seinen Zeitungsartikeln dauernd höhnische Anspielungen auf Aaron machte. Das tat ich, um ihm zu helfen. Auf die Weise geht es schief, sagte ich, so kommt es zu einem Bruch an unserem ›Tisch‹, und ich weiß, dass das das Letzte ist, was du möchtest. Statt mich zu unterstützen und Lucas von seinem Kurs abzubringen, ergriff Clara begeistert Partei für Aaron. Sie sagte, sie bewundere Aaron für seine Geduld und seine Nachsicht und sie verstehe nicht, wieso er Lucas' unausstehliches Verhalten so lange hinnehme. Wenn sie Aaron wäre, sagte sie, hätte sie Lucas längst vom ›Tisch‹ verwiesen. ›Lucas liebt andere nur, um von ihnen abfallen zu können‹, sagte sie einmal, und so eine Bemerkung vergisst man nicht so leicht.«

»Ich entsinne mich noch, dass Lucas einmal von seinem Wehrdienst erzählte«, setzt Bubi als Nächstes die Reihe der Erinnerungen fort. »Lucas erzählte immer voller Stolz, dass sie ihn ins Irrenhaus in Austerlitz gesteckt hätten. ›Ich habe mich mit der Musik daraus befreit, meiner ewigen Rettung‹, sagte er. Er habe ein Stück im Staatsauftrag geschrieben, und da er dem Staat nicht auf zwei Gebieten gleichzeitig hätte dienen können, habe er gehen dürfen, lautete seine Version. Sofort ist Clara über ihn hergefallen. ›Wieso musst du eigentlich immer lügen?‹, sagte sie. ›Du hast drei Monate in Austerlitz gesessen und warst viel zu normal, um bleiben zu dürfen, und viel zu feige, um den Kriegsdienst offiziell aus Gewissensgründen zu verweigern, und als sie dich aus dem Irrenhaus entließen, musstest du wieder zur Truppe zurück. So war das.‹ Lucas schämte sich und wollte sein Gesicht wahren. ›Meine Geschichte ist schöner‹, sagte er, ›und wie so oft beweist du dich wieder mal als Feindin alles Kreativen.‹«

»Ach, ach, ach, was für ein Jammer«, brummt Puck kopfschüttelnd. »Zwei so liebenswerte Menschen, die nur zusammengefunden haben, um alles, was liebenswert an ihnen ist, kaputtzumachen.«

»Ja, warum?«, fragt Bubi mit leichter Verzweiflung in der Stimme.

»Irgendwoher muss es kommen«, erwidert Puck sinnierend. »Das Ausmaß der Sehnsucht nach einer Beziehung steht oft im umgekehrten Verhältnis zur Fähigkeit, eine solche zu haben. Das ist es, glaube ich. Lucas und Clara waren durch die Angst vor ihrer Unfähigkeit zu lieben und geliebt zu werden zusammengeschmiedet, aber das macht die Sehnsucht nach Liebe nicht geringer. Das Scheitern war von Anfang an vorprogrammiert, und da richtet man sich dann in einem sicheren Kerker ein, so abwegig das auch klingen mag. Clara liebte ihn, *weil* er Männer immer mehr lieben würde. Mit der Entscheidung für Lucas hat sie sich für ihre Einsamkeit entschieden. Und andersherum und so weiter.«

»Da könnte was dran sein«, sagt Bubi, um Puck zu Atem kommen zu lassen. »Für mich war Clara eine dramatisch einsame Frau, obwohl sie mit jedem konnte, rundum bewundert und auf Händen getragen wurde.«

»Aber Lucas ist doch auch so ein einsamer Hund«, wirft Rafael ein. »Ich habe ihn oft angeschaut und gedacht: Ich sehe einen völlig kontaktgestörten Menschen, der sich nach nichts so sehr sehnt wie nach Kontakt mit jedem, der ihm über den Weg läuft.«

»Warum hat sich Lucas denn für Clara entschieden, Puck?«, fragt Bubi.

»Aus dem gleichen Grund, aus dem sich Clara für ihn entschieden hat, das hab ich dir doch erklärt. Mit seiner tierischen Intuition wusste er, dass Clara genauso in ihrer Unfähigkeit festhing wie er in der seinen. Nicht umsonst trank sie so viel. Und dann diese ganzen Briefe auf der Treppe. Die Eigenart eines Briefes ist, dass man damit eine Distanz zu überbrücken versucht, die man zugleich schafft und wahrt. Das ist es, was ich meine.«

»Lucas erzählte mir einmal von seiner Zeit in der Schweiz«, hebt Rafael an. »Er ging dort bei Pierre Boulez in die Lehre. Er kannte niemanden, hatte keinen müden Cent und fühlte sich unendlich einsam. Der einzige Weg, nicht an der Einsamkeit zugrunde zu gehen, habe für ihn darin bestanden, sagte er, die Schweizer kategorisch zu hassen wie die Pest. Diese Bemerkung ist mir nie mehr aus dem Kopf gegangen, ich weiß auch nicht genau, wieso.«

»Selbsterkenntnis ist nicht seine stärkste Seite«, erwidert Puck, »obwohl er sich Mühe gibt. Lucas regt sich nicht über andere auf, um seine Einsamkeit ertragen zu können. Er sorgt dafür, dass er sich über andere aufregen kann, damit er seine Einsamkeit wahren kann.«

»Verdammt«, murmelt Rafael.

»Aber warum um Gottes willen sollte jemand seine Einsamkeit wahren wollen? Man würde doch annehmen, dass jeder alles dafür tut, gerade nicht einsam zu sein«, sagt Bubi zu Puck und wippt vor Aufregung mit den Beinen.

»Um ›Gottes willen‹, du sagst es schon selbst. Möchtest du wissen, wie ich das sehe?«

»Natürlich.«

»Also, ich sehe es so. Wer ist der Einsamste der Einsamen? Das ist Gott selbst. Alles, was Lucas in seinem Leben unternimmt, führt zu Widerspruch, Ambivalenz, Ambiguität, wie immer man es auch nennen will. Seine Beziehung zu Clara, wo er doch Männer liebt, sein Schreiben, obwohl er Worte für gefährlich hält, dass er für alles auf die Barrikaden geht, obwohl er doch lieber ein Leben auf seinem Dachboden führen möchte und so weiter. Er verachtet diese Widersprüche in sich. Gott ist nicht ambivalent, und Gott ist sein Vorbild. Lucas will nur eines: einseitig, einmalig, einzeln und somit einsam sein, dann kann er mit sich leben, denn dann kommt er seinem Ideal nahe.«

»Jesus, Puck!«, ruft Bubi aus. »So habe ich dich das noch nie sagen hören.«

»Seinen eigenen Jesus hat er auch schon, das ist Quint«, schiebt Puck noch nach und grinst ihr diebisches Grinsen, als sie die verblüffte Miene ihres Freundes sieht.

»Mir dreht sich der Kopf, Puck«, sagt Rafael. »Lucas ruft doch immer: ›Ohne Streit geht die Freiheit verloren‹, aber hier geht es jetzt um die ultimative Freiheit. Das hieße ja, dass Lucas mit allen Streit sucht, um Gott gleich zu sein.«

»Puh, na endlich«, sagt Puck. Sie klemmt ihre Zigarre zwischen die Lippen und schwingt sich von der Bank hinunter.

Bubi, der normalerweise immer aufsteht, wenn Puck aufsteht, bleibt sitzen. Er presst die langen, schlanken Hände an die Brust und sieht Puck bestürzt an.

»Weißt du eigentlich, was du da gesagt hast?«, flüstert er. »Wenn Lucas alle Widersprüche aus seinem Leben verbannen will und wenn Clara einer seiner Widersprüche war, dann bringt Claras Tod ihn seinem Ideal näher.«

Hinter den dicken Brillengläsern haben Pucks Augen mit einem Mal einen tieftraurigen Ausdruck.

»Ich weiß, was ich gesagt habe, aber ich weiß auch, was ich nicht gesagt habe.«

»Also du glaubst nicht, dass–«, setzt Rafael an, aber er kommt nicht dazu, seinen Satz zu vervollständigen.

»Nein, ich denke nicht, dass«, unterbricht ihn Puck.

»Der Schein spricht gegen ihn«, sagt Bubi.

»Eben«, sagt Puck, »der Schein.«

Die zu Hunderten Gekommenen nutzen den warmen Tag und die Gastfreundschaft, um miteinander zu reden und zu trinken. Gegen vier hat sich die Gesellschaft bis auf fünfzig Gäste gelichtet, die müde und leicht beschwipst auf den Rändern der Gräber und an den Tischen sitzen und in ihrem Gedächtnis nach Anekdoten über Clara kramen, die noch nicht erzählt worden sind. Bella hat sich die ganze Zeit im Empfangsraum der Trauerkapelle hinter dem Tisch mit dem Wein verschanzt und gießt verzweifelt überschwenglich die Gläser voll. Gilles ist in ihrer Nähe geblieben und geht hin und wieder zu ihr, um zu schauen, ob sie sich nicht unter die Menschen mischen möchte, aber das möchte sie nicht.

»Lass mich mal«, sagt sie zu Gilles. »Ich muss etwas zu tun haben, sonst werde ich verrückt.«

Er versteht das und traut sich jetzt, da die Sonne hinter den Bäumen verschwunden ist, zum ersten Mal nach draußen. Den ganzen Nachmittag haben ihn Gäste auf sein Gedicht angesprochen und ihm Komplimente dafür gemacht.

»Ein großartiges Gedicht, es ist Clara auf den Leib geschrieben«, sagt ein Rezensent, gegen den er eine schon fast physische Abneigung empfindet.

»Wie gewöhnlich haben Sie mal wieder nichts begriffen«, entgegnet er mokant. »Es ist ihr auf den Leichnam geschrieben.«

Er lässt den verdutzten und beleidigten Journalisten stehen und geht weiter. Erfreut sieht er, dass Aaron, Otto, Bubi, Raffi, Puck und der Prins es geschafft haben, sich die ganze Zeit durch die gleiche Aureole abzuschirmen wie im »Kreis«. Nachdem sie Clara bei dem Loch in der Erde zurückgelassen haben, haben sie eine Ecke eines langen Tisches in Beschlag genommen, und keiner der anderen Gäste hat es gewagt, in den unsichtbaren Ring zu treten, der sie umgibt. Gilles tritt an den Tisch, und sowie er Aaron auf die schmale Schulter tippt, spürt er die wohltuende Abgesondertheit.

»Rückt mal ein Stück auf für den Dichter«, sagt Aaron zu den anderen. Der Befehl wird sofort befolgt, und Gilles nimmt auf der Holzbank Platz.

»Ein wunderbares Gedicht, Gilles«, sagt Bubi als Erster, und das ist der Auftakt für einen zustimmenden Chorgesang der Bewunderung.

»Die Trauer geht dem Tod voraus, der Tod geht dem Leben voraus, gut gesehen«, sagt Aaron. »Ich hätte es nicht schöner formulieren können«, fügt er ironisch hinzu. Dass seine Ironie den Menschen, die ihn nicht gut kennen, entgeht, liegt daran, dass er nie die zur Ironie gehörende Mimik mitliefert, sondern derlei Bemerkungen mit ungerührter Miene in die Welt hinausschleudert.

»Wir müssen noch kurz die Geschichte zu Ende hören, in die Raffi uns gerade eingeweiht hat«, sagt Otto. »Er hat im künstlerischen Œuvre unseres unglücklichen ›Tisch‹-Genossen – dem wir übrigens noch unsere persönliche Anteilnahme ausdrücken müssen, Aaron – die schaurigsten Entdeckungen gemacht.«

»Das hat noch Zeit, er ist in einem fort von Menschen umringt. Erst mal hören, was Raffi noch zu sagen hat, denn es kommt dem Paradox, das ich gerade aufgerührt habe, unangenehm nahe.«

»Wo war ich?«, fragt Rafael Bubi.

»Dass Lucas' Werk, bevor er Clara kennenlernte, vom Tod des Liebsten handelt. Du hast von Achterberg und Orpheus gesprochen und wolltest gerade von dem Werk erzählen, dass er komponiert hat, seit er mit Clara zusammenlebte.«

»Ja, jetzt weiß ich es wieder. Noch kurz zu Orpheus, eine hübsche Geschichte. Vor etlichen Jahren machte ich ein großes Interview mit Hans Keilson, einem deutschen Psychiater, der als Jude in den dreißiger Jahren in die Niederlande flüchtete. Es war für eine Artikelreihe über Exilliteratur. Hans Keilson ist nämlich nicht nur Psychiater und Kinderarzt, sondern er schreibt auch Romane. Ich erinnere mich, dass mich vor allem seine Theorie über die symbiotische Beziehung zwischen Täter und Opfer fasziniert hat. Keilson, der nie nach Deutschland zurückgekehrt ist, empfängt mich in seinem Haus im Gooi. Irgendwer hatte mir erzählt, dass er mit Achterberg befreundet gewesen war und sie miteinander korrespondiert hatten. Im Laufe des Interviews kommen wir auf den Dichter und dessen Mord zu sprechen. Um die Psychopathie Achterbergs zu verdeutlichen, greift Keilson auf die Geschichte von Orpheus zurück. Als Psychoanalytiker sei er es gewohnt, hinter alles, was sogenannt *aus Versehen* geschehe, ein Fragezeichen zu setzen, sagt er.«

»Genau«, murmelt Aaron beifällig.

»Keilsons Analyse lautet denn auch, dass sich Orpheus in der Unterwelt nicht versehentlich nach Euridike umblickt, sondern dass ihn etwas dazu treibt, das Verbot, sich nach ihr umzublicken, zu übertreten. Das ist nichts, was er per se will, und ganz sicher nichts, was er bewusst erkennen kann, aber schon etwas, was stärker ist als sein Wunsch, Euridike aus dem Tod zurückzuholen. Was das denn sei, frage ich ihn. ›Sein Künstlertum‹, sagt er, ohne zu zögern. Belesen, wie er ist, führt er anschließend mehrere Beispiele an, um zu erläutern, dass für einen Künstler eine tote Geliebte inspirierender sei als eine lebende. Die herrlichen Gesänge von Orpheus nach dem Tod Euridikes entsprängen der Sehnsucht nach der verstorbenen Frau. Er würde nie wieder so schön singen können, wenn er sein Verlangen tötete und sie wieder lebend an seiner Seite hätte.«

»Und als Orpheus Euridike einmal verspielt hatte, konnte er sich ruhigen Herzens in die Arme der Männer werfen«, sagt Otto triumphierend. »Jetzt verstehe ich, die Rede ist von unserem Loos.«

»Halt, warte mal, ich muss noch etwas hinzufügen«, bremst Rafael Otto in seiner Begeisterung. »Keilson betonte in dem Gespräch, er halte es für eine Errungenschaft der Psychoanalyse, dass *mit Absicht* seit Freud nicht mehr das direkte Gegenstück zu *aus Versehen* sei. Es gebe noch etwas dazwischen.«

»Das kann man wohl sagen«, erwidert Otto. »Als Mann des Gesetzes betrachte ich dieses zwielichtige Dazwischen als mein Domizil.«

»Ich erinnere mich noch gut an dein Interview mit Keilson«, schaltet sich der Prins ein. »Weißt du noch, dass du ziemlich außer Fassung zurückkamst, weil er dir eine Geschichte über seine erste Frau erzählt hatte?«

»Jetzt musst du mir auf die Sprünge helfen«, sagt Raffi mit fragendem Blick.

»Weißt du das denn nicht mehr? Du hast dich dank dieser Frau in die Graphologie vertieft.«

»Mensch, stimmt ja, wie konnte ich das nur vergessen? Das hat damals offenbar solchen Eindruck auf mich gemacht, dass ich es verdrängt habe. Aber es ist ja auch eine haarsträubende Geschichte.«

»Heraus damit«, gebietet Aaron.

»Mein Gott, Prins, dass du dich daran noch erinnerst. Wie lange ist das her, fünfzehn, zwanzig Jahre? Das Interview geht erst über seine Herkunft, über Deutschland in den dreißiger Jahren, dass er 1934 der letzte Jude war, der noch sein Staatsexamen als Arzt ablegte, dass sein erster Roman im selben Jahr verboten wurde und er noch immer in dem Wahn lebte, es werde schon nicht so schlimm werden. ›Meine erste Frau hat mich gerettet‹, sagt er dann. Und dann erzählt er mir etwas – unbegreiflich, dass ich nie mehr daran gedacht habe. Er erzählt, dass seine Frau die Drohungen des Nationalsozialismus viel ernster nahm als er und ihn zu überzeugen versuchte, dass sie aus Deutschland fliehen müssten. Nun will es die Geschichte, dass sie professionelle Graphologin war. Eines Tages gelang es Keilson über mehrere Ecken, einer kurzen Schriftprobe von Adolf Hitler habhaft zu werden. Die Notiz trug keine Unterschrift, und auf dem Papier war nichts zu lesen, woraus man hätte schließen können, dass es von Hitler stammte. Keilson nahm häufig die graphologischen Kenntnisse seiner Frau in Anspruch, und so legte er ihr noch am selben Abend einige handgeschriebene Briefe vor, unter denen er auch den Zettel von Hitler versteckt hatte. Sie sah sich die erste Handschrift genau an und erzählte Keilson ihre Befunde, ebenso bei der zweiten. Bei der dritten Handschrift sah Keilson, wie das Blatt in ihren Händen zu zittern begann. Sie schaute erschrocken zu ihm auf und sagte: ›Der steckt die Welt in Brand.‹ Es war die Handschrift Adolf Hitlers. Das war 1936, und sie sind noch in derselben Woche in die Niederlande geflüchtet.«

Alle sind so von Rafaels Geschichte gefesselt, dass keiner bemerkt, wie Lucas an den Tisch tritt.

»Brüder«, sagt er leise.

Obwohl Bubi Lucas schon gesprochen und dessen Komplimente und Dank für die Aufführung entgegengenommen hat, ist er der Erste, der sich erhebt und Lucas in die Arme schließt. Rafael folgt seinem Beispiel. Mit der ihm eigenen Unerschütterlichkeit und Würde steht auch Aaron auf und geht Lucas entgegen. Er reicht ihm die Hand und will ihm erklären, wie er das Telegramm gemeint hat, bekommt aber nicht die Gelegenheit dazu. Lucas tritt einen Schritt vor, umarmt ihn, und zu seiner Bestürzung hört Aaron, wie ein Schluchzen aus Lucas' Brust aufsteigt. Linkisch klopft er ihm auf den Rücken, löst sich aus der Umarmung und ruft Otto.

»Hier ist Lucas«, sagt er.

Bevor Otto seinen mächtigen Leib von der Bank hievt, flüstert er Raffi noch schnell zu, dass er aber den Rest der Geschichte hören möchte.

Auch die schweren Tage im Leben werden endlos ausgedehnt, damit sie kein Ende finden. So, wie man nur ungern die Euphorie eines Hochzeitstages abbricht und sich an die Zukunft des Alltäglichen macht, will niemand den Rausch der Bekümmerung beenden und die Zeit antreten, da der Verlust banale Tagesordnung ist. Erst gegen halb neun am Morgen des 6. August 1981 verlassen die letzten Freunde wankend vor Müdigkeit und Betrunkenheit das Haus am Oudezijds Voorburgwal. An diesem Tag beginnt für Lucas, Quint und Robin ein Leben ohne die Anwesenheit Claras. Lucas wird mit siedender Energie noch heftiger gegen den Entwurf für das Musikgebäude an der Amstel zu Felde ziehen und in den Verdacht geraten, einer der Anstifter zu sein, als Aktivisten die Kräne auf dem Baugelände anzünden und einen Millionenschaden anrichten. Als dreizehn Jahre später, 1994, *Das Tribunal* von Lucas Loos glanzvoll in dem von ihm ehedem so verfluchten Haus uraufgeführt wird, ist der Bruch mit den Brüdern vom »Tisch« schon einige Jahre Fakt. Dass Lucas Loos seine Oper in dem umstrittenen Musikgebäude aufführen lässt, zeugt für sie von seinem Opportunismus und bestätigt sie darin, dass sie recht hatten. Zwar wird abends am Tisch herzlich gelacht, als der Prins zu erzählen weiß, dass Lucas über die Premiere von *Das Tribunal* sagte: »Das Beste, was mir passieren könnte, wäre, wenn sie den Laden nach den letzten Klängen vor Begeisterung kurz und klein hauen«, doch das versetzt den Freunden höchstens einen Stich des Verlusts, Lucas Loos bringt es nicht an den »Tisch« zurück.

Fünfter Akt

Der Prins hatte die Adresse auf die Rückseite eines Bierdeckels geschrieben. Bevor ich aus dem Haus ging, sah ich sie mir noch einmal an, und da es sonnig und warm war, beschloss ich, einen Spaziergang dorthin zu machen. Es war Freitag, der 5. August 2005, ich wurde um zwei Uhr erwartet und konnte zu Fuß rechtzeitig dort sein. Die neun Tage seit der unverhofften Begegnung im Straßencafé an der Elandsgracht hatte ich dazu genutzt, mich mit verschiedenen Freunden von Lucas Loos und Clara Wevers zu unterhalten, einen Großteil seiner Artikel und Libretti zu lesen und mir seine Musik anzuhören. Den Kopf voller Geschichten spazierte ich nun die Gracht entlang, gespannt auf die geheimnisumwobene Verabredung mit den drei Herren. Der Prins hatte mir erklärt, dass das Haus am Ende der Herengracht, zur Amstel hin, lag und ich im Souterrain klingeln sollte. Unsichtbar begleitet von einem Mann und einer Frau, die allmählich als Protagonisten Gestalt annahmen, ging ich um Punkt zwei Uhr die Steintreppe zur Wohnung von Bubi de Vos hinunter. Von den beiden Fenstern, die zur Hälfte unter Straßenniveau lagen, war der obere Teil mit einem Gitter aus grüngestrichenen Eisenstreben verbarrikadiert. Die Betoneinfassung der Tür zierte ein altes Emailleschild, auf dem EINGANG PERSONAL stand. Eines der Fenster war gekippt, und leise Klavierklänge drangen zu mir heraus. Ich war plötzlich nervös und hatte das unangenehme Gefühl, mir Gewalt anzutun. Bevor ich aber weiter darüber nachdenken konnte, wurde die Tür von dem Mann geöffnet, der mir von Abbildungen und Auftritten her, jedoch nicht persönlich bekannt war. Obwohl er an die siebzig sein musste, sah er wie ein hochaufgeschossener Junge aus.

»Komm rein«, sagte er. »Wie spannend, dass du das machst, ich bin richtig aufgeregt. Raffi ist schon da, und der Prins wird sicher auch gleich kommen.«

Im Eingangsbereich gab er mir die Hand und stellte sich mit freundlichem Lächeln vor, dann ging er mir mit beschwingtem Schritt voran. Der sich anschließende Flur war lang und dunkel, aber als Bubi de Vos an dessen Ende eine Tür öffnete, tat sich dahinter ein lichtdurchfluteter, riesengroßer Raum auf. In einer Ecke stand ein schwarzgelackter Flügel, der mich mit seinem Elfenbeingebiss angrinste. Geöffnete Flügeltüren gaben Ausblick auf eine überdachte, aus tropischem Hartholz angelegte Terrasse und einen tiefen Garten. Auf der Terrasse stand ein langer Tisch, umringt von bequemen Korbsesseln mit Kissen. In einem der Sessel saß ein großer, außergewöhnlich gutaussehender Mann, der sich erhob, als ich auf den Tisch zuging. Mit sonorer Stimme und der gleichen Freundlichkeit, mit der Bubi de Vos mich begrüßt hatte, lächelte er mir zu, stellte sich vor und hieß mich willkommen.

»Wir sind ein bisschen nervös«, begann Rafael Delaporte, »aber lassen Sie sich davon bloß nicht irritieren. Durch unser Alter und unsere Erziehung sind wir für ein anderes Verhältnis zum Verbotenen prädisponiert als Ihre Generation, davon gehe ich zumindest aus. Und Herr de Vos und ich haben beide das Gefühl, etwas Unlauteres zu tun, von daher.«

»Ich habe sie einfach geduzt«, rief Bubi seinem Freund bestürzt zu. »Das darf ich doch, oder?«, fragte er mich.

»Gern«, sagte ich.

»Fein«, sagte Rafael, »aber dann möchte ich auch geduzt werden. Nimm bitte Platz.«

Er stellte sich hinter einen der Sessel, zog ihn ein Stück vom Tisch weg und wartete, bis ich mich setzte.

»Oh, Verzeihung, das hätte natürlich ich alles machen müssen«, sagte Bubi de Vos und wedelte linkisch mit den Armen. »Trinken. Was möchtest du trinken?«

Bevor ich antworten konnte, klingelte es an der Haustür, und der Prins gesellte sich zu uns. Bubi fragte, ob es mir etwas ausmachen würde, wenn seine Freundin später zu uns herunterkäme. Sie heiße Puck Baal, bewohne die beiden oberen Etagen im Haus und könne auch das eine und andere über Lucas und Clara erzählen. Ich sagte, dass ich nicht das Geringste dagegen hätte.

»Ich habe Raffi gerade erzählt, dass ich seinerzeit, in den sechziger Jahren, eigens für die Aufführung von *Cherem* ein neues Klavier gekauft habe«, sagte Bubi. »In dem Stück hatte Lucas nämlich dem dritten Pedal eine entscheidende Rolle zugeteilt, und ich besaß nur ein Klavier mit zwei Pedalen.«

»Das sagt schon etwas über die Freundschaft, die du damals für ihn empfunden hast«, bemerkte der Prins.

»Die Zahl Drei spielte für Lucas offenbar schon damals eine wichtige Rolle«, sagte Rafael.

Das war eine Bemerkung, die ich erst im Laufe des Nachmittags verstehen sollte.

So saß ich also an diesem Augustnachmittag mit drei sehr unterschiedlichen Männern reiferen Alters am Tisch und war nach fünf Minuten von ihren Geschichten umwoben. Was mir schon beim Hereinkommen aufgefallen war und mich ziemlich überrumpelt hatte, wurde von Stunde zu Stunde stärker. Hier saßen drei Vertreter einer Generation, der ich mit Misstrauen begegnet war, und sie ließen mich eine Demut empfinden, mit der ich in dem Moment überhaupt nichts anzufangen wusste. Aber das Wort war da, Demut, ein Wort, das ich selten benutze, und ich wusste nicht, wieso es in mir aufkam. Erst in den darauffolgenden Monaten, als ich mich tagtäglich in das Leben von Lucas Loos und Clara Wevers vertiefte und die drei Männer regelmäßig aufsuchte, sollte mir klar werden, woher diese Demut kam.

»Wo sollen wir anfangen?«, fragte Bubi.

»Wie wär's, wenn wir beim Ende anfangen«, sagte Rafael, »dann wird das Vorangegangene klarer.«

»Meinst du mit *Luzifer* oder mit dem Ende von Lucas?«, fragte der Prins.

»Meiner Meinung nach sollten wir besser beim Anfang anfangen«, sagte Bubi, »denn wir haben diese Entscheidung doch schon vor Jahren getroffen.«

»Welche Entscheidung?«, fragte ich.

Bevor die Männer antworteten, hielten sie kurz die Luft an und tauschten Blicke aus.

»Zu schweigen«, sagten sie dann beinahe gleichzeitig.

»Heißt schweigen verschweigen?«, fragte ich.

»Ja und nein«, antwortete Rafael und schaute in die Runde, ob die anderen dem zustimmten.

»Fang jetzt einfach mal an«, forderte Bubi ihn ungeduldig auf. Und Rafael begann.

»Als Clara 1981 zu Tode stürzte, arbeitete ich schon seit einer Weile an einem Porträt von Lucas. In Absprache mit ihm war das Ganze als langfristiges Projekt angelegt, und ich interviewte ihn, wann immer es sich gerade ergab. Lucas bestand darauf, dass ich die Gespräche auf Band aufzeichnete, denn er legte Wert auf seine Formulierungen. Der Arbeitstitel des Projekts war *Luzifer*, ein Titel, dem Lucas begeistert zugestimmt hatte, weil er auf einer für ihn wichtigen Entdeckung in der Musik basierte. Nach Claras Tod haben der Prins, Bubi und ich uns zusammengesetzt, weil wir Lucas' Werk gut kennen und uns alle drei, tja, wie soll ich sagen, eine unangenehme Beklemmung überkommen hatte.«

»Das ging nicht nur uns so«, fügte Bubi verteidigend hinzu. »Die Stadt schwirrte von Gerüchten und Verdächtigungen. Die Umstände von Claras Tod kamen vielen merkwürdig vor. Otto, der damals noch lebte, hat auch einen nicht unerheblichen Teil zur Flut der Gerüchte beigetragen. Hast du Otto Griffioen gekannt?«

»Nein«, sagte ich, »nur aus Erzählungen.«

»Weiter«, sagte der Prins.

»Wir leiden alle drei unter einer gewissen berufsbedingten Deformation«, fuhr Rafael fort, »und müssen dem Werk eines Künstlers unbedingt auf den Zahn fühlen, ihm Bedeutungen entlocken, die vielleicht nicht auf der Hand liegen. Bubi tut das, um ein Werk dirigieren zu können, Prins, um eine vorhandene Geschichte zu einem Theaterstück oder Libretto umzuarbeiten, und ich tue es, um meine Porträts schreiben zu können.«

»Puck zufolge sind wir alle drei Secondhand-Künstler«, ergänzte Bubi kichernd, »aber das wird sie dir selbst erläutern.«

»Ich vergleiche es immer mit der Arbeit eines Geologen«, fuhr Rafael fort. »Die Erde hinterlässt in ihren Segmenten ein Archiv der Vergangenheit. Geologen bohren sich durch die Erdkruste, um die von ihr hinterlassenen Bekenntnisse lesen zu können. Und genau das haben wir mit Lucas' Werk getan.«

»Na ja, die Ehre gebührt vor allem dir«, sagte der Prins.

»Aber mit eurer Hilfe«, räumte Rafael widerstrebend ein. »Wenn ich diesen Briefwechsel zwischen dir und Lucas nicht gelesen hätte, wäre ich nie dahintergekommen, dass Lucas vor Claras Tod an ihrem Requiem geschrieben hat.«

»Wie bitte?«, sagte ich verdutzt. »Die Rede ist doch von der *Zweiten Symphonie*, oder?«

»Ja, gewiss«, antwortete Rafael. »Die *Zweite Symphonie* ist eine Vorstudie zu *Das Tribunal* und wurde 1983 uraufgeführt. Lucas hat die Symphonie der Stadt Rotterdam gewidmet, weil das Claras Geburtsort war. Bei der Premiere hat er es in seiner Erläuterung des Stücks so dargestellt, als hätte er im November 1981, also gut vier Monate nach ihrem Tod, mit dem Requiem begonnen und es eigens für Clara komponiert, ein Requiem für einen gefallenen Engel. Aber aus den Briefen an Prins, die Lucas im Sommer 1981 aus Skyros schrieb, geht hervor, dass er schon an dem Requiem arbeitete, als Clara noch lebte.«

»Schaurig, nicht?«, sagte Bubi mit einem Gesichtsausdruck, der sowohl Grauen als auch Genuss verriet.

»Hätten wir nur das in der Hand gehabt, wäre gar nichts

gewesen«, sagte der Prins, »dann hätten wir auch vielleicht früher mit unseren Nachforschungen aufgehört. Wir hätten die Verdrehung einer historischen Gegebenheit als Ausdruck eines Persönlichkeitsmerkmals von ihm aufgefasst: dass er ein enormes Bedürfnis hatte, alles zu mythologisieren und sich selbst in den Mittelpunkt des Mythos zu stellen.«

»Das machte ihn pompös und theatralisch«, sagte Bubi, »und darüber ärgerte ich mich schon seit Jahren. Nach Claras Tod wurde das immer schlimmer, und als er die Klanguhr das Licht der Welt erblicken ließ, gab es überhaupt kein Halten mehr. Lucas hatte seine eigene Religion geschaffen, die er als Missionar predigen und verbreiten konnte. Und das hätte ich auch gar nicht so schlimm gefunden, wenn er nicht jeden, der nicht Anhänger seiner Lehre wurde, als Verräter abgestempelt hätte.«

»Den Verräter verraten«, murmelte der Prins vor sich hin.

»Vielleicht sollten wir unserem Gast an dieser Stelle eine kleine Erklärungshilfe geben«, sagte Rafael, »schließlich spielt der Verrat in unserer Geschichte eine entscheidende Rolle. Du musst wissen, dass Lucas ehemals Sitz an unserem ›Tisch‹ hatte und wegen der Beschuldigung des Verrats aus unserem Freundeskreis verbannt wurde. Diese Beschuldigung kam nicht vom einen auf den anderen Tag zustande, sondern durch eine Häufung von Vorfällen. Aaron Keller war derjenige, der das göttliche Urteil fällte. Kennst du Aaron Keller?«

»Viel von ihm gelesen«, sagte ich, »mal die Hand geschüttelt, mehr nicht.«

»Wenn du Aaron kennen würdest, wüsstest du, wie schwer ihm das gefallen sein muss. Aaron ist seinen Freunden treu und innig verbunden. Er verzeiht ihnen viel, und es muss schon einiges passieren, bevor für ihn das Maß voll ist«, sagte Bubi.

»Aaron hat es mir gegenüber so ausgedrückt: ›Man darf mich verraten, aber nicht sich selbst‹«, sagte der Prins.

»Das ist genau das, was ich so stark an ihm finde, dass es ihm nicht um Lucas' Angriffe gegen seine Person ging, sondern um Lucas' Selbstverleugnung«, stimmte Bubi voller Bewunderung ein. »Was ich dir gerade über die Klanguhr erzählte – dass er von uns Musikern verlangte, daran zu glauben, und wenn nicht, verstieß er uns –, hat er bei allem gemacht, wofür wir früher gekämpft haben. Es war immer das gleiche Muster. Wir glaubten alle mehr oder weniger lange an die Revolution, an den Neuen Menschen, an Kunst für die Masse, an eine bessere Welt. Wir waren für Castro, Mao, Marx und wen nicht noch alles, und wir haben alle von uns aus unsere Meinung revidiert. Die Zeit lehrte uns, dass das Gute zu wollen Böses anrichten kann. Jede linke Revolution erwies sich als Wiege einer totalitären Diktatur. Jammerschade, aber wie dem auch sei, wir blickten auf uns zurück als Revolutionäre, junge Anarchisten, die himmelsstürmende Überzeugungen gehegt hatten, darin enttäuscht worden waren und ihr Leben weiterlebten. Älter, betrübter und weiser, du weißt schon. Es bestand kein Grund, uns selbst zu verachten. Wir waren kaum erwachsen gewesen damals, die sechziger und siebziger Jahre waren spannend und mitreißend gewesen und hatten zu unserer Entwicklung gehört. Aber Lucas reagierte anders. Lucas wetterte in seinen Artikeln gegen alles, woran er geglaubt hatte. Verfluchte den Serialismus als Diktatur des Eintonstaates, obwohl er selbst so manches serielle Stück komponiert hatte, nannte den *Entfesselungskünstler* seine Beichte, obwohl niemand das daraus ablesen konnte, und als die Klanguhr nicht den erwarteten Erfolg erntete und ihm sogar hier und da Konservatismus vorgeworfen wurde, schlug er wütend um sich, stichelte, beleidigte, demütigte und piesackte. Die Kommission, die über die Zuteilung von Fördermitteln an Komponisten entscheidet, beurteilte seine letzten Werke einmütig negativ. Sie seien uninteressant, entbehrten der Erneuerung, fand man und befürwortete daher eine Reduzierung seiner jährlichen Gelder. Ich war Mitglied der Kommission und musste Lucas die schlechte Nachricht überbringen, und obwohl ich mich jedes Urteils enthalten hatte, bekam ich Lucas' volle Wut ab. Er sah es als Verrat von mir an, als Akt des Neids von einem verhinderten Komponisten und was nicht noch alles. Das Verhältnis zwischen ihm und mir wurde immer frostiger. Unterdessen warf Aaron ihm vor, dass er in den Becher spucke, aus dem er getrunken habe. Mit dem Resultat, dass Lucas in seinen Artikeln noch heftiger gegen uns wetterte. Er wollte uns unbedingt mit runterziehen. Notwendige Selbsterniedrigung nannte er es. Nach so viel Selbstüberhebung werde es Zeit für die Selbsterniedrigung. Er verlangte von uns, dass wir, wie er, öffentlich für unsere ideologischen Irrtümer, unsere Hybris, Abbitte leisten und für das, was wir Böses angerichtet hatten, büßen sollten. Es müssten Köpfe rollen und Reputationen zerschlagen werden, es müsse Blut fließen, so seine Terminologie. Und ich sage zwar ›Abbitte leisten wie er‹, doch aus seinen Artikeln ging nie hervor, dass er auf all das schimpfte, was er selbst einst mit Feuer und Schwert verfochten hatte. Er fand, er habe mit *Der Entfesselungskünstler* genug Reue bewiesen. Er hatte seine ideologischen Fesseln mit einer Oper abgestreift, sich selbst Vergebung geschenkt und war von allem reingewaschen. Weil er Abbitte geleistet hatte, konnte er in der Presse ungestraft bekämpfen, wofür er selbst einst gewesen war, uns öffentlich abstrafen und fordern, dass wir uns vor aller Welt zum Besseren bekehrten.«

»Vor anderthalb Wochen erzählte ich dir die Geschichte von der Freundschaft zwischen Sir Arthur Conan Doyle und Harry Houdini, vielleicht siehst du die Übereinstimmungen«, sagte der Prins. »Weil wir keine Reue zeigten, konnte Lucas uns als Verräter abstempeln und selbst den Ruhm des Märtyrers einheimsen.«

»Und das gehörte alles zu seinem allmählich ausufernden Persönlichkeitsmythos, der immer befremdlichere Formen annahm«, fügte Rafael hinzu. »Mit Lucas dem Märtyrer ließ sich Lucas der Opportunist kaschieren. Opportunismus war nicht nur das Letzte, dessen er bezichtigt werden wollte, er wollte auch auf keinen Fall ein Opportunist sein.«

»Aber er war einer«, fuhr Bubi entrüstet fort. »Wir hatten in einem Kollektiv an *Der Auftrag* gearbeitet, und keiner von uns hat sich je veranlasst gesehen, mit Bedauern oder Scham auf diese Arbeit zurückzublicken, mit Ausnahme von Lucas. Wo immer er Gelegenheit dazu sah, rief er, dass die Mitarbeit an *Der Auftrag* ein dunkler Fleck auf seiner weißen Weste sei, dass er sich für diese Produktion schäme und andere gut daran täten, ebenfalls zur Besinnung zu kommen, ihr Scheitern einzugestehen und sich öffentlich von diesem Werk zu distanzieren. Aaron kochte vor Wut. Lucas diene heute den Königen, die er gestern noch habe stürzen wollen, fand er.«

»Und nicht nur das«, sagte der Prins. »Was Aaron Lucas auch so übelnahm, war, dass er ihn Ende der sechziger Jahre zu der Knackfroschaktion gegen die Leitung von Concertgebouw und Concertgebouw-Orchester überredet hatte, aber einige Jahre später seine *Erste Symphonie* mit großem Brimborium ebendiesem Orchester widmete und auf der Bühne der verfluchten Bastion des Traditionalismus aufführen ließ. Aaron fühlte sich dadurch verraten.«

»Und dann dieser Kampf gegen den Bau des Operngebäudes«, schloss Bubi an. »In einem Interview hatte Aaron zu guter Letzt gesagt: ›Dann baut das Ding doch‹, wie Aaron so etwas eben sagen kann. Da ist Lucas ausgerastet. ›Lasst ihn kreuzigen!‹, hat er in einem Zeitungsartikel geschrieben. Aaron lachte darüber, aber wir waren schockiert.«

»Vor allem sein Herumgereite darauf, dass wir öffentlich Abbitte leisten sollten, ist Lucas zum Verhängnis geworden«, fuhr Rafael fort. »Eines Abends im ›Kreis‹ ist Aaron der Kragen geplatzt. Das ist jetzt fast zwanzig Jahre her, es war im Winter 1986, aber ich erinnere mich noch haargenau. Die Gemüter am ›Tisch‹ sind erhitzt. Aaron und Lucas streiten wieder einmal über die Knackfroschaktion und Lucas' unaufhörliche Abfälligkeiten über *Der Auftrag* und die Revolution in Kuba. Wie immer brüstet Lucas sich als Mann, der sich öffentlich schuldig bekannt hat, und nennt alle, die das unterlassen haben, Heuchler. Aaron hört sich den immer gleichen Vorwurf zum x-ten Male an, nimmt dann plötzlich mit einem Ruck die Pfeife aus dem Mund und sagt mit zwar beherrschter, aber ungeheurer Wut: ›Weißt du, was du bist? Ein aus tiefstem Herzen ehrloser Verräter, das ist deine Natur.‹ Es wird totenstill am Tisch. Alle sind bestürzt und verdattert, auch Lucas. Aaron steckt die Pfeife wieder in den Mund. Nur seinen zusammengekniffenen Augen ist zu entnehmen, dass er innerlich tobt. Nach seiner Bemerkung stockt die Unterhaltung und will nicht mehr in Gang kommen. Wir brechen auf, und jeder geht seiner Wege. Einige Tage später erhalte ich einen Brief von Lucas. Er schreibt, dass Pol Posthumus angerufen und gesagt habe, dass jeder andere nach einer solchen Anklage seinen Abschied vom ›Tisch‹ genommen hätte. Lucas ist hin- und hergerissen, weil er gerne ›Tisch‹-Mitglied bleiben möchte, aber Pol hat ihm klargemacht, dass es gesehen wurde, und was gesehen wurde, weckt Scham. Um seine Ehre zu retten, verlangt Lucas in einem Brief, dass sich Aaron öffentlich für seine Bemerkung entschuldigt, und sorgt damit selbst für seine Exkommunikation. Aaron weigert sich, was Lucas auch nicht anders erwartet hatte. So hat sich Lucas' Verbannung vom ›Tisch‹ vollzogen. Lucas hat dort nach jenem Abend nie wieder gesessen.«

»Der Mann, den er bewunderte und liebte wie keinen anderen, hatte ihn aus dem Brüderkreis verjagt«, sagte Bubi plötzlich voller Mitleid.

Die Männer sahen sich nicht an, jeder schien von seinen eigenen Gedanken und Erinnerungen erfüllt zu sein. Rafael hüstelte verlegen, schien etwas sagen zu wollen, beschloss dann aber, es nicht zu tun. Der Prins nahm den Faden wieder auf.

»Und damit begann die Höllenfahrt des Lucas Loos«, sagte er mit Gefühl für Dramatik. »Lucas hatte seine Frau und seine Freunde verloren. Aber zugrunde gehen, egal woran, kam für Lucas nicht in Frage. Was ich hier seine Höllenfahrt nenne, bezeichnete er als seine Himmelfahrt. Er jauchzte, dass er frei sei. Otto sagte mal, dass Lucas ein unliterarischer Mensch sei, weil er keine Tragik ertrage. Lucas verachtete das Tragische, denn das Tragische ist doppelsinnig.«

»Ich fühlte mich furchtbar schuldig und war verzweifelt«, sagte Rafael beinahe flüsternd. »Einem Klub, der keine Gnade kennt, wollte ich nicht angehören. Wir haben uns noch bei Aaron zu Hause zusammengesetzt, um den Vorfall zu besprechen, aber dadurch, dass Lucas eine Entschuldigung verlangt hatte, hatte er sein Schicksal besiegelt. Das war irreparabel, der dramatische Verlauf ließ sich nicht mehr umkehren, und meine Vermittlung konnte ihn nicht an den ›Tisch‹ zurückbringen. In einem Brief an mich machte Lucas uns mehr oder weniger zum Vorwurf, dass wir zusammenblieben. Aber nur zwischen den Zeilen, darin war er gut. Er schrieb, wir sollten nur ja alle am ›Tisch‹ bleiben, weil es in Amsterdam keine brüderlichere und innigere Runde gebe. Aber es würde ihn auch nicht wundern, schrieb er, wenn die Brüderschaft auseinanderfiele, nachdem in ihren Reihen ein Rufmord stattgefunden habe.«

»Ja, so nannte er das, Rufmord«, schnaubte Bubi. »Der Einzige, der dauernd Rufmord beging, war Lucas selbst.«

»Er hat Aaron sogar des Plagiats beschuldigt und behauptete, er habe den Himmel von ihm gestohlen. Deshalb hat er seinen Sammelband auch bewusst *Die Komposition des Himmels* genannt, um Aaron eins auszuwischen«, ergänzte der Prins.

»Da wir nun schon mal beim Rufmord sind, ist vielleicht der Moment gekommen, unserem Gast zu erzählen, warum wir drei uns entschieden haben, Schweigen zu bewahren«, schlug Rafael vor. Er schaute seine Freunde an, um zu sehen, ob sie der Wendung der Erzählung zustimmten.

»Dann mache ich aber erst eine Flasche Wein auf«, sagte Bubi.

»Ich glaube, wir sollten besser zuerst noch näher auf die Entstehungsgeschichte von *Das Tribunal* eingehen«, sagte der Prins, »dann kannst du diese schaurige Geschichte von Claude Vivier erzählen.«

»O Gott, wenn du was zu Claude Vivier sagst, musst du aber einen Augenblick warten, bis ich wieder da bin«, wandte Bubi ein und lief eilig in die Küche, um Gläser und Wein zu holen.

Es ging auf fünf Uhr zu, und es war immer noch warm. Bubi hatte Wein, Brot und ein Brett mit französischem Käse auf den Tisch gestellt. Während er in der Küche beschäftigt gewesen war, hatte der Prins mich gefragt, ob mir Claude Vivier ein Begriff sei, und ich hatte erzählt, dass ich im vorigen Jahr bei der von Bubi dirigierten Aufführung von *Kopernikus. Opéra rituel de mort* und *Rêves d'un Marco Polo* gewesen sei.

»Wartet auf mich«, hatte Bubi panisch aus der Küche gerufen.

Ich wiederholte, was ich gesagt hatte, als Bubi sich wieder zu uns setzte, und erzählte, dass mich *Kopernikus* und *Marco Polo* sehr beeindruckt hätten, dass es mir aber schwergefallen sei, meine Ergriffenheit und meinen Schauder von einer sinistren Anmerkung im Programmheft zu trennen. Darin hieß es, dass Claude Vivier einen gewaltsamen Tod gefunden hatte.

»Das ist auch unmöglich«, gestand Bubi mir zu, »denn wenn es einen Komponisten gibt, bei dem Leben und Werk miteinander verknüpft sind, dann ist es Vivier.«

»Wenn man erst einmal etwas weiß, kann man es nicht mehr nicht wissen«, sagte Rafael.

»Erzähl«, forderte ihn der Prins auf.

»Es ist eine merkwürdige Verkettung von Umständen«, begann Rafael seine Erzählung, »und, wenn man so will, eine äußerst kuriose Verknüpfung von zwei Persönlichkeiten. Ende der siebziger Jahre macht mich ein befreundeter Musikwissenschaftler bei einem Kongress in Paris auf einen begabten jungen kanadischen Komponisten aufmerksam: Claude Vivier. In lyrischen Worten beschreibt er das beeindruckende Œuvre eines obsessiv mit dem Tod befassten Mannes, der seine Texte oft in einer erfundenen Sprache schreibt, sich immer wieder in die Grauzone zwischen Phantasie und Wirklichkeit begibt und so beklemmende wie mitreißende Werke komponiert. Im Bereich der Neuen Musik sind große Entdeckungen von Natur aus selten, und so besorge ich mir, als ich wieder zu Hause bin, gleich alles, was von diesem vorerst noch mysteriösen Komponisten zu haben ist. Und das ist der Beginn einer jahrelangen Faszination. Die Stücke, die ich mir von ihm anhöre, werfen mich um, so poetisch, persönlich und ergreifend sind sie. Er krempelt die Oper komplett um. Dieses konservative Genre, in dem normalerweise alles Psychologische tunlichst vermieden wird, ist bei Vivier ein Abstieg in die finstersten Nischen der Seele. Dichterische Gesänge, Kinderlieder und Hymnen in einem Gemisch aus Französisch, Deutsch, Englisch und einer joyce'schen Geheimsprache. Schon bald erzähle ich Bubi von dieser Entdeckung und spiele ihm die Musik Viviers vor.«

»Und mich hat sie genauso überwältigt«, sagte Bubi. »Eine Entdeckung, wie man sie nur wenige Male im Leben macht.«

»Ich nehme daraufhin meine Recherchen zu Claude Vivier auf«, sagte Rafael. »Ich will alles von ihm wissen und hören und bereite mich auf eine Begegnung mit ihm vor, ohne zu wissen, ob sie je stattfinden wird. Im Mai 1980 fliege ich zur Uraufführung von *Kopernikus* nach Montreal. Über Viviers Agentin ist es mir gelungen, einen Termin mit ihm zu vereinbaren. Die Fakten über Vivier sind mager, aber aussagekräftig. Er ist ein uneheliches Kind, geboren 1948, mit drei Jahren von einer armen frankokanadischen Familie adoptiert. Von seinem dreizehnten bis zu seinem achtzehnten Lebensjahr war er auf einem Priesterseminar, absolviert dann aber das Konservatorium in Montreal und geht 1971 nach Europa. Außer zu Karlheinz Stockhausen in Köln führt ihn diese Reise nach Utrecht, wo er Sonologie studiert. Obwohl ich bei Utrecht immer kurz an Lucas und Achterberg denke, schenke ich dem keine weitere Aufmerksamkeit. Lucas kann ihn nicht aus Utrecht kennen, denn er wohnte 1971 längst in Amsterdam.

Nun, du hast *Kopernikus* voriges Jahr gehört, du weißt also, wovon ich spreche. Ich wanke, als ich abends in Montreal nach der Premiere dieser rituellen Todesoper ins Freie trete. Schuld daran ist nicht nur die Musik, der überwältigende Gesang, sondern auch die Geschichte. Eine Kindfrau, die im Totenreich umherirrt, dort auf Mozart, Lewis Carroll, Kopernikus und andere Männer und Frauen trifft und durch deren Erzählungen geleitet und geläutert wird. Auch ohne zu wissen, welche Schrecken uns noch in der Zukunft erwarten, finde ich sie unvergleichlich erschütternd. Am nächsten Tag treffe ich einen müden, aber strahlenden Claude Vivier. Die Uraufführung ist mit großem Beifall aufgenommen worden. Ich bin von der ersten Sekunde an gebannt von Viviers eigentümlichem Charme. Er ist erst zweiunddreißig und zugleich ältlich wie kindlich, verlegen wie offen, hässlich wie schön, bodenständig wie erhaben, teuflisch wie engelsgleich. Wieder kommt mir Lucas in den Sinn, aber diesmal lässt mich der Eindruck nicht so leicht wieder los. Ich kann mir das selbst nicht so recht erklären und versuche es auszublenden. Es wird wohl mit der Homosexualität der beiden Männer zu tun haben, denke ich noch. Vivier und ich verstehen uns gut, wir verabreden uns auch für den nächsten Tag und tauschen beim Abschied Adresse und Telefonnummer aus. Während des Interviews kommt hin und wieder eine Freundin von ihm herein, um uns zu beköstigen. Er nennt sie Cara. Im Vorübergehen flachst sie, dass Claude schlecht für sich sorge, und nennt ihn dabei liebevoll ihren schwarzen Engel. Damit liefert sie mir den Titel für meinen ersten Artikel über Claude Vivier, ›Ein schwarzer Engel‹. Wie häufig arbeite ich simultan an mehreren Porträts und bin ab Sommer 1980 sowohl mit Vivier als auch mit Loos befasst. Beim Studium von beider Werk fällt mir einmal mehr die Verschiedenartigkeit auf. Es würde zu weit führen, darauf jetzt näher einzugehen, aber ich habe mir diese Verschiedenartigkeit mit ihrem unterschiedlichen religiösen Hintergrund erklärt: Katholik versus Protestant. Vivier suchte den Gott der Liebe, und Loos den Gott der Rache, um es kurz zusammenzufassen.«

»Das ist nun mal eines deiner Steckenpferde, Raffi«, bemerkte der Bub.

»Musikkritiker behaupten oft, Lucas' Werk handle von der Liebe, aber der Meinung bin ich nicht«, fuhr Rafael fort.

»Und wovon handelt es dann?«, fragte ich.

»Ehrlich gesagt, von allem außer der Liebe. Vom Neuen Menschen, von der Freiheit, vom Kampf um Gerechtigkeit. Loos und Vivier waren zwei völlig mit sich selbst beschäftigte Männer, aber im Werk Viviers nimmt das die Form einer schmerzlichen Selbsterforschung an, eines Ringens mit den eigenen Dämonen, und bei Lucas wird es zum gesellschaftlichen Kampf. Das ist der große Unterschied. Für Lucas sollte die Musik im Dienst der Aktualität stehen, und mit dieser Forderung kaschierte er, dass seine Kompositionen von ihm selbst handeln. Lucas trug jeden inneren Konflikt nach außen und schob ihn der Welt zu. Vivier bewahrte ihn im Innern, in der Seele.«

»Und so hast du doch auch die Beziehung zwischen Clara und Lucas verstanden, nicht?«, warf Bubi begeistert ein. »Als du mir das erläutert hast, war ich baff. Puck hat dir sofort Beifall gespendet, und das ist ja wohl das Höchste, was man in unserem Kreis erreichen kann«, fügte er mit schallendem Lachen hinzu.

»Ich verdanke es Puck sogar, dass ich es besser verstanden habe«, wandte Rafael bescheiden ein. »Sosehr ich mich auch hin und wieder über ihre apodiktischen Argumentationen und die Entschiedenheit, mit der sie die Welt in zwei oder drei Arten von Menschen aufteilt, ärgere, in diesem Fall war das äußerst erhellend.«

»Du wirst sie nachher vielleicht kennenlernen«, sagte Bubi

zu mir. »Puck versteht sich darauf, blitzschnell über Menschen zu urteilen, und das anhand eherner Unterscheidungen. Sie tut das auf allen Gebieten. ›Es gibt zwei Arten von Menschen‹, sagt sie dann, ›Menschen, die an sich selbst leiden, und Menschen, die an anderen leiden.‹ Oder etwas in der Art. Ich muss immer sehr darüber lachen und sie selbst eigentlich auch, aber nicht jeder mag ihren Ansatz.«

»Über Clara und Lucas sagte sie: ›Es gibt zwei Arten von Menschen: Menschen, die sich selbst kaputtmachen, und Menschen, die andere kaputtmachen‹«, sagte der Prins.

»Wobei Vivier und Clara zur ersten Art gehörten und Lucas zur zweiten«, vervollständigte Rafael das Bild. »Und damit wären wir dann auch bei der Verschiedenartigkeit von Katholizismus und Protestantismus, von der Veränderung der Welt, indem man sich selbst aufopfert oder indem man andere opfert. Nicht nur Clara, sondern auch Vivier, Aaron und Gilles besaßen eine Autonomie und beneidenswerte Freiheit, die Lucas nicht besaß. Lucas suchte Meister und Götter, Ideologien und Lehrsätze, die ihm Fesseln anlegten und für die er als Gläubiger streiten konnte.«

»Ein Protestant streitet per definitionem gegen die Welt, deshalb heißt er auch Protestant«, sagte der Prins.

»Aber Lucas stritt gegen etwas, was eigentlich ein Widerstreit in ihm selbst war«, sagte Bubi.

»Meine Herren, wir springen wie die Gemsen von einer Schlussfolgerung zur nächsten, also bitte kurz zurück zu Claude Vivier«, knüpfte Rafael wieder an, »denn wir sind noch nicht so weit, das Schlimmste kommt erst noch. Nach unserer Begegnung in Montreal bleiben Vivier und ich in Kontakt, brieflich und telefonisch. Vivier reist in der Welt umher, und ich höre manchmal monatelang nichts von ihm. Unterdessen habe ich Lucas Viviers Musik vorgespielt und ihm von ihm erzählt. Wahrscheinlich habe ich das mit etwas zu großer Begeisterung getan, denn ich merke Lucas an, dass er Mühe hat, seine Eifersucht zu unterdrücken. Wir geraten darüber in Streit. Er nimmt es mir übel, dass ich an mehreren Porträts gleichzeitig arbeite, und wirft mir vor, zweigleisig zu fahren, mich nie auf nur eine Studie zu konzentrieren. Womit er meint: mich nicht ihm allein zu widmen. Er will seine Mitwirkung an dem Porträt aufkündigen, mit dem Argument, dass sich der Geist dieses kanadischen, papistischen Narzissten und die gesellschaftliche Relevanz seines Projektes nicht miteinander vereinbaren ließen. Vivier suche sich, und er suche eine Wahrheit für alle, sagt er. Vivier sei ein Nabelbeschauer. Die Bombe platzt, als ihm der Titel des Artikels über Vivier unter die Augen kommt. ›Du lässt es ja von Engeln nur so wimmeln‹, sagt er. Ich verteidige den Titel, Vivier und meine Arbeitsweise, aber das Verhältnis zwischen Lucas und mir ist getrübt, auch noch, als er im Sommer 1981 nach Skyros abreist. An dem fatalen Sonntag, dem 26. Juli 1981, habe ich gerade einen Brief von Lucas gelesen, den er mir von Skyros geschickt hat, als das Telefon läutet und Lucas mir von dort berichtet, dass Clara in einen Abgrund gestürzt sei.«

»Du hattest doch damals was mit Clara, nicht?«, warf der Prins ein.

»Ja«, räumte Rafael indigniert ein, »aber muss das jetzt zur Sprache gebracht werden?« Er trank einen tüchtigen Schluck Wein. »Es geht mir um Lucas' Brief. Er verliert darin kein Wort über unseren Streit. Aber er beschreibt eine Art

Tagtraum, den er in Griechenland hatte. Die Traumszene spielt im Totenreich und handelt davon, dass Claude Vivier mich ermorden will. Lucas verhindert diesen Mord und rettet mich aus den Händen Viviers. Das Eigentümliche sei jedoch, schreibt er, dass Vivier bei dem Versuch, mich zu würgen, nicht ausgerufen habe: ›Ich bringe dich um!‹, sondern: ›Töten Sie mich!‹«

»Oh, ist das gruselig«, seufzte Bubi und schlug vor Aufregung die Knie zusammen.

»Der Inhalt des Briefes beklemmte mich. Kaum eine Stunde zuvor hatte mir mein Chefredakteur telefonisch mitgeteilt, dass Claude in Amsterdam gesehen worden sei. Und eine Stunde danach erhielt ich die Nachricht von Claras Sturz. Unheilschwanger das alles, schien mir, aber ich wusste nicht, wie ich die Fakten deuten sollte. Durch Claras Tod und noch eine andere Beerdigung komme ich in jener Woche nicht dazu, Claude aufzuspüren. Dann lässt Lucas diese kuriose Todesanzeige in die Zeitung setzen, mit diesem einen Satz, dessen Bedeutung du ja nachforschst, so weit ich verstanden habe. Natürlich denke ich dabei an unser Projekt, an *Luzifer*, aber ich weiß auch, dass Lucas Clara oft ›Engel‹ genannt hat, und versuche es auf sich beruhen zu lassen. Mir spukt zu der Zeit zu viel im Kopf herum. Durch das Drama hat Lucas seine Vorwürfe vergessen, und wir nehmen uns vor, an *Luzifer* weiterzuarbeiten. Nicht wissend, dass es zehn Jahre dauern wird, bis die Oper auf die Bühne kommt, verfolge ich die Entstehung von *Das Tribunal* mit größter Aufmerksamkeit, lese genau wie Prins und Lucas alles, was über den mysteriösen Tod Tschaikowskys aufzutreiben ist. Ein halbes Jahr nach Claras Tod, Anfang 1982, erhalte ich einen Anruf von Claude Vivier. Er ist gerade nach Paris gezogen, und wir verabreden, dass ich ihn dort besuchen komme. Es klingt wie eine lasche Ausrede, aber weil ich keine Lust auf einen neuerlichen Konflikt mit Lucas habe, verschweige ich ihm meinen Parisbesuch. Dort angekommen, empfängt mich ein geradezu ekstatischer Vivier in seinem Appartement. Er habe jetzt ein Thema für eine Oper gefunden, sagt er, in das er alles hineinlegen könne, was ihn beschäftige. Welches Thema das denn sei, frage ich. Und er antwortet: ›Der mysteriöse Tod von Peter Iljitsch Tschaikowsky.‹«

»Wie findest du das?«, fragte Bubi. Er sprang aus seinem Korbsessel auf, presste die Hände aufs Herz und lief nervös auf der Terrasse hin und her. »Das ist doch unglaublich! Ich kann mir die Geschichte kaum anhören, weil ich mir immer so sehr wünsche, sie wäre anders ausgegangen.«

»Das Ende ist furchtbar, bereite dich schon einmal darauf vor«, sagte Rafael ruhig. »Da sitze ich also diesem dreiunddreißig Jahre alten außergewöhnlichen Mann gegenüber, an dessen Porträt ich arbeite, und er erzählt mir, dass er mit genau dem befasst ist, womit sich auch der andere Komponist befasst, an dessen Porträt ich arbeite. Ich bin mir unschlüssig, ob ich es ihm sagen soll, entscheide mich aber, vorerst den Mund zu halten. Gegen Mitternacht verlassen wir gemeinsam sein Appartement. In einen schmuddligen Pelzmantel aus räudigem Hund gehüllt, führt er mich in die miesesten Spelunken von Paris, eine düstere Unterwelt von Männern in Leder, die mit ihren Ketten rasseln. In einem dieser obskuren Keller macht er mich beim Hineingehen auf einen tätowierten Wüstling aufmerksam und sagt, er sei total in diesen Typen verknallt. ›Ist er nicht süß?‹, sagt er. ›Er hat gerade fünfzehn Jahre wegen Mord gesessen.‹

»Ach, du meine Güte, das kann ja nicht gut ausgehen«, stöhnte Bubi.

»Müde von der Reise und unserem Gespräch, lasse ich ihn gegen drei Uhr nachts in einem der Keller allein und kehre in mein Hotel zurück. Ich bin von Angst und Traurigkeit erfüllt, weiß aber nicht so recht, warum. Weil dieser sympathische junge Mann so höllisch einsam ist? Weil er nach Reinheit sucht und diese Suche ihn in eine infernalische Welt von Prostituierten und Kriminellen führt? Weil sich hier jemand eine eigene Sprache und eine eigene Welt schafft, der nicht weiß, woher er kommt, ja nicht einmal seinen wirklichen Namen kennt? Ich denke an Clara, die erst ein halbes Jahr tot ist. Ich denke an Lucas' Brief, den ich gleichzeitig mit der Nachricht von ihrem Sturz erhielt, und an die merkwürdige Koinzidenz, dass beide Männer zur gleichen Zeit mit einer Oper über den Tod Tschaikowskys befasst sind. In jener Nacht schlafe ich schlecht. Bevor am nächsten Tag mein Zug nach Amsterdam geht, esse ich mit Claude im Restaurant Terminus, gegenüber der Gare du Nord, zu Mittag. Er trägt ein offenes Hemd, so dass rund um seinen Hals rote Striemen wie von einer Schnur sichtbar sind. Aus Prüderie und wohl auch, weil ich mich vor einer mir fremden Brutalität und Sexualität fürchte, frage ich nicht nach. Aber ich gestehe Vivier an diesem Mittag, dass auch Lucas Loos an einer Oper über den Tod Tschaikowskys arbeitet. Ich frage ihn, ob er die Veröffentlichungen von Alexandra Orlowa kenne und ihre These, dass Tschaikowsky von einem Ehrengericht gezwungen worden sei, durch Trinken eines Giftbechers Selbstmord zu begehen. Er antwortet, dass er alles, was er von Orlowa habe finden können, gelesen habe. Mancher Künstler würde sich in seiner Originalität bedroht fühlen, wenn er hörte, dass sich ein anderer mit genau dem befasst, woran er selbst gerade arbeitet, aber Vivier macht das nichts aus. Ich frage ihn, wieso nicht. ›Ich benutze Tschaikowsky dazu, mich selbst zu verstehen‹, sagt er darauf, ›und zum Glück hat niemand das gleiche Selbst wie ich.‹ Anschließend frage ich ihn, ob er an die Theorie Orlowas glaube. Er antwortet kryptisch: ›Was man zu glauben beschließt, bestimmt, wer man ist.‹

Bei unserem Abschied freue ich mich schon auf eine nächste Begegnung mit diesem schwarzen Engel. Ich ahne nicht, dass ich ihn nie wiedersehen werde.«

»Es ist furchtbar«, stöhnte Bubi.

»Ja, furchtbar«, bestätigte Rafael und fuhr fort. »Wieder in Amsterdam, kann ich Lucas nicht länger verschweigen, dass ich in Paris war und welcher Umstand mir dort zufällig zu Ohren kam. Im Gegensatz zu Claude wird er fuchsteufelswild, als er hört, dass Vivier ebenfalls an einer Oper über den Tod Tschaikowskys arbeitet. Er unterstellt mir, ich hätte Vivier in unseren Gesprächen von seinem *Tribunal* erzählt und ihn dadurch auf die Idee für die Oper gebracht. Er glaubt mir nicht, als ich sage, ich hätte nie mit Vivier über *Das Tribunal* gesprochen. Der x-te Konflikt ist geboren, und wieder einmal bricht eine frostige Phase unserer Freundschaft an. Unterdessen bleibe ich mit Claude Vivier in Kontakt, wir schreiben uns und telefonieren hin und wieder miteinander. Und dann passiert es. Ungefähr ein Jahr nach meinem Besuch in Paris. Cara ruft mich an. Sie spricht, wie

Menschen sprechen, die nicht glauben können, in was für eine Wirklichkeit sie geraten sind. Flach, emotionslos, wie abgestorben, unter Schock. Sie erzählt, dass Claude in seinem Appartement ermordet worden sei. Mit dem Messer niedergestochen, von irgendeinem Typen, den er nachts aufgelesen hatte. Die Polizei wisse nicht genau, wann es passiert sei. Er muss tagelang tot auf dem Fußboden gelegen haben, bevor sie ihn fanden. Auf seinem Klavier stand ein Lied für die Oper über den Tod Tschaikowskys, an der er gearbeitet hatte, als er erstochen wurde.«

»*Glaubst du an die Unsterblichkeit der Seele*«, ergänzte Bubi leise und zitierte im Singsang weiter: »*J'avais froid, c'était hiver. J'étais peut-être mort. Ce n'était pas tant d'être mort dont j'avais peur, j'avais peur de mourir. Ou j'étais froid. Il faisait nuit, et j'avais peur.* Schaurig.«

»Erzähl du jetzt mal weiter«, sagte Rafael bewegt.

»Das Lied steht auf seinem Klavier. Der Text nimmt nahezu exakt seinen eigenen Tod vorweg. Das Lied beschreibt, wie er, Claude, an einem trüben Wintertag mit der Métro fährt. Aus irgendeinem Grund hat er das Gefühl, dass ihm an diesem Tag etwas Lebenswichtiges widerfahren wird. Er steht auf dem Bahnsteig, sieht den blauen Zug kommen und steigt in einen fast leeren Wagen ein. Darin sitzen nur eine ältere lesende Frau und ein junger Mann. Der Mann übt eine bestürzende Anziehungskraft auf ihn aus. Er muss ihn anstarren, er kann nicht anders. Mir ist, schreibt er, als sitze mir dieser Junge schon eine Ewigkeit gegenüber. Irgendwann erhebt sich der junge Mann und setzt sich neben ihn. ›My Name is Harry‹, sagt er. – ›Ich heiße Claude‹, sagt Claude. Und dann zieht der Typ einen Dolch aus seiner schwarzen

Jacke und sticht ihm damit mitten ins Herz. Grauenerregend. Vivier hat acht Minuten des Liedes notiert. So, wie es auf dem Klavier steht, ist es fertig, aber wir wissen natürlich nicht, ob es infolge des Mordes womöglich unvollendet blieb. Die Geschichte von der Begegnung in der Métro ist ein eindringliches Parlando, und der Sopran singt dazu den Refrain: ›j'avais froid‹ und ›j'avais peur‹, mir war kalt, und ich hatte Angst. Der Chor singt im Hintergrund nichts weiter als ›peur‹. Beides muss dreimal wiederholt werden. Seine Komposition endet abrupt, mitten in der dritten Wiederholung des Sopransatzes. Da steht dann nur noch ›j'avais‹. Das Wort ›peur‹ fehlt. So haben wir es auch aufgeführt. Wir singen das dritte ›peur‹ nicht. Wir kappen das Lied für das Publikum genauso unvermittelt, wie Viviers Leben gekappt wurde.«

»*›Du weißt, dass ich immer an der Liebe sterben wollte‹*«, zitierte der Prins in melodramatischem Ton einen Satz aus dem Schwanengesang Viviers.

Gerade als ich fragte, ob das auch für Clara gegolten habe, kam Puck Baal herein. Mit resoluten Schritten trat sie auf mich zu, streckte mir die Hand hin, bellte ihren Namen und sagte, dass sie Suppe gemacht habe und einer der Männer den Topf holen könne, wenn uns danach sei.

»Oben ist alles auf mein Maß zugeschnitten«, sagte sie und bückte sich, um unter dem Tisch einen Tritt hervorzuziehen. Den benutzte sie, um sich in den Sessel zu setzen, den Rafael für sie vom Tisch abgerückt hatte.

»Glaubst du, dass Clara an der Liebe sterben wollte?«, fragte der Prins, während wir Bubi die Treppe hinaufstürmen hörten, zwei Stufen auf einmal nehmend.

»Ach wo, romantischer Quatsch«, antwortete Puck barsch.

»Aber von Lucas können wir doch getrost behaupten, dass er an der Liebe gestorben ist, oder?«, versuchte der Prins es noch einmal.

»Müssen wir denn auch im einundzwanzigsten Jahrhundert noch Liebe und Sex durcheinanderwerfen?«, fragte Puck rhetorisch. »Lucas ist nicht an der Liebe gestorben, sondern am Sex. Ob er darin bewusst den Tod suchte, weiß ich nicht. Lucas war verliebt in das Verliebtsein und das Verlangen. Gott hab ihn selig, aber von der Liebe hatte er keinen blassen Schimmer, fürchte ich.«

»Genau wie Vivier«, schob der Prins hinterher. »Der schreibt in *Glaubst du*, dass es ihm nie vergönnt war zu lieben.«

»Was ist inzwischen alles gesagt worden?«, fragte Bubi mit der komischen Panik vieler seiner Äußerungen. Umsichtig stellte er den dampfenden orangefarbenen Le Creuset auf den Tisch, den er von oben mitgebracht hatte.

»Linsensuppe«, sagte Puck, »aber ich verzichte auf euer Erstgeburtsrecht.«

»Dass Lucas Aids hatte und ob er diesen Tod gesucht hat«, klärte der Prins Bubi auf.

»Wie bitte?«, sagte ich.

»Lucas war seit Jahren HIV-positiv und ist an Aids gestorben«, sagte der Prins zu mir.

»Aber er hat es doch vor allen geheim gehalten?«, bemerkte Bubi.

»Wenn er es auch den unzähligen Typen verheimlicht hat, die er aufriss, muss man sich wohl fragen, ob er nicht eher den Tod gebracht als gesucht hat«, äußerte Rafael vorsichtig.

»Ich fürchte, dass Lucas es vor allem vor sich selbst verheimlichte«, sagte Puck. »Lucas war jemand, der dachte, dass ein veränderter Blick auf die Welt die Welt veränderte. So ist das auch bei Kindern, aus Selbstschutz und so weiter. Für manche Menschen ist das Gefährliche an der Phantasie, dass ihnen die Phantasie genügt.«

»Das schreibt Lucas in *›Kind und Meister‹*, diesem Artikel, der über ihn zu sein scheint, während Wagner gemeint ist, doch auch schon selbst«, sagte der Prins. »Er nennt das Meisterkind ein gefährliches Kind, weil es in der Wirklichkeit handelt wie in dem Mythos, den es auf die Bühne zaubert.«

»Lucas hat länger als jeder andere an der Idee festgehalten, dass man sozial ist, wenn man sich sozial gibt«, fügte Rafael hinzu.

Es war schon gegen zehn, als Bubi den Topf und die Suppentassen vom Tisch abräumte, noch eine Flasche Rotwein aufmachte und wieder neben Puck Platz nahm.

»Warum Lucas?«, hatte Puck mich während des Essens mir nichts, dir nichts gefragt. Ich wusste nicht gleich, was ich ihr antworten sollte, und sagte, dass vor allem dieser Satz in der Todesanzeige schuld sei.

»Ach, komm, da steckt doch noch mehr dahinter«, hatte ihre Reaktion gelautet.

»Das stimmt«, hatte ich eingeräumt, doch während ich das sagte, verschluckte ich mich an der Suppe, prustete einen Rest Linsen auf meinen Schoß, bekam einen Hustenanfall und konnte minutenlang kein Wort mehr herausbringen. Pucks Blick war streng, aber langmütig. Ich hatte den Eindruck, dass ihr nichts entging. Sie musste mein Erröten verstanden haben, denn sie fragte nicht weiter.

»Erzähl weiter, Raffi«, spornte Bubi seinen Freund an, als wir alle rauchend in den tiefen Garten starrten.

»Mal kurz resümieren«, sagte Rafael, um sich wieder in die Zeit zurückzuversetzen. »Wir waren Anfang der achtziger Jahre stehengeblieben. Clara ist in Griechenland in einen Abgrund gestürzt. Zwei homosexuelle Komponisten, scheinbar völlige Gegenpole, arbeiten gleichzeitig an einer Oper über den Tod eines anderen homosexuellen Komponisten – Tschaikowsky, ein Tod, der, den Behauptungen einer Wissenschaftlerin zufolge, plötzlich ein erzwungener Selbstmord gewesen sein soll. Claude Vivier wird in Paris ermordet. Über den einen habe ich ein Porträt geschrieben, das ›Ein schwarzer Engel‹ heißt, über den anderen schreibe ich unter dem Arbeitstitel *Luzifer*.«

»So weit waren wir«, bestätigte Bubi.

»Als Lucas von Viviers Tod erfährt, ruft er mich betroffen an. Er ist mitfühlend und herzlich, findet, was Vivier geschehen ist, abscheulich und drückt mir sein Beileid aus, weil er weiß, dass ich den Komponisten sehr mochte. Er klingt aufrichtig, zeigt sich von seiner einnehmenden Seite, und wir legen erleichtert unseren Streit bei. Bewundernd erinnere ich ihn an seinen Brief aus Griechenland, das flehentliche ›Töten Sie mich, töten Sie mich!‹, das er Vivier in einer, wie sich nun erweise, prophetischen Erscheinung habe sagen hören. Lucas übergeht mein Kompliment, wo er doch normalerweise so stolz auf seine visionären Kräfte ist. Ich finde das eigenartig, beachte es aber nicht weiter. In die Freundschaft zwischen Lucas und mir hat sich etwas Unoffenes eingeschlichen, und ich weiß, dass es auch anderen Freunden so mit ihm geht. Was Claras Tod betrifft, hat sich Lucas in einer Bastion verschanzt und gibt deutlich zu verstehen, dass er nicht mehr über ihren Sturz sprechen kann oder will. Unterdessen denkt sich jeder das Seine. Ich habe mich eingehend mit Lucas Loos befasst, sekundiert von Bubi und Prins und mit tatkräftiger Unterstützung von Puck, die mich mit ihren Interventionen auf den Boden der Tatsachen zurückholte. In den zehn Tagen zwischen Claras Sturz und ihrer Beisetzung auf Zorgvlied hatten wir uns in Lucas' Werk vertieft und machten verblüffende Entdeckungen.«

»Und das ist noch gelinde ausgedrückt«, sagte Bubi.

»Man möge mir das Wortspiel verzeihen, aber ihr habt das auch getan, um nicht in ein Loch zu stürzen«, sagte Puck. »Man ist lieber aufgekratzt als traurig.«

»Das ist zweifellos wahr«, räumte Bubi ein. »Wir setzten auf die Zukunft. Wenn irgendetwas von dem, was wir dachten, stimmte, würde Lucas' zukünftiges Werk mehr Licht ins Dunkel bringen.«

»Was wir aus Lucas' Œuvre herauslasen«, versuchte Rafael zu verdeutlichen, »vermittelte nicht nur Einblick in seine Entwicklung als Komponist, sondern auch in die der Person, mit der wir es die ganzen Jahre zu tun gehabt hatten. Claras Tod ereignete sich am Vorabend der Geburt der Klanguhr. Für Lucas war die Klanguhr die Lösung aller Probleme, vor die er sich in seinem Leben gestellt sah. Das musikalische Problem der Verbannung der Melodie aus der zeitgenössischen Musik, das persönliche Problem der Widersprüche in seinem Leben. Und das Zauberwort war Harmonie.«

»Wie oft hat er mich nicht damit geärgert, dass er die letzten Worte Schönbergs auf dem Sterbebett zitierte: ›Harmonie! Harmonie! Harmonie!‹«, seufzte Bubi.

»Was Lucas charakterisiert«, sagte Rafael, »ist, dass er sich unter keinen Umständen einem neuen Glauben zuwenden konnte, ohne den vorhergehenden zu schmähen, zu verleugnen oder gar zu zerstören. Wenn er ein neues Haus suchte, musste das alte dem Erdboden gleichgemacht werden. Du hast mir das mit seinem Hang nach Klarheit erklärt, Puck, mit seinem kindlichen Hang nach Radikalität.«

»Kinder, Pubertierende und Halbwüchsige halten sich nur für glaubwürdig und zu etwas nütze, wenn sie radikal sind«, bestätigte Puck. »Und umgekehrt und so weiter. Schau dir die Extremisten des vorigen Jahrhunderts und die von heute an, allesamt gescheiterte Erwachsene. Kinder brauchen selbstvollzogene Trennungen, um sich formen und erwachsen werden zu können. Sie müssen verstoßen, verwerfen, symbolische Morde begehen, um sich lösen zu können. Und diese ganze herzzerreißende Strampelei braucht es, um danach mit etwas so Bleischwerem wie der persönlichen Freiheit leben zu können. Alles, was man aus freien Stücken tut, macht verantwortlich und entfernt vom Weg der Radikalität. So muss es sein. Das ist der Lauf des Menschen und so weiter.«

»Und dieser Lauf war bei Lucas deiner Meinung nach gestört?«, fragte Bubi vorsichtig.

»Ja«, sagte Puck in einem Tonfall, der zu verstehen gab, dass sie sich nicht weiter darüber auslassen wollte.

»Nach allem Gesagten und Gehörten«, nahm Rafael den Faden wieder auf, »erlaube ich mir, dich auf den Weg der spekulativen Analyse zu entführen.«

»Mit der Betonung auf spekulativ«, konnte sich Puck noch abringen.

»Es ist ein Weg, der zu der immensen Bedeutung der heiligen Zahl Drei führt. Diese Zahl barg, wie sich herausstellte, die Harmonie, nach der Lucas Loos sein Leben lang auf der Suche war. Im Dreiklang fand er die Harmonie, und in der engen Rüstung einer neuen Lehre fand er die Freiheit. Sein musikalischer Werdegang begann bei der Eins: den zwölf einsamen, individuellen Tönen, Basis aller Musik. Der nächste Schritt war die Zwei: das Intervall zwischen zwei Tönen, das Verhältnis. Aber der ultimative Schritt, den Lucas machte, war der ins Reich des Dreiklangs, des Kreises. Die Frage, mit der wir uns trugen, war, inwiefern Lucas' musikalischer Werdegang parallel zu seinem persönlichen Leben verlief.«

»Na, also wir fragten uns vor allem, ob Claras Tod etwas mit der Geburt der Klanguhr zu tun hatte«, sagte Bubi. »Claras Sturz fiel mit Lucas' Abkehr vom Verhältnis-Intervall zusammen. Beide Reiche waren gestürzt, und auf den Trümmern des Abgelegten konnte die Herrschaft der Drei beginnen.«

»Die Zukunft hat unsere Vermutungen bewahrheitet«, fügte der Prins aufgeregt hinzu. »Weniger als ein Jahr nach Claras Tod machte Lucas seine Klanguhr bekannt, und von da an war er auch plötzlich grundsätzlich homosexuell.«

»Die Klanguhr war unverkennbar der Schlussstein seines kompositorischen Denkens«, sagte Rafael, »und sein Œuvre ließ sich nun leicht in drei Perioden aufteilen. Die ersten Werke, die vor Claras Tod datierten und musikalisch vom einsamen Ton bestimmt wurden. Die Werke, die er seit der

Bekanntschaft und Zweisamkeit mit Clara schrieb, allesamt auf dem Intervall zwischen zwei Tönen basierend. Und schließlich die aus Lucas' Leben nach Claras Tod, bestimmt von der Erfindung der Klanguhr und der kreativen Freiheit, die ihm der Dreiklang schenkte. Sie sollten mir eine Geschichte erzählen, die ich noch nicht kannte, die ich kennenlernen wollte, wogegen sich aber zugleich alles in mir sperrte.«

»Zu Recht«, brummte Puck.

»Die erste Periode überblickte ich bereits. Die Werke, in denen das Einzelne den Ton angibt, sind durch das orpheus'sche Thema der gestorbenen Liebe miteinander verbunden und stark von dem Dichter/Mörder Gerrit Achterberg inspiriert. Die zweite Periode analysierte ich mit Hilfe von Bubi und Prins in den Tagen zwischen Claras Sturz und ihrer Beisetzung. Wir brauchten nicht lange zu suchen, um das übergreifende Thema für die Werke zu finden, die Lucas während seines Lebens mit Clara schrieb.«

»Aber erschrocken waren wir trotzdem«, ergänzte der Prins Rafaels Erzählung. »Als Clara noch lebte, dachte ich nie daran, dass diese Libretti vielleicht etwas mit der eigentümlichen Beziehung der beiden zu tun haben könnten. Lucas und ich sprachen nur über den gesellschaftlichen Kampf, und der damals virulente Kampf der Geschlechter rangierte dabei nur unter ›ferner liefen‹. Lucas sagte sogar, er arbeite am liebsten mit mir zusammen, weil die Frau in meinen Stücken immer als Störsender fungiert. Durch Claras absonderlichen Tod rückte alles in ein anderes Licht, auch seine Entscheidung für mich als seinen Librettisten.«

»Du vergisst zu erwähnen, dass Lucas jahrelang in dich verliebt war«, warf Puck ein. »Bevor er den platonischen Teil seiner Seele ganz Aaron widmete, schoss er seine Pfeile auf dich ab. Dir war Lucas' blinde Anbetung doch auch nicht unrecht, Prins, oder?«

»Ach, damals war jeder in jeden verliebt«, wandte der Prins ein. »Verliebt zu tun war Mode, das hatte nichts zu bedeuten.«

»Mode ist beileibe kein unschuldiges Phänomen, wie ich von Robin gelernt habe«, entgegnete Puck unverdrossen.

»Dürfte ich dann vielleicht weitererzählen?«, sagte der Prins mit einem Anflug von Verärgerung in der Stimme. »Du bringst mich ganz aus dem Konzept.«

»Man braucht nur die Titel von Lucas' Werken aus der Zeit mit Clara zu lesen, und die Alarmglocken schrillen«, versuchte Bubi seinem Freund wieder auf die Sprünge zu helfen. »Kampf und nichts als Kampf. Irrgarten, Eskalation, Hinrichtung, Bannfluch, Erstickung, Ausbruch, der Streit zwischen Verstand und schönem Schein, ich zähle nur mal auf, was mir gerade einfällt. Alles Begriffe, die in den Kompositionen der zweiten Periode eine zentrale Rolle spielen. Kampf war der gemeinsame Nenner, auf den wir stießen.«

»Was ich las«, sagte Rafael, »war das Protokoll eines Gefechts, eines kompositorischen Ringens mit dem Zweitonintervall und eines metaphorischen Kampfes mit der Frau in seinem Leben, Clara. Lucas konnte ein Konzept intellektuell rundheraus begrüßen, aber in Wirklichkeit zutiefst ablehnen. Die mit der Feder jauchzend begrüßte Ambivalenz widerstrebte in Wirklichkeit seinem radikalen Charakter. Für uns stellte sich die Frage, ob der Kampf durch Claras Tod entschieden werden musste. Konnte Lucas nur in die dritte Periode seines Komponistenlebens eintreten, indem er einen

Schlussstrich unter sein vorheriges Leben, das Leben mit Clara, zog? Niemand außer Lucas wusste, was sich in jener fatalen Nacht in Griechenland abgespielt hatte. Dank Bella wussten wir, dass die einzigen beiden Zeugen, die Amerikaner, von der Polizei verhört worden waren, aber unglücklicherweise nicht gesehen hatten, wie Clara fiel. Es hatte keinen Sinn, nach Bob zu suchen, obwohl ich schon mit dem Gedanken spielte. Lucas erwähnte einmal einen Brief, den Bob ihm zu dem fatalen Abend geschrieben hätte. Ich habe nach Lucas' Tod in den Archiven nach diesem Brief gesucht, doch er war nicht auffindbar. Lucas hatte allen von dem Brief erzählt, aber keiner hatte ihn gelesen. Robin hielt es für möglich, dass er vernichtet wurde, als es nebenan in der Casa Rossa gebrannt und die Feuerwehr ihr Haus nass gespritzt hatte, um es vor dem Feuer zu schützen. Ich gab die Suche auf und verlegte mich darauf, abzuwarten, was Lucas machen würde. So, wie ich ihn kannte, würde ihn sein Wahrheitsdrang zu einer Enthüllung nötigen, vielleicht kryptisch in einen Kode verpackt, aber ein Geständnis würde kommen, egal wie. Und so war es auch.«

»Aber ein anderes, als wir erwarteten«, sagte der Prins leise.

Vielleicht bildete ich es mir ein, aber es schien, als verstummte die Stadt im selben Moment. Keinerlei Verkehrslärm, weder von Autos noch von der Straßenbahn, hallte mehr von der Gracht herüber, keine Kirchturmuhr war mehr zu hören. Die Vögel im Garten schienen ihre Kräfte für den kommenden Morgen zu schonen. Die leichte Brise, die in den vergangenen Stunden noch die Blätter hatte rauschen lassen, hatte sich gelegt und tauchte die Terrasse in Lautlosigkeit. Auch Puck und die drei Männer atmeten kaum noch hörbar, als wappneten sie sich für das nun Folgende. Erst als Bubi eine frisch gedrehte Zigarette zwischen den Fingern zwirbelte, schreckte das Knistern alle aus der Stille auf, die eine Ewigkeit gedauert zu haben schien.

»Nach *Der Entfesselungskünstler*, Lucas' Beichte in Bezug auf seine ideologischen Fehltritte in der ersten Periode seines Komponistenlebens, folgte eine zweite Beichte. Sie wurde erneut in die Form einer Oper gegossen und hieß diesmal *Das Tribunal*«, sprach Rafael in entsprechend getragenem Ton.

»Opus 33«, sagte Bubi unheilschwanger.

»Ihr hattet das Libretto doch schon einige Jahre fertig, nicht?«, fragte Rafael Prins.

»Seit 1989«, antwortete dieser. »Ich lebte seit einigen Jahren in Frankreich, meine neue Frau hatte dort einen Zweitwohnsitz. Amsterdam war mir zu hektisch geworden, ich wusste nicht mehr, was ich mit meiner Arbeit bezweckte, und zog mich zurück. Das Libretto ist vor allem dort entstanden. Lucas kam dorthin, allein, mit Quint oder mit einem seiner vielen Freunde. Der Gedanke, dass ich in Frankreich nicht mehr unter dem Einfluss vom ›Tisch‹ stand, wiegte ihn in Sicherheit. Es war eine Wonne, mit ihm zu arbeiten. Jeden Morgen saß er in strahlender Laune am Tisch unter der Linde und war oft schon seit Stunden aktiv. Er musste musikalisch beweisen, dass sich mit der Klanguhr eine Oper schreiben ließ, und er teilte jeder Figur eine bestimmte Stunde zu. Das sollte ich beim Schreiben des Librettos berücksichtigen. In seiner Interpretation der Geschichte vom Tod Tschaikowskys gab es zwei Übeltäter: die Zarin und die Freunde vom

Tribunal. Der Henker, der Mann, der ihm das Gift verabreichte, sollte Tschaikowskys Verleger sein. Ihm teilte er die erste Stunde der Klanguhr zu. Mit unserer Interpretation pfiffen wir natürlich auf die historische Wirklichkeit. ›Wir machen eine Oper, keine Dokumentation‹, sagte Lucas. ›Wir sind Künstler, keine Journalisten oder Historiker.‹ Ich war ganz seiner Meinung. So konnten wir in unserer Oper Tschaikowsky an einer Oper namens *Das Gastmahl* arbeiten lassen, in die wir Platons Geschichte von den drei Geschlechtern einbauten. Vielleicht dadurch, dass ich von Amsterdam und dem, was man sich dort erzählte, abgeschnitten war, Mica verlassen hatte und mir ihre Verdächtigungen nicht länger anhören musste, vielleicht auch, weil ich so sehr in das Libretto vertieft war, ich weiß es nicht, jedenfalls dachte ich beim Schreiben so gut wie gar nicht an Clara. Deshalb fiel mir auch nichts auf. Die ersten zwei oder drei Szenen hatte ich schon fertig gehabt, bevor ich nach Frankreich ging. Darin wird Wladimir noch Bob genannt. In der Abgeschiedenheit der Bourgogne bat Lucas mich dann, den Namen Bob im Weiteren nicht mehr zu benutzen, sondern die Figur von nun an konsequent Wladimir zu nennen. ›Kein Problem‹, sagte ich. Im Nachhinein unbegreiflich, aber ich dachte nicht eine Sekunde an diesen Amerikaner, der auf der Terrasse war, als Clara fiel. Auch die üble Rolle, die er der Zarin andichtete, weckte bei mir keinerlei Argwohn. Sie erinnerte mich eher an eine andere Oper, die wir zusammen gemacht hatten, *Der Irrgarten*, worin die weibliche Hauptfigur auch einen destruktiven Einfluss auf sich und ihr Umfeld hat. Außerdem war seine Deutung der Frau diesmal milder. Für Lucas war die Zarin Hauptschuldige und Opfer in einem. Mit der ihm eigenen Begeisterung erläuterte er mir seine Sicht. ›Was in der Oper letztlich zum Sturz Tschaikowskys führt‹, sagte Lucas, ›ist die schlechte Ehe zwischen Zar und Zarin. Sie sind in einer unmöglichen Beziehung gefangen. Die Zarin erfährt keinerlei Liebe von ihrem Mann, und aus Ohnmacht und Wut reagiert sie ihre Enttäuschung und ihre Zerstörungswut am beliebtesten Komponisten Russlands ab. Tschaikowsky soll sterben. Ohne es zu wissen, muss er den Tribut für die eheliche Lieblosigkeit zwischen Zar und Zarin zahlen. Sie benutzt die Freunde als Instrument für ihre Rache, und die Freunde sind nur zu gern bereit, Tschaikowsky zu verraten und damit ihre eigene Ehre zu retten.‹«

»Aber in dem Moment musst du doch an unseren ›Tisch‹ gedacht haben!«, sagte Bubi erstaunt.

»Es ging mir schon kurz durch den Sinn«, antwortete der Prins verteidigend, »aber irgendwie blieb es nicht hängen, dafür war ich viel zu sehr ins Schreiben des Librettos vertieft.«

»Ich kann das gut verstehen«, sprang Rafael ihm bei. »Du beschreibst genau das, was mir bei *Luzifer* passiert ist. Erzähl weiter.«

»Weil wir uns nicht mehr trafen, sondern höchstens brieflich oder telefonisch austauschten, entging mir das ganze Trara um Claude Vivier«, fuhr der Prins fort. »Als Lucas vorschlug, die achte Szene im Totenreich spielen zu lassen, konnte ich also nicht ahnen, dass das vielleicht etwas mit Vivier zu tun hatte. Und da es ein bekanntes Thema in der Literatur ist, hielt ich es für einen guten Fund von ihm. So konnten wir Tschaikowsky während seines fiebrigen Todeskampfes in den Himmel führen und dort Diotima und Agathon begegnen lassen, die ihn locken und über die Todesgrenze ziehen wollen.«

»Hatte er dir denn nicht erzählt, was seine letzten Worte an Clara waren?«, fragte Rafael.

»Bestimmt«, antwortete der Prins, »aber nochmals, für mich hatten die Figuren im Libretto eine solche Autonomie, dass ich mich nicht mehr mit der historischen Wirklichkeit befasste, nicht mit der von Tschaikowsky und nicht mit der von Lucas. Schriftstellerwahn, ein von der Realität losgelöster Zustand, Schaffensrausch? Ich weiß es nicht. Ich wachte erst auf, als Lucas mich bat, einen bestimmten Satz einzufügen. Das Libretto war fertig, wir waren beide zufrieden, aber eines Morgens klopft er wie wild an meine Schlafzimmertür und weckt mich. Ihm sei in der Nacht etwas eingefallen, und das müsse unbedingt noch ins Libretto. Er drang mit einer Penetranz darauf, die schon an Hysterie grenzte. ›Das muss rein‹, rief er, ›das muss rein!‹ Die Musik verlange das, erklärte er seine Panik, er habe an der Stelle im Text einen nicht verzichtbaren Takt, zu dem ein Satz gehöre. Es handelte sich um die zweite Szene. Die Zarin versucht den Zar dazu zu überreden, Tschaikowsky vor ein Tribunal aus Freunden zu laden und für seine homosexuelle Unzucht zu verurteilen. Der Zar, der angesichts seiner Machtstellung Angst vor Mordanschlägen hat, wird nachgiebiger. Er gestattet sich den Gedanken, dass sich sein Mörder sogar in einem musikalischen Akkord verbergen könnte. Lucas will, dass die Zarin nach dieser Bemerkung des Zaren den definitiven Anstoß zum Verrat gibt, indem sie sagt, dass sich sein Mörder auch in einem Blick verbergen könne. Das war der Satz, der unbedingt noch hineinsollte. *Ein Mörder kann sich in einem*

Blick verbergen. Da wusste ich plötzlich, was geschehen war.«

»Nein«, widersprach Puck energisch, »du hast nicht *gewusst*, was geschehen war, du hast vermutet, was geschehen sein *könnte*. Das ist ein großer Unterschied.«

»Auch gut«, billigte der Prins ihr zu.

»Hast du Lucas damals darauf angesprochen?«, fragte ich.

»Nein«, sagte der Prins, »ich habe verschwiegen, was ich dachte. Mich machte das plötzlich ganz krank vor Mitleid mit dem armen Lucas. Ich musste an einen Vorfall in den siebziger Jahren denken, zur Zeit des Watergate-Skandals. Lucas hasste Nixon und rief immerzu, dass Nixon hinter Watergate stecke und die beiden Journalisten seinen Sturz herbeiführen würden. Eines Tages legt er Clara einen Brief auf die Treppe, in dem er schreibt, dass er, Lucas Loos, am 1. Mai 1973 prophezeie, dass Präsident Nixon innerhalb des nächsten Jahres zurücktreten müsse. Er bittet sie, diese Prophezeiung aufzubewahren. Im Jahr darauf, am 9. August 1974, wird im Vondelpark *Kreisel* aufgeführt. Lucas bedient selbst einen der Brummkreisel. Das Ganze findet in einem offenen Zelt statt, und Lucas blickt mit der ihm eigenen Verlegenheit über die Köpfe der Zuschauer hinweg. Er heftet den Blick ununterbrochen auf einen Baum im Park. Das Stück endet damit, dass das Brummen der Kreisel allmählich verklingt. Es ist ein sommerlicher Abend, vollkommen windstill. Doch plötzlich ertönt ein unheilvolles Krachen. Ohne vorherige Ankündigung und aus unerfindlichen Gründen fällt der Baum, auf den Lucas die ganze Zeit gestarrt hat, langsam um. Lucas' Kehle entfährt ein sonderbares, satanisches Lachen. Am nächsten Tag hören wir, dass exakt in dem Moment, als der Baum umfiel, Nixon gestürzt worden war und er im amerikanischen Fernsehen seine Präsidentschaft niederlegte. Lucas war davon überzeugt, dass sein Blick auf den Baum, dessen unerklärliche Entwurzelung und der Sturz Nixons miteinander zusammenhingen. Er bat Clara um den Brief, damit er seine seherischen Fähigkeiten belegen könne, doch sie hatte ihn verschludert.«

»Etwas zu verschludern, ist nicht unschuldig«, brummte Puck.

»Findest du das nicht alles unvorstellbar?«, fragte mich Bubi aufgeregt.

Ich nickte.

»Aber es ist noch nicht alles«, ergriff Rafael wieder das Wort. »Die Beichte ist nicht nur im Libretto versteckt, sondern auch im Programmheft. Im Verhältnis zwischen Lucas und mir knirschte es nach wie vor, immer wieder gab es einen Anlass für einen neuerlichen Konflikt. Regelmäßig erkundigt er sich nach dem Porträt, mit vorwurfsvollem Unterton. Lucas hasste Bummelanten und Trittbrettfahrer und im Grunde auch Journalisten, obwohl er sich selbst gern als solcher betätigte. Ich führe als Entschuldigung für das Ausbleiben von *Luzifer* an, dass die Oper nun mal länger als vorgesehen auf sich warten lasse und das Porträt mehr und mehr den Charakter einer Biographie annehme. Das beruhigt ihn. Eine Biographie findet er ehrenvoll. Eines Tages ruft er mich an. ›Ich möchte dir ja nicht das Wasser abgraben‹, sagt er, ›aber zum *Tribunal* möchte ich selbst eine Art Biographie herausbringen, die Biographie einer Oper.‹ Es wurde damals gerade Mode, um das Libretto herum vorhandene Texte, in welche die Oper eingebettet wurde, zusammenzustellen.

Am Telefon fragt er mich, wieder in leicht vorwurfsvollem Ton, ob ich denn nicht wenigstens einen Teil von *Luzifer* für das Programmheft zur Verfügung stellen könne, einen Essay, in dem ich erläutere, wie wichtig der *Diabolus in musica* für ihn als Komponisten bei der Entwicklung seiner Theorie von der Klanguhr gewesen sei. Und er fragt mich, ob ich mir einmal die Texte anschauen könnte, die er um *Das Tribunal* herum gesammelt habe und die seiner Meinung nach alles sagten. ›Vielleicht musst du mich vor mir selbst beschützen‹, sagt er geheimnisvoll, ›denn ich stelle mich schon sehr bloß.‹ Zum ersten Mal seit langer Zeit verabreden wir uns bei ihm zu Hause. Er hat dort endlos umgebaut, monatelang standen die Gerüste, aber jetzt, sagt er, könne er mir endlich seinen Himmel zeigen. Das war im Winter 1993, ich hatte ihn seit mindestens drei Jahren nicht mehr gesehen. Als er am Oudezijds die Tür öffnet, erschrecke ich über sein Aussehen. Er ist blass und aufgedunsen. Seine Schultern hängen. Am Tisch im Vorderhaus sitzt ein junger Mann augenscheinlich östlicher Abstammung. Er liest Zeitung, und Lucas stellt mich ihm nicht vor. Er will so schnell wie möglich nach oben. Ich sehe mich noch die Treppen hinaufgehen, hinter einem keuchenden Lucas her. Hin und wieder bleibt er stehen, weil er keine Luft mehr bekommt oder heftig husten muss. Bevor er die Tür zum Dachboden öffnet, sieht er mich von seiner Stufe herab strahlend und mit glänzenden Augen an. ›Und nun tritt ein in meinen Himmel‹, sagt er. Ich stehe unvermittelt in einem so grellweißen Raum, dass es mir die Tränen in die Augen treibt. Ich glaube, in dem Moment habe ich beschlossen, *Luzifer* ein für alle Mal in der Schublade zu lassen.«

Es war für Rafael ganz offensichtlich schwer, sich daran erinnern zu müssen, und er trank erst einmal einen Schluck Wein. Puck sprang hilfsbereit ein.

»Das kann ich mir gut vorstellen«, sagte sie mitfühlend.

»Ich bin zwar nie dort gewesen«, sagte Bubi, »habe seinen Himmel aber später in einer Dokumentation gesehen. Da habe ich dann doch kurz gedacht, Lucas sei verrückt geworden.«

»Es war so bizarr und so verdammt rührend, dass ich mich kaum umzusehen wagte«, sagte Rafael, der sich wieder gefasst hatte. »Lucas hatte sich einen Himmel gebaut. Der Raum hatte etwas so Homosexuelles und zugleich Kindliches, ich kann es nicht anders sagen, dass mich eine schier unerträgliche Verlegenheit überkam. Ich stand mitten in einer nach außen gekehrten Seele.«

»Das ist anständig von dir, Raffi«, brummte Puck, um ihm beim Erzählen an dieser für ihn so schwierigen Stelle behilflich zu sein.

»Alles war weiß gestrichen. Die Dachbinder sahen aus wie lauter miteinander verbundene phallische Hörner des Einhorns, und sie ruhten auf kunstvoll verzierten Säulen, die sich im wahrsten Sinne des Wortes vom Boden zu erheben schienen, da sie auf Zehenspitzen standen. Lucas hatte die Säulen auf Jungenfüße aus Gips stellen lassen. In den Dachschrägen zu beiden Seiten hatte er zwölf runde Fenster anbringen lassen, ein Fenster für jede Stunde. Mit blauen und rosafarbenen Dreiecken waren die Figuren der Klanguhr in sie eingelegt. Überall im Raum standen seine Lieblingsblumen, Orchideen, in selbstgemachten Vasen. Von den Hörnern an der Decke hingen Bleiglas-Laternen herab, in denen

Kerzen brannten. Auf dem Boden lag eine Matratze, an der Wand stand sein Flügel. Lucas stellt sich neben mich, stolz und verlegen. ›Ganz und gar selbst geschaffen‹, sagt er, ›alles mit eigenen Händen gemacht.‹ Das Ganze strahlt eine so größenwahnsinnige Einsamkeit aus, dass es mir den Atem verschlägt. Ich weiß nicht, was ich sagen soll, bekomme keinen Ton heraus und lege aus Ohnmacht den Arm um ihn.«

»Und dabei stand dir das Schlimmste noch bevor«, flüsterte Bubi, der von Rafaels Beschreibung ergriffen war und es kaum noch ertragen konnte, seinen Freund so unter der Erinnerung leiden zu sehen.

»Nein, Bubi, das stimmt nicht«, sagte Rafael und holte tief Luft. »Was danach kam, hat mir nicht mehr so viel ausgemacht. Im Bruchteil einer Sekunde hatte ich meinen Entschluss gefasst, und der war endgültig: *Luzifer* würde nie erscheinen. An jenem Tag habe ich mich Lucas gegenüber an den kleinen Tisch in seinem Himmel gesetzt und empfand eine Ruhe, die mir in seiner Gegenwart jahrelang gefehlt hatte. Nicht, dass mich all das, was er mich an jenem Nachmittag lesen ließ, nicht erschreckt hätte, aber ich konnte es frei von Schuld lesen.«

»Obwohl *Luzifer* gerade da zu der Vollendung kam, auf die du seit Jahren gewartet hattest«, sagte der Prins. Er sah Rafael forschend an und entschloss sich weiterzureden, damit sein Freund Gelegenheit hatte, sich zu fassen. Er wandte sich an mich und sagte: »Raffis Analyse hatte die Schönheit eines Gesetzes, das war alles hieb- und stichfest. Raffi begriff, dass Lucas in der Zahl Drei seine vollkommene Autonomie und Einsamkeit gefunden hatte. Lucas gründete seine gesamte Kosmologie auf diese Zahl. Die Triade bildete nicht nur die Tiefenstruktur der Klanguhr, sondern der gesamten Natur, auch der menschlichen. Er führte die Trias politica an, das ödipale Dreieck zwischen Vater, Mutter und Kind, die Tripletts in der Biochemie und das Quarkstrio in der Kernphysik sowie das sogenannte dreifaltige Gehirn. Das stammte aus dem Buch eines Amerikaners, der entdeckt hatte, dass unser Gehirn von drei Ebenen gesteuert wird, die dauernd miteinander im Clinch liegen.«

»Und es ging natürlich um die Heilige Dreifaltigkeit«, übernahm Rafael, der sich wieder berappelt hatte. »Bei Claras Beerdigung hat Puck mir den letzten Anstoß in die richtige Richtung gegeben. Du sagtest, Lucas sehne sich so sehr nach reiner Eindeutigkeit, nach einer unumstößlichen Wahrheit, dass er am liebsten Gott selbst sein wolle, Puck.«

»Womöglich bin ich jetzt noch an allem schuld«, sagte Puck gespielt böse.

»Und du nanntest Quint seinen eigenen Jesus. Da war das Bild von der dritten Periode in Lucas' Leben rund. Clara konnte für Lucas nur als gestorbene Geliebte, die nicht mehr von dieser Welt war, zu seiner inspirierenden Muse und seinem Heiligen Geist werden. Lebend bescherte sie ihm als Homosexuellem die Doppelsinnigkeit, gegen die er einen tief eingewurzelten Widerwillen empfand. Nach Claras Tod war er ein Vater mit einem Sohn und einer geistigen, ewigen Geliebten.«

»Lucas konnte nicht ohne eine Ideologie leben«, sagte Bubi, »und nach Claras Tod hat er sein Sendungsbewusstsein auf die Klanguhr konzentriert. Er verkündete, predigte, urteilte und wurde immer einsamer. Als er starb, gab es nur in Neuseeland eine Komponistin, von der nie jemand je gehört hatte, die seine Botschaft verbreitete und die Klanguhr an einer Universität dozierte. Stell dir vor, eine Frau, am anderen Ende der Welt. Da fehlen einem eigentlich die Worte.«

Es wurde kühler draußen, aber keinen von uns zog es nach drinnen. Puck sagte mit träge gewordener Zunge, Bubi solle doch Strickjacken holen.

»Ach Gott, ja, euch ist natürlich kalt«, sagte Bubi und sprang aus seinem Sessel auf. Er verschwand im Haus und kam mit einem Haufen wahllos zusammengeraffter Pullover und Strickjacken wieder. Nur Puck und ich schlangen uns einen Pullover um die Schultern. Wir schauten alle auf Rafael und warteten darauf, dass er seine Geschichte zu Ende erzählen würde. Die scharf gezeichneten Furchen in seinem schönen Gesicht schienen sich in den vergangenen Stunden vertieft zu haben, und als er erneut das Wort ergriff, schwang in seiner Stimme eine jahrhundertealte Betrübnis mit.

»In den darauffolgenden Stunden, die ich mit Lucas in seinem Himmel verbringe und in denen ich, wie sich später erweisen soll, zum letzten Mal in meinem Leben ein langes Gespräch mit ihm führe, sitze ich ihm tief bewegt gegenüber«, sagte Rafael. »Ich fühle mich, wie man sich bei einer Beerdigung fühlen kann, wenn die Rührung nicht nachlassen will. Es bereitet mir fast körperliche Schmerzen. Lucas geht zu einem Schrank. Sein Gang hat etwas Trippelndes, Frivoles angenommen. Er nimmt einen Ordner heraus, auf dem in elegantem Schriftzug *Das Tribunal* steht. Der Ordner ist mit Kopien von Texten gefüllt, die Lucas sorgfältig mit gelbem Leuchtstift bearbeitet hat, durch den bestimmte Absätze hervorgehoben werden.

Der erste Text ist von Platon, Aristophanes' Erzählung

von den drei Geschlechtern, die grausam zerschnitten werden und danach einander suchen. Die Passage, in der es heißt, dass die Hälften von Männer-Männern von der Außenwelt zur Ehe mit einer Frau genötigt werden, ihr Herz aber immer Männern gehören wird und sie nur bei ihnen Liebe finden, ist unterstrichen. Dann folgen einige Briefe von Tschaikowsky. Das gleiche Thema. Er schreibt, dass er beschlossen hat, die erstbeste Frau zu heiraten, die ihm über den Weg läuft. Mit einer offiziellen Verbindung will er gegen seine Neigungen angehen, die Gerüchte zum Verstummen bringen und seinen Ruf wahren. Er heiratet, die Ehe hält keine zwei Monate, und nachdem er ihr depressiv entflohen ist, schreibt Tschaikowsky in einem Brief, wie sehr ihn die Frau, die er geheiratet hat, abstieß und sein musikalisches Talent unter dieser Ehe litt. Lucas sieht mich an, während ich das alles lese, aber ich traue mich nicht, den Blick zu heben.

Der nächste Text, den ich zu sehen bekomme, ist aus *Alexis oder der vergebliche Kampf* von Marguerite Yourcenar, einem 1929 erschienenen Roman, in dem ein Mann seiner Frau in einem Abschiedsbrief beichtet, seine wahre Natur entdeckt zu haben. Lucas hat eine Passage ausgewählt, in der Alexis die Erleichterung beschreibt, die die Entdeckung bewirkt, und wie glücklich er jetzt ist, da er sich nicht mehr zu verleugnen braucht. Mir fällt plötzlich der letzte Satz dieses Buches ein, und ich zitiere ihn, während ich Lucas zum ersten Mal ansehe: *Ich bitte dich ergebenst, mir zu verzeihen, nicht, dass ich dich verlasse, sondern dass ich so lange geblieben bin.* Lucas errötet und beißt sich auf die Unterlippe. ›Ich verstehe das‹, sagt er, mehr nicht. Weiterblätternd stoße ich auf einen Text von Klaus Mann, aus seinem Roman über den Tod Tschaikowskys, *Symphonie Pathétique*, ein neckisches Liebesgeplänkel zwischen dem Komponisten und seinem Geliebten Bob. Der Nächste stammt von dessen Vater, Thomas Mann, aus *Tod in Venedig*, die Strandszene. Der dem Tode nahe Komponist Gustav von Aschenbach, der schmachtend den schönen Jüngling am Strand beobachtet und in ihm die Inspirationsquelle für sein gesamtes Schaffen erkennt.

Dann schlage ich die Seiten um und gelange zum letzten Text im Ordner. Bevor ich mich über den Text beugen kann, bekommt Lucas einen beängstigenden Hustenanfall und schnappt danach lange nach Luft. ›Fühlst du dich auch gut?‹, frage ich. – ›Lungenemphysem‹, sagt er, ›eigene Schuld, bloß nicht beachten.‹ Dass er HIV-positiv ist, erfahre ich erst wenige Wochen vor seinem Tod. ›Lies weiter‹, sagt er, und seine Stimme hat unvermittelt einen drohenden Unterton. Der Text, der vor mir liegt, ist *Das letzte Kapitel* von Alexandra Orlowa. Es ist einer der ersten biographischen Essays, die wir 1981 von ihr lasen. Ich erkenne die von Lucas markierten Passagen sofort wieder, und mir steigt die Schamesröte ins Gesicht. Orlowa beschreibt darin, wie nach dem plötzlichen Tod Tschaikowskys in Sankt Petersburg sofort eine Flut von Gerüchten losbricht. An die Zeilen, in denen steht, dass manche direkt nach seinem mysteriösen Tod Nachforschungen aufnehmen, um herauszufinden, was wirklich dahintersteckt, hat Lucas drei dicke Ausrufungszeichen an den Rand gemacht. Ich spüre, dass er mich von der gegenüberliegenden Tischseite her gespannt ansieht, als ich die Wirklichkeit von Bubi, Prins und mir vor der Nase habe. Zum ersten Mal geht mir auf, dass er es die ganze Zeit gewusst hat.«

»Schrecklich«, sagte Bubi.

Als ich mich aufrichte, spielt ein sardonisches und amüsiertes Lächeln um seinen Mund, das ich gut von ihm kenne. ›So‹, sagt er herausfordernd, ›was hältst du von der gebeichteten Wahrheit?‹

Ich weiß nicht mehr, wie ich mich aus der misslichen Situation befreit habe, dazu war ich zu verwirrt. Ich werde wohl etwas von erstaunlicher Auswahl und Aufrichtigkeit gesagt haben, ich weiß es wirklich nicht mehr. Da erweist sich, dass Lucas noch eine weitere Überraschung für mich in petto hat. ›Das Motto für mein Buch ist wohlgewählt‹, sagt er. ›Wenn du nichts dagegen hast, lese ich es dir kurz vor.‹ Er liest aus Platons *Symposion* vor. Vom letzten Absatz des Zitats betont er jedes einzelne Wort, als wollte er mich damit geißeln. Platon propagiert, wir sollten uns in unserem Leben von der Scham vor dem Schändlichen und dem Bestreben nach dem Schönen leiten lassen. Und die Scham drückt uns erst wirklich schmerzlich, sagt er, wenn es der Geliebte ist, der uns bei dem Schändlichen, das wir tun, ertappt. Es ist, als beschreibe Lucas eine Szene zwischen Clara und ihm, denn sie hat ihn ihr gesamtes gemeinsames Leben lang hartnäckig auf seine Übertreibungen und prahlerischen Geschichten hingewiesen. Aber ich denke auch an Lucas' Verstoßung, daran, was letztlich den Ausschlag dafür gab, dass er seinen Sitz am ›Tisch‹ verloren hat.

Lucas verstummt, hustet wieder heftig und stößt einen tiefen Seufzer aus. ›So, das war's‹, sagt er dann mit trauriger Mannhaftigkeit und wischt ein unsichtbares Schmutzteilchen von der Tischplatte. In dem Moment ballt sich die ganze Freundschaft und Zuneigung, die ich je für ihn hegte, in mir zusammen, und ich lege meine Hand auf seine Hand. Ich weiß nicht mehr, was ich sagen soll.

Ich bin an jenem Nachmittag völlig niedergeschlagen nach Hause zurückgekehrt, habe die Aufnahme von dem Gespräch ins *Luzifer*-Archiv gelegt und sie mir nie mehr angehört. Lucas hat meinen Beitrag über den *Diabolus in musica* nicht in seine Materialiensammlung aufgenommen. Ich sei zu sehr auf die Person eingegangen, sagte er, und zu wenig auf die Musik. In dem Essay komprimiere ich das Wesentliche meines Porträts. So, wie Luzifer Zwietracht im Himmel säte und seither zum Zwischenreich der gefallenen Engel verurteilt war, zerteilt der Diabolus die Oktave in zwei Hälften und gehört zu keiner von beiden. Für Lucas Loos, schreibe ich dann, sind die Spaltung, der Kampf und die Zerrissenheit der einzige Weg zur Harmonie. ›Es geht nicht um mich‹, herrschte Lucas mich am Telefon an, ›es geht allein um die Musik.‹

Nach jenem Nachmittag bin ich noch einmal in seinen Himmel zurückgekehrt, 2003, als ich erfahren hatte, dass Lucas im Sterben lag.«

»Was war es denn nun genau, das dich beschließen ließ, *Luzifer* nicht zu veröffentlichen?«, fragte ich.

»Wir werden nie wissen, was in jener Nacht passiert ist«, antwortete Rafael müde, aber eines wusste ich, nämlich dass Lucas unter einer Schuld litt. Nur sah ich dabei nicht, dass es eine gemeinsame Schuld war, eine Schuld, die man auch hat, wenn man nichts verbrochen hat. Die Arbeit an *Luzifer* machte mich nicht einer Tat schuldig, wohl aber eines Blicks. Jahrelang hatte ich Lucas' Werk auf der Suche nach einer Antwort auf die Frage untersucht, was wirklich vorgefallen war, was Lucas mit Claras Sturz zu tun hatte. Jedes Detail seines Werks schrie mir zu, dass er sich ihrer entledigen musste, um das einsame Reich der Autonomie betreten zu können. Ich vergaß, dass es meine Sicht seines Werkes war, meine Lesart, und dass man sein Werk genauso gut anders lesen konnte. Ich ließ mich von dem Porträt, von *Luzifer*, von einer Logik leiten, die ich selbst der Wirklichkeit des Werkes aufgedrückt hatte.«

»Damals hast du zu mir gesagt, du seist dabei, etwas zu tun, was du Lucas immer besonders übelgenommen hast«, sagte Puck.

»Und das war?«, fragte Rafael.

»Die Wahrheit von etwas zu erschließen, das keine Wahrheit kennt«, antwortete Puck.

»Der Kunst«, sagte Rafael resigniert.

»Einfach aus Kaffee Tee machen, damit kommst du schon ziemlich weit«, zitierte der Prins die Definition, die Bella Basten einmal für Fiktion gegeben hatte. Er versuchte Raffi mit seinem Scherz aufzuheitern, doch das gelang ihm nicht. Rafael rieb sich mit den Händen über das Gesicht und schaute dankbar zu Bubi auf, als dieser sein Glas füllte. In einem der angrenzenden Gärten bekundete eine Amsel mit ihrem Lied, dass die Dunkelheit gefallen war. Auf den Freunden lastete eine Betrübnis, der ich mich nicht entziehen konnte, obwohl ich zu dem Zeitpunkt noch nicht verstand, woher die meine kam. Es ging auf zwei Uhr nachts zu, und wir würden nun bald auseinandergehen.

»Ich kam zu spät«, sagte Rafael. »Quint machte mir am Oudezijds auf und sagte, dass Lucas vor einigen Stunden gestorben sei. Das war am 3. Februar 2003. Er war um drei Uhr gestorben. Er starb im dritten Jahrtausend, in seinem, wie er sagte, dritten Jesusleben. Die Götter waren nicht knauserig darin, ihn mit ihren Zahlen zu krönen. Der Bestattungsunternehmer könne jeden Moment kommen, sagte Quint und fragte mich, ob ich Lucas noch sehen wolle. Ich habe in seinem Himmel Abschied von ihm genommen. Er sah aus wie ein Kind. Friedlich, sanft, weich.«

»Unschuldig«, fügte Puck hinzu.

»Ich habe mich auf die andere Seite der Gracht gestellt und gewartet. An einem Seil wurde sein Sarg langsam aus dem Himmel nach unten gefiert. Ich bin erst gegangen, als Lucas wieder auf dem Boden stand.«

Châteauneuf Grasse – Amsterdam, 2007

Nachwort

Manche Figuren in *Luzifer* sind vom Himmel herabgefallen, manche führen ein Leben in der Literatur. Manche Figuren spielen eine Rolle in den Geschichten über die beschriebene Zeit, und manche befinden sich irgendwo dazwischen.

Für alle Figuren in *Luzifer* gilt, dass sie nichts sagen, was ihnen nicht der Autor in den Mund gelegt hat. Vereinzelte Ausnahmen davon sind in der Literaturliste aufgeführt.

In den vergangenen Jahren habe ich mit zahllosen Menschen über die realen Vorbilder von Lucas Loos und Clara Wevers – Peter Schat und Marina Schapers – und den dramatischen Vorfall am 26. Juli 1981 gesprochen. Ich danke ihnen allen für ihre Erzählungen.

Connie Palmen

Literatur

Peter Schat, *To You* (Libretto Adrian Mitchell), 1970–1972, und *Canto General* (Pablo Neruda), 1974, Partitur DAVS 7475/1, Donemus, Amsterdam 1974

Peter Schat, *Houdini. A Circus-Opera* (Libretto Adrian Mitchell), De Nederlandse Opera Stichting/Clowns, Amsterdam 1977

Peter Schat, *De Toonklok. Essays en gesprekken over muziek*, Meulenhoff/Landshoff, Amsterdam 1984

Peter Schat, *De wereld chromatisch. Een muzikaal reisverslag*, Meulenhoff/Landshoff, Amsterdam 1988

Peter Schat und Rudolf Escher, *Brieven 1958–1961*, Bibliotheek Nederlandse Muziek, Walburg Pers, Zutphen 1992

Peter Schat, *Symposion. Opera in twee akten* (Libretto Gerrit Komrij), De Nederlandse Opera Stichting, Amsterdam 1994

Peter Schat, *Het componeren van de hemel. Een lees- en leerboek*, Donemus, Amsterdam 1999

Peter Schat, *Complete Works* (Text Bas van Putten), Radio Nederland Wereldomroep/Stichting Donemus, Amsterdam 2006

Auf S. 86 wird zitiert aus: Hugo Claus, *Dag, jij.* De Bezige Bij, Amsterdam 1971

Auf S. 87 wird zitiert aus: Hugo Claus, *Het jaar van de kreeft*. De Bezige Bij, Amsterdam 1972

Auf S. 258 wird zitiert aus: Hugo Claus, *Masscheroen*. Contact, Antwerpen 1968

Das Gedicht auf S. 337 stammt von Hugo Claus. Mit herzlichem Dank für seine Genehmigung, es in den Roman aufzunehmen.